SOUS UN CIEL D'OR

LAURA WOOD

Traduit de l'anglais par Aurélien d'Almeida

POCKET JEUNESSE
PKJ·

Titre original : *A Sky Painted Gold*

Directeur de collection :
Xavier d'Almeida

Loi n° 49 956 du 16 juillet 1949 sur les publications
destinées à la jeunesse : mars 2021.
Publié pour la première fois en 2018 par Scholastic, à Londres.

ISBN : 978-2-266-31065-9
Dépôt légal : mars 2021

Pour ma chère maman,
qui m'a appris qu'il fallait
toujours mettre la crème épaisse
par-dessus la confiture.

PROLOGUE

Tout a commencé à cause d'une pomme. Il n'est pas rare que ce fruit provoque des catastrophes, il me semble, et ce spécimen n'a pas fait exception. C'était une Pendragon à la chair rouge et sucrée, que j'avais volée dans un verger.

J'ignore pourquoi j'avais choisi ce jour-là pour me frayer un chemin jusqu'à l'île. Après l'avoir scrutée avec envie durant tant d'années, j'avais soudain ressenti un besoin irrépressible de m'y rendre, de fouler au plus vite son rivage. En arrivant, j'ai presque tout de suite trouvé le verger, et j'ai cueilli la pomme rouge et brillante sur sa branche sans hésiter un seul instant. Dès la première bouchée, c'en était fait de moi.

À cette époque, la Cardew House, dans toute sa beauté tentaculaire et fanée, n'avait pas reçu de visite amicale (ou hostile, d'ailleurs) depuis plus de cinq ans. Comme la maison, le verger ceint de murs avait été laissé à l'abandon. Il se déployait en toute liberté jusqu'à ce que j'y fasse irruption et entame ma cueillette. Après cette première mise en bouche, je n'ai même pas essayé de me tenir à l'écart. Je suis revenue le jour suivant, et le jour d'après, poussant toujours un peu plus loin mon exploration, m'enfonçant toujours plus profondément dans l'île secrète, prenant possession de chaque parcelle parcourue.

Construite au sommet de l'île, l'imposante bâtisse de style georgien dominait de vastes horizons. Sa façade en vieilles pierres couleur miel, orientée vers le village sur le continent, était longue et basse, recouverte de lierre enchevêtré et flanquée de hautes fenêtres. À travers le jardin en friche, des marches grossières menaient à une allée de gravier en pente douce qui se prolongeait jusqu'à la chaussée submersible. À l'arrière, une immense pelouse surplombait la mer changeante, tantôt d'un turquoise éblouissant, tantôt d'un gris-vert sombre et mystérieux. Le verger qui, le premier, m'avait attirée sur l'île s'enroulait autour d'une des ailes du bâtiment et croulait, selon la saison, sous les pommes, les cerises aux teintes rubis ou les lourdes prunes veloutées. De l'autre côté de la maison, une nouvelle volée de marches délabrées se frayait un chemin jusqu'à une crique de sable doré dont les eaux abritées étaient toujours limpides et chaudes. C'était un bijou, cette île, un trésor trop longtemps délaissé et privé d'amour.

Une certaine exaltation accompagnait chacune de mes visites et je savais qu'il ne faudrait guère de temps avant que ma curiosité se détourne du terrain pour se concentrer sur la maison. Je commençai par tourner autour, comme pour éviter de la contrarier. Lorsque je découvris un verrou brisé sur l'une des fenêtres du rez-de-chaussée, j'y vis une invitation en bonne et due forme.

La vieille demeure était inhospitalière, avec ses meubles recouverts de draps et ses volets clos, mais, à moi, elle semblait calme et accueillante. Çà et là, d'étranges rais de lumière fendaient l'obscurité et conféraient aux pièces un air de tristesse somnolente. On aurait dit la princesse endormie d'un conte de fées, attendant seulement qu'on la ramène à la vie.

Pendant plus d'un an, après cette première pomme, je me réfugiai dans la bâtisse abandonnée à la moindre occasion : je pillais la bibliothèque négligée et me pelotonnais sur le tapis d'Orient défraîchi en savourant le silence. Ma véritable maison n'était jamais paisible, mais, en dépit de l'agitation qui y régnait, je m'y sentais parfois seule. Dans la Cardew House, malgré mon isolement total, je n'éprouvais rien de tel. Peu à peu, je commençai à avoir le sentiment que la maison et moi avions appris à nous connaître. Je rêvassais en l'imaginant pleine de monde. Je devinais les conversations de ses habitants, les fêtes qu'ils organiseraient et la façon dont chaque pièce reprendrait vie dans une lumière aveuglante. Je noircissais des pages et des pages de propos incohérents, griffonnant furieusement dans mon carnet ; je lisais des romans policiers et mangeais des pommes avant de lancer les trognons dans le feu que j'allumais pour réchauffer l'immense salon déserté.

C'est ce feu qui, finalement, causa ma perte.

Lorsque je les vis pour la première fois, c'était un vendredi froid et humide.

Des trombes de pluie grise s'abattaient au-dehors et les vagues se fracassaient sur les rochers à l'arrière de la maison. Tout à mon bonheur, je ne prêtais aucune attention à ce vacarme : je dévorais un roman d'Agatha Christie en m'empiffrant de fruits. J'étais là depuis deux heures environ, peut-être davantage, quand j'entendis un bruit : un son inconnu, pas l'un des grincements habituels de la vieille bâtisse. Je me figeai, le livre suspendu au bout de mes doigts, et je tendis l'oreille, aux aguets.

Des voix.

Quelqu'un avait fini par venir.

J'entendis la vibration basse d'un homme, mais aussi le timbre plus aigu et mélodieux d'une femme. Dès cet instant, j'eus la conviction que ces voix sonnaient juste, qu'elles trouvaient naturellement leur place dans la maison, telles les pièces manquantes d'un puzzle. Des bruits de pas résonnèrent, ricochant le long des couloirs vides, de plus en plus sonores à mesure qu'ils approchaient de la pièce où je me tenais, paralysée.

Mon cœur avait fait un bond à l'idée qu'on avait pu s'introduire dans la maison, même si j'étais en vérité le seul intrus incontestable. Je déposai mon livre et me glissai vers la fenêtre aussi vite que possible, tremblant de tout mon corps. Je lançai une jambe à travers le cadre de la fenêtre et mon pied nu s'enfonça dans l'herbe haute et humide. Alors, pour moitié dedans et pour moitié dehors, j'écoutai les voix. Quand elles furent tout près de moi, je me ruai à l'extérieur et me tins immobile. Pressée de toutes mes forces contre le mur, je retenais mon souffle. La porte du salon s'ouvrit, puis les bruits de pas cessèrent.

— Robert ! Qui a bien pu faire du feu ?

La voix de la femme, claire et sonore, avait vibré dans l'air comme une craie sur un tableau noir.

— Nous n'étions pourtant pas attendus..., poursuivit-elle.

Je ne m'attardai pas davantage. Je pris mes jambes à mon cou, dévalai l'escalier délabré, descendis en toute hâte l'allée de gravier jusqu'à la chaussée submersible. Par chance, la marée était basse, et, tandis que je filais à toute allure sur la route, j'aperçus l'étincelante voiture bleue dans laquelle les inconnus étaient arrivés. Je jetai un regard derrière moi et poussai un soupir de soulagement : personne ne me pourchassait. Je courus jusqu'à ce que ma poitrine me fasse souffrir, remplissant par saccades mes poumons d'air iodé.

Je riais, à présent, de ce rire frénétique du voleur qui se sait sur le point d'être tiré d'affaire. Je pris le risque de me retourner pour observer la maison.

Une silhouette se tenait sur le seuil de la porte principale : un homme, grand et immobile, qui ne pouvait plus me rattraper. Le vent rabattit mes cheveux autour de mon visage, cinglant mes joues rosies. La pluie avait enfin cessé.

Je baissai les yeux ; je tenais toujours à la main une pomme rouge et brillante.

PREMIÈRE PARTIE

« Et donc avec le soleil, l'explosion des feuilles sur les arbres – comme dans un film en accéléré –, j'eus l'intime conviction que la vie reprenait avec l'été. »

F. Scott Fitzgerald, *Gatsby le magnifique*

CHAPITRE 1

JUIN 1929

Alice se marie aujourd'hui, et l'aube est éclatante. C'est un matin d'été parfait ; rien d'autre que le chant d'un oiseau, les cieux bleu pastel et le murmure délicat de la brise marine. Une moindre perfection eût été intolérable pour le Grand Jour d'Alice. À mon réveil, elle a déjà quitté son lit. Mis à part les draps défaits et l'empreinte de sa tête sur l'oreiller, il ne reste aucune trace de sa présence. J'enfile un short et l'une des vieilles chemises de Pa, puis je glisse mes pieds dans mes chaussures de toile usées et file droit vers la cuisine. Il est encore tôt, mais de délicieuses odeurs grimpent l'escalier à ma rencontre.

— Lou ! Lou !

Trois petits garçons surexcités en pyjama m'accueillent, les pieds nus, la bouche pleine de pain et de beurre. Les triplés ont trois ans et, jusqu'à la récente naissance d'Anthea (plus communément appelée « le bébé »), ils étaient les plus jeunes membres de ma brinquebalante famille. Je suis la deuxième, après Alice, qui a dix-neuf ans. Viennent ensuite Freya, quinze ans, Tom, onze ans, puis les triplés Joe, Max et Davy, et enfin Anthea. Huit enfants en tout, et Pa qui dit toujours que, sans la guerre, il aurait pu y en avoir davantage et que nous devrions remercier Dieu pour sa miséricorde. Il plaisante, bien sûr, mais il a parfois l'air surpris de voir tous ces enfants entrer et sortir de notre petite ferme en gambadant, comme si nous étions le résultat d'un tour de magie et non la chair de sa chair.

Assis autour de la longue table de la cuisine, les triplés finissent leur petit déjeuner pendant que Mouche se démène pour préparer le banquet qui, après le mariage, régalera tout le village. Elle porte le bébé qui gazouille contre sa hanche et elle a le bout du nez maculé de farine. Ses yeux brillent d'une concentration déterminée tandis qu'elle lutte, de sa main libre, avec d'énormes mottes de beurre doré et un assortiment de vieilles boîtes de thé remplies de sucre et d'épices. Je sais qu'il serait tout à fait vain de lui proposer mon aide.

— Où est Alice ? je lui demande plutôt par-dessus le vacarme ambiant, avant de saisir un morceau de pain pour le recouvrir de sa fameuse confiture de gingembre.

— S'est échappée il y a une heure. Partie à la chasse aux fleurs, répond Mouche de sa petite voix bourrue.

Mouche, c'est ma mère. Bien que son véritable prénom soit Mary, tout le monde l'appelle par son surnom, y compris son mari et ses enfants. Du haut de son mètre cinquante, c'est une force de la nature, petite mais rassurante. Quand je me tiens à ses côtés, je me sens gauche et surdimensionnée. Tout en me répondant, elle mélange des ingrédients dans un bol avec un couteau en argent poli.

Mouche utilise toujours ce couteau pour cuisiner. Un jour, notre tante Irene l'a vue faire. Son visage s'est figé dans une expression d'horreur. Elle s'est écriée : « Oh, Mouche ! Mais on ne doit jamais mélanger avec un couteau… Mélanger avec un couteau, c'est mélanger les problèmes ! »

Mouche est restée imperturbable et lui a répondu placidement : « Eh bien, dans ce cas, je mélange les problèmes depuis si longtemps qu'il est bien trop tard pour s'en soucier, tu ne crois pas ? » Puis elle a repris sa tâche sans rien changer à sa façon de faire.

Je ne sais pas si le couteau y est pour quelque chose, mais personne ne cuisine aussi bien que Mouche ; c'est un fait reconnu. Pa prétend qu'il l'a demandée en mariage pour sa *stargazy pie*. Cela peut sembler romantique si l'on ignore qu'il s'agit d'une tourte farcie avec des sardines dont les têtes surgissent de la pâte pour vous scruter de leurs yeux lugubres. Je n'aimerais pas beaucoup qu'on me propose une sardine lugubre lors d'un rendez-vous galant, mais je dois bien admettre que, pour le moment, je manque cruellement de connaissances en matière d'amour. Hormis ce que m'en enseignent les livres, bien entendu. On peut en apprendre *des tonnes* grâce aux livres… mais il me semble très improbable que je vienne à croiser l'un des éblouissants héros de mes romans dans les rues de Penlyn. Alors, après tout, qu'est-ce que j'en sais ? Peut-être existe-t-il des hommes pour qui une tourte aux sardines relève de la poésie la plus pure ? C'est de toute évidence l'opinion de Mouche ; d'ailleurs, elle éclate d'un rire rose et délicat chaque fois que Pa raconte cette histoire.

Je me coupe un nouveau morceau de pain et mords dans la croûte. Les triplés se mettent à geindre, aussi je prépare des tranches pour chacun d'eux, même si je sais bien que ce qui les intéresse dans le pain, c'est la confiture qui l'accompagne. Les trois têtes poisseuses s'attaquent à leur second petit déjeuner de la journée et une onde de silence se répand dans la cuisine. En cet instant de paix relative, mes pensées se tournent, comme souvent ces temps-ci, vers la Cardew House.

D'aussi loin que je me souvienne, cette maison m'a toujours tenue sous son charme. L'île sur laquelle elle se dresse est séparée du continent par une route pavée submersible. La chaussée disparaît et réapparaît au rythme du flux et du reflux de la marée, qui tantôt la recouvre comme si elle n'avait jamais existé, tantôt la met à nu comme si elle était immuable. Lorsqu'elle émerge des eaux, c'est une surprise toujours renouvelée. Par la grâce de cet étrange sortilège, la maison est isolée la moitié du temps, tel un monde à part, totalement indifférent à la vie tumultueuse de notre petit village de pêcheurs.

Lorsque je suis arrivée chez moi, il y a quelques mois, échevelée et fébrile à la suite de mon « évasion », j'ai appris que Robert Cardew, le propriétaire de la Cardew House, prévoyait d'y passer ses vacances d'été, et qu'il était par conséquent venu sur place afin d'évaluer les travaux nécessaires.

Même au plus profond des ténèbres de nos Cornouailles rurales, nous savons tout de Robert Cardew, vu son lien étroit avec le village. De nombreuses rumeurs sur son mode de vie extravagant et ses amis à la mode serpentent à travers les ruelles sinueuses de Penlyn. Cela dit, même si la Cardew House n'était pas si proche de nous, Alice et moi serions fascinées par les exploits de cet homme et de sa troupe scintillante. Nous dévorons les revues mondaines et ce simple aperçu d'un univers si différent de celui que nous connaissons suffit à nous donner le vertige. Il semble scandaleux qu'un garçon de vingt-trois ans, à peine plus âgé que nous, puisse posséder tant de choses et que sa vie puisse être à ce point éloignée de la nôtre. Après la mort de lord Cardew, il y a deux ans, tout le village a espéré que le jeune héritier se montrerait, mais il ne s'est jamais manifesté. Rien n'a même laissé supposer qu'il se souvenait de la vieille maison, qui est restée abandonnée et négligée. Jusqu'à ce printemps.

Songeuse, je lèche mes doigts couverts de confiture. Nous avons vu les photographies des fêtes scandaleuses et des costumes excentriques, et nous savons qu'au jour de son installation il viendra accompagné de *l'incomparable* héritière américaine Laurie Miller, ainsi que de toute une ménagerie de fêtards exotiques.

D'après la presse, le couple s'est fiancé il y a six mois. Les pages des journaux ont été éclaboussées d'articles à leur propos. Ils ont participé à toutes les soirées, à tous les événements incontournables, et ont été *spectaculaires* lors de chacune de ces apparitions. Alice et moi n'avons pas manqué la moindre miette de leur romance. Pour nous, ce sont des créatures de papier, les personnages d'une fiction, et chaque semaine nous attendons fébrilement le prochain épisode du feuilleton.

Avec un frisson de plaisir, je prends conscience que les cibles de ces savoureux commérages vont s'installer ici même, à Penlyn. On peut difficilement imaginer nid d'amour moins approprié pour de tels oiseaux de paradis. Notre village est l'exact opposé des métropoles virevoltantes, des boîtes de nuit et des fêtes invraisemblables qui font le quotidien de Robert Cardew.

Pourtant, le couple est *vraiment* sur le point d'arriver. Les allées et venues des ouvriers et des peintres en bâtiment se sont considérablement intensifiées au cours des quinze derniers jours. Malheureusement, ils semblent tous venir de Londres, si bien que personne au village n'a la moindre idée de ce qui se passe dans la maison. Cela a provoqué la colère sourde des artisans locaux qui se sont sentis méprisés, et on a pu les entendre reprocher à mots couverts aux « jeunes gens » à qui appartient désormais la maison de ne pas se comporter comme il faut en faisant ainsi appel à des « étrangers ». Mais chacun de nous est surtout très curieux, et, à la vérité, le village tout entier pétille, telle une caisse pleine de bouteilles de bière au gingembre, dans l'attente de savoir à quoi ressemblera la maison et quand arriveront les nouveaux venus. Quant à moi, je n'ai pas pu, bien sûr, me permettre de nouvelle escapade sur l'île, pas depuis ma fuite lors de cette soirée pluvieuse. J'ai essayé une fois, mais les lieux grouillaient de monde et j'ai été chanceuse de ne pas me faire repérer.

Ma rêverie est interrompue par les triplés, qui commencent à chahuter, et par le bébé, dont le babillage tourne de plus en plus au gémissement. Au moment où le retour du chaos semble inévitable, Alice se glisse dans la pièce avec son allure de déesse grecque, et tout se fige à son entrée.

Une couronne de bleuets orne ses cheveux dorés ; ses bras sont chargés de lianes de chèvrefeuille et de roses délicates.

— Donne-moi un coup de main, Lou ! me lance-t-elle, n'hésitant pas à ruiner le tableau dont elle était la figure centrale en me jetant négligemment son bouquet parfumé, avant de me chiper mon morceau de pain d'un geste vif.

— Où as-tu trouvé toutes ces roses ? je lui demande en admirant les fleurs voluptueuses que j'étale avec soin sur la table de la cuisine.

— Dans le jardin de Mrs Penrith, réplique Alice, la bouche pleine de pain et de confiture.

À ces mots, une fossette se creuse sur sa joue gauche. Je lève les sourcils.

Mouche cesse de remuer ses ingrédients et agite son couteau en direction d'Alice d'un air menaçant.

— Alice Trevelyan ! Dis-moi que tu n'as pas volé ces fleurs dans la roseraie de Susan Penrith ! Tu sais qu'elle est vraiment maniaque avec son jardin.

— Je ne les ai pas *volées*, rétorque Alice d'un ton qui laisse entendre qu'elle se sent offensée qu'on puisse penser une chose pareille, bien que ce ne soit pas si incongru. J'ai *demandé* à les avoir, très gentiment, et Mrs Penrith me les a *données*.

Alice jette le dernier morceau de pain dans sa bouche et le mastique avec lenteur.

— C'est le jour de mon mariage, après tout, poursuit-elle, avec sur son visage une de ces expressions qui font dire à Mouche qu'« on lui donnerait le bon Dieu sans confession ».

Que Mrs Penrith se soit séparée de ses roses de concours à la demande d'Alice ne devrait pas nous surprendre. Il est difficile de refuser quoi que ce soit à ma sœur lorsqu'elle décide de vous faire du charme. À vrai dire, Alice est une beauté, tout simplement. Pour me faire plaisir, les gens disent parfois que nous nous ressemblons, mais les cheveux d'Alice brillent d'un blond vénitien soyeux, tandis que les miens sont frisés et d'un brun boueux teinté d'une vague nuance de rouge (malheureusement trop peu marquée pour qu'on puisse les dire auburn, sans même évoquer le tant espéré et si profondément romantique « rouge Titien »). Les yeux d'Alice sont aussi bleus que les fleurs qu'elle arbore sur sa tête ; les miens sont d'un gris sombre et trouble. La peau d'Alice conserve son teint de pêche blanche quel que soit le temps qu'elle passe au soleil ; la mienne a le mauvais goût de bronzer et de se couvrir de taches de rousseur qui s'obstinent à s'éparpiller autour de mon nez malgré mes abondantes et fréquentes applications de jus de citron. Nous faisons la même taille et partageons des traits communs, mais il ne fait aucun doute que je suis seulement l'ombre de ma sœur : un reflet déformé et infiniment moins brillant de sa perfection. Alice passée de l'autre côté du miroir.

Et voilà qu'aujourd'hui, Alice, *mon* Alice, se marie ! Cette pensée me fait une nouvelle fois tressaillir, avec toujours autant de violence. Alice, quant à elle, semble imperturbable. Je la regarde tandis qu'elle rassemble les fleurs et les attache ensemble avec un ruban. J'observe ses gestes précis, et je pense à tout ce qui va changer dans sa vie… à tout ce qui va changer dans *nos* vies. Plus d'Alice à la maison. Plus personne avec qui bavarder pendant les tâches ménagères, plus de grande sœur dans le lit accolé au mien à qui chuchoter des secrets. C'est une pensée étrange et troublante.

Tout en chantonnant, Alice lève les yeux et rencontre les miens.

— Ne fais pas cette tête, Lou ! s'esclaffe-t-elle. C'est un mariage, pas un enterrement !

Elle enroule un bras autour de ma taille et la presse doucement. Elle a raison, bien sûr, surtout qu'elle va s'installer à quelques minutes seulement de la maison, dans un minuscule cottage que Jack leur a déniché, en plein centre du village. Mais tout de même, pour moi, ça pourrait aussi bien être sur la Lune. Ce n'est pas la distance qui me cause tant de tourments, mais le fait qu'Alice va nous laisser (*me* laisser) derrière, et devenir quelqu'un d'autre. Une adulte. Une épouse.

Et puis, si Alice s'en va, si elle devient une autre personne, je vais devoir changer, moi aussi. Tout va changer. Je touche du doigt l'un des pétales de rose crémeux ; une goutte de rosée du matin y est encore accrochée, comme une larme sur le point de se répandre. Je pousse un profond soupir, plongeant avec une certaine délectation dans la mélancolie que ce départ m'inspire, et je me dis que cela ferait une belle phrase dans un roman.

Alice éclate d'un rire entendu.

— Lou est encore en train de s'inventer un mélodrame.

Elle lève les yeux au ciel et, prise sur le fait, je ne peux me retenir de rire à mon tour.

— J'étais en train de penser à la scène du mariage dans *La Vengeance de lady Amelia*, je prétends, et à la meilleure façon de présenter la mort de…

Alice couvre ses oreilles de ses mains.

— Ne me dis rien ! s'écrie-t-elle, puis elle laisse retomber ses mains et écarquille les yeux. C'est Rudolpho, n'est-ce pas ? demande-t-elle d'un air tragique. Tu ne peux pas le tuer, Lou, tu ne *peux pas*.

J'affiche une expression aussi indéchiffrable que possible, et fais mine de fermer ma bouche à double tour avant de jeter la clé au loin. *La Vengeance de lady Amelia* est une histoire sur laquelle je travaille depuis des mois et dont Alice me demande sans cesse de nouvelles pages. D'ordinaire, je suis plus qu'heureuse de les lui donner, mais j'ai récemment perdu l'un de mes carnets, si bien que le récit n'avance plus aussi rapidement, et les questions et suppositions d'Alice sont chaque jour plus pressantes. Elle se sent très concernée par les aventures macabres de mon héroïne intrépide. Pour mon plus grand plaisir, je dois bien l'admettre. Mais je suppose qu'elle n'aura plus tellement de temps à consacrer à ces histoires puériles quand elle sera une femme mariée.

Nous sommes interrompues par Mouche qui, comme toujours, semble totalement insensible aux vagues déferlantes de mon désarroi émotionnel :

— Bon, vous feriez bien d'aller vous préparer, toutes les deux. Ne laissez pas ces garçons dans mes pattes et tâchez de les récurer un peu, d'accord ? J'ai encore mille choses à faire ici, et votre père n'est toujours pas rentré de son inspection des champs.

Alice et moi traînons jusqu'en haut de l'escalier biscornu les triplés qui grognent, pleurnichent et protestent. On dirait qu'ils souffrent d'une allergie mortelle à l'eau claire et aux gants de toilette en coton. Après une confrontation tendue et très humide, nous les laissons filer en leur conseillant vivement de se tenir éloignés de tout objet poisseux, puis nous grimpons la volée de marches qui mène à notre chambre.

CHAPITRE 2

La chambre que je partage avec Alice est nichée tout en haut de la maison, dans les combles. Comme le toit est en pente de chaque côté de la pièce, on ne peut se tenir debout qu'au milieu, dans l'espace qui sépare nos deux lits. De mon côté de la chambre, il y a une petite fenêtre. Si je m'agenouille sur mon matelas et que je passe la tête à travers l'ouverture, j'aperçois la colline qui descend jusqu'à la mer et le croissant de sable doré qui se découpe au pied de la falaise. Le paysage est parsemé de minuscules maisons blanches perchées en équilibre instable au-dessus du précipice : elles semblent sur le point de dégringoler dans la mer. D'ici, on ne peut pas voir l'île, mais je sais bien qu'elle est là. La conscience de sa présence m'habite en permanence. Au fil des semaines, mon envie d'aller m'y réfugier n'a fait que croître. Depuis qu'Alice prépare son départ, j'ai l'esprit envahi de questions sur mon avenir, mais je ne me sens pas encore prête à leur accorder de l'attention.

Alice s'affale sur son lit, manquant de peu d'écraser les fleurs qui couronnent sa tête.

— Attention à ta coiffure ! je m'écrie en ôtant délicatement les fleurs pour les mettre à l'abri sur la table de chevet. Est-ce là un comportement digne d'une jeune mariée ?

— Parce qu'une jeune mariée est censée se comporter comment, au juste ? réplique Alice avec désinvolture.

Elle se frotte le nez en fixant le plafond, ses cheveux dorés répandus autour d'elle sur les draps délavés. Comme la plupart des gens dotés d'une beauté véritable, Alice ne prête aucun soin particulier à son apparence.

— Je ne sais pas, je lui réponds, ignorant tant bien que mal l'habituelle pointe de jalousie que fait naître en moi le spectacle de sa grâce. Est-ce que tu ne devrais pas être toute pâle, tremblotante, sur le point de… comment on dit… de *tomber en pâmoison* ?

Alice se dresse sur ses coudes et m'adresse un sourire narquois.

— Tu as lu trop de romans à l'eau de rose. Ce n'est pas comme si je me jetais dans les bras d'un inconnu sombre et inquiétant.

Je m'esclaffe. Elle a raison : « inconnu sombre et inquiétant », ce sont bien les derniers mots qui conviendraient pour décrire Jack Treglowen. Il a deux ans de plus qu'Alice et nous le connaissons depuis notre plus tendre enfance. D'aussi loin que je me souvienne, il a toujours été amoureux de ma sœur. C'est le doux Jack aux boucles cuivrées, aux bras puissants et au visage franc. Toutes les filles du village ont été amoureuses de lui à un moment ou à un autre, y compris moi, mais il n'a jamais eu d'yeux que pour Alice. Pendant très longtemps, elle n'a pas vraiment eu l'air d'y prêter attention. Elle prenait juste note de cette adoration muette ; l'amour de Jack n'était qu'un des fragments de son univers, quelque chose d'agréable, de familier et d'immuable.

Jusqu'à ce que tout bascule.

J'ai senti que leur relation changeait enfin de nature il y a trois ans, juste après les seize ans d'Alice. Ils ne se parlaient plus de la même manière : leurs voix, plus douces, vibraient avec une sorte de crépitement impatient. Une nuit, Alice est rentrée à la maison les yeux brillants, et j'ai compris que quelque chose en elle était bouleversé à jamais. Elle m'a confié que Jack l'avait embrassée ; je lui ai ordonné de tout me raconter, jusque dans les moindres détails.

Ma sœur avait été embrassée auparavant, bien sûr, et moi aussi, d'ailleurs. Cependant, Alice avait plus d'expérience en la matière. (Au moment de sa confidence, j'avais quatorze ans et je n'avais échangé qu'un seul baiser, avec un certain Martin, le fils du boucher, et ça n'avait pas du tout ressemblé à ce qu'on lit dans les livres. D'abord parce qu'il sentait la saucisse, mais aussi parce que tout s'était déroulé dans une atmosphère de gêne et de sueur.) Mais cette fois, c'était différent. Il ne s'agissait pas du tâtonnement hésitant du premier garçon venu qui l'aurait amenée au cinéma dans l'espoir de s'offrir une émotion fugace : c'était *Jack*, et désormais, lorsqu'elle prononçait son nom dans un souffle, on aurait dit qu'il était écrit en lettres d'or.

Les yeux d'Alice étincelaient et elle ne cessait de porter ses doigts à ses lèvres comme pour se prouver que le souvenir de la bouche de Jack sur la sienne était bien réel. Soudain, ma sœur, qui ne m'avait jamais rien caché, pour qui je n'avais jamais eu de secrets, semblait connaître quelque chose que j'ignorais. Malgré mes innombrables questions, je ne pouvais tout simplement *pas* accéder à cette chose mystérieuse, à ce sortilège qui avait transformé Alice en adulte. De guerre lasse, j'ai renoncé. Je la regardais fredonner en se brossant les cheveux devant la glace et je sentais un abîme se creuser entre nous.

Peu de temps après, Jack a demandé la main d'Alice, ce qui n'a surpris personne, à part moi. Cela paraissait si rapide, si soudain, si... *définitif.* J'étais contente pour eux : nul ne pouvait être exposé à la présence rayonnante d'Alice sans être éclaboussé par les rayons de joie qui émanaient d'elle. Toutefois, égoïstement, j'éprouvais un sentiment de perte, j'avais l'impression de me retrouver livrée à moi-même.

J'avais été l'une des deux moitiés d'Alice-et-Lou pendant si longtemps que je n'étais pas sûre de savoir comment être *et-Lou* tout court. J'avais toujours eu conscience de n'être que l'ombre d'Alice, mais en cet instant où je sentais ma sœur s'éloigner de moi, je réalisais que cette description était, à plus d'un titre, plus vraie que je ne l'avais d'abord cru. Partout où Alice allait, je la suivais. Il en avait toujours été ainsi. Mais désormais, Alice poursuivait son chemin sans moi, et j'allais devoir tracer ma propre route, en quelque sorte. Après tout, on peut concevoir qu'une fille perde son ombre, mais pas que l'ombre perde la fille...

J'ai passé plus de temps seule, j'ai commencé à écrire davantage et puis, bien entendu, j'ai trouvé la Cardew House, une maison habitée par des ombres. Dès lors, j'ai su, avec un immense soulagement, que cette demeure était là pour moi. Ce n'était pas rien, ce sentiment d'appartenance, et je m'y suis accrochée. J'avais terminé mes études depuis presque un an et j'avais l'impression de faire du surplace. À part mes corvées à la ferme, je n'avais rien à faire, aucun objectif défini. Alice n'avait jamais connu ça. À mon âge, elle était déjà fiancée à Jack et son avenir s'affichait devant elle telle une carte routière très détaillée. Quand *je* regardais vers l'avenir, je ne voyais qu'une terrifiante page blanche. Le pire, c'était que personne ne semblait s'en soucier. J'avais l'impression d'être la seule à voir ce gigantesque point d'interrogation suspendu au-dessus de mon destin, et bien que nul n'en parlât ouvertement, je sentais le poids des attentes de chacun : celles de Mouche et Pa, mais aussi celles du village tout entier. Tous étaient persuadés que, tôt ou tard, je me laisserais guider à mon tour par la même carte limpide et précise qu'Alice. Après tout, qu'aurait-on pu concevoir d'autre ? M'imaginer partir, trouver ma propre voie, paraissait aussi irréaliste que décourageant. J'étais la suiveuse, pas la meneuse, et je ne savais absolument pas quoi faire du reste de mon existence. La Cardew House, si délabrée fût-elle, sembla constituer la réponse. Je n'étais pas tant attirée par sa beauté grandiose que par le bouillonnement qu'elle faisait naître en moi, l'impression qu'il y avait là un élément magique… le sentiment que *quelque chose* d'excitant allait forcément advenir, que les ombres finiraient par prendre vie. C'était *différent*, et cette différence était précisément ce que je recherchais.

Je secoue la tête. Il est ridicule de remuer toutes ces pensées par une si belle journée. Mouche rirait si elle m'entendait, et elle me reprocherait de faire des histoires, *comme d'habitude*, même si je pense que Frey est bien partie pour voler ma place de tragédienne en chef de la famille. Je décide de me replonger dans le présent et ce jour si particulier.

— Allez, venez par ici, Mrs Treglowen. Il est temps de vous préparer.

À ces mots, Alice se redresse ; son visage a pris l'aspect comique d'un masque d'incrédulité. Elle murmure :

— *Mrs Treglowen*… Tu ne trouves pas que ça fait…

— Bizarre ?

— J'allais dire « adulte », mais « bizarre », ça fonctionne aussi.

Elle lève le menton et sa voix carillonne à travers la petite pièce.

— Mrs Treglowen, répète-t-elle en hochant la tête. Je n'arrive pas à y croire !

Ses fossettes se creusent et elle éclate de rire. Elle tend la main et me tire par le bras jusqu'à son lit. Étendues côte à côte, nous commentons en caquetant la joyeuse absurdité de l'existence. Mon cœur s'emballe. Finalement, peut-être que tout ne sera pas si différent. Impossible d'imaginer ma sœur devenir une autre personne que la fille solaire et hilare allongée près de moi.

La voix de Mouche nous parvient depuis l'escalier :

— Vous vous activez, toutes les deux ? On doit être à l'église dans une heure !

— Oui, Mouche ! répondons-nous en chœur, comme nous l'avons fait des millions de fois, et je suis de nouveau frappée par l'évidence que certaines choses ne changeront jamais.

Dans un brouillard effervescent, nous commençons à nous préparer. La robe de mariée d'Alice est splendide. C'est un délicat fourreau en crêpe georgette d'un jaune extrêmement pâle, doté de longues manches et d'un ourlet festonné qui descend juste au-dessous du genou. (Il a fallu lutter férocement, mais en fin de compte l'ourlet à la dernière mode exigé par Alice a fini par recevoir l'approbation de Mouche et de tante Cath, après que nous les avons ensevelies sous des photos et des patrons découpés dans un nombre incalculable de magazines. Ces documents sont bien la preuve, selon nous, qu'il n'y a plus rien de choquant à montrer ses mollets. Après tout, nous sommes en 1929.)

Une ceinture de dentelle assortie souligne subtilement la taille tombante, et un délicat feston de fleurs brodées en fil ivoire court tout autour de l'encolure carrée.

Mouche et tante Cath ont consacré des mois de dur labeur à cette robe, tandis qu'Alice et moi (toutes deux obsédées par les magazines de mode mais définitivement perdues pour les travaux de couture) ne nous privions pas de leur faire une foule de critiques et de suggestions inexploitables. Mouche et notre tante nous ont traitées, la plupart du temps, avec une patience surprenante. Il n'y a eu que deux petites disputes et un conflit majeur au cours duquel des ciseaux ont été brandis en un geste menaçant, mais tout s'est bien terminé. C'est à peine si on distingue encore l'endroit où Alice a donné un coup de pied dans la table. En définitive, je considère donc tout le processus de création de la robe comme une entreprise couronnée de succès.

D'une main tremblotante, je dépose la tresse de bleuets au sommet du crâne d'Alice, puis je saisis le long voile plié sur le dos d'une chaise. Ce voile était celui de Mouche, et de sa mère avant elle. Entre mes mains, la dentelle ivoire semble aussi légère que l'air. Ce voile doit me revenir un jour, bien qu'il me soit difficile d'imaginer ce moment…

— Oh, Alice ! je murmure, les larmes aux yeux. Tu es tellement… *hideuse*. Absolument affreuse, j'ajoute en reniflant.

Alice sourit et enroule le voile autour de son bras. Elle s'observe dans le miroir, penchant la tête tel un oiseau curieux.

— Tu penses que Jack va me trouver jolie ? me demande-t-elle d'une voix moins assurée qu'à l'ordinaire, intimidée elle-même par la perfection du reflet renvoyé par le miroir.

— Je pense qu'il va tomber raide mort quand il te verra approcher de l'autel. Il ne croira pas sa chance.

Des appels retentissent depuis le rez-de-chaussée :

— Alice ! Alice !

Ma sœur me serre dans ses bras en prenant soin de ne pas froisser sa robe, puis elle s'élance majestueusement pour aller se faire admirer. À mon tour, je me dépêche d'enfiler ma tenue de demoiselle d'honneur.

Je caresse du bout des doigts la mousseline rose poudré, et un frisson d'excitation me saisit. C'est ma première véritable robe d'adulte, cousue spécialement pour moi. Il s'agit d'un modèle tout simple, une jupe légèrement plissée et un col en V (tout sauf un décolleté scandaleusement plongeant, à mon grand regret). Mouche a tissé un foulard long et étroit de la même matière que la robe, que je noue autour de mon cou en laissant retomber les pans par-devant. J'attache mes mèches rebelles avec le plus de soin possible, et glisse mes pieds dans les petites chaussures que nous avons teintes en rose pour les assortir à la robe. Dans le miroir, je ne vois rien de la splendeur d'Alice. En dépit de mes efforts, j'ai toujours l'allure aussi fruste et échevelée. J'essaie de lisser à nouveau mes cheveux, mais les boucles persistent à jaillir dans des directions invraisemblables.

— Lou !

En entendant la douce voix de Pa, je dévale l'escalier jusqu'au palier où nous nous retrouvons. Il est élégant dans son costume, avec la vieille montre à gousset de son père qui pend de sa poche au bout d'une chaîne rutilante – une tenue à mille lieues de ses salopettes habituelles.

Pa m'adresse à son tour un regard admiratif et je ne peux cacher mon plaisir.

— Très joli, dit-il alors que je lui fais une petite révérence en tâchant de ne pas trébucher sur mes talons.

— Pas vraiment une gravure de mode, je lui réponds, piteuse.

— Tu feras l'affaire.

Étrangement, on dit toujours de Pa qu'il est avare de paroles. Rien n'est moins vrai. C'est de lui que me vient mon amour de l'écriture. Mon père n'est peut-être pas un grand bavard, mais il adore les mots. Il lit tout ce qui lui tombe sous la main et il sème un peu partout dans la maison des petits papiers sur lesquels il note de son écriture fine et tremblotante des mots qui pourraient me plaire, comme « incarnadin » ou « melliflue ». Il conserve la toute première histoire que j'ai écrite pour lui dans une boîte avec tous ses trésors. C'était l'histoire d'un chat qui apprend à chanter.

Pa écrit, lui aussi. Il compose des poésies dans des petits carnets bleus qu'il achète par paquets, mais, désormais, il ne partage plus ses œuvres avec personne, pas même avec moi. Je me souviens vaguement de drôles de comptines qu'il inventait pour moi quand j'avais trois ou quatre ans, des poèmes sur les animaux du zoo ou sur mes sœurs et moi, qui nous faisaient hurler de rire. J'ai conservé quelques lettres fragiles et délavées que Pa nous a envoyées juste après être parti au front… mais lorsque la guerre a pris fin, il a cessé de nous faire lire ce qu'il écrivait. À son retour, il était à la fois le même et un autre, un peu terni, plus fragile, exactement comme dans ses lettres : plus silencieux et, en quelque sorte, plus distant.

— Mouche nous attend, me dit-il. Elle ne veut pas être en retard. Tu iras à pied avec les autres, et Alice et moi suivrons derrière en voiture.

Tandis que je me blottis un instant contre lui, je suis une fois encore surprise par sa maigreur : comment un homme si fort peut-il sembler si fragile ? Mouche essaie constamment de l'engraisser, mais quelle que soit la quantité de beurre qu'elle met dans ses scones, Pa reste toujours aussi anguleux. « Tout en coudes et en genoux », comme dit Mouche.

Cette dernière trépigne dehors tout en essayant d'empêcher les triplés de se rouler par terre et de se battre, tels des petits chiens. Elle est jolie dans sa robe lilas qu'elle a cousue l'année dernière pour le mariage de notre cousin Arla. Freya semble totalement ailleurs, comme à son habitude. Elle fixe un point indéfini dans le lointain sans prêter la moindre attention au vacarme de nos frères. Elle est comprimée dans une robe à fleurs trop petite pour elle (une ancienne tenue d'Alice, je suppose) ; ses cheveux pâles ont été tressés et fixés en couronne au sommet de sa tête. Tom n'a pas l'air à son aise : il gratte le sol avec sa chaussure et passe son doigt autour de son col comme si celui-ci cherchait à l'étrangler. Il est appuyé contre la poignée de l'énorme landau dans lequel, par chance, le bébé semble endormi.

— La voilà ! s'exclame Mouche, dont les traits s'adoucissent. Et elle est belle comme un tableau !

J'ai à peine le temps de me réjouir du compliment qu'elle passe déjà à la suite.

— Bon, maintenant il faut qu'on apporte les fleurs. Les garçons reviendront plus tard pour s'occuper du banquet.

Une nouvelle fois, mes bras se retrouvent couverts de pétales délicieusement parfumés, tandis que nous empruntons le chemin qui mène au village. Les cloches de l'église carillonnent déjà au loin, faisant vibrer l'azur de leur joyeux tintement. Je lève le visage vers le ciel pour laisser le soleil se répandre en vagues dorées sur ma peau.

— Alice a l'air de sortir tout droit d'un roman.

La voix de Freya est comme étouffée par le bouquet de chèvrefeuille qu'elle tient dans ses bras.

— Alice a *toujours* l'air de sortir d'un roman, je rétorque.

Freya réfléchit un instant avant de répondre :

— Oui, mais aujourd'hui il y a quelque chose en plus.

Ses yeux se teintent d'une lueur brumeuse et lointaine, tandis qu'elle pince ses lèvres en cherchant les mots justes.

— Elle a très exactement l'air d'une mariée, conclut-elle enfin.

Si cette remarque semble à première vue d'une triste platitude, je comprends ce que Freya veut dire, et elle a tout à fait raison : Alice ressemble à une mariée comme jamais aucune mariée avant elle.

Tom, qui nous précède de quelques pas en poussant le landau avec beaucoup d'entrain, salue gaiement quelques-uns de ses amis qui accourent vers nous depuis l'église. Sans avoir le temps de dire ouf, nous arrivons au village et nous retrouvons entassés dans la charmante église au porche décoré de roses. Nous sommes alors pris d'assaut, tenus de serrer des mains et d'enlacer des invités tout en distribuant les fleurs cueillies par Alice, bien que nos voisins aient déjà enseveli l'église sous les bouquets.

Jack est là, élancé et magnifique dans son costume trois pièces gris sombre. Il ne semble pas du tout nerveux ; un sourire s'épanouit sur son visage tandis qu'il m'enveloppe de ses longs bras. J'inspire profondément son odeur de propre, et je m'autorise une dernière fois à imaginer que je suis amoureuse de lui et que mon cœur se brise à l'idée d'assister à son mariage avec ma sœur.

(Lorsqu'on vit dans un petit village paisible, il est indispensable de s'inventer des tragédies personnelles. À treize ans environ, j'ai étudié en profondeur le scénario de l'amour à sens unique en développant une passion éphémère mais dévorante pour Jack. Quand Alice et lui ont annoncé leurs fiançailles, cette passion a été brièvement ravivée et j'ai passé quelques jours à errer à travers la maison drapée dans des voiles noirs en poussant de douloureux soupirs. J'ai aussi écrit des poèmes d'amour déchirants consacrés à des couples d'amants maudits et à de superbes jeunes filles solitaires. Je m'appliquais tant à jouer les grandes tragédiennes, allant jusqu'à utiliser le maquillage d'Alice pour me donner un fascinant teint pâle, que j'en suis venue à oublier complètement Jack. Avec beaucoup de tact, Alice a fait semblant de ne pas remarquer mon manège.)

— Prêt ? je demande à Jack.

— Je n'en peux plus d'attendre, répond-il avec un clin d'œil.

À l'évidence, il n'aura pas à patienter longtemps : les rugissements et les quintes de toux inimitables de la voiture de Pa retentissent aux abords de l'église.

— Ils arrivent, murmure Jack avant de pousser un lent et profond soupir.

Peut-être qu'il est un peu nerveux, au fond. Je lui adresse un sourire que j'espère rassurant.

— À tout à l'heure, lui dis-je avant de m'engager dans l'allée en trébuchant sur mes hauts talons capricieux.

Je regagne le fond de l'église. Les bancs se remplissent peu à peu tandis que le murmure sourd du bavardage des convives sature l'espace. Je me précipite sous le soleil qui brille au-dehors.

Pa aide Alice à descendre de la voiture, une vieille ABC grise à deux places équipée d'une capote en toile et d'un siège de coffre, une banquette supplémentaire escamotable pouvant accueillir deux très minces passagers. Gerald, comme on l'appelle, est un véhicule presque inutilisable, mais Pa l'adore en dépit de son mauvais caractère et des soins constants qu'il exige. Cela dit, Gerald est plutôt chic aujourd'hui, sous les rubans et les fleurs dont l'a couvert Freya avec son ingéniosité habituelle. Par la porte ouverte de l'église jaillit la clameur du vieil orgue asthmatique sur lequel Mrs Bastion tambourine avec enthousiasme. À cet instant, la réalité me rattrape. C'est vraiment en train d'arriver. Je crois qu'Alice ressent exactement la même chose.

Elle lâche un faible « Oh ! ». Je me jette à son cou et nous nous serrons très fort l'une contre l'autre, sans le moindre égard pour nos robes délicates. Après avoir enfin lâché prise, je tamponne mes yeux et laisse échapper un petit râle à mi-chemin entre le rire et le sanglot. Alice m'imite, puis elle lisse sa robe avec soin et ajuste sa ceinture. Pa l'observe d'un regard débordant de fierté.

Je ramasse mon petit bouquet de roses sur le siège arrière de Gerald et me tiens face à Alice.

— Eh bien, vas-y, me dit-elle d'une voix tremblante. Qu'est-ce que tu attends ?

— Oh, mais oui !

J'avais oublié que c'était à moi de donner le coup d'envoi des festivités en traversant la nef avec grâce. C'est le *rôle* des demoiselles d'honneur, après tout, mais je ne suis pas certaine qu'être perchée sur de si hauts talons favorise réellement le caractère gracieux de ma progression. Je me sens soudain très nerveuse. Alice me donne un petit coup de coude dans le dos.

— Allez, avance, chuchote-t-elle en étouffant un rire. Avance avant que Mrs Bastion se fasse un claquage !

De fait, la musique résonne de plus en plus fort, et l'organiste a déjà montré par le passé une certaine tendance à en faire trop. (Mrs Bastion affirme qu'elle a des racines italiennes et qu'il est impossible pour elle de ne pas vivre *avec passion*. J'admire cela chez une femme.) Il est temps maintenant. J'inspire profondément, et je franchis la porte.

CHAPITRE 3

La cérémonie défile en un éclair. Alice et Jack ne cessent pas un seul instant de se dévorer des yeux. Je ne pensais pas qu'il était possible de rayonner à ce point ; on se croirait dans la pénombre d'une salle de cinéma, face à deux acteurs qui crèvent l'écran. Enfin, la foule des invités se déverse hors de l'église pour jeter des confettis sur les heureux mariés avant de rejoindre la pelouse du village où se prépare la grande et belle fête. La longue table de fortune qui y est installée gémit sous le poids du festin concocté par Mouche et les autres villageoises.

Je m'applique à remplir de nourriture mon assiette lorsque Mrs Bastion me percute. Elle porte une robe à fleurs très moulante et ses joues sont recouvertes d'une épaisse couche de fard.

— Oh, Lou ! s'exclame-t-elle en regardant Jack et Alice avec des yeux humides. Ne vont-ils pas superbement bien ensemble ?

— Oui, c'est vrai, j'approuve, tandis que Jack porte la main de ma sœur à ses lèvres avant de lui murmurer à l'oreille quelques mots qui la font éclater de rire.

— Ça me rappelle mon deuxième mari…, soupire Mrs Bastion. C'était avant mon mariage avec Mr Bastion, bien sûr. Qu'il repose en paix.

Je ne sais pas quoi répondre. Nombre de gens pensent que la crise cardiaque à laquelle a succombé Mr Bastion pourrait bien avoir été une conséquence de l'attitude *passionnée* de sa femme. (Le sang italien aurait fini par avoir raison de lui, c'est du moins la rumeur qui court dans le village.) Par chance, alors que j'entreprends laborieusement d'évoquer le malheureux Mr Bastion et les circonstances particulières de son décès prématuré, sa veuve m'interrompt.

— Et la prochaine, ce sera toi, Louise ! s'exclame-t-elle en m'enfonçant son coude dans les côtes tout en battant des cils d'un air enjôleur.

Je fais mon possible pour ne pas grimacer même si je me sens gagnée par la panique, oppressée par la perspective de me marier, de me ranger, de suivre Alice à la trace comme je l'ai toujours fait.

— Oh, je ne sais pas…

Mais mon opinion n'est pas la première de ses préoccupations.

— Bien sûr que ton tour viendra ! Tu te retrouveras devant l'autel beaucoup plus vite que tu ne l'imagines. Ne sois donc pas si défaitiste !

— Mais je ne…, je commence à protester.

En pure perte : Mrs Bastion a déjà pris le large pour aller parler à quelqu'un d'autre.

Je me sers un verre de vin au gingembre. D'habitude, je ne bois jamais, mais je devine que Mrs Bastion ne sera pas la seule à évoquer mon futur mariage pour me conseiller de ne pas trop tarder à me pencher sur la question. Et puis au fond, ce n'est pas tous les jours qu'on marie sa grande sœur. Je trempe mes lèvres dans le verre ; l'alcool me fait tousser. Bientôt, une agréable chaleur se répand à travers tout mon corps et je sens mes membres se relâcher. Après une nouvelle gorgée, je me décide enfin à me joindre à la fête.

Et quelle fête ! Nous passons tout l'après-midi à boire et à manger, puis vient l'heure de la musique. Quelques gars du village forment un groupe improvisé et quelqu'un ramène même un vieux piano droit. Le résultat est assez chaotique, pas tout à fait juste, mais les notes caracolent joyeusement dans les airs. Éméchée, les joues rosies, je me débarrasse de mes chaussures et me mets à danser. À mes côtés, Alice et Jack dansent aussi et je déborde d'amour pour eux, je déborde d'amour pour tout le monde.

Mais les festivités sont soudain interrompues par un grondement, un vrombissement de plus en plus sonore. Je me retourne et découvre un convoi de quatre belles automobiles qui foncent vers nous en rugissant. Les musiciens cessent de jouer et tout le monde se fige pour observer, bouche bée, les voitures qui filent sur la route. Du toit décapoté de chacun des véhicules surgissent des hommes et des femmes vêtus de tenues de soirée somptueuses. Ils applaudissent, crient et nous saluent sur leur passage. Au moment où la dernière voiture nous dépasse, une fille brandit une bouteille de champagne ouverte. Elle est éblouissante, avec sa robe à franges argentée et sa coupe à la garçonne sculpturale rehaussée d'un serre-tête orné de pierres précieuses. Nos regards se croisent et elle m'adresse un sourire canaille de sa bouche écarlate.

— Santé, ma belle ! me crie-t-elle avant de porter la bouteille à ses lèvres.

Les automobiles disparaissent aussi soudainement qu'elles étaient apparues, ne laissant pour unique trace de leur passage qu'un nuage de poussière et un rugissement de plus en plus étouffé à mesure qu'elles filent sur la chaussée submersible.

Je sens quelque chose tressaillir en moi.

Le passage du convoi agit sur nous comme de l'essence sur des flammes. L'espace est aussitôt saturé de bavardages et de spéculations, et on croirait que nous avons été contaminés par cette traînée de paillettes et de glamour : la fête prend une tournure encore plus endiablée tandis que se vident les bouteilles de vin au gingembre. Quelqu'un (se pourrait-il que ce soit moi ?) proclame à tue-tête qu'il est temps de montrer à ces Cardew que nous aussi nous savons faire la fête. Les hurlements enthousiastes qui retentissent alors augurent d'une nuit dont Penlyn se souviendra longtemps.

Les festivités du mariage d'Alice et Jack se prolongent jusqu'au petit matin, et le soleil fait déjà rougeoyer la ligne de l'horizon lorsque j'entreprends de regagner la maison, mes abominables chaussures à la main. Alors que j'arpente le sentier côtier dans la lueur brumeuse de l'aube, j'aperçois la Cardew House éclatante de lumière. L'estomac noué, je m'arrête au sommet de la falaise, le regard plongeant par-delà les flots, les yeux plissés pour tenter de distinguer un maximum de détails. Après avoir passé tant d'heures à imaginer ce que la maison *pourrait* devenir, je brûle de savoir ce que ses habitants font à l'intérieur. Est-ce à la hauteur de mes espérances ?

Hormis les lumières allumées et les voitures serrées sur l'allée de gravier, je ne perçois aucun signe de vie.

— Je sais que vous êtes là…, je murmure.

Malheureusement, la bâtisse silencieuse demeure indifférente. Sans être devenue une complète inconnue, elle n'est plus tout à fait mon amie. Je reste encore un peu, les bras croisés sur la poitrine, à regarder et écouter de toutes mes forces.

Un formidable bâillement, qui semble naître dans mes orteils, me prend par surprise, mettant un terme à ma rêverie et me laissant chancelante sur mes jambes fatiguées. Les jeunes dandys devront attendre : mon lit m'appelle. Je parcours le reste du chemin en titubant avec le sentiment, dans mon esprit embrouillé, que le trajet est au moins trois fois plus long que d'habitude. Une fois arrivée à la ferme silencieuse, je me traîne dans l'escalier avant de m'effondrer tout habillée sur mon lit. Je sombre sur-le-champ dans un sommeil de plomb.

Je me réveille quelques heures plus tard (combien précisément ? Je n'en ai pas la moindre idée) avec la ferme conviction que mon crâne va exploser. J'ai la bouche sèche et les intenses rayons du soleil de l'après-midi qui s'infiltrent par la fenêtre me font grogner tel un vampire grincheux. On frappe à la porte. La tête de Mouche apparaît dans l'encadrement. Même si mes yeux peinent à faire le point, je ne peux pas rater le rictus moqueur qu'elle arbore. Elle a le même air réjoui que les triplés quand ils sont sur le point de se tirer sans encombre d'une de leurs bêtises.

— Oh, oh ! s'exclame-t-elle en étouffant un éclat de rire. J'ai pensé que ceci pourrait t'être utile.

Mouche me tend un grand verre d'eau. Je me redresse avec mille précautions. La pièce tangue un peu avant de se stabiliser. Je m'empare du verre avec reconnaissance et j'avale une grande gorgée d'eau froide. Je me sens comme une éponge desséchée.

— Qu'est-ce qui s'est passé ? je demande dans un souffle.

— Eh bien, répond Mouche qui s'installe au pied du lit, une bonne dose du vin au gingembre de Cath, voilà ce qui s'est passé.

— Oooooooh, je gémis, serrant ma tête entre mes mains. Oui, tu dois avoir raison. Je suis désolée.

— Je devrais sans doute me fâcher, murmure Mouche après m'avoir observée en silence un long moment. Mais tu as *presque* dix-huit ans maintenant. Et puis, vu ton état, je pense que tu vas te tenir à l'écart du vin au gingembre pendant quelque temps.

La simple évocation de cette mixture diabolique fait se retourner mon estomac. J'enfonce ma tête dans l'oreiller en geignant.

— Quand je suis partie, tu étais en train de... chanter, poursuit Mouche joyeusement.

Je la soupçonne de s'amuser plus que ne devrait le faire une mère responsable.

— Oh, non ! je grogne, alors que tout me revient en mémoire.

Quelqu'un a tambouriné sur le piano, je suis montée sur une chaise et...

— Oooooh ! je gémis de nouveau en me redressant.

Mouche se met à fredonner la mélodie de « *Building a Nest for Mary* », la chanson que je me souviens désormais avoir entonnée avec beaucoup d'enthousiasme la nuit passée. Je l'avais chantée à Alice pendant des semaines : j'aimais la taquiner avec cette histoire d'un homme qui veut construire une petite cabane et une petite chambre d'enfant pour son amoureuse, Mary. Je crois même avoir été jusqu'à remplacer « Mary » par « Alice », et que la foule m'a acclamée. Je laisse retomber ma tête sur l'oreiller.

Je comprends alors que les mouvements brusques ne sont pas mes amis.

— Qu'est-ce qu'il… qu'est-ce qu'il y a dans ce truc ? je demande d'une voix faible.

— La recette de ta tante Cath est secrète, répond Mouche, qui me tapote le bras. Elle est venue à bout de gaillards bien plus coriaces que toi. Tout simplement létale.

— Merci de m'avoir prévenue, je maugrée. (À l'intérieur de mon crâne, le martèlement ne me laisse aucun répit.) Je crois que je vais mourir.

— Je suis sûre que non, rétorque Mouche sans une once de compassion. Tu ferais mieux de prendre une douche et de descendre manger quelque chose. Ça te retapera.

Elle se lève et quitte la pièce, me laissant affronter seule un mal de mer digne des plus effroyables tempêtes.

Je ne parviens à me mettre debout qu'après avoir rassemblé toutes mes forces. En louchant vers le miroir, je découvre un pathétique individu. Mes cheveux partent dans tous les sens, ma robe est chiffonnée, mes bas sont réduits en lambeaux et mon rouge à lèvres a bavé tout autour de ma bouche. C'est à cet instant, face à mon reflet terrifiant, que l'arrivée des Cardew me revient en mémoire. Je me souviens de la fille splendide et je me demande s'il lui arrive d'avoir la mine aussi affreuse au matin, après avoir fait la fête toute la nuit. *Non*, répond d'un ton catégorique une petite voix dans ma tête. *Non. Définitivement et sans l'ombre d'un doute.*

Cela me prend bien plus longtemps que d'habitude, en raison des nombreuses pauses que je dois m'accorder en chemin, mais je parviens finalement à gagner la cuisine, lavée, habillée et presque présentable.

Mouche me prépare une tasse de thé fumante et quelques toasts finement beurrés. À ma grande surprise, je les avale sans tout recracher. Je dois admettre que je me sens bien mieux. Peut-être que la situation n'est pas si désespérée, tout compte fait.

Freya apparaît, un livre à la main. Elle est habillée comme la reine Elizabeth, avec une collerette en papier autour du cou.

— Aïe, tu as une sale tête, commente-t-elle en m'examinant de près. Tu es toute… verte.

— Oui, merci, inutile de hurler, Freya, je murmure en posant mon front contre la table délicieusement fraîche.

— Tu te souviens quand tu es tombée de la table en voulant faire une démonstration de charleston ?

Je grogne de nouveau. Voilà qui explique ce bleu sur ma jambe.

— Je crois que je vais aller faire un tour, dis-je en me massant la nuque d'une main.

— Bonne idée, approuve Mouche. Un grand bol d'air frais te fera du bien. Va donc te promener sur la plage. Freya est tout à fait disposée à prendre en charge tes corvées du matin.

Je crois entendre Freya protester, mais je n'ai pas la force de débattre. Je repousse ma chaise dans un raclement qui me fait grimacer, puis je trébuche jusqu'à la porte. Je rejoins le sentier côtier ensoleillé en avalant à grandes goulées l'air iodé venu de la mer. J'ai l'impression de sentir le vent se répandre à travers tout mon corps, jusqu'au bout de mes doigts et de mes orteils.

Au détour d'un virage, la vue se dégage et la Cardew House apparaît. J'expire l'air que je retenais sans même m'en rendre compte. La marée est si haute que la maison semble flotter, comme une pierre précieuse suspendue entre le ciel et la mer. Les rayons du soleil tombent droit sur l'eau et lui confèrent une magnifique teinte turquoise. Les voitures sont toujours à la même place mais, comme cette nuit, il n'y a aucun signe de vie.

Je progresse lentement jusqu'à la plage, qui se réduit à une fine bande de sable doré intercalée entre la mer et la digue massive. J'entreprends de grimper sur les rochers sombres et polis par les flots qui encadrent la crique. Je sens la chaleur de la roche sous mes pieds nus, puis je saute sur le sable humide. Sans aucun égard pour mes habits, j'avance dans l'eau, pataugeant jusqu'à ce qu'elle atteigne mes genoux. Le froid me donne un coup de fouet suffisant pour dissiper un peu la brume qui emplissait mon esprit. Je m'arrête un instant pour laisser mes pieds s'enfoncer dans le sable fin. Il enserre mes chevilles, m'ancre par le fond.

J'ai tellement envie de savoir ce qui se passe dans la maison que j'en ai la chair de poule. Il est si proche, si désirable, cet autre monde sensuel et exaltant... Je l'ai entrevu lorsqu'ils ont traversé le village la nuit dernière. Le souvenir de ce convoi de voitures filant devant moi provoque une secousse dans mon crâne, et cette fois le vin au gingembre n'y est pour rien. Savoir qu'ils sont si près, que la maison a repris vie après tout ce temps, fait naître en moi un désir aussi violent qu'un coup de pied dans le ventre. J'enfonce mes orteils plus profondément dans le sable. Je dois voir ça. Je dois les voir de plus près.

Ma rêverie obsédante est interrompue par une voix qui m'appelle par mon prénom. Je me retourne d'un mouvement brusque et, tout en vacillant, je porte une main au-dessus de mes yeux pour les protéger du soleil. Le cri a été lancé depuis le sommet de la falaise. C'est Tom. Il semble très agité et dégringole vers la plage.

— Le dragon est arrivé ! s'exclame-t-il après avoir pilé à ma hauteur en projetant un nuage de sable.

Il tremble comme une feuille. Il faut dire qu'il s'agit d'une très mauvaise nouvelle.

— Déjà ? je m'écrie avec angoisse.

Le dragon, c'est notre tante Irene, l'autre sœur de Mouche. Une femme décharnée et sévère, une sorte de corbeau géant. Après la mort de notre oncle Art, il y a quatre ans, elle s'est drapée de noir, probablement pour toujours, ainsi que l'a fait la reine Victoria après le décès de son mari. Bien qu'elle soit morte il y a près de trente ans, la reine Victoria est son modèle en tout point. Tante Irene aime nous rendre visite régulièrement pour faire son inspection et, surtout, nous signifier avec véhémence que nous vivons comme des sauvages. Elle est sans doute venue pour commenter notre comportement lors du mariage d'Alice. Mon petit doigt me dit qu'il ne faut pas s'attendre à des louanges.

— Je l'ai entendue dès qu'elle a commencé à remonter l'allée, lâche Tom dans un souffle. (Ses halètements laissent deviner qu'il a couru tout au long du chemin.) Elle marmonnait dans sa barbe. Elle n'a même pas besoin d'avoir quelqu'un avec qui se disputer. Je crois qu'elle citait la Bible… quelque chose à propos d'ivrognes et de gloutons. (Il écarquille les yeux.) Moi, j'étais là, dans la cuisine, en train de déguster en toute innocence le gâteau de mariage de ma sœur adorée, poursuit-il d'un air offusqué. Elle est apparue à la porte et elle a commencé à hurler que je devrais utiliser une assiette et des couverts et que mon éducation était à refaire… (Il s'arrête et baisse la tête.) Je me suis levé et j'ai filé. J'ai entendu ses cris jusqu'au bout du sentier. J'ai pensé que ça t'intéresserait d'être au courant.

— Merci. Est-ce que Freya s'en est tirée ?

Tom secoue la tête.

— Je ne crois pas. Elle n'en a pas eu l'occasion.

Il s'interrompt, le regard halluciné, et nous observons une minute de silence en hommage à notre camarade tombée au combat. Freya est très certainement en train de se faire sermonner à cet instant précis : parce qu'elle parle trop, qu'elle rit trop et qu'elle existe trop. Tante Irene semble toujours considérer que nous devrions tous être beaucoup… moins. Sa maison à elle est plus lugubre et silencieuse qu'un tombeau. Ses deux fils (la perfection incarnée, bien entendu) sont adultes et ne vivent plus avec elle, mais je me souviens qu'ils étaient comme des fantômes pâles et muets condamnés à hanter cet endroit abominable.

À peine son message délivré, Tom repart sur-le-champ.

— Je vais voir Bill ! me crie-t-il en s'éloignant. Ne rentre surtout pas, elle va rester des heures !

Avec un soupir, je m'extirpe de l'eau et m'affale sur le sable. Voilà précisément pourquoi j'ai tant besoin de la Cardew House. Je l'observe et me sens soudain meurtrie de ne pas pouvoir aller m'y cacher parmi les livres et les ombres. Il fait une chaleur torride, et je serais au frais dans la maison silencieuse. Mais je n'irai pas. Plus jamais. Comme pour me le confirmer, un cri retentit au loin. Je me dresse aussitôt et aperçois trois petits points noirs dans les eaux qui entourent l'île. Des gens nagent dans la baie. On dirait qu'ils font la course. Je ne parviens à distinguer aucun détail : tout ce que je peux deviner, ce sont des fragments de membres pâles et les jets d'écume blanche qu'ils projettent en fendant l'eau avec enthousiasme. Les cris résonnent plus fort ; des voix les encouragent depuis le sable. Les silhouettes contournent la baie, puis disparaissent hors de ma vue. Des applaudissements retentissent, portés par les vagues ; la course doit être terminée. Je reste figée de longues minutes à attendre, à attendre, mais rien ne se passe. Ils sont partis.

Je donne un coup de pied dans le sable pour expulser ma frustration. Ce minuscule aperçu, cette promesse pailletée m'ont filé entre les doigts. Je ressens le désir d'en voir davantage avec une urgence qui me dépasse tout à coup. Je veux les lumières, la musique, le bruit et l'excitation, je veux la nouveauté et la fantaisie. Je veux vivre des expériences plus grandes que ma propre vie, pas seulement en entendre parler dans les journaux. Je veux m'évader dans ce rêve pour un instant.

Je me rassois contre les rochers, cette fois, pour m'abriter du soleil. Je tire de ma poche un carnet ainsi qu'un petit crayon de bois fin que j'entreprends de mâchonner pensivement. Puis je couche sur le papier la fête de la nuit passée. Je me retrouve à m'appesantir sur l'irruption des Cardew, sur la fille à l'arrière de la voiture. Et sur son sourire qui semblait une promesse.

CHAPITRE 4

Au terme de la semaine suivante, je bous d'impatience. Même Mouche l'Imperturbable ne supporte plus de me voir tourner en rond.

— Lou, tu es encore pire que les triplés. Tu ne veux pas te remuer un peu et essayer de te rendre utile ?

Je file dans ma chambre où je couvre mon carnet de commentaires pleins d'aigreur, fustigeant l'incapacité de ma famille à me comprendre. Je tente de me concentrer sur le prochain chapitre de *La Vengeance de lady Amelia*, mais les mots semblent danser sur la page. Je suis perturbée, nerveuse. Je me sens seule, bien que j'aie du mal à l'admettre. Alice et Jack sont partis en lune de miel dans le Devon et l'absence de ma sœur commence à m'oppresser.

Après avoir liquidé mes corvées dès le matin, je finis par me porter volontaire pour toutes les petites tâches en souffrance à la ferme : j'arrache les mauvaises herbes dans le potager et je me repeins les doigts en rouge en cueillant des fraises pour Mouche. Je reprise des chaussettes sans ménager ma peine, je fais réciter leur alphabet aux triplés (qui forment un chœur particulièrement braillard et dissonant), et j'aide parfois Tom à faire ses devoirs. Mais la plupart du temps, les journées s'étirent devant moi à l'infini tandis que j'attends que quelque chose, *n'importe quoi*, arrive. J'ai conscience de chercher à m'occuper plutôt qu'à me rendre vraiment utile. Désormais, ma vie ne me semble plus à ma taille, pareille à une robe qui deviendrait chaque jour plus petite et plus inconfortable. Est-ce que ça peut continuer encore longtemps ainsi ? Maintenant que je ne peux plus parler et rire avec Alice, et qu'il n'y a plus de mariage à préparer (un événement qui a monopolisé toute mon attention ces derniers mois), je me sens terriblement vide, comme si toute énergie et toute fantaisie avaient quitté ma vie. Je suis perdue.

Assez.

Je pousse un profond soupir en m'écrasant les yeux avec les poings. Il est temps de *faire en sorte* que quelque chose se passe. Il est temps pour moi de prendre ma vie en main. Alors, immensément soulagée, j'élabore un plan.

Le plan en question n'a rien de très sophistiqué. Je m'échappe de la maison dans la soirée. C'est marée basse, ce qui signifie que la chaussée est émergée et que je devrais parvenir à me faufiler jusqu'à l'île sans me faire repérer. Je connais si bien les lieux que je pourrai sûrement observer ce qui se trame dans la maison. Je meurs d'envie de découvrir sa métamorphose. Je veux savoir si les fêtes des Cardew sont aussi incroyables qu'on le dit et si ces gens, ceux que j'ai vus filer à toute allure durant le mariage, sont aussi brillants qu'ils en ont l'air. Je veux voir cet autre monde qui s'agite aux frontières de ma propre existence et fait naître en moi un désir tumultueux. Une fois que je l'aurai vu, peut-être que la curiosité qui me consume depuis une semaine sera satisfaite.

La nuit est claire et silencieuse. Lorsque j'atteins la plage, la mer est étale et le grondement assourdi des vagues remplit l'espace. La Cardew House scintille comme un gâteau d'anniversaire. En tendant l'oreille, je perçois l'écho de la musique et des rires qui viennent s'échouer sur le rivage. Je me glisse le long de la vieille chaussée pavée et me tapis dans l'ombre projetée par les rochers. Je suis à découvert. Si par malheur quelqu'un vient à passer par là, il me remarquera à coup sûr. Pour être honnête, la conscience du danger ne fait qu'ajouter à ma jubilation. Je me sens audacieuse et téméraire. L'adrénaline électrise tout mon corps et me donne envie d'éclater de rire.

Plus j'approche de la maison, plus l'espace s'emplit de bruits. Toutes sortes de bruits. De la musique, des verres qui s'entrechoquent, des cris et des rires tonitruants. Le son provient de l'arrière de la maison, mais ici, du côté de l'entrée principale, il n'y a pas âme qui vive. Un crissement de pas sur le gravier me fait sursauter et je me rue vers une sorte de bosquet. Un couple très chic apparaît, titubant, sans doute sous l'influence d'une substance plus forte encore que le vin au gingembre de tante Cath. Je retiens mon souffle. Mes yeux avides ne manquent aucun détail : la bande de soie dorée qui traverse son foulard à elle, la teinte auburn de ses cheveux à lui, assombrie par l'huile dont il semble les avoir enduits.

— Je lui ai dit : chéri, est-ce qu'une fille ne peut pas s'amuser un peu de temps en temps ? s'écrie la femme, qui tangue légèrement.

Le rouquin lui passe un bras autour de la taille et la serre contre lui.

— Et qu'est-ce qu'il a répondu ? balbutie-t-il en la déshabillant des yeux d'une façon qui me fait frissonner (d'excitation ou de dégoût, je ne saurais le dire avec certitude).

— Il a dit…, glousse la femme en redoublant d'hilarité. Il a dit… « Ne pourrais-tu pas ressembler un peu plus à maman ? »

— C'est pas vrai ! s'exclame l'homme dans un grand éclat de rire. Moi, je suis bien content que tu ne ressembles pas à *ma* mère, susurre-t-il en la serrant d'un peu plus près.

Cette tirade ne me semble ni très subtile ni très convaincante, mais cela paraît fonctionner. La femme lève les yeux vers lui, faisant battre ses cils démesurément longs. Il attire son visage vers le sien avec un grognement, puis tous deux s'embrassent avec une fougue (c'est du moins mon impression) un peu trop théâtrale pour être sincère. Je détourne le regard.

Déterminée à les laisser poursuivre leur petit numéro en toute intimité, j'entreprends de contourner la maison en me faufilant à travers les jardins fraîchement entretenus. Jusqu'à présent, je suis plutôt fière de mes talents d'espionne. Je sais qu'il y a un gros chêne un peu plus loin. Si je parviens à me hisser sur l'une de ses branches, je pourrai observer les alentours en toute discrétion. Je commence à me prendre pour une exploratrice naviguant vers des mondes inconnus et exotiques. Dommage que je n'aie pas pensé à apporter mon carnet pour prendre des notes sur le vif, mais il fait de toute façon trop sombre pour écrire. Lorsque j'atteins l'autre côté de la maison, tout heureuse d'être arrivée jusque-là indemne, je ne peux retenir un cri de surprise.

La pelouse et les arbres sont constellés de lanternes éclairées de bougies, et des torches enflammées ont été plantées dans le sol. L'ensemble nimbe le décor d'une lueur brumeuse et romantique. Des dizaines de personnes sont rassemblées sur l'herbe. La lumière de la lune éclaire les flots qui ondoient à l'arrière-plan et les étoiles dans le ciel forment d'énormes traînées de paillettes argentées éparpillées sur une bande de soie noire. À l'arrière de la maison a été érigée une grande plate-forme sur laquelle un groupe de jazz joue un air endiablé qui provoque en moi une irrésistible envie de sautiller. Jamais je ne serai à la hauteur des créatures exquises qui dansent devant la scène : elles tournent, virevoltent et se trémoussent avec tant d'énergie que je ne parviens à percevoir que des taches de couleurs vibrantes et le cliquetis des colliers de perles. J'ai sous les yeux tout ce dont j'ai rêvé, et plus, bien plus encore.

Je réalise alors que, malgré mes prétendus talents d'espionne, je suis pour le moment plantée sur place, immobile, la bouche ouverte, à découvert. Heureusement pour moi, les innombrables convives ont d'autres sujets de préoccupation. Je me réfugie sous les arbres, puis je grimpe à toute vitesse sur le perchoir que j'ai choisi. Grâce à de nombreuses années de pratique, je suis devenue experte en la matière et il est surprenant de voir à quel point ce talent peut être utile en cas d'urgence. Il ne me faut qu'une poignée de secondes pour me hisser le long du tronc du vieux chêne et, bientôt, je balance mes jambes de chaque côté d'une bonne branche bien solide. Je respire un peu plus calmement maintenant que je me sais abritée par la canopée de feuillage dense… et quand bien même, il serait très étonnant que quiconque regarde par ici alors qu'il y a tant de merveilles à voir autour.

Je me délecte du spectacle. J'ai l'impression d'être passée de l'autre côté d'un écran de cinéma. Les hommes, en cravate noire, semblent tous fortunés et sûrs d'eux ; les femmes, avec leurs cheveux courts et leurs lèvres rouges, vêtues d'incroyables robes qu'elles font tourner autour de leurs genoux, sont encore plus belles que sur les photos. Il y a du champagne partout : dans les coupes en verre qui sont portées à ces lèvres rouges et ourlées, dans les bouteilles transportées par les domestiques et dans les grands « pop » accueillis par des acclamations à mesure que sont ouverts les magnums les uns après les autres. À vrai dire, il y a tant de champagne que je crois entendre les bulles pétiller par-dessus la musique.

Les convives discutent avec animation, tandis que je demeure assise sur ma branche à les regarder en contrebas, comme s'il s'agissait d'oiseaux des îles dans la volière d'un zoo. L'ambiance est très joyeuse : j'entends sans cesse retentir des rires et des gloussements. Je prends appui sur mon menton, le sourire aux lèvres, résolue à ne pas manquer une miette du spectacle. Voilà enfin le monde dont j'ai tant entendu parler. Je suis submergée par les couleurs, par les lumières, par toute cette énergie qui m'éclabousse. Je sens les sons vibrer et battre en moi au rythme de la musique. Un trompettiste fait jaillir de son instrument une nappe de notes cuivrées qui me donne une terrible envie de danser. Je sens la branche ployer quand mes jambes se mettent à se balancer doucement.

Je suis assise là depuis une éternité lorsque j'aperçois soudain un homme de haute taille qui navigue de groupe en groupe. Chacune de ses apparitions provoque des exclamations ; tout le monde cherche à attirer son attention. Les femmes lui touchent l'épaule ou le bras, et se mettent à rire un peu trop fort. De ma cachette, je ne parviens pas à le distinguer aussi bien que je le voudrais. Je continue à observer sa progression. Je remarque de larges épaules et d'épais cheveux noirs légèrement bouclés. Il se déplace avec aisance, une main dans la poche. Il marche d'un pas lent, flegmatique, comme si lui seul était insensible à la pulsation affolante de la musique et à l'euphorie générale. À un moment, il tourne discrètement la tête sur le côté et il me semble le voir masquer un bâillement. Je suis si occupée à l'observer que je ne réalise pas tout de suite qu'il approche dangereusement de mon arbre.

J'étouffe un juron et relève mes jambes pour me coucher sur la branche. Que vient-il faire par ici ? Si j'ai choisi cette cachette, c'est parce qu'elle est parfaite : dissimulée dans l'ombre, avec une vue plongeante sur la fête. Je n'avais pas imaginé que quelqu'un pourrait s'éloigner à ce point du cœur de l'action.

L'homme s'arrête juste en dessous de moi, dans la pénombre. Un craquement précède l'apparition de la flamme dansante d'une allumette, puis de la lueur d'une cigarette. Lorsque l'inconnu redresse la tête, j'aperçois son visage un court instant. Ses traits paraissent durs, anguleux. Ses pommettes sont hautes et sa bouche sévère forme un trait parfaitement droit. Il expire un gros nuage de fumée et reste figé dans le noir, ses doigts jouant nonchalamment avec sa cigarette. Je retiens mon souffle tout en m'aplatissant contre ma branche avec l'énergie du désespoir, comme pour me fondre en elle. *Deviens l'arbre*, me siffle mon cerveau. *Tu es l'arbre.*

L'homme porte la cigarette à ses lèvres et aspire une nouvelle bouffée. Le silence qui nous enveloppe est devenu oppressant, comme s'il nous exilait de la fête, comme si l'univers se réduisait désormais à ce seul petit coin de ténèbres. Je suis certaine qu'il entend le vacarme produit par mes battements de cœur, et je suis affolée de découvrir à quel point ma respiration est bruyante. Je suis presque soulagée lorsque sa voix brise ce silence pesant.

— J'espère que vous profitez bien du spectacle, dit-il sans lever les yeux vers moi.

Mon cœur s'arrête de battre. Tout mon corps se fige. Je n'ose pas faire un geste.

— Je ne suis pas persuadé qu'une branche d'arbre soit le meilleur endroit pour faire la fête, reprend-il. Cela dit, pour un peu que l'on connaisse certains des invités, l'idée n'est pas totalement dénuée de sens, ajoute-t-il d'une voix traînante qui volette jusqu'à moi dans l'air nocturne, pareille à la fumée de sa cigarette.

Avec un haut-le-cœur, je réalise que je suis prise au piège.

Les pensées se bousculent dans mon esprit. Fuir ? Comment le pourrais-je, puisqu'il se tient juste en dessous de moi ? Garder le silence ? À quoi bon, puisqu'il sait déjà que je suis là ? La seule solution est d'assumer la situation avec autant d'assurance que possible.

— Oui, la vue est somptueuse, je finis par répondre, avec la ferme intention de concurrencer son ton désinvolte.

Je balance de nouveau mes jambes dans le vide afin de donner l'illusion que je suis confortablement assise et non agrippée à ma branche tel un écureuil psychotique.

— Et je suis très bien installée, merci pour votre prévenance.

Je ne suis pas peu fière du calme avec lequel je parviens à prononcer ces quelques mots. Je me dis que même tante Irene serait conquise par mes bonnes manières. Cette seule pensée suffit à me donner envie de rire. Ce que je fais.

L'homme lève les yeux vers moi. Lorsque, à la lueur de la lune, mon regard rencontre le sien, mon rire meurt dans ma gorge. Je reconnais d'abord ces yeux aux paupières tombantes. J'ai eu l'occasion de les voir dans les pages d'une quantité de journaux, même si j'ignorais jusqu'alors qu'ils étaient d'un vert profond, comme de la mousse. Avec Alice, nous avons disséqué sa vie sentimentale et détaillé chaque couture de ses costumes. Devant moi se dresse Robert Cardew, en chair et en os, et il est en train de m'adresser la parole. Quant à moi, je suis perchée dans un arbre après m'être invitée à sa réception. Rien d'étonnant à ce qu'il me présente un visage dur et peu amène. Je me demande avec inquiétude s'il compte me faire chasser et s'il a compris que je suis celle qu'il a vue fuir de sa maison il y a quelques mois.

— Passez-vous une agréable soirée ? j'ose articuler, tout en me torturant l'esprit pour trouver quelque chose de pertinent à ajouter.

— Pas vraiment.

Il ne me regarde plus, ses yeux sont tournés vers la mer. Ma présence ne semble pas l'intéresser plus que ça.

— Et pourquoi ?

Ma question fend l'air tel un couteau une motte de beurre. Il tire une nouvelle bouffée sur sa cigarette et, pendant un instant, je me demande s'il va répondre ou faire comme si je n'existais pas. Enfin, il hausse les épaules avant de déclarer :

— Je m'ennuie.

— Ne s'ennuient que les gens ennuyeux.

J'ai prononcé ces mots sans réfléchir. C'est ce que Pa nous rétorque toujours quand nous nous plaignons d'être désœuvrés, avant de nous confier en général une corvée harassante. Je me sens rougir de la tête aux pieds et je bénis le ciel d'être dissimulée dans l'ombre.

— Un dicton qu'on vous oppose assez souvent, j'imagine ? lâche Robert Cardew.

Je ne peux contenir mon indignation.

— Je ne suis pas ennuyeuse ! Et ce n'est pas moi qui ne parviens pas à profiter de la fête, c'est vous !

— Vous avez peut-être raison.

Son ton monocorde ne laisse transparaître aucune émotion. Je suis certaine qu'il le fait exprès, pour entretenir ma frustration.

J'expire calmement. Peut-être que le peu d'intérêt qu'il me manifeste est une chance à saisir ; peut-être que je vais me tirer d'affaire, après tout. J'ai juste à attendre qu'il se déplace légèrement (quelques pas vers la droite suffiraient), et je pourrai alors sauter au sol et prendre mes jambes à mon cou. Vu que je suis plutôt rapide, il ne me rattrapera pas. Au moins, il n'a pas l'air trop contrarié par le fait que je me sois invitée à sa fête et il n'est pas indispensable de lui faire savoir que je me suis aussi approprié sa maison pendant plus d'un an.

— Je suppose que vous êtes la voleuse de pommes, dit-il soudain. Celle qui n'aime que les romans d'Agatha Christie.

Mon plan a fait long feu.

— J'ignore de quoi vous voulez parler.

Je n'ai pu m'empêcher de glapir, et même s'il n'en laisse rien paraître, je suis persuadée qu'il s'en est rendu compte. Il a marqué un point dans cet étrange match que nous sommes en train de jouer.

— Vous avez semé des trognons un peu partout. Juste à côté d'une pile de livres. Si ce n'était pas vous… alors nous sommes envahis de souris folles de littérature.

— Ça pourrait être n'importe qui, je lance piteusement.

Un lourd silence s'installe, comme s'il n'allait même pas se donner la peine de répondre.

— Bon, vous m'avez eue par surprise, je souffle enfin, sans chercher à clamer plus longtemps mon innocence.

Sans que je me l'explique, le faible intérêt qu'il semble porter à ma personne déclenche en moi une éruption de colère.

— D'habitude, je range toujours avant de partir, j'ajoute.

— D'habitude ? relève-t-il d'une voix de velours.

— J'étais déjà venue une ou deux fois, je marmonne, parfaitement consciente d'avoir l'air d'une enfant boudeuse.

— Hmmm..., murmure-t-il sans conviction.

Le volcan qui rugit en moi redouble de puissance. Je lui lance une tirade bravache :

— À vrai dire, je suis très contente de l'avoir fait. C'est un crime d'avoir une bibliothèque pleine de livres que personne n'ouvre jamais.

Il se tourne de nouveau vers moi. Je refuse de me laisser distraire par ses stupides yeux verts.

— C'est vrai, approuve-t-il, pensif. Même si *certaines personnes* pourraient considérer qu'une intrusion par effraction constitue, en revanche, un crime en bonne et due forme, ajoute-t-il en baissant les yeux avant de faire mine de cueillir d'un geste délicat un fil invisible au revers de sa veste.

— Techniquement, la fenêtre était déjà cassée, je précise, imitant à la perfection le ton digne et glacial de tante Irene.

— On ne saurait vous donner tort, approuve-t-il tout en écrasant son mégot contre la semelle de sa chaussure.

— Je vous serais reconnaissante de bien vouloir cesser de me parler comme à une enfant, je lance en agitant les bras. C'est très... très... *désagréable* !

— Je sais. (Il m'observe encore, et je crois apercevoir l'ombre d'un sourire sur son visage, mais elle disparaît si vite que je n'ai peut-être fait que l'imaginer.) Croyez-vous pouvoir envisager de poursuivre cette discussion sur la terre ferme ? dit-il de son insupportable ton cérémonieux. Je commence à avoir mal au cou à force de lever la tête et je ne pense pas que cette tenue soit des plus appropriées pour grimper aux arbres, conclut-il en désignant son costume de soirée immaculé.

— Non, en effet, je réponds, cherchant à retarder l'inévitable. (Je sens une boule d'angoisse se former dans ma poitrine à l'idée d'abandonner l'abri relativement sûr que constitue ma branche.) Je suppose que vous ne grimpez pas souvent aux arbres.

— Pas très souvent, non. Plus depuis longtemps, en tout cas.

— Vous manquez quelque chose...

Je me dresse sur ma branche en soupirant avant de sauter. J'atterris à ses pieds dans un léger nuage de poussière. Je lève les yeux vers lui, repousse les boucles de cheveux qui sont devant mes yeux et tâche d'arborer un air de défi convaincant. Je donnerais cher pour porter autre chose que ce short et l'un des pulls trois fois trop grands de Pa.

Oh, mais oui, s'exclame une petite voix dans ma tête, *quel dommage que tu n'aies pas surgi dans ta robe de soirée ! Lou, petite étourdie, pourquoi n'as-tu pas mis ton ensemble Chanel !*

De près, il semble encore plus grand et élégant. Son costume est parfaitement ajusté, et il le porte avec l'aisance d'un homme qui passe un temps considérable dans des tenues de soirée. Son visage sévère, tout en angles aigus et en lignes marquées, a quelque chose d'impressionnant.

Je m'efforce de ne pas me laisser intimider par son regard scrutateur, même si je sens mes genoux trembler ; pas question qu'il s'en rende compte. Je le dévisage à mon tour. Un éclair de surprise s'échappe de ses yeux insondables tandis que je me frotte le nez avec application, avant de glisser une mèche de cheveux derrière mon oreille.

— Je t'imaginais plus âgée, déclare-t-il.

Sa remarque et ce tutoiement subit me froissent : est-ce qu'il me prendrait pour une stupide petite fille ? Je me redresse de toute ma hauteur.

— J'ai dix-sept ans, figure-toi, je lui réponds sèchement.

Après tout, je ne suis pas beaucoup plus jeune que lui. Ma remarque le laisse songeur.

— Alors peut-être aimerais-tu boire un peu de champagne ?

— Du champagne ? Cela me plairait beaucoup, j'approuve avec désinvolture, comme si j'avais l'habitude d'en boire du matin au soir.

— Excuse-moi un instant, j'en ai pour une minute, dit-il en s'inclinant avant de s'éloigner vers la foule.

Mon bon sens me supplie d'en profiter pour m'enfuir, mais j'ai le sentiment que c'est ce à quoi il s'attend. Je décide donc de planter mes talons dans le sol. S'il s'imagine m'avoir intimidée, je vais lui prouver à quel point il a tort. Le fait que je n'avais rien à faire là au départ n'a plus aucune importance. Il m'a défiée, avec son arrogance, et je n'ai pas la moindre intention de me défiler.

J'ai le temps de changer trois fois d'avis en son absence, mais je ne bouge malgré tout pas d'un centimètre. À son retour, il ne m'accorde même pas la satisfaction de paraître surpris ; il se contente de me tendre une coupe de champagne remplie à ras bord.

— Pardon d'avoir été si long, dit-il en parcourant l'assistance du regard. C'est un peu la cohue là-bas et il m'est impossible de faire trois pas sans que quelqu'un me hurle dans les oreilles.

Quand je porte la coupe glacée à mes lèvres, les bulles se répandent dans mon corps, avant même que le goût puissant n'accapare tous mes sens. Ma première gorgée de champagne. Elle me chatouille le nez et me redonne un peu de courage.

— Pauvre de toi, je susurre. Cela dit, peut-être qu'organiser une énorme fête n'est pas la meilleure idée qui soit lorsqu'on veut être seul.

Je lui jette un regard par-dessus mon verre, mais il reste de marbre.

— La difficulté, ce n'est pas d'être seul. C'est de trouver quelqu'un avec qui discuter en vaut la peine.

L'incroyable arrogance de ses propos me laisse sans voix. Pas de doute, cet homme a une très haute opinion de lui-même. Je tente de masquer ma désapprobation en avalant une gorgée de champagne, mais je m'en renverse la moitié sur le menton.

— De toute façon, ce n'est pas *ma* fête, poursuit Robert qui, par bonheur, ne semble pas avoir remarqué ma maladresse. C'est celle de ma sœur, Caitlin. Je devrais te la présenter, d'ailleurs.

— Ne devrais-tu pas *te* présenter d'abord ?

J'ai été tout à coup frappée par le fait qu'il n'ait pas pris la peine de le faire, et je vois là une nouvelle preuve de son arrogance. Enfin, oui, d'accord, je sais bien qui il est, mais *lui ne sait pas que je sais*. Son attitude commence à me révolter.

— Quel impardonnable rustre je fais ! répond-il avec le sourire du requin prêt à fondre sur sa proie. J'ai une fâcheuse tendance à oublier les convenances les plus élémentaires lorsque je rencontre un être suspendu à une branche.

— Je n'étais pas suspendue à une branche, je réplique, vexée. On croirait que tu parles d'un singe. J'y étais perchée. Élégamment.

Il me fixe en silence. J'ai beau très bien savoir qui il est, je préférerais mourir plutôt que de l'admettre. Je lui renvoie un regard torve.

C'est alors qu'à ma grande surprise il saisit ma main droite, puis s'incline légèrement avant de l'effleurer de ses lèvres. Tout mon sang semble refluer vers mes joues, et je me livre à une lutte désespérée pour conserver une apparence imperturbable.

— Robert Anthony Frederick St. John Cardew, ton très humble serviteur, m'annonce-t-il à la manière d'un personnage de roman historique à l'eau de rose (et je sais, *je suis persuadée*, qu'il s'imagine que je vais défaillir).

— Louise Rose Trevelyan. (Ma voix n'est guère plus qu'un grognement.) J'espère que tu ne comptes pas sur moi pour faire une révérence.

Il lève les yeux vers moi et laisse échapper un petit rire, sec et bref, qui semble l'avoir pris de court. L'espace d'un instant, son visage est métamorphosé par une lumière soudaine qui le rend presque beau. (Du moins, pour qui est sensible à ce genre de beauté.)

— C'est une bien belle collection de noms que tu as là, dis-je en retirant vivement ma main d'entre ses doigts, avant d'essuyer ma paume moite contre mon short.

— J'en ai quelques-uns de plus, pour ne rien te cacher, répond-il tranquillement. Mais j'ai pensé que les convenances exigeaient que je les garde pour une autre occasion.

— Très délicat. Préserver une part de mystère.

— C'est essentiel... pour faire une bonne histoire.

— Ou... oui.

Je le scrute avec nervosité. Sa dernière remarque est très étrange, d'autant que sa voix s'est teintée d'une nuance de menace jubilatoire. On dirait un joueur de cartes sur le point d'abattre sa main gagnante, bien que son visage reste indéchiffrable.

— Lady Amelia serait de mon avis.

Il a prononcé ces mots d'un ton soyeux, sans me regarder. Je manque de lâcher mon verre et je me sens pâlir.

— Que... qu'est-ce que tu viens de dire ?

Ma voix s'est réduite à un vague croassement. J'ai dû mal comprendre, c'est impossible.

— Lady Amelia, répète-t-il d'un ton badin. Je pense qu'elle serait tout à fait d'avis de maintenir un peu de mystère, tu ne crois pas ? Même s'il est vrai qu'elle peut parfois se montrer quelque peu... mélodramatique.

Je ferme les yeux un instant, conjurant mon cerveau de donner un sens à tout cela. Au désespoir, je me souviens alors de mon carnet perdu. J'ouvre grand les yeux ; à la lueur qui illumine son regard, je vois qu'il s'amuse follement.

Je dois me rendre à l'évidence : j'ai dû oublier le carnet lors de ma dernière visite à la Cardew House. Mon estomac se tord maintenant que je comprends où ont fini mes notes. Ces pensées naissantes, ces précieux gribouillis, c'est Robert Cardew qui les a trouvés. Pire encore, il les a lus. Je ne laisse jamais personne lire mes carnets, sauf Alice, et voilà que ce… cet *homme* est en train de les tourner en ridicule.

— Mélodramatique, je répète, tel un automate.

— Sans doute est-ce une exigence du genre romanesque…

Je suis submergée par la colère. Mes goûts littéraires ne seraient pas suffisamment distingués pour ce gros snob prétentieux et condescendant ?

— Oui, c'est bien possible, je réponds d'un ton que j'espère détaché, alors que je me sens près d'éclater de rage. Peut-être aurais-tu la bonté de me rendre mes notes ? Leur perte m'a un peu retardée.

— Oh… C'était une lecture très plaisante, mais je ne les garde pas sur moi jour et nuit pour autant, je le crains, dit Robert avec sérieux, tout en tapotant ses poches comme pour me prouver que le carnet ne s'y trouve pas.

— Non, bien entendu, je réplique, m'efforçant de cacher combien je suis blessée par sa petite plaisanterie, et par le fait qu'il se moque d'une chose qui compte tant pour moi.

Robert fronce les sourcils.

— Je…, commence-t-il, mais je le coupe.

— Bon, eh bien, merci pour le champagne. (Je parviens à conserver une voix légère et je vide ma coupe avant de la lui tendre.) Je dois te quitter.

— Et moi qui pensais te présenter à ma sœur…

J'entends à son ton qu'il s'agit d'un défi et, cette fois, il a sûrement conscience d'avoir remporté la partie. Pas question de continuer à discuter avec lui, pas question de me joindre à cette fête, pas avec cette dégaine de fille débraillée et poussiéreuse tombée de son arbre. Inutile d'ajouter l'humiliation à la vexation. Même si une part de moi a aimé ce moment passé en sa compagnie, ses plaisanteries au sujet de mon roman m'ont fait me sentir si insignifiante, si ridicule, que je veux mettre le plus de distance possible entre nous.

— Pas ce soir, je réponds avec toute la dignité dont je suis capable. Je regrette, je suis attendue ailleurs. Merci, Robert.

Puis, rassemblant le peu de courage qu'il me reste, je prends congé et disparais à travers les arbres, le laissant seul sous le clair de lune.

CHAPITRE 5

Depuis trois jours, chacune des embarrassantes minutes passées avec Robert Cardew défile en boucle dans ma tête, encore et encore. La perte de mon carnet me donne l'impression d'être toute nue, vulnérable, comme si on avait profané mon jardin secret. À mesure que l'onde de choc provoquée par notre rencontre se dissipe, je sens grandir dans ma poitrine une boule de colère en fusion. Chaque fois que j'y repense, une vague de chaleur me submerge et je suis prise d'une envie soudaine de frapper tout ce qui m'entoure. D'un autre côté, les images de la fête, le luxe, l'excitation… tout cela s'est incrusté dans ma mémoire et m'emplit de plaisir et de désir. J'avais espéré que cette visite suffirait à satisfaire ma curiosité, mais en vérité, ce petit avant-goût m'a laissée plus vide et perdue que jamais.

C'est alors que je reçois une lettre. L'enveloppe est lourde et, quand je la caresse du bout des doigts, je constate qu'elle est aussi douce que de la soie. Mon nom et mon adresse y ont été griffonnés à l'encre bleu paon. Debout dans la cuisine, je l'ouvre d'une main tremblante. À l'intérieur : une carte épaisse et blanche, encadrée d'or, sur laquelle est gravé un message en lettres dorées scintillantes.

Robert et Caitlin Cardew vous invitent à une réception
en l'honneur de Laurie et Charles Miller.
Joignez-vous à nous pour leur souhaiter
un bon retour sur la terre ferme.
Cardew House, 29 juin 1929.
Cocktail à 21 h.
Tenue blanche exigée.

Une autre feuille de papier épaisse, couleur crème, est jointe à l'invitation. Elle présente la même écriture brouillonne que l'enveloppe. En découvrant ce qui y est écrit, j'éprouve un besoin urgent de m'asseoir.

Chère Louise,

J'ai été très contrariée d'apprendre par Robert que j'avais raté l'occasion de faire ta connaissance lors de notre fête l'autre soir. Je sais bien qu'il est l'homme le plus odieux qui soit, mais si tu te sens capable de supporter une nouvelle fois sa présence, je serai plus que ravie de t'accueillir lors de notre prochaine réception. Viens à 19 h pour le dîner et reste avec nous jusqu'au petit déjeuner, cette fois.

J'ai l'intuition que toi et moi serons les meilleures amies du monde. Dis-moi que tu viendras. Dis oui ! Dis oui !

C.C.

Le cœur battant, je serre la lettre entre mes doigts. « C.C. », ce doit être Caitlin Cardew, la sœur de Robert. Je porte une main à mon front, comme pour gommer le pli qui s'y est formé. Tout ça n'a aucun sens. Si je comprends bien, Robert a révélé à Caitlin que je me suis invitée à leur fête après être entrée chez eux par effraction, que j'ai été insolente lorsqu'il m'a repérée, qu'il m'a insultée (elle n'a pas hésité à évoquer sa nature odieuse, après tout)… et sa réaction serait de m'inviter à dîner ? J'observe de nouveau les lettres griffonnées, les points d'exclamation jetés sur la page et les mots soulignés. Le papier est imprégné d'un parfum inconnu aux senteurs boisées et épicées. J'ai beau fouiller dans ma mémoire, je n'ai pas souvenir d'avoir vu de photos de Caitlin dans les magazines où son frère est pourtant omniprésent.

Soudain, une pensée aussi lumineuse qu'un rayon de soleil transperce ce brouillard de confusion, et je sens le pli sur mon front s'effacer. Je vais y retourner ! Je vais revenir dans cet endroit superbe et exaltant, et cette fois en tant qu'invitée. La seule ombre au tableau, c'est qu'il me faudra aussi revoir le visage irritant de Robert Cardew, mais il ne devrait pas être trop difficile de l'éviter dans la foule des convives. Peut-être même que ce sera l'occasion de retrouver mon carnet avant qu'il le montre à quelqu'un d'autre… s'il ne l'a pas déjà fait.

Car, bien sûr, je vais accepter l'invitation. *Bien sûr* que je vais accepter. Je suis du doigt le point d'exclamation final. *Dis oui !* Cette invitation est pareille à une nouvelle pomme me suppliant de la croquer à belles dents.

Je glisse l'enveloppe dans ma poche avec mille précautions, déterminée à la garder toujours avec moi. Je m'apprête à rendre visite à Alice, que je n'ai pas vue depuis deux semaines. Je meurs d'impatience : jamais nous n'avons été séparées si longtemps. On croirait qu'une vie entière s'est écoulée. Nous avons mille choses à nous raconter. Aujourd'hui, je vais enfin découvrir sa maison. Je voulais y aller plus tôt, dès leur retour, mais Mouche m'a dit que les jeunes mariés avaient besoin de passer du temps en tête à tête. Je me suis sentie un peu mal à l'aise. Les livres et les films s'achèvent toujours par la scène du mariage, si bien que les délices de la lune de miel ont fini par occuper dans mon imagination une place prépondérante mais particulièrement floue. Je suis troublée à l'idée qu'il ne s'agit plus d'un mystère pour ma sœur.

Je marche vers la maison (la maison *d'Alice*, j'ai du mal à m'y faire), avec dans ma poche l'invitation qui semble irradier. La maison fait partie d'une rangée de cottages au centre du village : de hideuses et vieilles bâtisses trapues en pierre noire conçues pour résister aux tempêtes qui s'abattent depuis la mer. L'étroite demeure d'Alice et Jack est prise en sandwich au milieu de la rangée. Pour compenser l'absence de jardin devant l'entrée principale, Pa a fabriqué une jardinière qu'Alice a remplie de marguerites. Elle se dresse fièrement sur le rebord tordu de la fenêtre, et cette éruption incongrue de gaieté correspond si bien à ma sœur que je ne peux retenir un sourire. Un peu intimidée, je frappe à la porte, qui s'ouvre aussitôt.

— Qu'est-ce qui te prend ? demande Alice qui me serre dans ses bras de toutes ses forces. Tu ne vas tout de même pas frapper comme une vulgaire *visiteuse* ?

J'éclate de rire contre son épaule, soulagée de la retrouver fidèle à elle-même, moi qui m'étais imaginé que le mariage la rendrait méconnaissable.

— Mais Alice, *je suis* une visiteuse !

— Oh, non ! Pas vraiment.

Elle me pousse à l'intérieur et je m'arrête pour regarder autour de moi avec curiosité. Nous nous tenons dans une pièce si sombre que mes yeux ont besoin d'un temps d'adaptation.

— Lugubre, n'est-ce pas ?

— C'est…

— Ne te fatigue pas, je sais que ça l'est. C'est à cause de la fenêtre, elle est minuscule. Cela dit, la maison est agréable et fraîche en été. Et puis, elle aura bien meilleure allure quand j'aurai tout repeint en blanc.

— Ah, tu vas repeindre les murs ? je demande en passant une main sur la paroi de pierre brute.

— Tout. Les murs, les meubles, le sol.

— Tout ? Et qu'en pense Jack ?

— Jack pense que je dois faire tout ce que je veux, répond Alice en hochant la tête avec un sourire canaille. Ce sera comme vivre dans un nuage.

— Hmmm..., dis-je, pas très convaincue. Un nuage ? Que pourrait-on rêver de mieux pour nos deux tourtereaux ?

Alice éclate de rire. Un rire charmant, doux et mélodieux.

— Bon, j'ajoute en lui donnant un petit coup de coude dans les côtes, tu me fais visiter ?

À ces mots, des fossettes se creusent sur ses joues et elle écarte les bras, avant de déclamer d'une voix grandiloquente :

— Comme tu peux le constater, voici le séjour et la salle à manger.

Deux fauteuils élimés encadrent une étroite cheminée de pierre, et un joli tapis bleu recouvre le sol en carrelage. Dans un coin, il y a une petite table et deux chaises.

— Oh, les coussins sont ravissants !

Alice et moi avons économisé pendant des mois pour pouvoir commander ce tissu qui nous paraissait ressembler comme deux gouttes d'eau à un Liberty du dernier chic. Mouche s'en est servie pour confectionner deux coussins bleus à motif floral pour les chaises de la salle à manger.

— Il reste assez de tissu pour coudre une nappe, dit Alice. Et tante Irene nous a offert deux chandeliers en argent pour notre mariage. Nous avons dîné comme à la cour toute la semaine.

— Je ne crois pas que la reine accepterait de manger ce que tu as cuisiné, dis-je, hilare.

Il est de notoriété publique qu'Alice n'a rien d'une fée du logis.

— Je ne suis pas si nulle, grogne-t-elle.

— Tu as failli mettre le feu à la cuisine, une fois. En préparant un sandwich.

— C'était un tout petit incendie, murmure Alice d'un air mutin en croisant les bras sur sa poitrine.

— Alors, tu as fait brûler beaucoup de tartines ?

— Un certain nombre, admet-elle en faisant une moue timide.

— Mais bien sûr, Jack les a mangées sans se plaindre ! je m'exclame avec un sourire attendri et caricatural, tout en serrant mes mains l'une contre l'autre. Car tu es la perfection incarnée. Une bien-aimée rêvée. Un ange, une déesse !

Je presse le dos de ma main contre mon front et fais mine de m'évanouir dans l'un des fauteuils.

— Quelque chose dans ce goût-là, oui.

L'esquisse d'un sourire soulève la commissure des lèvres d'Alice. Ce sourire secret qui dresse un rempart entre Jack et elle et le reste du monde.

— Allez, montre-moi la suite, je lance en me relevant d'un bond.

Alice m'entraîne dans une minuscule cuisine équipée d'un petit four et d'une étagère de bois au sommet de laquelle trône le service en porcelaine de son mariage.

Derrière cette pièce s'étend un jardin long et étroit envahi par les mauvaises herbes.

— Les toilettes sont là-bas, dit Alice en désignant le jardin d'un geste vague.

Elle pivote sur elle-même, traverse le séjour et entreprend de monter un escalier étriqué. À l'étage, je découvre deux pièces : un tout petit débarras et la chambre d'Alice et Jack. Contrairement au rez-de-chaussée, cet étage est clair et lumineux, grâce à une grande fenêtre qui donne sur le jardin. Alice a accroché des rideaux de dentelle que la brise, s'infiltrant à travers la fenêtre ouverte, fait se balancer doucement. Il y a aussi un cabinet de toilette, une garde-robe, une petite commode enluminée de marguerites peintes au pochoir (une œuvre de Freya) et un lit.

Mon regard s'attarde sur ce dernier. Il y a des semaines de cela, j'ai aidé Alice à choisir les draps. Ils sont blancs, avec des petites fleurs jaunes brodées sur les bords. Lorsque nous les avons achetés, il ne s'agissait que d'un détail de la longue liste des choses-à-trouver-pour-la-nouvelle-maison, mais ils ont pris une tout autre signification. Ce sont les draps d'un lit conjugal, un lit qu'Alice partage avec Jack. Je tourne la tête vers ma sœur et nos regards se croisent. Elle arbore un sourire narquois.

— Pas de quoi faire cette tête horrifiée. Ce n'est qu'un lit.

— Je sais, je réplique, m'appliquant à garder une voix neutre. J'en ai déjà vu quelques-uns.

L'atmosphère est chargée d'électricité.

— Oh, Alice ! je m'exclame. Est-ce que c'était… ? Est-ce que c'était… ? *Comment* c'était ?!

Pendant quelques instants, Alice étudie ma question en silence.

— C'était… bizarre, répond-elle doucement. Puis c'est devenu… délicieux.

— Mais bizarre comment ? Délicieux comment ?

— C'était comme… comme si nous cherchions à être le plus proches possible l'un de l'autre, dit Alice en hochant la tête. Comme si, malgré tous nos efforts, on ne parvenait jamais à être suffisamment soudés, jusqu'à ce que… Bah, c'est difficile à décrire, mais tu verras ça bien assez tôt, conclut-elle en souriant. À moins que tu n'aies décidé de finir vieille fille, évidemment.

Elle éclate de rire et je l'imite aussitôt, avec un peu moins de naturel, cependant. Je suis déçue, autant par les réponses vagues d'Alice que par sa plaisanterie. Quelque chose me contrarie. Le sentiment qu'une horloge fait tic-tac au-dessus de ma tête, décomptant chaque seconde qui me sépare de ce moment dont je ne suis même pas sûre d'avoir envie.

— Tu sais, tout le monde n'a pas la chance d'avoir un Jack… Il n'y en a pas deux comme lui au village.

— Peut-être que le tien viendra d'autre part, lance Alice en me donnant un petit coup de coude. Cet été, avec l'arrivée des Cardew, Penlyn devrait vite se remplir de célibataires séduisants. Il paraît qu'ils organisent d'énormes fêtes tous les soirs.

— Ah, vraiment ? je réponds d'un ton détaché. Je l'ignorais.

M'efforçant d'afficher un visage innocent, je plonge une main dans ma poche. Je sors l'invitation de Caitlin et m'en sers pour m'éventer. Sous les rais de lumière qui s'engouffrent dans la chambre, les lettres dorées semblent plus éclatantes que jamais. Alice m'arrache la lettre des mains et la parcourt à toute vitesse en ouvrant des yeux ronds.

— … *j'avais raté l'occasion de faire ta connaissance lors de notre fête l'autre soir.* Qu'est-ce que c'est que cette histoire ? Qu'est-ce que tu as manigancé ?

Je me contente de battre des cils, candide. Cette fois, c'est moi qui détiens un secret et je le serre contre mon cœur avec délice.

— LOUISE ! glapit-elle. Comment diable as-tu pu te faire inviter par les Cardew ? Qu'est-ce que tu as fabriqué ?

— Prépare-moi une tasse de thé et je te raconterai tout, je réponds avant de m'étirer et de simuler un bâillement désinvolte afin de masquer mon sourire.

Il me faut près d'une heure pour venir à bout de mon récit, et nous ne touchons pas à nos tasses pendant tout ce temps. Alice veut tout savoir en détail. (« Je ne peux pas croire que tu portais ton vieux short miteux ! » gémit-elle, dévastée, en se prenant la tête à deux mains.) Elle me pose une foule de questions sur les tenues, la musique et les boissons, mais, par-dessus tout, elle s'intéresse à Robert Cardew.

— C'est incroyable, Lou ! s'écrie-t-elle. (Elle secoue la tête et ses cheveux blonds ondulent dans son dos.) Je ne peux pas croire que tu l'aies rencontré. Après tout ce qu'on a lu sur lui, tu lui as *parlé* ! (Elle frétille d'excitation sur sa chaise.) Est-ce qu'il est aussi beau que sur les photos ?

— Peut-être, oui…, je réponds à contrecœur. Enfin, pas si beau que ça, en fait. Et puis, il est un peu vieux.

— Il a vingt-trois ans, tu le sais *très bien* ! s'exclame Alice en fronçant les sourcils. Ce n'est quand même pas un vieillard.

— Eh bien, il avait l'air plus vieux que ça. Mais c'est peut-être parce qu'il est arrogant, condescendant, pompeux, et qu'il…

Je ne parviens pas à en dire davantage. Il m'est impossible de trouver la force d'évoquer l'humiliation que j'ai subie lorsqu'il a évoqué lady Amelia. Je me contente de renifler.

— Est-ce qu'ils ne sont pas tous un peu comme ça, ces gens riches ? C'est trop drôle de t'imaginer là-bas, en train de fricoter avec les Cardew.

Elle se saisit à nouveau de l'invitation pour la relire en la tapotant du bout des doigts.

— Et tu vas y retourner… et vous allez devenir amis !

Je crois déceler un soupçon de jalousie dans sa voix.

— Peut-être que je peux leur demander de t'inviter aussi ?

Ce n'est pourtant pas ce que je veux. J'adore Alice, mais je n'ai pas envie de partager tout cela avec elle. Pour une fois, je ne veux pas être dans son ombre ; je veux écrire ma propre histoire et je sens au plus profond de moi qu'il doit en être ainsi.

— Il n'en est pas question, répond-elle en plaçant une longue mèche de ses cheveux dorés derrière son oreille. Je suis une vieille dame mariée, désormais, et j'ai bien trop à faire. Et puis, ajoute-t-elle avec un grand sourire, je préfère passer mon temps avec Jack plutôt qu'avec n'importe qui d'autre… même si c'est Robert Cardew.

À ma grande stupeur, je ne peux que constater qu'elle est tout à fait sincère. Alice préfère vraiment passer sa soirée à manger des tartines brûlées avec Jack plutôt que de participer à une fête sensationnelle en compagnie des plus ravissantes créatures qui soient.

C'est alors que je me décide à poser la question qui m'obsède depuis que j'ai ouvert l'invitation ce matin :

— Mais, Alice… comment est-ce que je vais bien pouvoir m'habiller ?

Alice hoche la tête avec gravité.

— Oui, je me suis posé la même question…

Nous restons silencieuses et maussades pendant quelques secondes.

— Quel dommage que tu ne puisses pas mettre ta robe de demoiselle d'honneur ! dit-elle enfin. Est-ce qu'on a seulement une tenue blanche ? Je n'en suis pas sûre.

Je devine qu'elle est en train de passer en revue nos garde-robes dans sa tête.

— Non. Pas la moindre. Tu sais bien que Mouche se méfie des vêtements blancs, vu l'état dans lequel nous sommes capables de mettre nos habits. La seule chose blanche que je possède, c'est la chemise de nuit que tante Irene m'a offerte à Noël, et je ne peux pas porter ça.

— Bien sûr que si ! s'exclame Alice qui se dresse d'un bond.

— Alice, qu'est-ce que tu racontes ? je m'écrie en me levant à mon tour. Je ne peux tout de même pas arriver en nuisette à un dîner pareil !

Je ferme les yeux et frémis à la pensée de cette vision effroyable.

— Non seulement tu peux le faire, mais tu *vas* le faire, objecte Alice, avec un sourire rusé, digne du chat du Cheshire. Fais confiance à ta fée marraine, Cendrillon, car demain tu iras au bal.

CHAPITRE 6

L'après-midi suivant, je suis plantée devant un miroir avec Alice qui s'agite dans mon dos.

— Euh, Alice, tu es sûre de toi ? je demande en observant mon reflet.

— Sûre et certaine, marmonne ma sœur, dont la bouche est pleine d'épingles. Maintenant, plus un geste, je veux voir ce que ça donne.

Je porte la nuisette.

J'ai du mal à y croire.

Je ne l'avais encore jamais mise car, pour une chemise de nuit, elle est plutôt luxueuse. Mais comme c'est un cadeau de tante Irene, elle est aussi très simple et tout sauf provocante. Elle est tissée dans un coton blanc très pur et ses longues manches se referment sur des manchettes de dentelle. Elle descend plusieurs centimètres en dessous des genoux et remonte haut sur le cou, où elle est garnie d'un nouveau soupçon de dentelle et fermée pudiquement par une minuscule perle. Elle est en effet très jolie. *Cependant*, si élégante soit-elle, elle reste à des années-lumière des robes moulantes et sophistiquées que j'ai aperçues chez les Cardew. J'ai beau m'épuiser à le signaler à Alice, rien n'y fait. Elle m'ignore avec une constance très irritante, tout en me ballottant de droite à gauche pour mieux tripoter le tissu. Elle consulte un magazine qu'elle a laissé ouvert sur le sol, et fait fi de mes protestations.

Alice ajuste la nuisette sur ma taille et observe mon reflet d'un œil dubitatif, puis elle se retourne et sort quelque chose du sac qu'elle a apporté. Je me sens défaillir.

— Que… qu'est-ce que c'est que ça ? je bredouille.

— Un de mes rideaux, répond tranquillement Alice.

Cette fois, elle va trop loin.

— Je ne vais pas porter ça !

— Je te remercie, lâche Alice. Sache que j'ai mis un temps fou à les choisir.

— Alice… (Je m'efforce de rester calme, bien qu'elle semble avoir perdu tout contact avec la réalité.) Je trouve moi aussi que ce sont de très beaux rideaux. Je les trouvais superbes, d'ailleurs, quand ils se balançaient devant ta fenêtre. Mais tu ne vas quand même pas me proposer *sérieusement* d'aller à une fête… une fête *des Cardew*… (Je ferme les yeux de toutes mes forces.)… habillée d'une *nuisette* et d'un *rideau* ?

— Oh, je te prie de m'excuser… (Alice s'amuse beaucoup, l'ironie suinte de chacune de ses paroles.) Je ne savais pas que tu avais des robes de soirée blanches à ne plus savoir qu'en faire ! C'est *ça* que tu devrais porter, bien sûr ! Je peux demander à Mouche de repasser la Jeanne Lanvin, si tu veux.

— Je ne peux pas aller là-bas, je réponds, prenant le parti d'ignorer ses sarcasmes. Je ne peux tout simplement *pas* y aller.

— Tu dis n'importe quoi. Donne-moi juste une minute. Ça n'aura plus du tout l'air d'un rideau quand j'aurai terminé.

Elle brandit une paire de ciseaux. Avant que je puisse dire un mot, elle a déjà coupé le rideau en deux.

— Oh, non ! je m'étrangle. Tu ne devrais... Tu ne peux... Alice, tes beaux rideaux !

— C'est pour la bonne cause. Des rideaux, il y en aura d'autres.

Je touche le pan de tissu du bout des doigts. Je sais qu'Alice s'est serré la ceinture pour pouvoir s'offrir ces voiles de dentelle mousseuse et délicate. La détermination brille dans ses yeux. Le mal est fait, maintenant, alors autant la laisser aller au bout de son plan délirant.

— D'accord, je souffle. Vas-y.

Dix minutes plus tard, je suis forcée d'admettre qu'Alice n'est pas si folle que ça. Elle a retroussé et épinglé la nuisette sur mes hanches, puis enroulé le plus grand fragment de rideau afin de former une sorte de gros nœud lâche, dont elle a laissé pendre les extrémités. Le résultat ne manque pas de style et n'est pas si éloigné de l'image du magazine d'Alice.

— Ce qui est dommage, ce sont ces longues manches, je lui fais remarquer. Ça semble un peu puritain comparé à ce qu'ils porteront tous. J'imagine qu'on ne peut pas les couper ?

— Ce sera pire encore si on les taille aux ciseaux... Et puis je trouve ça plutôt bien. C'est original. Si tu attaches tes cheveux comme il faut et que tu portes mes petites perles aux oreilles, tu seras très élégante.

Je penche la tête pour m'observer dans le miroir. Je ne suis pas si sûre d'avoir envie d'être originale.

— Je ne sais pas trop... Tu crois vraiment que ça peut faire l'affaire ?

— Bien sûr que oui ! Tu sais combien de temps je passe le nez dans ces magazines. Fais-moi confiance, je suis une experte. Tu vas peut-être même lancer une mode.

— D'accord…

Je ne suis pas encore tout à fait convaincue, mais la passion d'Alice pour les revues de mode est si incontestable que je ne peux que me fier à son jugement. Elle sourit avant de poursuivre :

— En plus, imagine un peu comme ça sera amusant d'aller à une soirée dans une robe offerte *par tante Irene*. Ce n'est pas vraiment ce qu'elle avait en tête !

J'éclate de rire. Il faut reconnaître que c'est une perspective plutôt comique.

— Et ça, c'est pour quoi faire ? je demande en montrant l'autre morceau de rideau, qu'Alice fait glisser entre ses doigts.

— Pour tes cheveux. Assieds-toi, s'il te plaît.

Je m'exécute et m'installe par terre en face d'elle. J'essaie de me détendre pendant que les doigts d'Alice courent délicatement sur mon crâne afin de démêler mes cheveux. Si je fais abstraction de la fête des Cardew, tout semble normal. Je me sens soulagée d'être à la maison avec Alice.

— Et voilà ! déclare-t-elle.

J'ouvre les yeux, je me lève, et me contemple dans le miroir.

— Oh, Alice, tu es *un génie* ! dis-je en touchant mes cheveux d'une main.

Elle a enroulé un carré de dentelle autour de mon crâne à la manière d'un large bandeau, et elle l'a fait passer entre mes boucles avant de l'attacher avec des épingles à cheveux. Le résultat est tout à fait charmant, d'autant que, par contraste avec le bandeau blanc, mes cheveux paraissent moins sombres et mousseux que d'habitude.

— Quand je pense que tu as douté de moi..., dit Alice tandis que je me contorsionne devant le miroir et m'inspecte sous tous les angles.

Puis elle reprend sa voix brusque de femme d'affaires :

— Et maintenant, qu'est-ce que tu comptes faire pour les chaussures ?

— Oh, non... (Je me fige et, dans le miroir, mon visage ressemble à un masque de tragédie grecque.) Tu n'as pas de pantoufles de vair dans ce sac ?

Alice secoue la tête et souffle afin d'exprimer sa frustration.

— Qu'est-ce que je vais faire ?

— Tu vas devoir mettre tes chaussures roses. Tu pourras toujours les enlever... puisqu'en général tu finis pieds nus de toute façon.

— Oui, mais je ne pense pas que ce soit vraiment le genre de soirée où on se promène pieds nus.

— Tout va bien se passer, affirme Alice qui se lève d'un bond avant de s'épousseter. Je dois rentrer. Mon mari va s'inquiéter pour son thé.

— Jack ne peut pas se préparer son thé lui-même ? C'est un cas de sœur en détresse, bon sang !

— Si tu trouves que je cuisine mal, tu devrais voir ce qui arrive quand je laisse Jack se débrouiller tout seul, répond Alice qui rassemble déjà ses affaires.

— Tu es *certaine* que ça va aller ?

— Oui. Essaie juste de ne pas danser comme une possédée, lance-t-elle en quittant la pièce. Il ne faudrait pas que ta robe parte en lambeaux.

— Merci pour le conseil, je marmonne entre mes dents, mais Alice n'est déjà plus là.

J'entreprends de fourrer des habits dans un vieux sac en toile. Je suis invitée à dormir sur place, il faut donc que j'emporte une tenue pour demain matin. Et une autre pour la nuit, bien sûr… une autre nuisette. À cette pensée, je laisse échapper un petit rire hystérique.

Mouche apparaît à la porte.

— Tout va bien ? demande-t-elle en observant ma tenue. Tu es très jolie. Où as-tu trouvé cette robe ?

— C'est Alice qui l'a faite, je réponds en me mordant la lèvre.

Je ne compte pas entrer dans les détails. Mouche est une mère très tolérante, mais je sais qu'elle pourrait avoir des réticences à me laisser partir dîner en nuisette.

— Eh bien, elle a fait des merveilles.

Je suis si soulagée qu'elle trouve ma robe de soirée tout à fait normale que j'ai envie de m'asseoir et de fondre en larmes.

— Tu as tout ce qu'il te faut ? ajoute-t-elle.

— Je crois, oui… Je ne sais pas vraiment ce qu'on est censé dire à ce genre de fête.

— Oh, je suis sûre que tout ira bien. Les gens ne sont que des gens, Lou. Où que tu ailles.

Mouche m'adresse un sourire serein. Pa et elle ont réagi à l'invitation aussi simplement que si elle était venue de n'importe lequel de nos amis. Je suis parfois abasourdie par leur placidité devant nos comportements les plus scandaleux. De toute évidence, une invitation à dîner envoyée par la riche célébrité locale ne justifie pas le moindre lever de sourcil.

À cet instant précis, Pa fait son entrée avec un des triplés sous chaque bras.

— J'en ai trouvé deux, Mouche, mais pas moyen de mettre la main sur le troisième. (Il me regarde, puis siffle avec admiration.) Très joli, Lou !

Une nouvelle fois, je me sens encouragée par le fait qu'il ne m'interdise pas de quitter la maison dans ce qui n'est autre qu'un pyjama.

— Davy est sans doute encore allé dans le cellier pour faire un sort à la confiture, dit Mouche qui sort de la pièce d'un pas lourd, et nous lui emboîtons le pas.

Quand elle ouvre la porte du cellier, nous découvrons Davy, assis par terre, l'une de ses petites mains plongée dans un pot de confiture de fraise. D'après l'état de son visage et de ses habits, il se régale depuis un bon moment. Il lève les yeux vers nous et nous offre un sourire lumineux en agitant ses mains poisseuses.

— Miam, s'exclame-t-il. Miam, miam !

Il se met debout en chancelant et tente de me faire goûter à son précieux butin.

— Garde tes distances ! je hurle, brandissant mon sac de toile tel un bouclier, dans l'espoir de protéger la blancheur virginale de ma tenue.

Pa, héroïque comme toujours, s'interpose en dépit du fait qu'il porte toujours Joe et Max, qui couinent bruyamment pour réclamer leur part de confiture. Davy, offusqué d'avoir été ainsi repoussé, joint ses cris à ceux de ses frères.

— Tu ferais mieux de filer, Lou, dit Mouche avant d'attraper Davy par le col et de le plonger sans hésitation dans l'évier. Passe une merveilleuse soirée.

Pa me sourit par-dessus les têtes des autres marmots, qui continuent à hurler de toutes leurs forces.

Je lui souris à mon tour. Il est temps de partir. Ce qui est drôle, c'est que je me sens bien plus nerveuse d'aller à la Cardew House en tant qu'invitée que je ne l'étais lorsque j'y entrais par effraction. Mais je ne suis pas de celles qui reculent devant l'aventure. Après avoir soufflé un bon coup, je sors de la maison, prête à voir d'un peu plus près ce monde qui m'a tant fait rêver : ce monde où tout semble possible.

CHAPITRE 7

Il fait si bon ce soir que je peux me contenter de ma robe. Le coton léger caresse doucement ma peau tandis que je marche en laissant courir mes doigts sur les herbes hautes qui bordent le sentier. Tout est calme et silencieux. En arrivant sur la plage je découvre avec horreur que la marée est haute. Je reste plantée un long moment dans le sable. Je n'avais pas envisagé ce cas de figure. Mais quelle idiote ! Je ne vais tout de même pas traverser à la nage dans ma robe blanche ! Ce serait l'occasion de m'offrir une entrée remarquée : émerger des flots avec des morceaux de rideau pendouillant de mes cheveux mouillés… Je vais devoir prendre la barque, ce qui signifie que je vais être affreusement en retard.

Soudain, le silence est brisé par un grondement lointain. Comme je le comprends bientôt, il provient d'un petit bateau à moteur qui scintille au loin et bondit sur les vagues en direction du rivage. Il ne lui faut que quelques minutes pour atteindre l'endroit où je me trouve. Je pose ma main en visière au-dessus de mes yeux pour les protéger du soleil couchant et j'essaie de distinguer l'individu au volant du bateau.

Lorsque je reconnais enfin le pilote, mon cœur s'emballe. Robert Cardew. Mes épaules s'affaissent et je suis traversée par un frisson de colère. Cette fois, au moins, je me trouve là où je suis supposée être, mais son apparition me trouble.

— Bonsoir, je lance alors qu'il s'arrête au bord du rivage et coupe le contact avec un claquement sonore.

— Bonsoir, répond-il. Caitlin m'a envoyé te chercher.

— C'est une chance qu'elle ait eu cette idée. (À mon grand désespoir, je trébuche sur chaque mot.) Je n'y avais pas pensé moi-même alors que je vis ici depuis... Enfin, j'ai toujours vécu ici en fait, donc on pourrait s'imaginer que je sais très bien qu'il faut toujours vérifier les marées, mais je...

Ma phrase reste désespérément en suspens. Il m'observe et son regard n'exprime qu'une indifférence tranquille.

— Bref, je reprends, tâchant de retrouver un semblant de dignité, merci beaucoup pour ton aide.

— Mais de rien. (Il marque une longue pause pendant laquelle je cherche avec angoisse quelque chose d'intelligent à ajouter.) Peut-être que tu aimerais monter à bord, maintenant que je suis là ?

Je le fusille du regard sans parvenir à trouver une réplique assassine.

— J'imagine que tu pourrais aussi traverser à la nage..., ajoute-t-il en se tournant vers la maison. Ce n'est pas si loin.

— En effet, je réplique, piquée au vif. Je l'ai fait très souvent, d'ailleurs.

— Très souvent, dis-tu ? répond-il en levant un sourcil. Intéressant.

— Enfin, pas si souvent que ça..., je lance aussitôt pour tenter de rattraper mon erreur.

Nous nous fixons un instant sans bouger, puis il hausse les épaules avant de déclarer :

— Quoi qu'il en soit, ce n'est pas le moment idéal pour faire de la natation.

— Oui, j'avais déjà exclu cette possibilité. Imagine dans quel état seraient mes cheveux !

— Sans parler de ta charmante robe, ajoute-t-il.

Je lui jette un regard soupçonneux pour m'assurer qu'il ne se moque pas de moi, mais il a repris son expression neutre et polie, qui le fait paraître si sérieux. Je retire mes chaussures et les range dans mon sac.

Je m'avance jusqu'au bateau et Robert me tend la main. Lorsqu'il m'aide à monter à bord, ses doigts serrés autour des miens, je constate que sa poigne est ferme, sa peau chaude. Je contemple le bateau ; c'est un engin dernier cri, sans aucun doute, une splendeur tout en bois sombre poli et en cuivre rutilant. Je remarque un nombre colossal de boutons et j'ai envie d'appuyer sur chacun d'eux pour voir à quoi ils servent.

— Serais-tu très peinée que je la récupère ? demande Robert de son éternel ton désinvolte.

Je réalise que je tiens toujours sa main dans la mienne. Je me sens rougir… et il ne s'agit pas d'un délicat éclat rose tendre, plutôt du rouge écarlate d'une tomate pelée.

— C'est que j'ai besoin de mes deux mains pour démarrer le bateau, vois-tu, explique-t-il.

— Bien entendu, je réponds froidement en retirant ma main d'un geste brusque. Merci pour ton aide.

Je me laisse tomber sur le siège de bois poli avec une totale absence de grâce, et me mets à ruminer (mon Dieu, ce type est imbuvable !). J'inspire profondément. Tandis que je ferme les yeux, m'efforçant de penser à des choses agréables, je sens un sourire se dessiner sur mon visage.

— À quoi penses-tu ? demande Robert.

— Je m'imagine en train de te donner des coups de pied dans les tibias. Ça me fait un bien fou.

Robert émet une sorte de grognement (si tant est qu'un homme si distingué puisse produire un tel son), puis, sans ajouter un mot, il démarre le moteur et met le cap vers l'île. Il n'a pas l'air d'avoir pris mes menaces au sérieux, même si je plaisante à moitié. Ce n'est qu'à cet instant que je remarque qu'il porte un pantalon noir ample et une chemise bleue, dont il a ouvert le col et roulé les manches. Non, je ne suis pas en train de regarder ses bras.

— Oh, mais tu n'es pas habillé en blanc !

Après tout le mal que je me suis donné pour trouver ma tenue, est-il possible que j'aie compris l'invitation de travers ? J'aurais été bien plus à l'aise dans ma robe rose de demoiselle d'honneur…

— Pardon ? crie Robert par-dessus le vacarme du moteur.

— Tu ne portes pas de blanc ! je hurle, paniquée. Je croyais qu'il fallait…

Il m'interrompt :

— Je me changerai juste avant le dîner. Je n'aime pas beaucoup les cravates blanches. C'est un de ces thèmes de soirée délirants typiques de Caitlin et il est bien plus facile de s'y résigner que d'en débattre avec elle sans fin. Crois-moi, j'ai beaucoup d'expérience en la matière.

— Ah, d'accord, je réponds dans un murmure.

J'enroule mes bras autour de mon corps. Maintenant que nous filons sur l'eau et que le vent rugit autour de nous, ma robe me semble bien fine. Je prie de toutes mes forces pour qu'Alice ait attaché mes cheveux avec soin ; j'écarte de mon visage une boucle égarée.

— Je crois que je te dois des excuses.

Ces mots paraissent avoir été arrachés de force à la bouche de Robert. Je relève brusquement la tête. Il ne me regarde pas, ses yeux sont toujours braqués vers la maison.

— Des excuses…, je répète d'un ton suspicieux, sans être sûre d'avoir bien entendu.

Robert coupe le moteur et le souffle du vent retombe tandis que le bateau s'immobilise dans les eaux claires. Il se tourne vers moi.

— Oui, poursuit-il, visiblement mal à l'aise. Au sujet de ton carnet.

Je sens tout mon corps se tendre. Est-ce qu'il va encore se moquer de moi ? Je lui lance un regard méfiant, à l'affût de toute trace de sarcasme.

— Qu'est-ce que tu veux dire ? je demande, faisant comme si je n'avais pas accordé la moindre importance à cette histoire.

— Je crois que nous nous sommes mal compris, l'autre jour.

Il se frotte le menton. Pour la première fois, il ne semble pas très sûr de lui.

— Ah ?

Je hausse un sourcil et me tiens bien droite, les mains crispées sur mes genoux.

— Oui, je… (Il s'interrompt un court instant.) Je ne voulais pas te blesser, conclut-il d'un air pincé.

— Tu ne m'as pas blessée, je réponds sèchement. Ce que tu peux penser de mon récit ne me fait ni chaud ni froid, mais je te serais reconnaissante de bien vouloir me rendre mes notes au plus vite.

Robert serre les lèvres.

— Bien sûr, se contente-t-il de répondre avant de remettre le moteur en marche.

Quelques minutes plus tard, nous arrivons aux abords de l'île et laissons le courant nous porter jusqu'à la crique isolée qui est l'un de ses trésors cachés. Elle est équipée d'une petite jetée. Robert attache le bateau et en sort d'un bond. Dans le même mouvement, il attrape mon sac élimé d'une main et me tend l'autre. Il ne prononce pas un mot, mais je devine qu'il rit intérieurement, attendant que je la saisisse. Avec un soupir, sans chercher à cacher ma réticence, je m'exécute et saute à terre. Mais cette fois, je retire ma main aussitôt.

Je me dirige vers les marches délabrées qui mènent à la maison avant de réaliser qu'une invitée « normale » laisserait son hôte la guider. Et aujourd'hui, je suis déterminée à me comporter comme telle. Je m'arrête net, pivote sur mes talons… et percute Robert qui était juste derrière moi.

— Oh, pardon ! je m'exclame, déstabilisée par notre promiscuité soudaine et par l'odeur de propre de sa chemise. J'ai pensé qu'il serait peut-être plus convenable de te laisser me guider.

Les mots sortent de ma bouche avec difficulté et mon ton doit sembler agressif.

— Oh, non ! répond-il en reculant d'un pas. Je t'en prie, passe devant, ajoute-t-il avec un petit geste.

Son attitude est irréprochable, aussi parfaitement lisse que les billes de verre que Tom transporte dans ses poches. Son calme imperturbable me trouble d'autant plus.

— Très bien.

Je trébuche dans le sable et me précipite sur les marches, si vite que je dois l'attendre au sommet de l'escalier. J'en profite pour admirer la vue. Le paysage de l'autre côté du bras de mer est si beau lorsqu'il baigne ainsi dans la lumière éclatante qui précède le coucher du soleil... La maison paraît avoir pris feu, les pierres couleur miel ont l'air de briller de l'intérieur. J'entends le murmure de la brise à travers les arbres, et c'est comme s'ils me parlaient, me souhaitaient la bienvenue. Je frissonne. C'est l'une de ces soirées où tout semble pouvoir arriver.

Robert me rejoint.

— C'est splendide, n'est-ce pas ? je déclare dans un souffle.

— Oui, sans doute..., répond-il en parcourant distraitement le paysage des yeux.

Je parie que les arbres ne lui parlent pas très souvent. Sans doute est-il en train de comparer le décor à Londres, ou à Paris, ou à je ne sais quel autre endroit. On dirait qu'il a tout vu et tout connu. Je me renfrogne. En vérité, je suis jalouse qu'il connaisse tant de lieux, et agacée qu'il semble n'en avoir pas grand-chose à faire. Pas étonnant qu'il s'ennuie si facilement. Bah, s'il n'est pas capable d'apprécier un superbe coucher de soleil, c'est son problème.

— Pourquoi avez-vous choisi de passer l'été ici ? je lui demande.

Il se montre si peu intéressé par le paysage que cette décision est bien étrange.

Il ne répond pas tout de suite et, lorsqu'il le fait, c'est d'une voix dénuée d'émotion :

— Ma sœur a ressenti le besoin de changer de décor. L'air marin nous soustrait agréablement à celui de Londres.

— Oh...

Ce n'est pas ce qu'on appelle une explication enthousiaste. La maison mérite mieux. Je me sens fâchée pour elle.

— Tu penses à nouveau à mes tibias ? m'interroge-t-il en glissant un regard vers moi, et je réalise que nous nous tenons très près l'un de l'autre.

Je fais un bond de côté digne d'un chat sauvage, puis je me grandis autant que possible avant de répondre avec dignité :

— Sache qu'en vérité je ne pensais *pas du tout* à toi.

Tandis que nous avançons sur l'allée qui mène à la maison, la porte d'entrée s'ouvre à la volée et une fille apparaît. Elle court à ma rencontre et saisit mes mains dans les siennes. Elle ressemble à une princesse de conte de fées enveloppée dans un nuage immaculé de soie et de dentelle. Sa coupe à la garçonne est couronnée de plumes blanches et ses cheveux clairs semblent argentés dans cette lumière. Plusieurs colliers de perles parent son cou élancé et elle porte de merveilleuses ballerines de soie blanche, de celles qu'on imagine aux pieds d'une danseuse étoile. Je reconnais tout de suite la fille qui a jailli de la voiture lors du mariage d'Alice.

— Très chère ! s'exclame-t-elle en m'embrassant chaleureusement sur les deux joues. Je suis si heureuse que tu sois venue !

— Louise, voici ma sœur, Caitlin, dit Robert.

— Je t'en prie, appelle-moi Lou.

— *Lou*, chantonne Caitlin, et mon pauvre petit nom n'a jamais semblé si poétique. Tu n'imagines pas à quel point je suis contente que tu aies accepté de venir.

— Je…

Je jette un coup d'œil à Robert, me demandant comment l'idée de m'inviter a été abordée entre eux. J'aurais dû lui poser la question quand nous étions sur le bateau.

— Je suis très heureuse d'être là, dis-je enfin. Je ne pensais pas être la bienvenue, après ce qui s'est passé l'autre jour…

Caitlin glisse son bras sous le mien, si bien que je ne peux pas voir comment Robert réagit à mes paroles. Sa sœur, quant à elle, est un livre ouvert.

— Par pitié, ne te soucie pas de ça ! s'exclame-t-elle, et je vois à ses yeux brillants qu'elle s'amuse beaucoup. Tu n'es pas notre premier intrus, mais la plupart du temps nous avons affaire à des individus sinistres. Alors que toi, au contraire… tu es différente, ça saute aux yeux. Une bouffée d'air frais !

Elle hausse légèrement le menton pour m'examiner. Quoi qu'elle soit en train de chercher, elle semble le trouver, car elle finit par hocher la tête d'un air approbateur.

— Oh oui, Robert ! Tu avais tout à fait raison, lance-t-elle à son frère avant de me regarder de nouveau. Nous allons devenir les meilleures amies du monde, je le sens !

Robert marmonne entre ses dents ; je crois entendre quelque chose comme « Dieu tout-puissant, viens-moi en aide ». Je donnerais cher pour savoir ce qu'il a bien pu raconter à Caitlin.

— Eh bien, j'en suis ravie.

Je suis tout à fait sincère. Caitlin a un charme irrésistible. Elle partage cette qualité avec Alice, bien qu'elles soient très différentes en apparence. À vrai dire, il est même étrange qu'elle ait plus en commun avec Alice qu'avec Robert. Sa cordialité naturelle est à l'opposé de l'arrogance renfrognée de son frère.

— Tu es ravissante, dis-je à Caitlin, en m'efforçant de ne pas laisser percevoir ma jalousie.

Je me sens miteuse et gauche dans ma robe de fortune, pas du tout à ma place à côté de cette fille splendide.

Caitlin lâche mon bras et se met à sautiller en rond avec un sourire satisfait.

— C'est plutôt réussi, n'est-ce pas ? Mais tu es très jolie, toi aussi. *Où donc* as-tu trouvé cette adorable robe ?

— Hum… Elle était à ma sœur, je réponds prudemment.

— Tu vas rendre tout le monde dingue. Tu as l'air si fraîche, un vrai petit perce-neige. Ce sera la nouvelle mode !

Je réprime un éclat de rire à la pensée d'une ruée sur les rideaux. Puis une vague de nervosité me prend au dépourvu lorsque je m'imagine rencontrer tous ces gens. J'en ai la nausée. Vont-ils m'apprécier ? Ou s'apercevront-ils au premier regard que je ne suis qu'une usurpatrice en chemise de nuit ?

— Robert, voudrais-tu bien aller déposer le sac de Lou dans la chambre bleue ? lance Caitlin, et sa voix dissipe aussitôt mes angoisses. Et puis dépêche-toi d'aller te changer. C'est bientôt l'heure du dîner.

— Oui, chef, répond Robert tandis que Caitlin m'entraîne dans la maison.

Nous y voilà. C'est maintenant que tout va commencer.

CHAPITRE 8

À l'abandon, la maison était déjà superbe, mais elle brille désormais de mille feux. Je suis troublée de voir ce qu'est devenu cet endroit si familier. Je jette des regards partout autour de moi tandis que nous traversons le hall d'entrée, avec son sol en marbre rutilant et ses majestueux lustres de verre. Caitlin me précède, à son aise dans ce décor spectaculaire. C'est alors que je réalise que Robert est parti avec mon sac, dans lequel sont rangées mes chaussures roses. Mes pieds sont toujours nus et, comme je le découvre avec horreur, couverts de sable. Je me fige sur place. Que faire ? Je vais devoir en parler à la princesse de conte de fées qui m'accompagne.

— Hum, Caitlin... (J'ai parlé tout bas, pourtant mes mots semblent rebondir sur les murs soyeux.) Je ne sais pas trop comment dire ça, mais... je n'ai pas de chaussures.

Caitlin s'arrête net, se retourne et regarde mes pieds.

— En effet, tu n'en as pas.

À mon grand soulagement, je ne semble pas avoir fait une inacceptable entorse à la bienséance. Après avoir poussé un profond soupir, j'entreprends de me justifier d'une voix hésitante :

— Je... je n'avais pas de chaussures blanches. Alors j'ai pris les roses, mais j'ai dû les retirer pour monter à bord du bateau. Elles sont dans le sac que Robert vient d'emporter à l'étage. Si tu me dis où il est parti, je peux le rattraper et les récupérer.

— Oh, ma chère, ne t'en fais pas pour ça ! (Caitlin n'a pas du tout l'air tracassée, tandis que je me sens gagnée par la panique.) Si elles sont roses, tu ne peux pas les porter, de toute façon. Vois-tu, j'ai établi un dress code très strict. Robert m'appelle la sergente-chef, mais c'est parce qu'il n'y comprend rien. (Elle ricane en baissant les yeux, et je perçois une certaine crispation dans sa voix.) Dans notre milieu, si tout n'est pas ajusté au millimètre, on ne vous rate pas.

Elle m'offre son sourire le plus éclatant. Je la crois sur parole ; après tout, j'ai lu assez d'articles consacrés à ces soirées pour savoir que le moindre détail compte. Jusqu'à présent, je n'avais jamais pensé que cela pouvait être une source de stress ; je m'imaginais en quelque sorte que ces fêtes naissaient d'elles-mêmes, aussi libres et spontanées que ceux qui y étaient invités. Je comprends que ce n'est pas vraiment le cas. Tout cela est très intéressant, mais nous nous éloignons de mon principal sujet d'angoisse.

— Je comprends, dis-je avec autant de calme que possible.

— Je pourrais sûrement te trouver une paire de chaussures. Mais si j'étais toi, je m'en passerais.

— Vraiment ? je m'exclame, stupéfaite.

— Oui. Tu es charmante ainsi, avec ta peau bronzée et tes pieds nus… Cela te va très bien.

J'oscille entre le rire et les larmes. Est-ce vraiment un compliment ?

— Je ne peux pas aller dîner pieds nus, Caitlin, dis-je enfin avec fermeté.

S'il s'agissait d'elle, peut-être que ce serait perçu comme une formidable excentricité. Mais dans mon cas, l'intruse venue du village, ça ne marchera jamais.

Caitlin hausse les épaules et ce geste la fait soudain ressembler à son frère. Pour eux, tout semble si simple, si limpide.

— Bien, dit-elle en inspectant mes pieds. Je crois que nous faisons à peu près la même pointure. Attends-moi ici.

Elle disparaît par l'une des portes du hall avant de réapparaître quelques minutes plus tard, une boîte à la main.

— Et voilà ! dit-elle en me la tendant. Mais j'insiste pour que tu les enlèves pour danser. Tu es mon invitée, alors tu dois m'obéir, ajoute-t-elle avec un clin d'œil.

— Promis.

J'ouvre la boîte. Sous quelques délicates feuilles de papier de soie rose, je découvre une paire de ballerines blanches identiques à celles de Caitlin.

— Oh, je ne peux pas accepter… Elles sont splendides et tu ne les as même pas encore portées !

— Ne sois pas ridicule, pouffe Caitlin. J'en achète toujours bien plus que nécessaire. Tu as besoin de chaussures, voici des chaussures. Maintenant, cesse de protester et enfile-les, qu'on puisse se joindre à la fête !

Elle a raison, il est inutile d'argumenter plus longtemps. Il est clair que Caitlin est de nature généreuse, même si je ne peux pas m'empêcher de penser qu'il est facile d'être généreux quand on possède tant de choses. Sans rien ajouter, je frotte le sable sur mes pieds et j'enfile les ballerines. Elles sont un peu trop grandes, mais très confortables. En admirant mes souliers gracieux et hors de prix, je sens ma confiance grandir. Bien plus sûre de moi, je lève les yeux vers Caitlin. Quoi qu'il arrive désormais, au moins serai-je chaussée comme il faut.

— Ravie de te voir plus à l'aise ! lance Caitlin dans un éclat de rire, et je réalise combien mes émotions doivent être écrites sur mon visage.

Elle saisit ma main et la presse avec beaucoup de douceur.

— Parfois, j'oublie à quel point nous pouvons paraître étranges, dit-elle. T'enlever ainsi pour te traîner dans une fête où tu ne connais personne… J'espère que tu ne m'en veux pas ?

— T'en vouloir ? Jamais de la vie ! (Spontanément, je décide de lui dire la vérité.) Je suis si excitée de faire quelque chose de nouveau, de voir quelque chose de différent…

Caitlin hoche la tête, soudain très sérieuse.

— Alors tu devrais comprendre pourquoi Robert et moi t'avons fait venir.

Je ne suis pas sûre de bien saisir, mais son air grave s'efface aussitôt pour laisser la place à un sourire ravageur.

— Maintenant, allons-y ! s'écrie-t-elle.

Elle me tire par le bras sans ménagement, jette la boîte à chaussures et m'entraîne dans le grand salon.

— Je sais combien tu aimes *cette pièce*, murmure-t-elle, assez bas pour que moi seule puisse l'entendre.

Il s'agit bien sûr de la pièce dans laquelle Robert et Caitlin ont failli me surprendre il y a trois mois… une éternité. Je la regarde droit dans les yeux, mais son visage ne laisse rien transparaître d'autre qu'une sorte d'admiration espiègle, comme si je leur avais joué un bon tour. De toute évidence, l'univers des Cardew obéit à des règles que je ne comprends pas.

En inspectant les lieux, j'ai du mal à croire qu'il s'agit du salon où j'avais établi mes quartiers. Je reconnais pourtant la cheminée dans laquelle j'ai jeté tant de trognons de pommes ainsi que le tapis sur lequel je me suis si souvent prélassée. Plus rien n'est terne ni élimé. À l'image de toute la maison, le grand salon semble régénéré : on y a insufflé la vie à nouveau. La pièce paraît plus petite. Elle est chaleureuse et intime, et aussi plus sonore. Les murs ont été tapissés d'un papier peint très clair, couleur chair, subtilement moucheté d'or, et le plancher a été poli au point qu'on pourrait y voir son reflet. De grands canapés moelleux couverts de velours vert comme de la mousse invitent à s'y plonger. La pièce est remplie de convives élégants qui attendent de parler à Caitlin, voire, peut-être, me dis-je avec une pointe d'angoisse, de me parler à *moi*. Il n'y en a qu'une vingtaine, mais ils me semblent bien plus nombreux. Les hommes portent des smokings blancs et des nœuds papillons immaculés, tandis que les femmes sont moulées dans des robes presque aussi spectaculaires que celle de Caitlin.

— Chers amis, je vous présente une amie, chantonne Caitlin. Voici Lou !

Elle me pousse en avant et je reste plantée là, mal à l'aise, ne sachant pas du tout quoi faire. Après quelques instants, je me décide à lever une main pour esquisser une sorte de salut informe.

— Bonjour…

— Je dois aller préparer la suite des événements, me dit Caitlin. Tout ira bien ? (Elle perçoit sans doute la panique qui me gagne.) Je te jure qu'ils sont tous inoffensifs. Et Robert va arriver d'un instant à l'autre. C'est injuste que les hommes aient besoin de si peu de temps pour se préparer, tu ne trouves pas ? conclut-elle en fronçant les sourcils.

— Si… (Je parviens tant bien que mal à lui sourire.) Va faire ce que tu as à faire. Tout ira à merveille.

— Je suis vraiment désolée de t'abandonner, grimace-t-elle. Je dois vérifier des tas de choses et je suis toute seule pour m'en occuper… mais plus tard, nous aurons l'occasion de discuter tranquillement.

Caitlin se tourne vers l'assemblée.

— Bernie, mon chéri ? Aurais-tu la gentillesse de t'occuper de Lou ?

Un homme se dirige vers nous d'un pas nonchalant. Il est maigre, élégant avec sa cravate blanche, et il arbore sur son visage un petit air sarcastique.

— J'aime rendre service, dit-il d'une voix traînante, et je suis soulagée de voir son rictus moqueur laisser la place à une mimique plus amicale.

Il porte une cigarette à ses lèvres et mime une petite révérence.

— Mais où se cache donc ton charmant frère ? demande-t-il en jetant un regard impatient par-dessus l'épaule de Caitlin.

— Robert est en train de se préparer.

— Et les invités d'honneur ?

— Oh, tu connais Laurie ! s'exclame Caitlin en riant. Elle aime les entrées remarquées. Aucune chance de la voir apparaître avant que tout le monde soit déjà arrivé.

— Bien entendu, murmure Bernie, qui se tourne vers moi et m'inspecte sans masquer sa curiosité. Allons, viens par ici, ma petite caille, laisse-moi te prendre sous mon aile. Il est temps d'aller te chercher un verre.

Maintenant qu'elle me sait entre de bonnes mains, Caitlin nous salue puis quitte la pièce.

Bernie me conduit jusqu'à un chariot rempli de boissons, devant lequel il se met à gesticuler.

— Alors, que veux-tu boire ? Je pense qu'il y a là tout ce qui existe. Les Cardew sont toujours très prévoyants en matière d'alcool.

Malheureusement, le souvenir ravivé du vin au gingembre me tord l'estomac et ajoute à ma nervosité.

— Un verre d'eau pétillante m'ira très bien, s'il te plaît, dis-je avec l'espoir de ne pas paraître trop guindée. Je n'ai pas l'habitude de boire. Je ne tiens pas très bien l'alcool.

— Voilà qui explique ce teint *affreusement* sain, répond Bernie en remplissant mon verre avant d'y ajouter des glaçons. À côté de toi, nous sommes tous blafards.

J'observe le visage de Bernie. Il semble avoir une petite trentaine d'années, mais il pourrait être un peu plus vieux. Sa peau pâle, ses traits anguleux, ses pommettes hautes et son menton pointu lui confèrent une sorte de beauté décadente. Ses cheveux noirs sont plaqués en arrière sur un front haut et il a des mains fines et élégantes qui volettent à chacune de ses paroles. Son regard acéré s'accorde mal à ses mouvements lents et quelque chose en lui me met mal à l'aise. J'ai le sentiment que, de toutes les personnes présentes, c'est lui qui serait le plus à même de démasquer l'imposteur que je suis. Je trempe mes lèvres dans le verre qu'il vient de me tendre, faisant mon possible pour ne pas trembler.

— Comment as-tu rencontré les Cardew ? demande-t-il en me scrutant, ses paupières lourdes soudainement plissées.

— Euh, nous nous connaissons depuis longtemps, je réponds à tâtons. Et toi ?

— Oh, va savoir comment les gens font connaissance..., soupire Bernie en agitant sa cigarette pour souligner la nature éthérée de ses relations avec les Cardew. Nous nous fréquentons depuis une éternité. Sans doute depuis une quelconque fête ennuyeuse parmi tant d'autres. C'est malheureux, mais elles ont tendance à se confondre les unes avec les autres depuis le temps. Ces soirées sont d'un ennui sans fin, tu sais, mais il faut bien faire son devoir...

— Bien sûr, je bredouille dans mon verre, songeant qu'il me faudrait participer à une somme colossale de fêtes comme celle-ci avant de m'en lasser.

— Toujours les mêmes sauteries..., poursuit Bernie. Toujours les mêmes gens... Voilà pourquoi tu es si intéressante. De toute façon, Caitlin a l'habitude de collectionner les gens les plus *fascinants*, conclut-il en aspirant une nouvelle bouffée de tabac.

— Moi ?! Mais je ne suis pas intéressante, je balbutie, me retenant d'éclater de rire à cette idée.

— Mais tu es *la nouveauté*, ma belle. (Bernie s'approche de moi. Il sent la violette et la fumée de cigarette.) Et la nouveauté, c'est *toujours* intéressant.

Il me détaille sous toutes les coutures ; je change de position, mal à l'aise. Est-ce que c'est ce que Caitlin a voulu dire ? Est-ce que pour eux je ne suis que la nouveauté du moment ?

— Tu sais, pour moi, c'est tout ça qui est nouveau, dis-je en désignant d'un geste le décor et les gens qui nous entourent.

Bernie continue à me fixer de ses yeux mi-clos.

— Tu as en toi quelque chose... *de frais*, tu sais. Je pense voir ce qui fait ton charme.

— On croirait que tu parles d'une bouteille de lait...

J'ai l'impression d'être une pièce de collection, comme si on m'avait mise sur un présentoir, comme si j'étais une sorte d'objet intrigant plutôt qu'une vraie personne. Piquée au vif, je me redresse et lève le menton. J'ai beau être ravie d'être là, j'ai tout de même ma fierté.

En voyant l'expression sur mon visage, Bernie laisse éclater un petit rire.

— Je te prie de m'excuser, dit-il en soufflant un nuage de fumée par le nez. Je voulais juste dire que tu changes de l'ordinaire. Ne sois pas surprise si ces braves gens te manifestent une curiosité toute particulière, ajoute-t-il en montrant la foule qui nous environne, et je constate que certains convives jettent des regards furtifs dans notre direction.

Je me mets à tripoter l'une de mes manches avec nervosité. Je me demande ce qu'ils voient lorsqu'ils m'observent. J'espère qu'ils ne perçoivent pas la supercherie que j'incarne.

Un concert d'acclamations retentit soudain. Je me retourne et découvre que Robert a fait son entrée. Croiser son regard et le voir se diriger vers nous me remonte le moral. Mon désespoir doit être bien grand pour que la vue de Robert Cardew s'approchant de moi me procure un tel soulagement.

— Aaaah ! soupire Bernie.

Il contemple Robert avec des yeux avides, comme s'il voulait ouvrir grand sa bouche pour l'avaler tout entier.

— Nul n'est plus séduisant que cet homme, lâche-t-il dans un nouveau soupir.

Bernie soupire très souvent, semble-t-il.

— Hmmm…, je réponds, tant il serait malhonnête de nier que Robert Cardew a assez belle allure, avec ses pommettes hautes, ses larges épaules et ses cheveux sombres qui s'enroulent autour du col immaculé de sa chemise.

Un charmant tableau. Tant qu'il ne se met pas à parler, bien sûr.

— Bonjour, Bernie, dit Robert après nous avoir rejoints. Tu n'es pas déjà en train de corrompre Lou, j'espère ?

— Je ne vois pas du tout ce que tu veux dire, dit Bernie en battant des cils.

— Caitlin t'aurait déjà abandonnée ? m'interroge Robert sans prêter la moindre attention aux minauderies de Bernie.

— Elle ne m'a pas abandonnée, non, je réponds vivement. Elle a dû partir ajuster quelques détails pour la fête.

— Après avoir pris soin de confier Lou à mes mains expertes, intervient Bernie. Je n'ai pas manqué de profiter de cette opportunité pour faire connaissance avec votre amie, Robert. Dis-moi, comment vous êtes-vous connus ? Lou ne m'a rien dit.

Bien sûr que non ! Qu'aurais-je pu raconter, après tout ? *Pour tout te dire, j'avais pris l'habitude d'entrer chez lui par effraction* ? Je fais l'effort de fixer Robert droit dans les yeux.

— Lou est… une vieille amie, déclare-t-il tranquillement. On pourrait même dire qu'elle a grandi dans la maison. Elle la connaît comme sa poche.

Je plonge mon visage dans mon verre, dans l'espoir de masquer le rire nerveux que je sens bouillonner en moi telles les bulles qui pétillent toujours dans l'eau. Son trait d'humour m'a prise au dépourvu. On croirait que Robert et moi sommes des conspirateurs.

— Ah, vraiment ? s'étonne Bernie en levant un sourcil.

— Mais oui, *absolument* ! je m'écrie de ma voix la plus légère. De vieux amis. Certains d'entre nous sont simplement beaucoup plus vieux que les autres.

Puis j'adresse à Robert un sourire des plus tendres. Je crois voir en retour un sourire naître au coin de ses lèvres, mais il s'empresse de reprendre le contrôle.

— Tout à fait, dit-il. D'ailleurs, Cait doit être très heureuse de te revoir. (Il se tourne vers Bernie.) Leur précédente rencontre a été très brève, vois-tu… Lou avait pour ainsi dire fui par la fenêtre avant qu'elles aient pu se croiser.

Bernie a l'air si déconcerté que je ne parviens pas à retenir un éclat de rire, et cette fois Robert sourit franchement. Un sourire victorieux, pour avoir réussi à me faire craquer devant Bernie. Pourtant, sans trop savoir pourquoi, j'ai le sentiment que c'est moi qui ai gagné.

Bernie nous observe l'un et l'autre à tour de rôle.

— Eh bien, Robert, dit-il, un fin sourire s'étirant sur son visage, je me demande pourquoi tu nous l'as cachée tout ce temps.

— Nous ne t'avons rien caché du tout, Bernie, répond Robert en se servant un verre. Lou vit ici, dans les Cornouailles. Elle ne vient que très rarement à Londres.

Pour ne pas dire jamais, je le corrige en moi-même.

— Et qui pourrait te donner tort, ma chère ? s'écrie Bernie. Londres est d'un ennui mortel… Je le pense vraiment. Quand Robert et Caitlin ont proposé cette virée à la campagne, je peux t'assurer que j'étais fou de joie. Quel bonheur de fuir la ville, surtout avec cette chaleur indescriptible !

— J'ai du mal à croire qu'on puisse s'ennuyer à Londres…

Voilà des années que je rêve d'y aller. Londres occupe une place à part dans mon imagination : une ville pleine de suie, de fumée, de bruit et d'opportunités.

— Lou a pour coutume de dire que seuls les gens ennuyeux peuvent s'ennuyer, déclare Robert.

— Ah, c'est très juste…, répond Bernie, qui n'y voit visiblement aucune attaque personnelle. Et les habitants de Londres sont les plus sinistres de tous.

Au même instant, la porte du salon s'ouvre à la volée et les conversations s'arrêtent net.

Je reste bouche bée. Sur le seuil se tient la femme la plus spectaculaire que j'aie jamais vue. Elle est grande et voluptueuse, très loin d'incarner l'idéal de beauté qu'on trouve dans les magazines, mais il semble évident qu'elle n'en a rien à faire. Sa robe de soie blanche s'affranchit des dictats de la mode du moment : elle épouse ses formes et met en valeur sa taille de guêpe. Ses cheveux bruns à la garçonne sont coupés très court sur la nuque et ses immenses yeux bleus sont surmontés de cils si longs que c'en est presque comique. Un splendide collier de diamants scintille autour de son cou et, malgré la chaleur de la soirée (et le fait que nous sommes à l'intérieur), elle a négligemment drapé ses épaules dans une sorte d'étole de fourrure blanche. Après s'être assurée que tous les regards sont braqués sur elle, elle s'en débarrasse d'un mouvement d'épaule, l'attrape d'une main et laisse nonchalamment traîner l'extrémité par terre tandis qu'elle se dirige vers le canapé le plus proche où elle la laisse tomber. Elle révèle ainsi l'arrière de sa robe, coupée en un V profond et audacieux qui laisse voir une portion non négligeable de sa peau lisse. Tout en elle est sensuel, chargé d'une promesse que je ne suis pas tout à fait sûre de savoir interpréter.

— Eh bien, déclare-t-elle en balayant du regard l'assemblée abasourdie, mais vous êtes beaux comme tout !

Sa voix est chaude et suave, son accent incomparable. Voici Laurie Miller, héritière des États du Sud, la fiancée de Robert.

Cette dernière pensée me saisit par surprise et mes yeux se posent de nouveau sur lui. Évidemment, je savais très bien qu'il était fiancé. Je sais aussi que cette fête est en l'honneur de sa promise, mais le savoir et le voir sont deux choses différentes. Il était jusqu'ici possible d'oublier que le Robert que je fréquentais était le même que celui des magazines que j'ai tant feuilletés, mais l'arrivée de Laurie est un rappel brutal de la réalité. Impossible de ne pas prendre cette femme si exubérante pour ce qu'elle est : une créature de magazine de mode.

Si je m'attendais à trouver le moindre signe d'une passion dévorante dans les yeux de Robert (et, bien sûr, je m'y attendais, à la vue d'une telle déesse), je suis plus que déçue. Robert semble tout juste amusé, et tandis que tout le monde se rue vers Laurie pour l'envelopper dans un nuage de baisers bruyants, lui se contente de tremper nonchalamment ses lèvres dans son verre. Ses yeux glissent vers l'horloge posée sur la cheminée et, à ma grande stupeur, je suis certaine de voir sa joue tressaillir, comme s'il étouffait un bâillement. À des années-lumière du regard que porte Jack sur Alice.

Alors que je m'apprête à dire à Robert combien Laurie est époustouflante, je suis stoppée net par l'arrivée d'une nouvelle personne. Un garçon d'une beauté si solaire que je sens mes genoux se dérober, un phénomène que je croyais réservé aux romans d'amour. Il s'agit, sans contestation possible, du plus bel homme que j'aie jamais vu, et il me faut presque ramasser ma mâchoire par terre tandis qu'il se met à serrer des mains et à donner de chaleureuses accolades à certains invités.

— Qui… qui est-ce ? je parviens à demander, faisant mon possible pour ne pas paraître excessivement intéressée.

— Tiens donc ! répond Bernie en me poussant du coude. Tu as vu quelque chose qui te plaît ? poursuit-il avec un sourire carnassier.

— N… non. Simple curiosité. Ça n'a pas d'importance.

— C'est mon futur beau-frère, m'annonce Robert. Veux-tu que je te le présente ?

— Oh, non ! je réponds en fixant le sol. Ce n'est pas la peine. Je suis très bien là où je suis.

— Tu es très bien là où tu es ? répète Robert.

— Oui, j'insiste avec plus de conviction. Je trouve ce coin de la pièce particulièrement agréable et la… vue sur… tout… est parfaite et je ne voudrais pas, euh, abandonner une telle…

— Par tous les dieux ! soupire Bernie, interrompant ma divagation. Encore une pauvre âme perdue. Je ne te reproche rien, bien sûr. Ce garçon est purement et simplement *délicieux*. (Il sort un boîtier d'argent de sa poche et en tire une nouvelle cigarette.) Robert, ajoute-t-il, mets fin au calvaire de cette petite : dis donc à Charlie de venir. J'ai très envie de jouer les entremetteurs. Deux jeunes gens aussi charmants feraient un couple adorable.

J'ai bien l'intention de protester, mais je ne parviens qu'à couiner quelques mots inaudibles pendant que Robert gratte une allumette pour la cigarette de Bernie.

— Tu as raison, dit Robert, sans grande motivation pour autant. Charlie ! lance-t-il à travers la pièce.

Le garçon se tourne vers nous, et un sourire éclaire son visage tandis qu'il s'approche. D'instinct, je m'accroche à la manche de Robert.

— Robert ! s'exclame le jeune homme en lui serrant la main avec enthousiasme. Quel accueil ! Je ne pouvais rêver mieux après ce voyage infernal.

— Ravi que ça te plaise, répond Robert en retirant ma main crispée de sa veste, puis il me pousse en avant. Je sais que tu as déjà rencontré Bernie, mais laisse-moi te présenter

Louise Trevelyan. (Il se tourne vers moi.) Lou, je te présente Charles Miller.

— Enchanté, Louise. (Charles saisit ma main.) Mais je t'en prie, appelle-moi Charlie.

Son accent américain est irrésistible. Je me plonge dans le velouté de ses yeux bleus surmontés de longs cils qui seraient plus à leur place sur un visage de femme.

— Enchantée également. (Ses doigts s'enroulent un instant autour des miens, et je crois mourir de chaud.) Mais, je t'en prie, appelle-moi Lou.

— Entendu, Lou.

Charlie Miller est beau comme une star de cinéma. Ses cheveux aussi dorés que les blés sont coupés court et plaqués vers l'arrière, mais une mèche rebelle tombe sur son front et je rêve de la repousser délicatement. Il a une puissante mâchoire carrée, et, lorsqu'il sourit (ce qu'il semble faire très souvent), ses yeux s'allument et ses dents blanches lancent des éclairs. Je dois me retenir de lui demander un autographe.

— Viens donc, Robert, laissons les enfants s'amuser, ronronne Bernie qui me lance un clin d'œil peu subtil. J'ai hâte d'aller voir ta fiancée. Elle *doit* me dire qui s'occupe de sa garde-robe.

— Je crois qu'elle s'en charge elle-même, répond Robert en se laissant entraîner par Bernie.

Me voici seule avec Charlie. Mon esprit tourne à plein régime, à la recherche de quelque chose d'intéressant à dire.

— Je suis désolée d'apprendre que tu as enduré un trajet difficile, je finis par lancer. Vous arrivez d'Amérique, c'est ça ?

— Oui. Nous sommes restés coincés cinq jours sur le bateau, et je dois reconnaître que je n'ai pas le pied marin, déclare-t-il d'une voix piteuse.

— Oh, moi, j'adore naviguer ! je m'écrie. Enfin, je n'ai jamais fait un si long voyage... Avec ma sœur, nous imaginions souvent des plans élaborés pour embarquer clandestinement sur un bateau en partance pour l'Amérique. Nous prévoyions de nous déguiser en garçons pour pouvoir travailler dans la salle des machines. (Je souris à ce souvenir.) Nous n'avons jamais réussi à mettre nos projets à exécution, cela dit. Une fois que nous avions mangé les sandwichs au fromage de Mouche et que la nuit commençait à tomber, nous faisions toujours demi-tour.

— Mouche ? répète Charlie, les sourcils froncés.

— Ma mère.

— Ta mère vous préparait des sandwichs au fromage pour vous aider à fuir par la mer ?

Il a l'air scandalisé et je suis un peu surprise par sa raideur.

— Oh, oui ! je réponds en riant. Elle nous souhaitait bonne chance, alors bien sûr, nous finissions toujours par rentrer : une fois qu'elle nous avait donné sa permission, l'aventure avait perdu tout son intérêt.

Charlie semble déconcerté, il me sourit poliment. Voilà bien longtemps que je n'avais pas repensé aux jeux qu'Alice et moi inventions. Comment réagirait Mouche aujourd'hui si je lui disais que je veux m'en aller ? Me souhaiterait-elle bon voyage ? Aurais-je le courage de partir pour de bon ?

— Si tu veux mon avis, vous avez eu bien raison de rester sur la terre ferme, dit Charlie avec une conviction joyeuse. Nous avons fini par arriver hier soir, mais j'ai dormi presque toute la journée. Voyager si longtemps vous vide de vos forces. Cela dit... me voilà en pleine forme pour la fête de ce soir !

Il sourit encore, ce qui m'offre une nouvelle occasion d'admirer ses superbes dents blanches. J'aime la façon dont les coins de ses yeux se plissent. Il est si éblouissant que j'en cligne des paupières.

— Pour toi, c'est un petit déjeuner festif plutôt qu'une soirée, en fait.

— Exactement ! s'exclame-t-il dans un grand éclat de rire, comme si j'avais dit quelque chose de très spirituel. Cependant… est-ce mal vu de boire au petit déjeuner ? ajoute-t-il en se dirigeant vers le chariot des boissons.

— Je ne crois pas. Tu es en vacances, après tout.

— Je te sers quelque chose ?

— Non, merci.

Je suis toujours agrippée à mon verre d'eau.

— Regardez-moi tout ça, dit-il en parcourant le bar des yeux. Crois-moi, cela fait plaisir à voir après toutes les saletés que nous avons dû boire ces dernières semaines.

— Oh, j'imagine ! je m'exclame, sirotant mon verre et m'efforçant de ne pas paraître trop enthousiaste. J'ai entendu dire que les alcools qu'on trafique en Amérique peuvent être de vrais poisons. Mais tout de même, j'adorerais aller dans un de ces bars clandestins… ça semble si excitant.

— Hmmm, approuve Charlie en hochant la tête.

Je suis déçue. J'espérais entendre des histoires d'arrière-salles mal famées, de discothèques, de mots de passe, de gangsters, de whisky et de jazz enfumé.

Je ne trouve plus rien à ajouter et bientôt le silence s'épaissit. C'est sans doute à cause de sa beauté prodigieuse que mon cerveau demeure incapable de trouver le moindre sujet de conversation. Je fixe mon verre pour éviter de le dévisager trop ouvertement. Lorsque je finis par lever les yeux, Charlie est en train de regarder autour de lui d'un air affable. Alors que je commence à me sentir assez mal à l'aise, de son côté il semble très détendu. Quelle frustration : je n'ai aucun problème à trouver quoi dire à ce fichu Robert Cardew, mais je suis incapable d'enchaîner quelques phrases avec cet homme agréable et beau comme un astre ! Je me renfrogne, gagnée par le sentiment que tout ça doit être la faute de Robert. Par bonheur, un autre couple nous rejoint.

Charlie est de toute évidence ravi de les voir, car cela lui donne l'occasion de parler d'un événement sportif qui vient d'avoir lieu. Du cricket, peut-être. Je n'en suis pas certaine, mais en tout cas, il est enthousiaste. Je décroche de la conversation, simplement heureuse d'être là et de profiter de ce qui se passe autour de moi. Je prends mentalement des notes, j'épingle les images dans ma mémoire. Je regarde ces gens discuter, j'essaie de deviner quels liens les unissent. Ils sont très tactiles, toujours en train de s'effleurer, et ils ont les yeux brillants, fiévreux. Ce ne sont pas seulement leurs habits qui les distinguent des personnes que j'ai l'habitude de fréquenter, c'est leur façon de se tenir, de parler. Et il y a autre chose encore : cette énergie qui les anime, comme s'ils pouvaient disparaître à tout moment pour s'élancer vers de nouvelles aventures. Ils ne font que passer, sans attaches. Libres.

Alors que je les observe, je sens un regard braqué sur moi. Je me retourne et découvre Bernie, qui se tient au milieu d'un groupe. Il me scrute d'un air pensif. Je lui fais un petit sourire et il m'adresse en retour un rictus entendu qui me donne l'impression d'avoir été prise la main dans le sac.

À cet instant, une voix retentit :

— Mesdames et messieurs, le dîner est servi dans la salle à manger.

Un vieil homme en costume noir se tient devant la porte.

— On dirait que même Caitlin n'est pas parvenue à forcer le maître d'hôtel à porter une cravate blanche, me chuchote Charlie.

— Il ne semble pas très impressionné par l'assistance, je murmure à mon tour.

En fait, le maître d'hôtel en question affiche l'air blasé de celui qui aime que les choses soient faites d'une certaine manière et qui ne goûte guère toute cette frivolité.

— Allons-y, qu'en penses-tu ? me demande Charlie en désignant la porte.

— Bien sûr.

Il pose une main légère sur mon dos. La chaleur que diffusent ses doigts à travers le fin coton de ma robe m'électrise, si bien que je me surprends à frissonner comme en plein courant d'air.

Dans la salle à manger, nous retrouvons Caitlin qui se tient debout derrière une chaise à l'une des extrémités d'une énorme table. La pièce a été refaite et je songe, un court instant, qu'Alice pourrait s'en inspirer pour son salon-nuage.

Tout est blanc. Le sol et les murs ont été tapissés d'un tissu blanc vaporeux, la table est recouverte d'une nappe blanche ornée en son centre de bougies blanches et de roses blanches. La vaisselle est en porcelaine et les domestiques qui se tiennent sur un côté portent des livrées immaculées. Charlie a sans doute raison au sujet du maître d'hôtel : il ne doit pas être homme à s'abaisser à porter un costume blanc.

— Bienvenue à tous ! crie Caitlin par-dessus les murmures admiratifs. (Elle semble très fière de son effet.) Cherchez votre place, asseyez-vous, et régalez-vous !

Je trouve la carte sur laquelle mon nom est écrit (à l'encre argentée sur fond blanc, bien sûr), puis m'installe sur mon siège. Je suis placée entre une certaine Patricia Lester et un jeune homme chétif qui dit s'appeler Simon. Il passe la quasi-totalité du repas à fixer rêveusement l'autre bout de la table, où se trouve Caitlin. Elle est assise à côté de Charlie et je dois reconnaître que mes yeux aussi s'aventurent très souvent dans cette direction. Nous faisons bien la paire, Simon et moi. Charlie a une voix qui porte : je l'entends d'ici aborder une multitude de sujets tels que la pêche, la chasse et la meilleure posture qu'il convient d'adopter pour pratiquer la boxe. Il est enthousiaste comme un jeune chiot et ponctue chaque phrase d'un éclat de rire tonitruant. Il est merveilleusement beau, mais il y a en lui quelque chose… d'ennuyeux, qui ne cadre pas avec ses airs de star de cinéma. Toutefois, lorsque nos regards se croisent et qu'il me sourit, je ne peux m'empêcher de me pâmer devant l'intense lueur bleutée de ses yeux.

Je m'efforce de discuter avec Patricia pendant qu'on nous sert des plats plus délicieux les uns que les autres (tous immaculés, bien entendu, depuis la soupe blanche délicate jusqu'aux meringues neigeuses accompagnées d'un sabayon de champagne), et j'ai la bonne surprise de découvrir en elle une amatrice d'Agatha Christie. Nous engageons un débat animé. J'entreprends d'expliquer comment je pourrais tuer les gens assis autour de la table de neuf manières différentes sans être soupçonnée. Simon s'arrache alors à sa contemplation de Caitlin. À en croire sa tête, il trouve mes propos très inconvenants, et je dois reconnaître que, hors contexte, cela doit être assez choquant. Je décide quand même que Simon est plus raide qu'un bout de bois.

Mon regard accroche celui de Robert, assis en face de moi.

— Seulement neuf ? dit-il. J'en vois dix.

Je le dévisage, surprise.

— Je ne te crois pas.

— Forcément, dit-il en s'adossant à sa chaise. Moi seul sais que cette table cache un compartiment secret.

— Vraiment ?

— Juste assez grand pour y loger l'arme du crime.

— Je t'en prie, Robert, s'interpose Simon, plus choqué que jamais. Un peu de retenue, il y a des jeunes femmes parmi nous.

— Oh, c'est exact, répond doucement Robert. Pardonne-moi, Lou, je n'avais pas l'intention de heurter ta sensibilité *délicate.*

Je grimace. Il a beau arborer son air le plus poli, je sais très bien ce qu'il pense de ma sensibilité. Je reprends ma conversation avec Patricia tout en faisant courir mes doigts sous la table, à la recherche du compartiment secret.

Laurie, assise à la droite de Robert, est au mieux de sa forme. Elle raconte une anecdote qui fait hurler de rire tout son auditoire. Je l'observe un moment. J'admire sa façon de maintenir les autres suspendus à ses paroles sans paraître fournir le moindre effort. Contrairement à son frère, elle n'en fait pas des tonnes. Elle parle lentement, et même ses gestes les plus anodins (un haussement de sourcil ou un léger rictus) ont un effet dévastateur. Tout le monde la contemple avec une admiration aveugle.

À l'exception de son fiancé. Durant la majeure partie du repas, il se contente de siroter son vin et de répondre poliment aux questions qu'on lui pose. Il s'est refermé sur lui-même et son visage est à nouveau dur, ses lèvres pincées, son regard froid. Je le vois tambouriner des doigts sur la nappe blanche ou jouer distraitement avec ses couverts quand il croit que personne ne le regarde.

Le dîner dure longtemps. Personne ne semble le moins du monde pressé qu'il se termine et je m'amuse follement. Dehors, de l'autre côté des grandes fenêtres, la nuit tombe ; on allume les bougies. Je me sens beaucoup plus détendue, presque à ma place. J'ai l'impression d'être quelqu'un d'autre. C'est si incroyable d'être là, comme si j'observais la scène depuis l'extérieur. Sauf que cette fois, ce n'est pas une fête que je contemple dans les pages d'un magazine ou depuis la branche d'un arbre ; je suis bien là, j'en fais partie, me dis-je avec jubilation. La nuit à venir semble s'étirer devant moi tel un rêve plein de promesses que je voudrais ne jamais voir prendre fin.

Au bout d'un moment, nos conversations sont interrompues par le tintement sonore d'une cloche.

— Chers amis ! s'exclame Caitlin qui se lève d'un bond. Que la fête commence !

Je frissonne de tous mes membres. À l'entendre, la soirée n'aurait donc pas encore commencé ! Caitlin s'approche de moi, me force à quitter ma chaise et glisse son bras sous le mien.

— Viens, dit-elle. C'est dans le verger que tout va se passer.

— Je ne peux pas croire qu'on n'en soit qu'au début… Je passe une soirée si merveilleuse !

Caitlin observe mon visage, qui à coup sûr doit s'être illuminé.

— Tu es sincère, n'est-ce pas, ma belle ? murmure-t-elle. Quel plaisir de voir que quelqu'un s'amuse autant…

— Mais vous vous amusez *tout le temps* ! Ces fêtes, ces costumes, ces amis… Comment serait-il possible de ne pas être heureux ?

Caitlin m'adresse un sourire teinté de tristesse.

— Oh, on peut trouver des gens malheureux n'importe où, crois-en mon expérience.

Il y a des accents de vérité dans sa voix, mais elle secoue aussitôt les épaules, comme pour se débarrasser de ces idées lugubres, et elle redevient la créature radieuse qu'elle était jusqu'alors.

— Quoi qu'il en soit, reprend-elle, si tu as aimé la soirée jusqu'à présent, je meurs d'impatience de te montrer la suite. Je crois que ce sera mon chef-d'œuvre.

Après avoir fait le tour de la maison, nous franchissons la porte voûtée percée dans le mur de pierres blanches qui ceinture le verger.

Alors je comprends ce que Caitlin voulait dire.

CHAPITRE 9

Le verger brille comme une perle lumineuse sous le ciel de velours sombre. Une piste de danse blanche a été installée devant l'entrée, et de délicates pommes et poires en argent pendent aux arbres recouverts de rubans blancs. Les rangées d'arbres fruitiers scintillent de toute part, si bien qu'on croirait entrer dans un bosquet féerique. Sous la lumière pâle et argentée de la lune, une multitude d'invités vêtus de blanc se promènent sur la pelouse et le long des chemins arborés. Partout retentissent des rires et des notes de musique.

— Oh, Caitlin ! je m'écrie.

— Je sais ! s'exclame-t-elle en me tirant par le bras. Viens, allons-y ! Tu vois, ce verger est idéal pour créer des petits endroits intimes. Il y a tout un tas de recoins secrets où on peut faire tout ce qu'on veut… Peut-être que tu voudrais y aller avec Charlie ?

— Je… je ne vois pas ce que tu veux dire…

— Ooooh, si, je crois que tu vois très bien, dit Caitlin en agitant un doigt devant moi.

— Il est *assez* beau, je finis par admettre à mi-voix.

— Oui, Charlie n'est pas trop mal… si on aime ce genre d'homme, bien sûr, déclare-t-elle en fronçant le nez. Pas du tout mon style.

— Ah bon ? Et pourquoi ? Qu'est-ce qui ne te plaît pas chez lui ?

Caitlin semble hésiter quelques secondes, puis elle attrape deux verres sur le plateau d'un serveur et m'en tend un.

— Oh, rien, ma belle, rien du tout, répond-elle. (Elle vide son verre d'un trait.) Il est agréable à regarder, mais… c'est un parfait crétin, tu peux me croire sur parole.

Je pouffe. C'est méchant, mais je dois reconnaître que j'en étais arrivée à la même conclusion.

— Un *très* charmant crétin, alors.

Caitlin éclate de rire et rejette sa tête en arrière. Elle a un joli rire, sauvage et musical, qui contraste avec son apparence raffinée.

— Enlève-moi ces chaussures ! ordonne-t-elle. Tu as promis. Et allons danser !

Elle n'a pas à me forcer la main. Les musiciens de l'autre soir sont de retour. Ils sont en train de jouer un morceau de jazz endiablé. J'ai déjà des fourmis dans les jambes et leur musique sonne tel un appel aux armes. Six musiciens noirs sont entassés sur la scène avec un piano droit, une contrebasse, une batterie et des cuivres, et ils jouent comme si leur vie en dépendait.

Un homme martèle les touches du piano en chantant. Le résultat est bien supérieur à tout ce que j'ai pu entendre sur le tourne-disque de la maison. Sa voix, tantôt sensuelle et caressante, tantôt flamboyante et puissante, souffle le feu et la glace. La foule se déchaîne. Caitlin est tournée vers lui, les yeux fermés, et elle se balance doucement, l'air ailleurs.

— Il est formidable, je murmure.

Caitlin rouvre les yeux et semble surprise de me trouver là.

— Il est… plutôt doué, dit-elle nonchalamment, et il me semble qu'elle se retient de sourire, de toute évidence ravie d'avoir organisé une fête si splendide.

Je bois une gorgée de mon cocktail par pure politesse. À mon grand soulagement, c'est doux et sucré, comme un jus de fruits. Je me débarrasse des ballerines blanches avec un soupçon de regret, mais je suis aussitôt réconfortée par la sensation de l'herbe tiède sous mes pieds. Caitlin se déchausse à son tour et je constate que ses orteils sont vernis de rouge. Nous rejoignons la piste de danse déjà saturée de corps brûlants qui tournoient au rythme de la musique.

Le charleston est une danse euphorisante, une ode à la joie : la joie d'être en vie, la joie d'être ici et maintenant. C'est une danse qui proclame que nous sommes modernes et sans peur. Animée par une sensation de liberté intense, je lève les bras et me laisse porter par l'ambiance. Je me souviens des heures passées avec Alice à apprendre ces pas, lorsque nous gloussions dans le salon en nous percutant sans cesse, sous le feu des critiques impitoyables de Freya. À cette pensée, j'ai un pincement au cœur. C'était avant ses fiançailles, à une époque où je n'imaginais même pas que quoi que ce soit pourrait nous séparer un jour.

Caitlin danse à mes côtés. Ses hanches se balancent, ses pieds survolent la piste. Lorsque ses yeux rencontrent les miens, ses lèvres forment un immense sourire. Elle tend le bras et presse ma main. Je réponds à son geste, puis je m'abandonne à la musique en levant mon visage hilare vers le ciel nocturne.

Soudain, une main se pose sur mon bras. Je me retourne ; mon rire meurt tout contre le beau visage de Charlie Miller.

— Je ne peux pas laisser passer cette occasion de danser avec la plus jolie fille de la soirée ! crie-t-il par-dessus la musique.

Je me doute qu'il s'agit là d'une réplique de séducteur professionnel, mais je ne peux m'empêcher de sourire béatement tant ce moment tient du rêve éveillé. J'aurais pu imaginer une scène pareille pour mon roman.

Charlie a des airs de prince charmant, avec sa beauté franche et son sourire facile. Le vacarme rend toute conversation impossible, alors je décide de me laisser aller à ce conte de fées. J'ai pénétré dans un autre monde, où je suis une personne différente ; j'évolue à l'intérieur des pages de ces magazines tant de fois compulsés.

Les musiciens entonnent un nouveau morceau et les danseurs se lancent dans un fox-trot enragé. Charlie est un bon cavalier. Je m'appuie contre lui, trop heureuse de le laisser me conduire à travers la piste. Quelle belle invention que la danse, me dis-je rêveusement. Quelle belle excuse pour se serrer contre un joli garçon.

Lorsque la musique s'arrête, nous changeons de partenaire. Charlie propose une danse à Caitlin et je me retrouve face au sinistre Simon, auquel je trouve bien vite un moyen d'échapper.

— Je te prie de m'excuser, j'ai besoin d'un verre ! je m'exclame en m'éventant.

Simon n'a même pas la galanterie de paraître déçu. Il se contente de hausser les épaules avant d'agripper la première fille qui lui tombe sous la main. *On dirait que je ne suis pas si irrésistible que ça*, me dis-je avec dépit. J'adresse de grands signes à Caitlin pour lui faire comprendre que je pars me chercher à boire. Elle hoche la tête et forme les mots « Reviens vite » avec ses lèvres. Je me fraie un chemin à travers les danseurs enchevêtrés.

Hors de la piste, l'air est bien plus frais et j'en profite pour reprendre mon souffle. Mon sang bouillonne dans mon corps.

Alors que je pars en quête d'un verre d'eau, je percute Robert. Ou, pour être plus précise, je trébuche sur ses pieds. Il m'agrippe par le bras, m'évitant la chute.

— Aïe ! je m'écrie en me rétablissant sur la pointe des orteils, toute tremblante.

— Bonsoir, dit Robert, les yeux baissés sur mon visage écarlate.

Puis il retire ses doigts de mon bras, y laissant un peu de sa chaleur.

— Bonsoir. Merci pour ton aide.

— Aucun problème. Pas de doute, tu es plus agile sur les branches des arbres que sur la terre ferme.

— Ce sont tes grands pieds qui m'ont fait trébucher, je lui fais remarquer, car quelque chose dans son ton a réveillé ma combativité. Et je parie que tu es bien incapable de grimper aux arbres.

— Je me débrouillais pourtant bien, autrefois, proteste-t-il avec l'un de ses rares sourires aux yeux plissés. C'était mon seul moyen d'échapper à Caitlin, quand elle me pourchassait du matin au soir pour jouer à la dînette.

J'éclate de rire tant cette scène m'apparaît avec précision.

— Est-ce que tu passes une bonne soirée ? me demande-t-il.

— Oh, *oui* ! je m'exclame, sans parvenir à cacher mon enthousiasme, même face à lui. C'est fantastique, exactement comme je l'imaginais. Je viens de danser à en perdre haleine, et maintenant je meurs de soif.

— Allons te chercher un verre, dit-il en m'offrant son bras.

Je lui adresse un regard méfiant, mais il semble que nous ayons conclu une trêve momentanée. Je glisse ma main dans le creux de son coude, et nous traversons la foule jusqu'au grand bar qui a été installé le long du mur d'enceinte. Derrière, des barmen en costume blanc secouent de toutes leurs forces des shakers en argent. Je les observe pendant quelques instants.

— Tu t'amuses *vraiment*, n'est-ce pas ? dit Robert, qui est en train de m'étudier avec attention.

— Qu'est-ce que tu veux dire ? je lui réponds, soupçonnant une question piège.

— C'est juste qu'on peut le lire sur ton visage. Tu as l'air… heureuse.

— Caitlin m'a dit exactement la même chose. Et je lui ai répondu que je ne pouvais imaginer une seule seconde qu'on se sente malheureux au milieu de *tout ça*.

— Ah ! et qu'a répondu Caitlin ?

— Qu'on pouvait être malheureux n'importe où, dis-je en repensant à la tension dans la voix de Caitlin lorsqu'elle m'a dit cela.

Sa mâchoire tressaille et une ombre de tristesse passe dans son regard. Je suis prise d'une envie soudaine de le réconforter. Il dissimule beaucoup de choses, c'est certain.

— Peut-être que si tu ne t'amuses pas autant que moi, c'est juste parce que tu es un peu vieux et bien trop guindé ? je susurre.

— Charmant, répond-il avec un soupir théâtral. Vingt-trois ans, c'est tout sauf vieux.

— Hum. (Je penche ma tête sur le côté, feignant de réfléchir à la question.) Alors peut-être qu'il n'est pas nécessaire d'être vieux pour être guindé. Voilà qui est trrèèès intéressant, je conclus en singeant le ton traînant et blasé qui caractérise Robert.

Il me considère en haussant les sourcils.

— Petite peste, dit-il sans méchanceté.

Je lui tire la langue. On croirait deux garnements querelleurs.

— Que désirez-vous boire ? nous demande un barman.

Robert m'adresse un regard interrogateur.

— Juste un verre d'eau, s'il vous plaît, je réponds en tambourinant sur le comptoir.

— Un verre d'eau et un whisky, je vous prie, commande Robert au barman, qui part aussitôt préparer nos boissons.

— As-tu l'intention de danser ? je demande à Robert tout en m'adossant au bar afin d'observer les couples qui s'agitent sur la piste.

Est-il seulement bon danseur ? Il se déplace avec une sorte de grâce qui laisse penser que oui.

— Pourquoi ? Serait-ce une proposition ?

Il me toise comme s'il savait très bien ce que je pense. En fait, je trouve qu'il a l'air bien plus sûr de lui que nécessaire. J'imagine qu'il a l'habitude d'être assailli par des hordes de femmes le suppliant de leur accorder une danse.

— Oh, non ! Je suppose qu'un homme aussi… *sérieux* que toi n'a que mépris pour toutes ces gesticulations modernes.

— Gesticulations *modernes* ? s'offusque Robert. Tu essaies encore de me faire passer pour un vieillard.

— Je *n'essaie* pas de faire quoi que ce soit.

— Tu ne te soucies pas beaucoup des convenances, n'est-ce pas ? lâche-t-il en me lançant un regard dur.

— Tu ne sais rien de moi, dis-je avec beaucoup de dignité.

— Seulement que tu es du genre à t'introduire chez les gens pour leur voler toutes leurs pommes, affirme-t-il en saisissant les verres que nous apporte le barman avant de me tendre le mien.

Je n'ai pas grand-chose à dire pour ma défense, mais je ne compte pas m'arrêter à ce petit détail.

— J'ai goûté un cocktail quand nous sommes arrivées dans le verger, dis-je pour changer de sujet. C'était si sucré qu'on aurait dit un jus de fruits.

— Un Mary Pickford, grimace Robert. J'ai prévenu Caitlin qu'elle ferait mieux de ne pas en faire servir si elle voulait éviter que tout le monde tombe raide mort avant minuit, mais elle m'a répondu que c'était justement le but.

— Je l'aime beaucoup.

— Qui ? Mary Pickford ?

— Mais non, idiot ! Caitlin.

Robert sourit, et jamais il ne m'a paru si tendre.

— Je suis content. Elle t'aime beaucoup, elle aussi. J'en suis certain.

Ses mots me vont droit au cœur.

— Elle a organisé une fête incroyable…

— Hmmm.

Sa réponse est plus qu'évasive. Tout ça ne semble avoir aucun intérêt à ses yeux. Comment peut-on rester indifférent devant tant de splendeurs ?

— Tu n'es pas d'accord ? je demande, exaspérée. Ce n'est pas assez bien pour toi ?

Ma question sonne tel un défi. Je ne supporte plus de le voir considérer tout cela comme acquis, surtout depuis que

Caitlin a évoqué la pression qu'elle subissait pour organiser ces fêtes. Il est évident que cette soirée a demandé un travail énorme. Et lui se montre si dédaigneux !

Ses yeux verts me lancent un regard froid.

— Rien ne m'intéresse moins que cette fête, assène-t-il sèchement. Toute cette… (Il agite une main en un geste vague.)… cette *performance*.

Il semble presque en colère, désormais.

— Le seul intérêt à mes yeux, c'est qu'ainsi ma sœur a de quoi s'occuper.

— Pour que tu n'aies pas à jouer à la dînette avec elle, c'est ça ?

Il est si arrogant… À croire que rien n'a d'intérêt pour lui et qu'il est au-dessus de tout.

— Je ne pense pas que Caitlin ait besoin qu'on lui *donne de quoi s'occuper*, comme si elle était une… une petite fille, je continue.

Il est clair que notre trêve a pris fin.

— Ce n'est pas ce que j'ai voulu dire, grommelle-t-il.

Nous nous fixons quelques secondes en silence.

C'est alors que Laurie fait son apparition et nous enveloppe de sa voix grave.

— Bonsoir, chéri. J'ai attendu toute la soirée que tu me présentes ta nouvelle amie.

Je sais très bien qu'elle dit ça par politesse, mais lorsque ses yeux bleus langoureux se posent sur moi avec une expression approbatrice, je me redresse en relevant le menton.

— Ah, oui ! (La voix de Robert est à nouveau calme et mesurée ; la colère semble l'avoir quitté.) Laurie, voici Lou. Lou, Laurie.

Laurie glisse vers moi et m'embrasse sur les joues. Elle dégage un parfum chaud et épicé, presque masculin, qui lui va à merveille.

— Que dirais-tu d'une petite promenade, Lou ? Enfin, si tu veux bien me la prêter, trésor, dit-elle à Robert en lui caressant le bras.

Je suis un peu troublée : pourquoi Laurie Miller voudrait-elle passer du temps avec moi ?

— Bien sûr, répond-il avec un sourire.

Je suis sûre qu'il est soulagé de se débarrasser de moi. Eh bien, je ressens exactement la même chose.

— J'en serais ravie, dis-je enfin.

Robert et moi échangeons un regard noir.

— Est-ce que tout va bien ? demande Laurie, qui nous observe à tour de rôle.

Robert saisit la main de sa fiancée et l'effleure du bout des lèvres.

— Bien sûr, répète-t-il, et je sens, l'espace d'un instant, que s'élève autour d'eux le même mur qui protège Jack et Alice.

Mon cœur s'emballe dans ma poitrine. Puis ils se tournent vers moi, Robert lâche la main de Laurie, et mon impression s'évanouit.

Nous quittons Robert, qui est aussitôt assailli par d'autres fêtards, et nous dirigeons vers les arbres. Bientôt, les bruits sont étouffés, comme si nous pénétrions dans un autre monde. Entre les arbres, Caitlin a disposé des fauteuils, des banquettes et des coussins pour créer des dizaines d'alcôves où tout semble pouvoir arriver. Certaines d'entre elles sont même pourvues de fins rideaux blancs pour plus d'intimité.

Tandis que nous flânons le long de l'allée, nous trouvons Bernie dans l'une des niches avec tout un groupe de charmants garçons suspendus à ses lèvres. Il nous fait un petit signe, mais ne se montre pas disposé à engager la conversation. Un peu plus loin, nous avisons un canapé de velours blanc libre, douillettement lové entre deux poiriers. Laurie s'enfonce dans les coussins avec grâce.

— Où Caitlin a-t-elle trouvé tous ces meubles ? je me demande tout haut, assise à l'autre bout du canapé, jouissant de la sensation d'être nichée loin du monde, sous une canopée de branches d'arbres entremêlées.

— Personne n'est aussi doué que Caitlin pour organiser des fêtes, répond Laurie avec un sourire séduisant.

De toute évidence, les considérations pratiques ne l'intéressent pas beaucoup.

— Je n'ai jamais rien vu de tel ! je m'exclame, avant de me reprocher aussitôt de me montrer si exaltée.

J'essaie d'adopter la même posture que Laurie, mais autant sa position semble confortable et naturelle, autant je me sens aussi raide qu'une poupée de porcelaine. Je finis par abandonner toute tentative de paraître sophistiquée et choisis de m'asseoir comme une enfant, mes pieds repliés sous mes fesses.

Sous ses longs cils, Laurie me regarde faire, amusée.

— Je suis désolée de t'avoir entraînée si loin du cœur de l'action, dit-elle enfin.

Je rougis à ces mots. J'espère qu'elle ne s'est pas imaginé, en me découvrant seule avec Robert, que nous étions en train de flirter.

— Je n'étais pas au cœur de l'action, j'étais juste en train de parler à Robert.

J'ai essayé d'avoir l'air détachée, mais je réalise, aussitôt après avoir parlé, que j'ai surtout l'air un peu trop dédaigneuse.

— Je veux dire… que nous étions… Il me… parlait de sa sœur, j'ajoute laborieusement.

Laurie ne semble pas se soucier de mes divagations. Je me détends un peu. C'est logique, après tout. Même si j'avais *vraiment* flirté avec Robert, je ne constituerais pas la moindre menace pour elle. Je lui jette un nouveau regard. Elle me fait penser à un chat blanc de race, royalement étendu sur son canapé.

— C'est si agréable de voir de nouvelles têtes. (La voix de Laurie ressemble à un ronronnement.) Les Cardew n'ont pas leur pareil pour nous présenter les gens les plus intéressants qui soient.

Sa façon de parler me heurte. Ces mots sont un peu trop semblables à ceux qu'a employés Bernie tout à l'heure. Je croise mes bras sur ma poitrine, comme pour me protéger. Je ne suis pas une curiosité exposée dans une vitrine.

— Caitlin m'a tout raconté sur toi, dit-elle alors.

Je me fige. Quelle version de moi Caitlin a-t-elle donnée à Laurie ? L'amie de la famille ou l'intruse ?

— Au sujet de ton habitude de t'introduire dans les maisons des autres, précise-t-elle.

Mes épaules s'affaissent. Oh, *cette* version-là.

— Ne fais pas cette tête, ajoute-t-elle. J'ai trouvé ça hilarant.

— C'est vrai ? je demande, sans y croire tout à fait.

— Mais oui. Tu n'as fait de mal à personne, après tout. (Elle hausse les épaules avec une langueur telle que ce geste lui prend deux fois plus de temps que la normale.) Alors, quel est le problème ?

Je replace une mèche de mes cheveux derrière mon oreille.

— Je ne sais pas, dis-je en levant les yeux vers les branches qui forment un toit au-dessus de nous.

Laurie a quelque chose en elle qui m'incite à lui faire des confidences. Quelque chose d'hypnotisant, une absence totale de jugement.

— Ça n'a l'air d'avoir fâché personne, mais je trouve ça étrange, pas très logique. N'importe qui d'autre se serait mis en colère. C'était *mal.*

— Ma belle, dit Laurie qui se penche pour me tapoter le bras, il y a suffisamment de problèmes dans le monde, inutile d'en inventer de nouveaux. Sur ce point, tu peux me faire confiance.

Elle plonge une main vers son étole et sort un étui de cigarette en argent d'une poche secrète.

— Tu as sans doute raison, dis-je en me frottant le nez pendant qu'elle place la cigarette entre ses lèvres et l'allume. Vous êtes tous très gentils.

Laurie se met à ricaner.

— Oh, non ! m'assure-t-elle. Nous sommes tout un tas de choses, mais la gentillesse n'est en aucun cas l'une de nos qualités. Crois-moi, personne ne t'aurait invitée à moins que cela serve certains intérêts. Ici, chacun ne s'occupe que de soi-même, ne l'oublie jamais.

Je reste silencieuse pendant que Laurie fait quelques ronds de fumée. Je ne parviens pas à savoir si elle est sérieuse ou non.

— Je trouve malgré tout que tu es gentille avec moi, je finis par lâcher. Et je ne vois vraiment pas à quoi cela pourrait te servir. Toujours est-il que je suis heureuse d'être là.

— Nous allons passer un sacré été, répond Laurie avec un sourire.

— *Tout un été*, je soupire.

J'imagine ces semaines se déployer devant moi, et j'ose enfin croire que j'en ferai partie.

Laurie plisse les yeux avant de me demander :

— Quel âge as-tu, Lou ?

— Presque dix-huit ans.

— Hmmm…

Elle n'ajoute rien, elle se contente de fumer sa cigarette avec un calme difficile à supporter.

— Et qu'as-tu prévu de faire *après* l'été ? dit-elle enfin.

Je me raidis.

— Je… je ne sais pas, je réponds en dépliant mes jambes et en traçant quelques lignes dans la pelouse du bout de mon orteil. Je ne suis pas vraiment… Je suis un peu…

— Tu es un peu perdue ? murmure Laurie.

Je commence à penser que son regard détaché est trompeur. Elle a l'air de vouloir me peler comme un oignon pour découvrir quelque chose d'important, quelque chose que je redoute moi-même d'admettre.

— Qu'est-ce qui te fait dire ça ?

— Ta façon d'évoquer l'été à venir. Comme si c'était une issue de secours.

Je réfléchis en silence à ce qu'elle vient de dire ; je dois bien reconnaître qu'elle a raison.

— Un jour ou l'autre, j'imagine que je vais devoir me marier, je lâche enfin.

— Ah ? (Laurie lève l'un de ses élégants sourcils.) Et avec qui, si ce n'est pas indiscret ?

— Oh, avec personne en particulier, dis-je en me frictionnant les bras, car je sens un courant d'air frais.

C'est la toute première fois que je formule clairement cette pensée qui a mûri en moi ces dernières semaines, ces derniers mois.

— Ma sœur… Alice, dis-je dans un souffle. Nous faisons tout, ou plutôt nous *faisions* tout ensemble, et elle vient de se marier.

Laurie penche la tête sur le côté, m'encourageant ainsi à poursuivre.

— Je pense que c'est ce que tout le monde attend de moi, j'ajoute d'une toute petite voix. C'est ce que font toutes les filles, à Penlyn.

Laurie soupire doucement.

— Se marier est parfois une bonne idée. (Elle se tait quelques instants.) Mais une femme devrait toujours avoir… une passion. Si ce n'est pas pour son mari, alors ça devrait être pour quelque chose d'autre.

— Ressens-tu de la passion pour Robert ?

Aussitôt, je m'en veux horriblement d'avoir posé cette question. Je ne parviens pas du tout à m'imaginer Robert et Laurie ensemble.

Laurie ne semble pas en prendre ombrage.

— J'aime beaucoup Robert. Lui et moi, nous nous comprenons très bien. Nous serons heureux ensemble, je pense. Mais pour moi, la passion est faite pour être vécue hors du mariage.

Elle a parlé très sereinement, comme si elle avait beaucoup réfléchi à la question. Je ne suis pas sûre de bien comprendre ce qu'elle veut dire.

— Je crois qu'Alice vit sa passion au sein de son mariage, dis-je. Mais elle a de la chance. Elle a épousé son grand amour. (Je plaque mes genoux contre ma poitrine.) Je sais que le mariage est la prochaine étape qui m'attend.

J'ai fini mes études, je suis désormais l'aînée à la maison, et c'est *mon tour*. Mais…

— Tu ne veux pas te contenter de ça, dit Laurie très simplement, comme s'il s'agissait d'un fait incontestable.

— Non, je réponds, surprise. Non, je ne le veux pas.

Je n'en avais jamais parlé à personne et j'ai un peu l'impression de trahir Alice, mais Laurie me force à évoquer des perspectives qui me faisaient si peur que je les ai toujours laissées dans l'ombre.

— Y a-t-il vraiment autre chose à attendre de la vie ? je demande, avec une note de désespoir dans la voix.

Le rire de Laurie carillonne dans l'air et me prend par surprise.

— Oh, *ma belle* !

— On dirait que j'ai trouvé où a lieu la vraie fête ! dit une voix grave qui couvre le rire de Laurie.

Je tourne la tête : Charlie se tient devant nous.

Je me redresse aussitôt et Laurie tend une main gracieuse, comme si elle attendait de Charlie qu'il se prosterne à ses pieds. Il se contente de serrer sa main entre ses doigts.

— Hello, sœurette. Je suis venu pour demander à Lou si elle avait envie de refaire un tour sur la piste de danse, dit-il avec un sourire enfantin. Caitlin aussi te cherche, Lou, ajoute-t-il.

— Oui, vas-y, dit Laurie. Je t'ai assez accaparée.

— Tu ne veux pas nous accompagner ? je lui propose.

Laurie secoue la tête.

— Je vais plutôt rester ici et attendre de voir si quelqu'un d'intéressant passe dans les environs. (Elle se coule dans le canapé et étire ses bras au-dessus de sa tête, avec un air canaille.) Charlie, sois un chou, fais-moi porter une bouteille de whisky, veux-tu ?

— Bien sûr, répond Charlie sans hésiter, puis il se penche et saisit ma main.

Je croise le regard de Laurie.

Elle me fait un clin d'œil.

Alors nous partons. Comme Charlie doit se mettre en quête de la bouteille de whisky, nous convenons de nous retrouver sur la piste de danse. Tandis que je remonte lentement l'allée principale, effleurant du bout des doigts l'écorce des arbres, je repense à ma conversation avec Laurie. À proximité d'une des alcôves dissimulées derrière un rideau, j'entends la voix de Caitlin.

— Pourquoi tu me demandes ça alors que tu sais que c'est impossible ? crie-t-elle, visiblement en colère.

Une voix grave lui répond, mais trop bas pour que je puisse comprendre ce qu'elle dit. Je réalise soudain qu'elle est là-dedans avec un homme et que j'ai beaucoup trop ralenti le pas.

— Pourquoi ne peut-on pas continuer comme avant ? j'entends Caitlin ajouter avec une intensité qui ressemble à du désespoir.

À nouveau, la réponse se réduit à un murmure rauque et indistinct.

— Chéééérriiiii, dit-elle en étirant le mot, et sa voix serpente dans les airs, douce et persuasive.

La familiarité de son ton me fait sursauter. Quel que soit le sujet de la conversation, elle est clairement privée et j'ai l'impression d'être une voyeuse. Je m'éloigne enfin et le rire débridé de Caitlin me poursuit à travers l'allée arborée.

Je suis arrêtée par un couple qui meurt d'envie de savoir qui je suis et comment je connais les Cardew. Leur curiosité vorace me fait penser à des doigts courant sur ma peau. Je réponds à moitié, poliment, mais cela ne semble qu'attiser leur intérêt. Lorsque j'atteins la piste de danse, Charlie m'attend déjà, mais la musique s'est tue.

— Le groupe fait une pause, m'explique-t-il. Ils vont reprendre dans une minute. Veux-tu que j'aille te chercher un verre ?

— Non, merci beaucoup.

Caitlin réapparaît, les yeux brillants et les joues toutes roses. Cette fille a un secret et je me demande si elle me le révélera un jour. Pour le moment, elle nous fait un grand sourire. En d'autres circonstances, je n'aurais rien remarqué, mais je distingue dans son sourire le même éclat fragile qui teintait sa voix un peu plus tôt, et je suis certaine d'y percevoir une trace d'anxiété.

— Qu'est-ce que vous faites plantés là ? demande-t-elle. Où est passée la musique ? Allons danser !

Et alors, comme si elle l'avait commandé par la seule force de sa volonté, le groupe recommence à jouer et je peux de nouveau me laisser porter par la musique.

Je danse une bonne partie de la nuit. En vérité, je danse jusqu'au petit matin. La musique est si entraînante qu'il m'est impossible de fuir. Elle emplit mon corps d'une folle énergie à laquelle je ne peux résister, qui m'attache à la piste.

Caitlin et moi ne nous séparons presque jamais. Tels deux aimants irrésistiblement attirés l'un par l'autre, nous passons la nuit à chanter et à rire. Je n'ai jamais eu d'amie proche, à part Alice. Tant qu'elle était à mes côtés, je n'en éprouvais sans doute pas le besoin, et je n'ai jamais eu la moindre impression de passer à côté d'une rencontre importante. Mais à présent, avec Caitlin, je ressens quelque chose d'étrange… presque un coup de foudre. Je veux être à ses côtés, je veux la faire rire, je veux savoir ce qu'elle pense de… eh bien… de *tout*. Je n'avais jamais imaginé jusqu'à ce soir que ça pouvait arriver, qu'on pouvait tomber amoureuse de ses amis.

Puis la fête touche à sa fin. Les invités qui dorment sur place se dispersent pour trouver un lit dans lequel s'écrouler (seuls ou accompagnés) et le rugissement des moteurs se mêle à la musique. Je dors debout quand Caitlin prend pitié de moi. Le groupe a cessé de jouer, mais un gramophone l'a remplacé et Caitlin tourne encore comme une toupie, ses yeux brillant d'un éclat surnaturel.

— Charlie ! Peux-tu montrer à Lou où est sa chambre ? le supplie-t-elle en l'agrippant par le bras.

— Pas question ! je proteste. Je peux continuer encore des heu…

Je suis malheureusement interrompue par un énorme bâillement qui me fait vaciller. Caitlin éclate de rire et rejoint en tournoyant le petit groupe d'invités qui semblent avoir décidé de ne plus jamais dormir.

Quelqu'un appelle Charlie, qui regarde dans sa direction.

— Je peux trouver mon chemin toute seule, tu sais, lui dis-je en tapotant son bras.

— Tu es sûre ?

— Mais oui, je réponds en riant. Je connais très bien la maison.

Charlie sourit.

— Dans ce cas, c'est d'accord. On se voit demain matin.

— Bonne nuit, je lui lance en quittant le verger.

Sur les marches de l'entrée, j'ai la surprise de découvrir un homme qui fume une cigarette, penché en avant. Une flaque de lumière provenant de la porte d'entrée ouverte tombe droit sur lui.

— Bonsoir, dis-je en venant à sa rencontre.

L'homme lève les yeux et me sourit : un éclair amical de dents blanches qui révèle une fossette parfaite sur sa joue droite. Ses yeux sont grands et sombres, sa peau brun foncé. C'est le chanteur du groupe. J'ai un instant d'hésitation. Penlyn n'a pas grand-chose d'un melting-pot, et mis à part les pochettes de mes disques de jazz préférés, on ne voit que très peu de visages noirs par ici.

— Bonsoir, répond-il en se redressant. Désolé d'être assis là dans la pénombre. Je vais vous laisser passer.

À en juger par sa politesse prudente, je me demande s'il n'a pas perçu mon trouble et je me sens envahie par la honte.

— Ne soyez pas ridicule, lui dis-je en souriant à mon tour. Comment pourriez-vous m'empêcher de passer ? Ces marches sont assez larges pour une fanfare tout entière. (J'observe l'escalier d'un œil perplexe.) Quoique, maintenant que j'y pense, certains des invités tanguent tant qu'ils auront bien besoin de tout cet espace. Je ne suis pas concernée, sachez-le. Je n'ai pris qu'un Mary Pickford.

— Mary Pickford ? répète-t-il, le nez plissé, visiblement perdu.

— Les cocktails roses. Ceux que les gens ont sifflés avec un peu trop d'enthousiasme.

Le chanteur éclate de rire, et même son rire est musical.

— Ah, oui. J'ai… euh… remarqué quelques invités en train de profiter de leurs bienfaits.

À cet instant précis, comme dans une scène écrite par avance, un bruit de vomissement retentit dans un buisson tout proche.

Nous nous regardons avec stupéfaction avant de laisser éclater une cascade de rires que nous tentons (vainement) d'étouffer.

— On ne devrait pas se moquer, je souffle en repensant avec dégoût à la matinée qui a suivi mes excès de vin au gingembre. Ils seront au plus mal demain matin.

— Je ne crois pas que nous nous soyons déjà rencontrés, dit le chanteur. Je suis Lucky.

— Lou, dis-je en serrant la main qu'il me tend.

— Lou ? Est-ce un diminutif ? demande-t-il d'un air doux et amical.

— C'est le diminutif de Louise.

— Oh ! (Son regard s'allume.) Comme la chanson[1] ?

— Oui. Comme la chanson.

— Nous ne l'avons pas jouée ce soir. Dommage, si j'avais su…

— Vous êtes vraiment incroyables, vous savez ! J'ai adoré vous entendre jouer, dis-je avec un peu trop d'empressement.

Je grimace tant mon commentaire manque d'originalité.

— Ah, oui ?

Il semble ravi.

— Oui, je réponds un peu bêtement.

Je ne trouve pas les mots pour exprimer combien la musique a compté pour moi cette nuit. Elle m'a semblé satisfaire un besoin vital, et danser m'a aidée à me sentir libre. Je crois qu'il comprend néanmoins ce que je veux dire.

— C'est toujours agréable à entendre, répond chaleureusement Lucky.

— Nous n'avons pas souvent l'occasion d'entendre du jazz, ici à Penlyn. Seulement sur le tourne-disque.

---

1. Interprétée par Maurice Chevalier pour le film *La Chanson de Paris*, la chanson *Louise* a connu un très grand succès aux États-Unis dans les années trente.

— Vous êtes d'ici ? s'étonne Lucky. Vous n'êtes pas… ?

Sa phrase reste en suspens tandis qu'il parcourt du regard les derniers reliquats de la fête. Il reste encore assez de gens occupés à danser ou à bavarder pour faire un certain tapage.

— L'une d'entre eux ? Non.

C'est un peu dur à admettre, mais c'est la vérité. Il sera bientôt temps d'arrêter de faire semblant ; cette pensée me transperce.

Lucky ne répond rien. Il se contente de hocher la tête pensivement avant de porter sa cigarette à sa bouche.

— J'ai bien peur que nous restions coincés ici un bon moment, dit-il en désignant la chaussée submergée. Nous devons attendre de pouvoir faire passer le van avec tout notre matériel.

— J'imagine que ce n'est pas un problème très courant.

Il a un sourire un peu triste.

— Nous n'avions encore jamais connu ça, c'est sûr. Cet endroit est sacrément spécial.

Il regarde autour de lui comme s'il découvrait les lieux pour la première fois, puis il secoue la tête et pousse un profond soupir. Une émotion fugace anime son visage, mais la seule lueur de la lune ne me permet pas de la déchiffrer.

— La Cardew House…, dis-je, admirant le décor à mon tour. C'est un endroit magique. Qui a quelque chose d'obsédant.

La beauté de la maison me fait le même effet qu'un cocktail, je sens mon sang se réchauffer dans mes veines.

— La Cardew House…, répète-t-il.

Il finit sa cigarette en silence, avant d'ajouter :

— Ce n'est pas le genre d'endroit qu'on a envie de quitter.

— Pas si on peut l'éviter, non. Mais nous ne pouvons pas rester ici éternellement, j'ajoute avec un pincement au cœur.

— Sans doute que non.

Lucky semble peiné, lui aussi.

— Bon... (Il s'éloigne d'un pas.) Je ferais mieux de retourner...

Il fait un signe en direction du van, dans lequel les autres membres du groupe sont en train de ranger leurs instruments.

— Oh... bien sûr. Je suis contente de vous avoir rencontré.

Il met ses mains dans ses poches.

— Moi aussi, je suis content de t'avoir rencontrée, Louise.

Il se retourne et, tandis qu'il s'éloigne, je l'entends chanter doucement de sa belle voix : « *Every little breeze seems to whisper Louise...*[1] »

Je reste à l'écouter un moment sous ma couverture d'étoiles. C'est la conclusion parfaite d'une soirée parfaite. J'entre dans la maison, un immense sourire aux lèvres.

Jusqu'à ce que je réalise que je ne sais pas du tout où aller.

Qu'est-ce qu'a dit Caitlin tout à l'heure ? *La chambre bleue*. Mais ils ont rénové toute la maison. Je ne sais pas de quelle pièce il s'agit. Je me sens mal.

Je le suis encore plus lorsque j'entends quelqu'un s'éclaircir la gorge derrière moi.

En me retournant, je découvre Robert, appuyé contre le chambranle de la porte, les bras croisés, son nœud papillon défait, avec sur son visage un air impénétrable.

1. « Partout la brise semble murmurer Louise... »

Je grogne dans ma barbe.

— Tu t'es perdue ? demande-t-il.

— Je ne sais pas où est ma chambre.

— Et moi qui pensais que tu connaissais la maison mieux que personne, dit-il en s'approchant.

Je m'abstiens de répondre. Avant tout parce que je redoute les mots qui pourraient sortir de ma bouche. Comment fait-il pour m'énerver à ce point ? Ses commentaires pleins de mépris envers la fête et sa sœur résonnent toujours dans mes oreilles.

— Suis-moi, dit-il en s'engageant dans l'escalier, sa veste sur l'épaule.

Il fait de grandes foulées, avalant les marches quatre par quatre, et je dois me démener pour parvenir à le suivre. Nous remontons un long couloir, puis il s'arrête devant l'une des portes.

— Nous y voilà. La chambre bleue.

— Merci, je réponds, une main sur la poignée.

Puis, parce que mes parents m'ont bien élevée, je me retourne, le dos contre la porte, et je me force à le regarder dans les yeux avant d'ajouter :

— Et merci aussi de m'avoir invitée ce soir. J'ai passé une soirée merveilleuse.

Il appuie une épaule contre le mur et m'observe un long moment. Ses yeux verts sont pleins de mystère. Il se tient si près de moi que je jurerais voir des petites paillettes d'or à l'intérieur.

— De rien, dit-il, avant de se redresser et de partir.

Je reste un moment adossée contre la porte, à tenter de reprendre mon souffle. C'est sûrement normal d'avoir si chaud, après toutes ces danses. Je tourne la poignée et rentre dans la chambre bleue en flageolant.

La pièce dans laquelle je me trouve est la plus grande chambre que j'aie jamais vue. Les murs sont tapissés de grandes rayures bleues et dorées, un petit lustre de cristal pend au plafond et un imposant lit à colonnes garni de draps bleus remplit l'espace. Mon vieux sac miteux trône sur les luxueuses couvertures blanches, totalement hors de propos. Je me promène à travers la pièce, j'effleure les meubles polis, étincelants, et je respire l'odeur de cire. Je survole la jolie coiffeuse, j'examine les nombreux flacons et bouteilles qui y ont été alignés et je m'asperge d'un parfum de luxe aux senteurs florales.

Il y a une porte sur ma droite. Lorsque je l'ouvre, je découvre avec émerveillement que je dispose de ma propre salle de bains, dotée d'une baignoire profonde et de robinets en or rutilants. Je pousse un petit cri et je laisse courir mes doigts sur le marbre. Sur l'un des murs est suspendu un grand miroir qui m'offre un aperçu de mon reflet : des yeux hagards, des joues rouges et un air débraillé. Mes cheveux se sont dénoués (tout le talent d'Alice ne peut rivaliser avec des heures de danse frénétique). Le résultat n'a pas grand-chose de séduisant puisqu'ils ne forment plus qu'un amas frisé. Je n'ai aucune idée de ce qui est arrivé à mon bandeau de dentelle, mais il a disparu. Avec un soupir, je referme la porte de la salle de bains et me dirige vers la fenêtre, où j'écarte les lourds rideaux bleus.

Le jour commence à peine à se lever et ma chambre donne sur une mer turquoise bouillonnante. Je m'effondre dans un fauteuil moelleux, remonte mes genoux contre ma poitrine et pose ma tête sur un coussin. J'observe les premiers rayons du soleil se frayer tant bien que mal un chemin à travers le ciel, distillant une lueur chaude sur les flots. Je contemple aussi longtemps que je le peux, luttant contre le poids de mes paupières, refusant de laisser s'achever cette nuit de magie unique. Enfin, quand je n'ai plus la force de regarder, je m'endors sous un ciel d'or.

CHAPITRE 10

Je me réveille quelques heures plus tard, désorientée. La nuque raide, je réalise que je suis toujours recroquevillée dans le fauteuil sous la fenêtre. Je me déplie pour étirer mes membres engourdis et observe avec regret le magnifique lit semblable à un nuage. Il n'y a que moi pour laisser passer une occasion pareille. J'envisage un instant de retourner me coucher, mais je ne suis plus du tout fatiguée.

Je porte toujours ma robe ; la nuisette a fini par répondre à sa vocation première. Peut-être que je devrais lancer une ligne de tenues de soirée qui feraient aussi pyjamas ? La solution idéale pour s'effondrer dans son lit (ou dans son fauteuil) sitôt la fête terminée.

J'entrouvre la porte de la chambre et je tends l'oreille : il n'y a pas le moindre signe de vie. Tout est silencieux. On dirait que ce n'est pas une maison de lève-tôt. Après tout, peut-être viennent-ils seulement d'aller se coucher…

C'est l'occasion rêvée de me prélasser dans l'incroyable baignoire. Je me dis que ce serait même inconvenant de ne pas le faire, et puis, qui sait si une telle chance se représentera un jour ? J'ouvre les robinets et je vide avec enthousiasme une bonne partie du contenu de chacune des jolies bouteilles alignées sur le rebord. Enfin, je me coule dans l'eau chaude et parfumée avec un soupir de ravissement.

Étendue dans mon bain, je repense à la soirée. Les lumières, le bruit et les couleurs se superposent en un collage éblouissant. Je sens mes membres se détendre dans l'eau chaude tandis que je me rejoue différentes scènes de la fête dans les moindres détails. Je me revois franchir l'entrée du verger et pénétrer dans un décor de conte de fées. Trop beau pour être vrai ? Je crains un court instant d'avoir rêvé. Mais il me suffit de regarder autour de moi pour m'assurer que tout est merveilleusement réel. Tandis que la nuit défile dans ma mémoire, je comprends avec tristesse qu'il ne s'agit déjà plus que du souvenir fragile d'un moment que je ne pourrai jamais revivre. Je me demande si j'aurai d'autres occasions de revenir ici, si mon aventure ne fait que commencer ou si elle touche à sa fin. Je serre les poings, je ferme les yeux de toutes mes forces et je prie pour que tout ne s'arrête pas maintenant.

Je repense à ma conversation avec Laurie. Je sais que ma vie à Penlyn ne me satisfait pas, mais je n'ai pas pour autant la moindre idée de ce que je désire vraiment. Je songe à Alice, qui semble si heureuse et sereine. Pourtant, même avec la meilleure volonté du monde, je suis incapable de m'imaginer à sa place. Cette pensée m'attriste, comme si le fossé qui s'est déjà creusé entre ma sœur et moi s'était tout à coup élargi. J'ai toujours suivi Alice. Je ne sais pas comment trouver mon propre chemin. Et si je le savais, mes choix risqueraient-ils de lui laisser croire que je désapprouve les siens ? En serait-elle blessée ? Et Mouche et Pa ? Est-ce que quitter Penlyn signifierait tourner le dos à ma famille ?

Je chasse ces questions trop compliquées. Je sors du bain et me drape dans l'une des serviettes moelleuses qui ont été mises à ma disposition. Après m'être brossé les cheveux, j'enfile ma robe bleu clair, l'une de mes préférées, que je ne porte d'habitude que le dimanche et qui ne semble pour autant pas à la hauteur du décor qui m'entoure). Je vaporise un peu du parfum puissant et volupteux, et fais l'amer constat qu'il ne me correspond pas du tout. Enfin, je m'assois sur le lit, sans trop savoir quoi faire. En se rappelant à moi par un grondement sonore, mon estomac me guide : je dois partir en quête d'un petit déjeuner.

Je descends l'escalier sur la pointe des pieds. Aucun bruit n'indique que les autres invités seraient revenus d'entre les morts. Je me tiens un moment sur la toute dernière marche, hésitant entre retourner dans ma chambre ou poursuivre mon exploration. La faim finit par l'emporter sur ma timidité ; je me dirige vers la salle à manger. Le soleil s'engouffre à travers les immenses fenêtres et il ne reste aucune trace de la fête, comme si elle n'avait été qu'une illusion. Robert est là, un journal à la main ; sur la table devant lui, une tasse de café et des tartines. Je m'arrête net, mais il lève les yeux et me surprend en train de l'observer.

— Bonjour, lui dis-je sans oser franchir le seuil.

— Bonjour, répond-il en se levant aussitôt, car même tôt le matin, même s'il ne s'agit que de moi, ses manières sont toujours irréprochables. Je ne m'attendais pas à voir apparaître qui que ce soit avant des heures. Viens donc t'asseoir. Veux-tu manger quelque chose ?

Un nouveau gargouillis de mon estomac me trahit. Je fais comme si de rien n'était.

— Je prends ça pour un oui, ajoute-t-il. Qu'est-ce qui te ferait plaisir ?

— Je me contenterai de ce qu'il y a, je réponds prudemment en prenant place sur le siège à côté du sien.

Il m'offre en réponse un visage des plus courtois.

— Il y a tout ce que tu peux imaginer. Tu as juste à choisir. Œufs ? Bacon ? Tartines ? Fruits ? Il y a aussi ces espèces de petits gâteaux dont Caitlin est folle.

— Des petits gâteaux, ça m'a l'air parfait. Avec une tasse de thé, s'il te plaît.

Le maître d'hôtel dédaigneux apparaît, plus raide encore qu'hier soir.

— Ah, Perkins, dit Robert. Miss Trevelyan voudrait une tasse de thé et quelques-unes de ces pâtisseries qui obsèdent ma sœur.

— Bien, monsieur.

J'adresse un sourire hésitant au maître d'hôtel, dont le regard blasé me traverse comme si je n'existais pas, comme si j'avais été absorbée par le papier peint. Il disparaît sans un bruit en direction de la cuisine, impassible.

— Cet homme me rend nerveuse…, je murmure.

Robert m'a entendue, bien sûr, mais au lieu de se moquer de moi comme je m'y attendais, il se penche et me dit sur un ton de conspirateur :

— Je vois ce que tu veux dire. Perkins fait cet effet à tout le monde.

— Mais toi, il n'a pas l'air de te troubler !

— Ah oui ? dit-il avec un petit sourire. Heureux de te l'entendre dire ! C'est que j'ai de l'entraînement. Perkins travaillait déjà pour ma famille avant ma naissance, et je crois qu'il me voit toujours comme le vaurien qui a essayé d'enjoliver notre antique table de salle à manger avec sa boîte de peinture.

— Tu as vraiment fait ça ?

Je ne parviens pas du tout à imaginer le si distingué Robert Cardew en vilain garnement.

— Vraiment. J'avais trois ans, et j'avais pensé que ça ferait une belle surprise pour ma mère.

— Qu'a-t-elle pensé du résultat ?

— Elle a trouvé ça hilarant, il me semble, mais Perkins ne voyait pas les choses sous cet angle.

— Elle a l'air sympathique.

Robert remue un peu sur son siège avant de répondre.

— Elle l'était, dit-il enfin. Elle est morte un an plus tard, à la naissance de Caitlin.

Je couvre ma bouche de mes mains comme pour tenter de ravaler mes paroles. Je n'en reviens pas d'avoir parlé d'elle ainsi alors que je sais très bien que les parents de Robert sont tous les deux morts. J'oublie parfois que je suis en train de discuter avec l'idole des chroniqueuses mondaines.

— Je suis vraiment désolée, dis-je, et ces excuses me semblent bien insuffisantes.

— C'était il y a longtemps…

Robert s'éclaircit la voix et change de sujet :

— Comment se fait-il que tu sois déjà debout et toute pimpante ?

— Quelle heure est-il ? je demande en étirant mes bras au-dessus de ma tête.

Je n'en ai pas la moindre idée. Le temps semble perdre tout son sens, par ici. On se croirait au Pays des merveilles.

— Il doit être onze heures.

— Onze heures ! Ce n'est pas tôt du tout ! Je n'en reviens pas d'avoir dormi si longtemps.

— Ici, on considère que midi est pratiquement le milieu de la nuit. Et je ne pense pas que tu te sois couchée avant quatre heures du matin.

— Onze heures…, je répète en secouant la tête, mais Robert s'est déjà replongé dans son journal.

Pas étonnant que je meure de faim. Alors, comme par magie, Perkins réapparaît derrière un chariot chargé de gâteaux délicats et d'une théière en argent fumante.

— Merci beaucoup, lui dis-je avec un grand sourire destiné à l'amadouer.

— Mademoiselle désire-t-elle autre chose ? répond-il d'une voix glaciale.

J'ai déjà enfourné un gâteau dans ma bouche lorsque je réalise honteusement que c'est à moi qu'il s'adresse.

— Oh… Non, merci, je réponds en déglutissant péniblement.

Une fois Perkins disparu, je me verse une tasse de thé tout en observant Robert à la dérobée. Ici, dans la douce lumière matinale, il a l'air beaucoup plus détendu et presque, oserais-je dire, amical. Je le regarde encore un moment avec méfiance, mais il se contente de boire tranquillement son café, ses longues jambes étendues devant lui.

— Pourquoi es-tu si gentil avec moi ? je lui demande, décidée à briser la glace.

Robert soupire et repose lentement sa tasse de café sur sa soucoupe.

— À t'entendre, on croirait que je suis un ogre. J'ai *toujours* été gentil avec toi.

J'éclate d'un rire tonitruant.

— C'est la vérité ! s'écrie Robert, visiblement blessé. J'ai toujours été d'une politesse extrême. C'est toi qui n'as aucun savoir-vivre.

— Et c'est ça que tu appelles de la politesse ?

Il semble contrarié. Je croque dans un autre gâteau. Il a un goût de miel et d'amandes.

— Tu m'as provoquée, je lance en accompagnant mes critiques d'un décompte de mes doigts collants. Tu as été condescendant et arrogant. Pire encore, tu t'es moqué de… d'une chose qui compte beaucoup pour moi, je conclus, au bord de l'explosion.

— Je suis désolé de t'avoir offensée, dit Robert qui s'est raidi. (Pas de doute, il n'aime pas du tout que ses bonnes manières soient remises en question.) J'ai tenté de m'excuser hier, mais on dirait que je ne m'y suis pas très bien pris.

Saisie d'un accès de rage, je croise les bras.

— Oh, arrête ! Je crois que c'est quand tu prends cet air glacial et poli que tu es le plus odieux.

— Bien, dans ce cas, je ne comprends pas ce que tu attends de moi, déclare-t-il, exaspéré.

Je ne pense pas l'avoir déjà vu si agité et, malgré ma colère, je dois admettre que je ne passe pas un mauvais moment.

— Tu m'énerves, quoi que tu fasses. Mais comme on dirait que je t'énerve aussi, on peut dire que nous sommes à égalité.

— Tu ne m'énerves pas, rétorque Robert, énervé.

— Hmmm.

Il me lance un regard noir, puis il se ressaisit et se met à rire, juste un peu, et avec beaucoup de réticence.

Nous nous taisons un moment ; j'en profite pour regarder autour de moi avec curiosité. Maintenant que toutes les décorations d'un blanc vaporeux ont été enlevées, je constate que l'aménagement de la salle à manger n'a pas été modifié. On a repeint le lambris couleur crème et de nouveaux rideaux d'un vert printanier pendent devant la porte-fenêtre, mais je reconnais bien cette pièce où j'ai passé tant de temps. C'est un endroit clair, joyeux, parfait pour d'interminables petits déjeuners, et je me laisse aller contre le dossier de ma chaise tandis que le soleil se répand sur la table.

La voix de Robert me coupe dans mon élan.

— Tu sais que tu fais toujours ça ?

— Faire quoi ?

— Regarder tout autour de toi avec tes grands yeux, comme si tu essayais de relever le moindre détail.

Il écarquille les yeux, sans doute pour singer ma façon d'observer le monde.

Je rougis, et pas seulement parce qu'il a dit que j'avais de grands yeux (ce qui n'est pas le plus beau des compliments, je le sais bien, mais il faut savoir se contenter de ce que la vie vous offre).

— Je suis observatrice, voilà tout, je marmonne, déstabilisée.

— Oh, j'avais remarqué ! C'est sans doute la qualité première de l'auteur que tu es.

— Je..., dis-je dans un râle. Tu ferais mieux de ne pas me parler de ça.

— Maintenant que j'y pense..., ajoute-t-il.

Il se lève et va chercher quelque chose dans l'un des tiroirs du buffet. Avant de regagner son siège, il dépose délicatement l'objet à côté de ma main.

J'interroge Robert du regard, mais son expression est indéchiffrable. Il s'agit d'un fin carnet bleu. Je n'ai pas besoin de l'ouvrir pour savoir que c'est celui que j'ai perdu, celui qui contient plusieurs chapitres de *La Vengeance de lady Amelia*. Je ne sais pas quoi dire.

— Merci, je finis par articuler d'une voix glaciale. De me l'avoir rendu, je veux dire, pas de l'avoir lu.

Robert a la décence de prendre un air un peu coupable.

— Je suis sincèrement désolé, répond-il avant de froncer les sourcils. Pas de l'avoir lu, mais de t'avoir donné l'impression que je me moquais de toi.

Voilà une étrange manière de s'excuser.

J'ai du mal à rassembler mes esprits. Ma colère a laissé la place à un autre sentiment : je meurs d'envie de savoir si ça lui a plu.

Il lève une main.

— Et d'ailleurs, je n'en ai lu qu'une partie. Pas tout le carnet.

— Très bien, dis-je, m'efforçant d'ignorer ma déception. Très bien.

— J'ai cessé ma lecture dès que j'ai compris ce que c'était. Je n'ai pas pour habitude de fouiller dans les affaires des autres.

— Oh, dis-je d'une voix sourde en caressant le carnet du bout des doigts. C'est parfait, alors.

— Hmmm. (Il boit une gorgée de café d'un air détaché.) Cependant, pour être tout à fait honnête, je dois avouer que je me suis arrêté *presque* aussitôt après avoir compris de quoi il s'agissait.

— Presque ? (Ma voix est lourde de menaces.) Qu'est-ce que ça signifie ?

— Que ce que j'ai lu m'a intéressé, dit-il avant de disparaître derrière le journal qu'il a brandi devant lui. Et que j'ai peut-être lu encore une page ou deux.

Le chameau ! Il sait que j'ai envie d'en savoir plus. Il va me forcer à lui demander ce qu'il en a pensé. Il n'en est pas question, je ne m'y abaisserai pas. Je serre les poings.

— Tu sais quoi ? dis-je enfin. J'aimerais beaucoup t'arracher ton stupide journal pour en faire une boule de papier.

— Je n'en doute pas, répond-il posément.

Pour me donner une contenance, je porte ma tasse de thé à ma bouche, me rends compte qu'elle est vide et la repose sur la soucoupe.

— Tu as trouvé ça intéressant ? je demande enfin, d'une voix qui me semble frêle et trop aiguë.

Il abaisse son journal.

— À vrai dire, j'ai eu beaucoup de mal à m'arrêter. Mais je m'y suis contraint, dit-il en relevant son journal. Conformément à ce que les *bonnes manières* exigeaient.

Pendant quelques secondes, je reste figée de stupeur. Il a eu du mal à s'arrêter. Ces simples mots sont un cadeau. Ce commentaire franc et direct est à sa façon plus flatteur que tous les superlatifs du monde. Mis à part Alice, personne n'a jamais lu *La Vengeance de lady Amelia*, ni tout autre texte de ma plume. Le partager, c'est comme livrer un morceau de moi-même, un morceau si tendre et si fragile qu'il pourrait ne jamais guérir s'il venait à être blessé. Et j'ai vraiment peine à croire que la personne avec qui je le partage est Robert Cardew.

Je suis heureuse que le journal dressé entre nous m'empêche de voir son visage. Je sais que le mien trahit à coup sûr tout ce que je ressens. Timidement, je pose la main sur le carnet bleu et le pousse vers lui.

— Dans ce cas, peut-être que tu devrais lire la suite, dis-je en tâchant de paraître détendue, alors même que le sang bat dans mes tempes. Si tu en as envie.

Le carnet reste un instant entre nous sur la table. J'ai l'impression d'avoir offert ma gorge à un homme armé d'un couteau. Robert se penche, et ses doigts se referment sur le livre. Il le range doucement dans une poche de sa veste.

— Merci, dit-il. Oui, j'en ai envie. En as-tu écrit davantage ?

— Je le ferai. Peut-être.

J'expire profondément, je me ressers une tasse de thé et je prends un autre gâteau. Ils sont feuilletés, beurrés et délicats… Presque aussi bons que ceux de Mouche. Je le dis à Robert, sans doute parce que je suis perturbée, toujours en train de m'étonner du fait qu'il ait pu aimer mon récit.

— Qui est Mouche ? demande-t-il.

— C'est ma mère.

Puis, pour combler le silence qui s'installe, je me mets à raconter la fois où Gerald l'automobile est tombé en panne et où il a fallu le remorquer jusqu'à la ferme grâce au cheval de trait de Mr Cobbett, tandis que Freya trônait à l'arrière. Elle s'était confectionné à la hâte une couronne en papier journal et elle saluait les gens au passage comme si elle était la reine. Le temps d'arriver à la maison, une espèce de parade s'était peu à peu formée derrière nous. Mouche a haussé les épaules, ouvert en grand les portes de la cuisine et donné le signal de départ de l'une des plus belles fêtes qu'ait connues Penlyn.

Le souvenir de cette histoire me fait rire. Robert aussi a le sourire aux lèvres. Un véritable sourire, qui métamorphose son visage à un point incroyable. Il semble si jeune, si vif. La colère qui m'animait quelques instants plus tôt s'est évaporée, au point que je me sens presque bien disposée à son égard.

— Que se passe-t-il ? demande Robert.

— Oh… rien. C'est juste que je ne suis pas sûre de t'avoir déjà vu sourire avant maintenant. Tu devrais le faire plus souvent, ça te réussit.

— Oh, vraiiimeeent ? fanfaronne Robert, à l'évidence très content de lui.

— N'en fais pas trop. (Je lui lance un regard glacial.) Je voulais seulement dire que c'est une amélioration notoire par rapport à l'air renfrogné que tu affiches d'habitude.

— Je n'ai pas l'air *renfrogné*.

Je ricane dans ma tasse de thé. Puis, voyant que Robert n'a toujours pas touché à ses tartines, je me penche et lui en chipe une.

Caitlin fait son entrée à cet instant, et je suis heureuse de la voir.

— Grands dieux ! s'exclame Robert, est-ce un mirage ou ma sœur nous fait-elle vraiment l'honneur d'apparaître à la table du petit déjeuner avant midi ?

Comme par magie, une horloge se met à sonner douze coups.

Caitlin s'écroule sur une chaise, un coude sur la table et le menton dans une main.

— Ha, ha ! marmonne-t-elle, les yeux mi-clos. Très drôle. Ça ne te fait rien que ta sœur soit en train de mourir ?

Elle pousse un grognement.

— Oh, Perkins ! s'exclame-t-elle lorsque l'homme apparaît, tel un génie austère et silencieux. Préparez-moi un Bloody Mary, voulez-vous ? Vous seriez un amour. Très sanglant, si vous voyez ce que je veux dire… du genre qui plairait beaucoup à Dracula. D'ailleurs… pourriez-vous en apporter tout un pichet ?

— Bien sûr, mademoiselle, répond Perkins, lugubre.

Caitlin gémit de nouveau avant de coller sa tête contre la table.

— Est-ce que tout va bien ? je lui demande en observant son visage défait.

Pour toute réponse, elle lève lentement une main, puis la laisse retomber.

— Qu'est-ce que ça veut dire ? je demande à Robert.

— Que j'avais raison au sujet des cocktails Mary Pickford, dit-il.

Il s'est exprimé avec un ton satisfait de grand frère, et à en juger par le geste que lui adresse Caitlin, c'est aussi ce qu'elle a perçu.

— Comment se fait-il que vous ayez cet ignoble air enjoué, tous les deux ? demande-t-elle après avoir englouti la moitié de la boisson rouge vif que lui a apportée Perkins.

— Nous n'avons pas bu autant que toi, répond Robert. Je ne suis pas sûr que qui que ce soit ait bu autant, d'ailleurs.

Pour toute réponse, Caitlin se contente de renifler, mais ses pommettes ont déjà retrouvé des couleurs. Elle semble revenir à la vie. Lorsque je le lui fais remarquer, elle brandit son verre à moitié vide.

— Ce cher vieux Perkins pourrait réveiller les morts avec quelques-uns de ses cocktails.

— Et il a déjà eu plus d'une occasion de le faire, lance Robert.

Caitlin ignore son intervention.

— Alors, Lou, dit-elle, soudain tout à fait réveillée. J'ai cru comprendre que tu avais fini par trouver ta chambre, la nuit dernière ?

À son sourire narquois, je réalise qu'elle pense que Charlie m'a raccompagnée. Allez savoir pourquoi, je ne veux pas discuter de ça devant Robert. Par bonheur, il s'est déjà replongé dans son journal.

— Oui, merci.

— Et ton guide n'a eu aucun geste… déplacé, j'espère ? glousse-t-elle.

— Bien sûr que non ! je m'exclame, mortifiée.

— C'est bien triste, lâche-t-elle avec une moue boudeuse.

Robert froisse son journal.

— De quoi est-ce que tu parles, Cait ?

— Oh, de rien, c'est juste que Charlie semblait avoir *très envie* d'accompagner Lou jusqu'à sa chambre, hier soir.

Robert se contente d'émettre une sorte de grognement.

Je lance des regards furieux à sa sœur, dans l'espoir de lui faire comprendre que je préférerais attendre que nous soyons seules pour parler de la nuit passée. Elle ouvre de grands yeux, mais semble finir par saisir le message.

— Bien, bien, dit-elle. Je te crois… Presque personne ne s'y risquerait, mais moi oui. (Elle se verse un autre verre de sa boisson rouge vif.) Mon frère est-il parvenu à te divertir ?

— J'ai été d'une compagnie des plus agréables, répond Robert avant que j'aie pu dire quoi que ce soit.

— C'est très exagéré, je marmonne.

— Je croyais pourtant que nous avions passé un bon moment. Tu ne m'as menacé qu'une seule fois de détruire mon journal et je n'ai pas protesté quand tu as mangé une de mes tartines.

— Oh, quelle grandeur d'âme ! je réplique.

— Aïe, j'ai encore bien trop mal à la tête pour supporter vos chamailleries, s'interpose Caitlin, tandis que Robert se replonge dans sa lecture avec un sourire en coin. Alors, à quoi pourrions-nous occuper cette matinée splendide ?

La voix de Robert s'élève de derrière son journal.

— La matinée a déjà pris fin.

— Tu sais très bien ce que je veux dire, répond Caitlin avec un geste désinvolte de la main. On devrait aller prendre un bain de soleil sur la plage. (Elle se tourne vers moi.) Le bronzage est très à la mode. Mais on dirait que je suis condamnée à devenir toute rouge, soupire-t-elle. Pas comme Laurie et toi.

Je ne suis pas mécontente d'être comparée à Laurie, même si c'est juste parce que je passe beaucoup de temps à gambader dehors. Et puis, j'ai beau faire tout ce que je peux pour être bien informée, j'ignorais complètement que le bronzage était à la mode. Je me promets d'en parler à Alice plus tard.

— Je n'ai pas apporté mon maillot de bain, dis-je.

— J'en ai une centaine, tu n'auras qu'à prendre l'un des miens.

— Merci. Et les autres ?

— Eh bien, ils ont leur propre maillot, répond Caitlin.

— Tu as très bien compris ce que je voulais dire !

— Ils nous rejoindront plus tard. Est-ce que tu pensais à quelqu'un en particulier ? ajoute-t-elle malicieusement.

Je repousse ma chaise et me lève en prenant soin d'ignorer sa question.

— On y va ? je lance.

Caitlin se lève à son tour.

— Oui, allons-y, je crois que nous aurons *beaucoup* de choses à nous dire, toutes les deux.

Une heure plus tard, je suis assise sur le sable doré. Mal à l'aise, j'ajuste la bretelle de mon maillot de bain d'emprunt. Il est rouge, bien plus tape-à-l'œil que le mien, et je n'ai pas l'habitude de porter une tenue qui laisse si peu de place à l'imagination. Cela dit, personne ne semble y prêter la moindre attention. Je jette un coup d'œil à ma poitrine plate. Il faut dire qu'il n'y a pas *grand-chose* à quoi s'intéresser.

Je m'allonge en prenant appui sur mes coudes afin de contempler la mer. C'est un splendide après-midi de la fin du mois de juin. L'eau scintille, nous invitant à nous y plonger. La crique est calme, isolée, et je savoure la caresse du soleil sur ma peau. Je suis heureuse d'être là, de retarder autant que possible le moment de rentrer chez moi.

Je me tourne vers Caitlin en portant une main devant mes yeux, et je regarde la lumière danser à travers mes doigts écartés. Nous avons parlé longtemps de tout ce qui s'était passé la nuit dernière. Je suis surprise de me sentir si détendue en sa compagnie. Elle feuillette un magazine ; je me demande si je ne devrais pas aller me chercher un roman dans la bibliothèque. Soudain, quelque chose atterrit dans le sable à côté de moi. Je sursaute. C'est un livre. Après l'avoir saisi, je pousse un cri de joie. Il s'agit du dernier roman d'Agatha Christie : *Les Sept Cadrans*.

Une ombre s'étend sur mon visage ; Robert se tient debout au-dessus de moi.

— Je me suis dit qu'il était temps de mettre à jour la bibliothèque, déclare-t-il.

— Ça fait une éternité que j'attends de le lire, je lui réponds en m'asseyant.

Mes yeux suivent un moment la courbe de ses larges épaules, et je détourne vite mon regard.

Le silence est rompu par les cris d'un groupe d'invités qui arrivent de la maison. C'est Jessica et Jerry, son corpulent mari, suivis par Laurie, dont le maillot de bain est si minimaliste qu'en comparaison le mien semble tout droit sorti de l'époque victorienne. Elle porte une superbe robe de soie par-dessus, mais celle-ci, grande ouverte, se balance sur ses hanches et ne couvre à peu près rien. Laurie ondule sur la plage, avec sur l'épaule un magnifique parasol en papier décoré de fleurs de cerisier roses.

— Les amis ! s'exclame Jerry, tout en dévorant sans vergogne Laurie du regard. Il fait un temps incroyable, pas vrai ?

— C'est très agréable, je murmure.

Robert échange quelques mots avec Laurie. Elle fait un geste en direction de l'escalier derrière elle : Charlie progresse lentement vers la plage, en luttant pour transporter un objet volumineux. Robert s'empresse d'aller à son secours. Je découvre bientôt qu'il s'agit d'une chaise longue destinée à Laurie, pour qu'elle n'ait pas à s'allonger sur le sable.

— Oh, quelle bonne idée ! s'exclame Caitlin. Comment n'y ai-je pas pensé plus tôt ?

— Tu peux la prendre, si tu veux, dit Charlie, à bout de souffle, avant de la déposer à ses pieds.

— Et moi ? intervient Laurie en levant l'un de ses sourcils parfaits.

Charlie lui fait une grimace.

— Ton adorable fiancé peut aller t'en chercher une, bien sûr. (Il passe la main à travers ses cheveux blonds et souffle un grand coup pour souligner son épuisement.) Je n'ai pas la moindre intention de recommencer.

Laurie lance un regard plein d'espoir à Robert, qui lève les yeux au ciel.

— Très bien, dit-il en lui déposant un petit baiser sur la joue. Je reviens dans une minute.

C'est étrange, il ne semble y avoir entre eux rien de comparable à la complicité pétillante qui unit Alice et Jack. Laurie et Robert sont chaleureux et affectueux l'un envers l'autre, mais leur relation est très différente de ce que j'avais imaginé. Je repense à ce que m'a dit Laurie la nuit dernière : la passion et le mariage seraient deux choses distinctes. Je me demande ce qu'elle voulait dire par là. Robert et elle ne ressemblent pas du tout aux personnages d'un grand roman d'amour, comme Alice et moi l'avions pensé en lisant les articles à leur sujet. J'en suis presque déçue.

Charlie se tient devant nous, et je ne peux m'empêcher de l'admirer. Il a l'air d'avoir été taillé dans le marbre.

Lorsque nos regards se croisent, je sens des picotements me parcourir tout le corps. Je me demande un instant s'il s'agit là de ce qu'Alice et Jack ressentent en présence l'un de l'autre, mais je ne pense pas que ce soit le cas… pas tout à fait.

J'ouvre le livre que m'a donné Robert dans l'espoir de paraître absorbée par l'histoire. Je relis la même phrase encore et encore, me laissant submerger par les vagues des discussions qui m'entourent. Charlie et Jerry semblent partis pour parler de chasse ; c'est d'un ennui sans nom. Laurie, Patricia et Caitlin, perchées sur la chaise longue de cette dernière comme une rangée d'oiseaux de paradis éblouissants, échangent des commentaires sur les gens dont il est question dans le magazine de Caitlin. Leur conversation ressemble à peu près à ceci :

CAITLIN : Eh bien, je ne suis pas surprise de *la* voir là.
PATRICIA : Non ! Vous saviez que… ?
LAURIE : Ma belle, *tout le monde* le sait.
PATRICIA : C'est si indélicat.

CAITLIN : Et ce *pauvre* homme.

LAURIE : Oh, je ne crois pas qu'il soit si désespéré.

PATRICIA : Quoi ? Tu ne veux quand même pas dire que… ?

LAURIE : Mais si. Ça a duré des semaines.

CAITLIN : Moi, ça ne m'étonne pas, après ce qui s'est passé à l'Opéra.

Et elles enchaînent ainsi joyeusement, et à toute allure, des phrases inachevées, si bien que je n'ai aucune idée de quoi elles peuvent bien parler.

Je suis étonnée de découvrir qu'elles lisent les mêmes magazines qu'Alice et moi. Je me demande à nouveau pourquoi Caitlin n'y apparaît jamais : elle ferait une parfaite icône de leur monde glamour.

Je suis toujours en train d'essayer de me concentrer sur mon livre lorsque Robert fait son retour avec une chaise longue pour Laurie.

— Magnifique ! Merci, mon cœur.

Laurie se jette sur son nouveau siège, renverse sa tête en arrière et ferme les yeux. Elle s'endort presque aussitôt.

— Veux-tu que j'aille t'en chercher une aussi, Lou ? demande Robert.

Tout le monde se tourne vers moi, comme si on se souvenait tout à coup de mon existence. Je me lève d'un bond et entreprends d'épousseter mes jambes couvertes de sable.

— Non, merci, je bredouille, essayant de cacher mon corps à demi nu. Je crois que je vais aller me baigner.

— Super idée ! s'exclame Charlie. Qu'est-ce que tu en dis, Caitlin ? Tu viens te baigner avec nous ?

— Oh, non ! répond Caitlin sans lever les yeux de son magazine. Je suis très bien où je suis, merci. Enfin, presque.

Robert, crois-tu que tu pourrais demander à quelqu'un de nous apporter à boire ? Je meurs de soif avec cette chaleur.

— Rien que toi et moi, alors, dit Charlie.

— Oui, on dirait bien.

Je crois qu'il est un peu déçu, et j'essaie de ne pas en prendre ombrage.

Dès mes premiers pas dans la mer, la morsure de l'eau froide manque de me couper le souffle. À côté de moi, Charlie marmonne une sorte de juron inaudible.

— Tout va bien ? je lui demande.

— Elle est sacrément gelée, répond-il entre ses dents serrées.

— C'est encore pire si on met trop de temps à y entrer. La seule solution, c'est de se jeter dedans d'un coup.

— Je ne sais pas trop..., dit-il, avançant de quelques centimètres.

Je plonge dans la mer, l'eau froide m'enveloppe.

— Ce n'est pas si terrible ! je crie à Charlie, qui est toujours planté au même endroit, de l'eau au niveau des genoux.

Je m'éloigne en quelques mouvements rapides, et je sens à nouveau mes jambes. Ce n'est vraiment pas désagréable. Lorsqu'on nage en plein hiver, le froid est si vif qu'il vous coupe le souffle, mais là, je me sens plus éveillée, toute vibrante et vivante à l'intérieur.

Bien qu'il n'ait pas l'air tout à fait convaincu, Charlie respire un grand coup puis il se décide enfin et nage vers moi.

— Vous autres Anglais êtes complètement fous, lance-t-il en grelottant. Les êtres humains ne sont pas faits pour nager dans une eau si froide. Vous feriez mieux de la laisser aux ours polaires, si tu veux mon avis.

— Arrête de pleurnicher ! je lui crie en l'éclaboussant.

Il sourit puis plonge vers moi et m'asperge à son tour. Je m'enfuis en poussant un petit couinement. Je suis très bonne nageuse : par ici, on apprend à nager presque avant de savoir marcher, mais pour cette fois je décide de ne pas aller *trop vite*. Après tout, batifoler dans l'eau avec un garçon splendide est une sorte de rêve éveillé et je serais bien bête de ne pas profiter au maximum d'une occasion pareille.

Je laisse Charlie me rattraper. Il emprisonne ma taille d'un bras puissant pour m'immobiliser afin de m'asperger tout son saoul. Je me tortille et donne de grands coups de pied dans l'eau, si bien que nous nous retrouvons tous les deux assaillis par de grosses vagues salées.

Charlie rit, ses cils sont collés par les gouttes d'eau. Lorsque je pose doucement les mains sur ses épaules, je ressens sa chaleur.

— On fait la course ? propose-t-il, un bras toujours serré autour de moi.

— Bien sûr, je réponds, en priant pour qu'il ne perçoive pas les violents battements de mon cœur. Jusqu'où ?

— Jusqu'à ces cailloux, là-bas ? dit Charlie en désignant un promontoire rocheux qui émerge à une cinquantaine de mètres de nous.

— D'accord, à tout de suite ! je fanfaronne tout en m'élançant sans l'attendre.

J'entends Charlie s'indigner derrière moi.

Je gagne la course facilement : je touche les rochers déchiquetés avec plusieurs secondes d'avance sur mon adversaire.

— J'ai gagné ! J'ai gagné ! je pavoise en frappant l'eau autour de moi (tout ce qu'on peut attendre d'une demoiselle modeste et gracieuse).

Je me retourne pour regarder vers le village. J'aperçois la plage de laquelle j'ai observé une course pareille à celle-ci en rêvant d'y prendre part. Maintenant c'est fait, mon tour est venu.

— Tu es rapide, je te l'accorde, dit Charlie en secouant la tête. Mais je veux ma revanche. Le premier arrivé à la plage.

Et cette fois, il s'élance vers la rive sans me laisser le temps de réagir.

Même avec son avance, il n'a pas la moindre chance de gagner. J'inspire un grand coup, puis je plonge sous l'eau en battant des pieds de toutes mes forces. J'ai l'impression d'être une sirène, tandis que je file vers la bande de sable blond. Je nage si longtemps sous l'eau que je dépasse Charlie bien avant de regagner la surface.

— Hé ! s'écrie Charlie, mais ses protestations sont emportées par la brise et je poursuis ma route en fendant l'eau.

J'entends les cris et les encouragements des autres depuis la plage, et lorsque je sors de la mer en vacillant, Caitlin se lève d'un bond.

— Tu as réussi ! s'écrie-t-elle en se ruant vers moi. C'était incroyable !

Je ris en repoussant les mèches de cheveux mouillés collées devant mes yeux. Quelqu'un me tend une serviette. Robert.

Charlie arrive à son tour. Il secoue la tête, incrédule.

— Tu es si rapide, je n'en reviens pas, halète-t-il. (Il me lance un regard tellement admiratif que je me sens rougir.) J'avais l'impression de faire la course avec un poisson.

Mon sourire s'évanouit. Je ne suis pas sûre de beaucoup aimer cette comparaison.

— Ne compare pas Lou à un poisson ! s'exclame Caitlin, telle une vraie amie.

— Je voulais juste dire qu'elle nage comme eux, répond Charlie qui lève les mains en signe de reddition.

— Avec ma sœur, on faisait tout le temps la course, dis-je en haussant les épaules. Elle était bien plus difficile à battre, ne puis-je me retenir d'ajouter avec un sourire moqueur destiné à Charlie.

Tout le monde éclate de rire.

— Je n'ai plus aucun mal à t'imaginer faire des allers-retours jusqu'à notre île à la nage, dit Robert. Vue d'ici, tu ressemblais vraiment à une sirène.

— C'est normal, quand on grandit ici, je réponds, un peu déroutée par ce qui semble bien être un compliment. J'adore la mer.

Le reste de l'après-midi se dilue peu à peu dans un brouillard doré de lecture, de boisson et de discussions futiles. Enfin, rattrapée par la fatigue de la nuit passée, je m'étends sur le sable et je ferme les yeux.

— Mais ça m'a l'air sinistre, par ici ! lance une voix quelques instants plus tard.

Je me dresse sur un coude et aperçois Bernie qui s'approche avec deux grosses bouteilles de champagne. Il est suivi par l'un des beaux jeunes hommes qui l'accompagnaient hier soir. Ce dernier transporte avec peine un gros panier de pique-nique en osier.

— Quand je vois cette ambiance, je me dis que nous avons bien fait de ne pas nous donner la peine de sortir du lit plus tôt.

— Si tu n'y prends pas garde, Bernie, tu vas finir par te changer en vampire, dit Patricia. C'est presque déjà le soir.

Bernie montre les dents, comme s'il voulait faire jaillir une paire de canines aiguisées.

— J'ai toujours été une créature de la nuit. C'est là que se déroulent les aventures les plus intéressantes. À quoi peuvent bien vous servir tout ce soleil et cet air frais ? ajoute-t-il en frémissant. Je vous les échange sans hésiter contre un petit recoin sombre et enfumé. (Ces derniers mots sont ronronnés à l'intention du jeune homme qui l'accompagne, dont les joues s'empourprent.) Quoi qu'il en soit, mes chéris, poursuit Bernie, pourquoi me taquiner quand je vous ai préparé un si somptueux festin ?

Bernie ouvre grand les bras, comme s'il avait confectionné lui-même chacun des petits plats contenus dans le panier et qu'il s'attendait à entendre retentir un tonnerre d'applaudissements.

Caitlin écarquille les yeux.

— J'ai la vague impression que c'est Eustace qui a fait le gros du travail, dit-elle en souriant au garçon qui regarde Bernie avec vénération.

— Sans compter Mrs Vickers pour la partie cuisine, ajoute Robert.

Bernie se laisse tomber avec grâce au bout de la chaise longue de Laurie.

— Vous jouez sur les mots, mes amours, dit-il en débouchant l'une des bouteilles de champagne. Après tout, c'est moi qui me suis chargé du plus important.

Sa phrase est ponctuée par la détonation du bouchon qui saute, et Caitlin accourt aussitôt avec une coupe.

Une fois le champagne servi, nous nous levons tous (à part Laurie, qui continue à se prélasser). Je sens le sable entre mes doigts de pied et le soleil sur ma peau. Je suis détendue et très à l'aise, fatiguée et éveillée à la fois.

— Bien, dit Bernie en levant son verre. (Ses yeux rencontrent les miens, juste un instant.) Buvons à la santé de ce bel et long été à venir. Que Dieu le bénisse, ainsi que tous ceux qui vont le vivre.

CHAPITRE 11

À mon retour à la maison en début de soirée, j'ai l'impression de ne plus être celle que j'étais vingt-quatre heures plus tôt. Tout semble identique et différent à la fois : le trajet vers la ferme et la maison elle-même. Je pressens qu'à compter de ce jour ma vie sera divisée en deux périodes distinctes : *Avant les Cardew* et *Après les Cardew*. Je franchis la porte de la cuisine dans ma robe bleue, tout excitée de savoir que je porte en dessous le maillot de bain rouge de Caitlin, comme un talisman dont moi seule connais l'existence. Je suis prête à répondre à des milliers de questions, à raconter chaque instant dans les moindres détails, et à envoûter mon auditoire avec le récit de mon aventure. J'ai sélectionné une centaine d'anecdotes chatoyantes qui raviront mon public. Je décide de me montrer généreuse et de ne rien leur cacher ; le tout sans jamais fanfaronner, bien entendu.

Freya est assise à la table de la cuisine. Vêtue d'une robe cousue main, elle a des dizaines de rubans dans les cheveux et le nez plongé dans un livre.

— Tiens, te revoilà, dit-elle en bâillant.

Elle tourne une page de son roman.

— En effet.

S'ensuit un long et pesant silence. Je m'éclaircis la gorge théâtralement, mais Freya ne quitte pas son livre des yeux.

Son absence d'enthousiasme me fait l'effet d'une douche froide. Je soupire. Où se cache Alice quand j'ai besoin d'elle ?

— Oh, j'allais oublier ! s'exclame Freya.

Enfin, c'est mon heure !

— Mouche est à côté, elle veut te voir dès que possible. Et au fait, si jamais tu croises Tom, pourrais-tu lui donner un bon coup de pied de ma part ? Il a renversé de l'encre sur le costume de Cléopâtre que j'étais en train de coudre, et depuis il reste tapi dans l'ombre.

Elle a toujours les yeux braqués sur son livre, sa voix est devenue glaciale et tranchante.

Je sais très bien pourquoi mon frère se cache. Il est de notoriété publique que Freya ne supporte pas qu'on touche à ses habits, et je sais d'expérience qu'il ne s'agit pas là de menaces en l'air.

Pa entre dans la pièce vêtu d'une salopette couverte de taches d'huile, annonciatrices de problèmes de mécanique automobile.

— Aïe, comment va Gerald ? je demande.

— Gerald va très bien, répond Pa. Il s'est juste montré *un peu* caractériel alors que j'ai promis à Mrs Penrith de la conduire voir son fils à Penzance.

Pa possède l'une des rares voitures du village, alors ce genre de situation est fréquente. C'est pourquoi l'humeur de Gerald a beaucoup d'importance pour tous ceux qui dépendent de la capacité de Pa à le faire fonctionner. À Penlyn, les villageois demandent plus souvent des nouvelles de Gerald que de tout autre membre de la famille.

— Gerald est *toujours* caractériel, j'objecte.

Cette discussion si familière ajoute encore à ma frustration. Tout semble tellement… *normal*, après la nuit que je viens de vivre. J'avais la sensation que tout avait changé, mais maintenant que je suis à la maison, on croirait qu'il ne s'est rien passé du tout.

— Tu as réussi à le réparer ? demande Freya. Mrs Penrith sera dans tous ses états si son Bobby chéri doit se passer de sa tarte aux pommes hebdomadaire.

— Nous avons eu une grande discussion, répond Pa avec un sourire tendre, et j'ai la joie de vous annoncer que Gerald a décidé de reporter sa mort à plus tard. (Il s'empare d'un torchon et entreprend de s'essuyer les mains, maculant le tissu de traînées grasses.) Ta mère veut te voir, Lou, dit-il enfin.

— Je l'ai *déjà* prévenue, prend soin de préciser Freya.

— Eh, je viens à peine de rentrer ! Je vais la voir tout de suite.

— Moi, je vais chercher Mrs Penrith, dit Pa.

— Et moi, je vais tout droit chercher les ducats ! crie Freya.

Devant notre air ahuri, elle ajoute en secouant la tête :

— *Le Marchand de Venise*, acte I, scène 3 ?

Comme Pa et moi restons toujours muets, elle secoue de nouveau la tête.

— Philistins, marmonne-t-elle.

Freya prend Shakespeare très au sérieux. À onze ans, elle a appris par cœur la scène du somnambulisme de Lady Macbeth et son interprétation est, à ce jour, le plus terrifiant spectacle que j'aie jamais vu. Tom en a fait des cauchemars pendant toute une semaine.

J'échange un regard avec Pa, puis entre dans le salon où Mouche, assise sur un fauteuil, offre la parfaite image de la femme au foyer. Le bébé dort dans un berceau tout près d'elle et elle est en train de coudre. Ou, pour être exacte, elle fait tout son possible pour y arriver. Allez savoir pourquoi, la couture représente pour Mouche le plus grand des défis. Elle qui est douée pour des millions d'autres choses refuse d'accepter qu'elle ne pourrait pas compter sur la couture pour sauver sa vie si la situation l'exigeait. Elle s'acharne donc à nous confectionner, à intervalles réguliers, d'abominables vêtements difformes. J'étouffe un sanglot à la vue de la monstrueuse création violette qui repose sur ses genoux, et je prie pour qu'elle ne me soit pas destinée.

C'est alors que je remarque, à mon grand effroi, que tante Irene est assise en face de Mouche, telle une chauve-souris maléfique à la moue réprobatrice. Je maudis intérieurement Freya et Pa de ne pas m'avoir avertie. C'est déloyal, pour rester polie. Sa présence explique sans doute pourquoi Mouche voulait me voir *dès que possible*. Ce n'est pas le comité d'accueil dont je rêvais, mais je suis déterminée à garder ma bonne humeur envers et contre tout.

— Bonjour ! je lance en me jetant sur Mouche pour l'embrasser sur la joue. Tante Irene, quelle bonne surprise !

— Oh, vraiment ? répond-elle d'un ton amer.

Je lance à Mouche un regard interrogateur, auquel elle répond en levant les yeux au ciel de manière imperceptible. De toute évidence, sa grande sœur est venue pour critiquer quelque chose ; c'est là l'un de ses passe-temps favoris.

— Alors, tu es rentrée ? lâche tante Irene.

Son ton ne me laisse aucun espoir : c'est à moi que sont destinés les reproches qu'elle a en réserve. Ce genre de question rhétorique est toujours annonciatrice d'une bonne remontrance.

— Oui, en effet.

Jusqu'à présent, le fait que je sois revenue semble être la seule chose qui intéresse ma famille, et c'est pourquoi je suis si heureuse d'entendre Mouche demander si j'ai passé un bon moment.

— C'était merveilleux ! je m'exclame sans parvenir à masquer mon émotion, bien que je sache que ça ne plaira guère à tante Irene.

Je m'assois à côté de Mouche et je pose ma tête sur ses genoux, comme je le fais toujours lorsque l'heure est aux confidences.

— Alors, c'est parfait, répond-elle en repoussant une mèche de cheveux de mon visage. J'étais justement en train de dire à Irene combien je suis heureuse que tu te fasses de nouveaux amis.

Tante Irene siffle entre ses dents à la manière d'un chat furieux.

— Tout était si beau, Mouche, je poursuis, feignant d'ignorer le nuage de désapprobation qui me menace. On croirait que la maison a repris vie, c'était un vrai conte de fées…

— Est-ce qu'ils t'ont bien nourrie ? demande Mouche, pour qui la réussite d'une fête dépend de la qualité de la nourriture qu'on y propose.

— Très bien nourrie. Et, oh ! c'était une soirée si amusante. Tout le monde était habillé en blanc, tout avait été décoré en blanc, et même au dîner, tout était blanc, chacun des plats.

— Ridicule ! crache tante Irene, comme si c'était le mot le plus grossier de son répertoire.

— Et la fête se passait dans le verger, il y avait des lumières et des fruits en argent suspendus aux arbres, et une piste de danse !

— De la *danse* ! intervient tante Irene.

On dirait qu'elle a trouvé un mot plus vulgaire que « ridicule », finalement.

— Oui, j'approuve, affichant un air innocent. De la danse. Et du jazz.

Cette fois, c'en est trop pour tante Irene, qui semble sur le point d'exploser.

— Tu entends ça, Mouche ? Du *jazz* ! Non mais tu entends ?

Si tante Irene était le personnage d'un de mes romans, je lui attribuerais sans doute une canne avec laquelle elle frapperait le sol pour souligner son indignation. À vrai dire, elle produit plus ou moins le même effet en agitant ses mains dans tous les sens.

— Oui, j'ai très bien entendu, répond Mouche. Ce n'est pas ma tasse de thé, mais les enfants en raffolent.

— Mais tu avais bien aimé Jelly Roll Morton quand Tom t'avait fait écouter le disque ! je m'exclame.

— Oui, tu as raison, confirme Mouche. Je m'en souviens. C'était très gai.

— *Mouche !* (L'indignation de tante Irene a atteint un tel sommet qu'elle s'est dressée, outragée, au milieu de la pièce.) Comment peux-tu dire une chose pareille ? *Jelly Roll*, voyez-vous ça !

J'ai dû laisser échapper un petit éclat de rire en entendant tante Irene dire « Jelly Roll », car elle me lance un regard assassin.

— Je ne vois vraiment pas ce qu'il y a de drôle, Louise, aboie-t-elle. De la musique de sauvages, voilà ce que c'est. Une fille comme toi ne devrait en aucun cas danser sur… sur *ça*. Et je me refuse à croire que tu les autorises à écouter de telles choses dans cette maison, Mouche.

— Du calme, Reeny, dit Mouche en faisant claquer ses aiguilles à tricoter. Tout le monde a été jeune… même toi, si je me souviens bien.

— Tu es *toujours* jeune, Mouche, lui dis-je avec un sourire affectueux.

Et c'est la vérité, bien qu'elle se donne beaucoup de mal pour avoir l'air d'une matrone. On ne peut pas en dire autant d'Irene, qui a dix ans de plus que sa sœur, et dont l'apparence et le comportement font qu'on lui en donne encore dix de plus.

— Alors, tu es allée danser, boire et faire Dieu sait quoi avec ces fauteurs de troubles, grince tante Irene, qui reporte de nouveau son attention sur moi.

— Ce ne sont pas des fauteurs de troubles, dis-je en me retenant de rire tant cette définition pourrait plaire à Caitlin. C'était juste une fête, j'ajoute, bien décidée à taire les détails les plus croustillants jusqu'au départ de l'enquiquineuse.

— *Juste* une fête. (Tante Irene se laisse retomber sur son siège.) S'ils pouvaient voir ça, leurs parents se retourneraient dans leur tombe.

— Tu les connaissais ? je m'écrie, soudain très intéressée à l'idée d'en apprendre davantage au sujet des parents de Robert et Caitlin.

— Pas personnellement. Mais ils avaient une excellente réputation, bien sûr. Ces gens faisaient honneur à notre village.

— Lady Cardew est morte à la naissance de Caitlin.

— Oui. Et le pauvre lord Cardew a dû élever seul ses deux petits. Il ne s'est jamais remarié, et ce n'était pourtant pas faute de candidates, tu peux me croire.

Ses yeux se mettent à briller. Tante Irene a beau s'évertuer à jouer la veuve victorienne, elle n'aime rien tant qu'un bon ragot. Quant au choix de lord Cardew de ne pas se remarier – choix qui aux yeux de tante Irene élève cet homme au rang de saint –, elle l'approuve, cela va de soi.

— Il s'est battu en héros durant la guerre, ainsi qu'on pouvait s'y attendre, poursuit-elle. Il est mort peu de temps après le décès de ton oncle adoré.

Elle s'empresse de sortir un mouchoir pour essuyer ses yeux secs, comme elle le fait toujours au moment d'évoquer oncle Art. Mouche et moi nous gardons bien de dire quoi que ce soit, car nous avons appris à nos dépens que parler trop vite après que le nom d'oncle Art a été prononcé est considéré comme une marque d'ingratitude, sanctionnée sans préavis d'un sermon virulent sur le respect dû à nos ancêtres.

— Comment est-il mort ? je demande, après avoir laissé passer un intervalle de temps jugé convenable.

Tante Irene me jette un regard noir, mais, pour mon salut, son goût pour les racontars surpasse son sens des bienséances.

— Je ne sais pas vraiment... un accident, je crois. De cheval, à ce qu'on raconte. C'est étonnant, car il était un cavalier de premier ordre. Pauvre homme ! Nous n'avions que très rarement l'occasion de le voir au village depuis la mort de lady Cardew. Il venait seulement passer les vacances d'été ici avec ses enfants. Ils semblaient avoir perdu leur goût pour la région après sa mort – elle adorait Penlyn. C'était une vraie lady, cette femme, pas comme ces jeunes gens bons à rien.

Malheureusement, l'évocation des enfants Cardew lui rappelle l'objet de sa colère initiale.

— Et en aucun cas tu ne devrais aller là-bas pour y prendre des grands airs, me tance-t-elle. Tu n'es pas de leur monde.

— De nos jours, tout ça n'a plus d'importance, dis-je en m'efforçant de paraître détachée.

J'ai beau faire mon possible pour ne pas me laisser déstabiliser par tante Irene, ma discussion avec Lucky sur les marches, après la fête, me revient à l'esprit. Caitlin, Robert et leurs amis ont été très accueillants, mais je ne suis pas *tout à fait* l'une d'entre eux. C'est d'ailleurs *pour ça* qu'ils m'ont invitée... parce que je représente quelque chose de nouveau, de différent.

— Oh que si, tout ça a de l'importance, ma fille ! Et plus tôt tu t'en rendras compte, mieux ça vaudra. Si tu continues à fréquenter cette bande, les gens ne te respecteront plus.

— Irene ! s'écrie Mouche. Assez, ça suffit.

— Je me contente de vous dire ce que les autres vont en penser, marmonne tante Irene.

— Je me fiche de leur avis, dis-je dans un accès de bravoure.

— Oh, oh ! menace tante Irene en agitant son index devant mon visage. C'est facile de dire ça aujourd'hui, mais qu'en sera-t-il dans quelques semaines, lorsque tes nouveaux amis seront tous repartis à Londres et que tu te retrouveras seule avec ta réputation entachée ? Tu devrais te trouver un gentil garçon plutôt que de traîner avec ces... ces... dépravés.

Je sens un énorme poids écraser ma poitrine.

— Fiche-lui la paix, Irene, dit Mouche avec lassitude. Si Lou les apprécie, ils ne peuvent pas être si mauvais. Et puis ils se sont montrés très accueillants avec elle. Tu te montes la tête pour rien.

— C'est ta faute, Mouche, s'acharne Irene. Tu laisses bien trop de liberté à ces enfants. Ils accumulent les bêtises et n'en font qu'à leur tête. C'est un miracle que ton Alice soit parvenue à mettre la main sur un honnête garçon comme Jack.

— Alice avait l'embarras du choix et Jack est amoureux d'elle depuis toujours, je rétorque vivement.

— Eh bien alors il est bien bête ! aboie Irene. Crois-moi, il va falloir te secouer si tu ne veux pas finir vieille fille. Tu n'es pas comme ta sœur, tu ne peux pas miser sur ta beauté.

Aïe. C'est un coup bas.

— Je ne vais pas finir vieille fille ! je hurle, me redressant d'un bond. Je n'ai que dix-sept ans ! Ce n'est pas parce que tu as oublié ce que c'est d'être jeune que tu peux transformer ma vie en tragédie.

Et puis, après tout, pourquoi mon unique ambition devrait être de me marier ? Suis-je la seule à penser que la vie ne se résume pas à ça ? Qu'elle a autre chose à m'offrir ?

— Lou a raison, dit Mouche en posant une main rassurante sur mon bras, et je sens une bouffée d'amour pour elle me submerger. Elle a bien le droit de s'amuser un peu avant de se ranger.

Je fronce les sourcils ; le poids revient écraser ma poitrine. Je me demande ce que « se ranger » signifie au juste, et quand c'est censé commencer.

— Vous verrez, vous finirez par admettre que j'avais raison, prédit tante Irene d'une voix lugubre. Et alors, vous regretterez bien de ne pas m'avoir écoutée.

À cet instant, la porte du salon s'ouvre à la volée, et Alice surgit.

— Où est-elle ? Oh, Lou, on m'a dit que tu étais rentrée… Tu dois tout me raconter ! Sur-le-champ ! J'étais en train de mourir d'impatience, tu m'entends ? De mourir d'impatience !

Tante Irene lève les yeux au ciel.

— Des sauvages, tous autant qu'ils sont.

— Oh, bonjour, tante Irene ! ronronne Alice de son irrésistible voix mélodieuse. Je ne t'avais pas vue. Vous ne m'en voudrez pas si je vous emprunte Lou quelques instants, n'est-ce pas ?

Elle m'agrippe par le bras, me tire hors de la pièce et m'entraîne dans la cuisine.

Freya a dû se lancer à la poursuite de Tom, car elle et son livre ont disparu. Alice prend soin de bien fermer la porte pour que nous n'ayons pas à entendre la tirade consacrée à nos manières exécrables que tante Irene est en train de déverser dans les oreilles de Mouche. Je me sens un peu coupable. Mouche a beau avoir la patience d'une sainte, tante Irene est capable de la faire sortir de ses gonds. Malgré tout, égoïstement, je suis soulagée de ne plus avoir à subir ses récriminations.

— Dieu soit loué ! dis-je en frottant le bras qu'Alice a failli m'arracher. Je n'aurais pas pu rester coincée avec elle une minute de plus.

— Est-ce qu'elle t'est tombée dessus au sujet des Cardew ? demande Alice qui s'assoit sur le bord de la table de la cuisine. Elle n'a pas arrêté de ruminer depuis qu'elle en a entendu parler.

— C'est vrai que tout le village est au courant ? je fulmine en allant faire bouillir de l'eau pour préparer un thé dont j'ai grand besoin.

— Bien sûr, répond Alice avec un grand sourire. Il ne s'est rien passé d'aussi excitant depuis des siècles. Tout le monde veut savoir ce qui se trame là-bas… moi la première ! Je te préviens : ne me cache pas le moindre détail.

— Oh, Alice… C'était. Vraiment. Incroyable.

— J'en étais sûre ! Raconte-moi tout.

Alors j'apporte la théière, une assiette de biscuits, et je m'exécute. Du moins, je lui raconte *presque* tout. Ce que je ne lui confie pas, c'est la tempête de désir que cette soirée a déchaînée en moi. L'aperçu que j'ai eu de ce monde n'a pas satisfait ma curiosité, il n'a fait que l'accroître. J'en veux davantage : plus de vie, plus de lumière, plus de tout.

Alice est suspendue à mes paroles, et je me délecte de disposer d'un public si enthousiaste.

— Tu vas y retourner ? finit-elle par me demander sans détour.

J'essaie de ne pas me montrer trop préoccupée par le sujet.

— Je pense, oui… Caitlin m'a dit que je pouvais revenir quand ça me chantait.

— C'est vrai ? s'exclame Alice avec des yeux ronds.

Je hoche la tête avant d'avaler une gorgée de thé. La vérité, c'est que Caitlin m'a dit qu'elle comptait sur moi pour être tout le temps avec eux, qu'ils voulaient pouvoir profiter de moi autant que possible pendant tout l'été. Les autres l'ont approuvée bruyamment, sans que je comprenne très bien pourquoi. Qu'ai-je bien pu faire pour susciter un tel enthousiasme de leur part ?

— Je ne sais pas trop quoi faire. Tu penses que je peux vraiment y aller n'importe quand ?

J'essaie de lui cacher à quel point je suis folle d'espoir.

— Hmmm, répond Alice, le nez plissé. Je ne sais pas trop. On dirait qu'ils ont très envie de te revoir, alors j'imagine que oui.

— À leurs yeux, je dois être une sorte de phénomène de foire.

Je prends sur moi pour prononcer ces mots. Je repense à ce que Bernie a dit au sujet de l'attrait de la nouveauté, et à l'impression que j'ai eue d'être un bibelot dans une vitrine. Je n'ai pas très envie de m'appesantir là-dessus.

— Tu as sûrement raison, approuve Alice. Je doute qu'ils aient beaucoup d'occasions de passer du temps avec des filles de fermiers.

Sa remarque ne me plaît pas du tout. On croirait entendre tante Irene.

— De nos jours, tout ça n'a plus d'importance, je répète, mais avec bien moins de conviction cette fois.

— Disons, pas autant qu'autrefois, non…

Nous buvons quelques gorgées de thé en silence.

— Alice… est-ce qu'il t'arrive de penser à quitter Penlyn ?

Elle fronce les sourcils.

— Qu'est-ce que tu veux dire ?

— Eh bien… tu adores la mode, tu pourrais aller découvrir ce qui se fait ailleurs, tu pourrais travailler dans une boutique, ou pour un couturier…, dis-je doucement.

Alice éclate de rire.

— Ah oui ? Tu oublies un petit détail : que suis-je censée faire de mon mari ?

— Il pourrait partir avec toi.

— Tu es sérieuse ? répond Alice, incrédule. Jack est un pêcheur, Lou. Il va reprendre l'activité de son père. Pourquoi irions-nous ailleurs ?

— Pour toi ! Pour que tu puisses faire quelque chose d'excitant !

— Je *fais* quelque chose d'excitant. Je ne veux pas quitter Penlyn. Je me plais beaucoup ici. Qu'est-ce qui te prend, Lou ?

Elle fronce les sourcils, visiblement soucieuse.

— Tu as raison, dis-je avec un petit rire nerveux. Ce n'est rien, ne fais pas attention. Donc, tu es heureuse ? je demande enfin d'une toute petite voix.

— Mais bien sûr que oui ! s'exclame Alice. Ça ne se voit pas ?

Elle a raison, elle *est* heureuse, et ça *se voit*. Elle rayonne de bonheur. Elle ressemble en tous points à l'image que l'on se fait d'une jeune mariée.

— Si. Et ça me fait très plaisir. Désolée, je dis un peu n'importe quoi.

— Ne t'en fais pas, répond Alice qui se lève. Je dois rentrer, mais viens dîner cette semaine. Je sortirai les chandeliers exprès pour toi… sauf si tu es trop occupée avec tes nouveaux amis chic pour passer du temps avec de petites gens, ajoute-t-elle.

— Bien sûr.

Je la serre fort contre moi en tâchant d'ignorer le léger malaise qui s'installe entre nous, puis elle disparaît par la porte et file dans la nuit. Lasse, je me laisse retomber sur ma chaise et fixe le fond de ma tasse vide comme si j'espérais y trouver des réponses.

— Oh, tu es rentrée ! dit une voix.

Tom est sur le seuil.

— C'est ce qu'on raconte, je soupire.

— Pas de Freya dans les parages ?

Ses yeux furètent d'un bout à l'autre de la pièce.

— Elle était là il y a un moment, mais je ne sais pas où elle est partie. Elle m'a parlé du costume, au fait.

— Oh, bon, alors c'est réglé… Si elle *sait,* je suis un homme mort.

— Je ne peux pas croire que tu aies peur de notre petite Freya, dis-je d'un ton moqueur.

— Oh que si, tu peux ! ricane Tom. À moins que tu ne préfères que je lui dise que c'est *toi* qui as ruiné son costume ?

— Tu n'oserais pas.

— C'est moins drôle quand on inverse les rôles, pas vrai ? Bon, je ferais mieux de m'installer chez Harry le temps de laisser passer l'orage. Deux jours devraient suffire.

Il traverse la cuisine et s'engouffre dans le cellier.

— Tante Irene va adorer ça, je lui lance. Te voir disparaître sans même demander la permission. Elle est déjà en train de répéter en boucle que nous sommes livrés à nous-mêmes.

— Parce que cette vieille pie est de retour ?! s'écrie Tom, dont la tête horrifiée s'encadre dans la porte du cellier. Raison de plus pour battre en retraite. Agite un drapeau blanc quand je pourrai rentrer en toute sécurité, d'accord ?

— Et si j'accrochais plutôt une taie d'oreiller à ma fenêtre ?

— Oui, parfait. Bon, j'y vais, marmonne-t-il. Oh, j'oubliais : tu as de la visite. Il t'attend dehors.

Je sursaute.

— Hein ? Qui ça ?

— Aucune idée. Un genre de snobinard. Je n'ai pas fait attention, je ne suis pas ton majordome. Bon, à plus tard.

— Oh, bonjour, Freya ! je claironne à tue-tête en jetant un regard par-dessus son épaule.

Il devient tout blanc, pivote sur lui-même et comprend qu'il n'y a personne derrière lui.

— C'est cruel, assène-t-il. Tu ne devrais pas traiter ainsi ton propre frère. Nous sommes du même sang, tu sais.

— Et c'est bien ma chance, je grommelle.

Mais Tom a déjà filé.

Je sors de la maison sans savoir pourquoi mon cœur bat si fort, ni qui je m'attends à trouver.

— Bernie ?

Ce dernier se retourne, et son costume pâle se découpe sur le ciel bleu marine. Il soulève l'élégant chapeau qui le coiffe et m'adresse un sourire carnassier.

— Bonjour, Lou.

— Qu'est-ce que tu fais là ? (Ma question semble rude, abrupte.) Pardon, dis-je, me reprenant aussitôt, c'est juste que je ne m'attendais pas à te voir. Est-ce que tout va bien ?

— Parfaitement bien, répond-il avec un sourire plus grand encore. Je suis simplement venu délivrer un message. Peut-être que nous pourrions aller faire un tour ?

Il me tend son bras replié ; j'hésite un instant avant de placer ma main dans le creux de son coude. Bernie a l'air d'en savoir si long qu'il me met assez mal à l'aise.

— Caitlin m'a demandé de t'inviter à dîner demain, m'annonce-t-il alors que nous marchons le long du sentier côtier.

— Oh !

Mon exclamation ne cache rien du plaisir que je ressens.

— Oui, Robert a fait remarquer que tu n'étais pas habituée à nos coutumes décadentes, et que par conséquent tu ne saurais peut-être pas quoi faire de la vague invitation de Caitlin.

Voilà qui est bien délicat, venant de Robert, me dis-je. Et aussitôt, Bernie me donne le sentiment de lire dans mes pensées.

— Oh, tu finiras par te rendre compte que Robert peut être le plus exquis des hommes, quand il l'a décidé.

— Ce n'est pas l'impression qu'il m'a donnée jusqu'à présent.

Bernie ne répond rien à mon commentaire. Après le virage, la Cardew House apparaît face à nous, brillant de mille lumières qui se reflètent sur la mer.

— Je suis un homme très égoïste, dit alors Bernie, à ma plus grande surprise, les yeux braqués sur la maison.

Que pourrais-je bien répondre à ça ? Bernie se tourne vers moi et me sourit.

— Crois-moi, je le suis, ma chère. J'aime me faire plaisir et j'ai bien peur de ne pas prêter beaucoup d'attention aux sentiments des autres. Mais les Cardew...

Il laisse sa phrase en suspens et plonge une main dans sa poche, d'où il sort un étui à cigarettes. Il m'en offre une que je refuse d'un signe de la tête. D'un geste gracieux, Bernie porte une cigarette à ses lèvres, l'allume avec un briquet en argent puis tire une bouffée.

— Les Cardew sont mes *amis.* (Il prononce ce dernier mot d'une façon qui laisse entendre qu'il range peu de monde dans cette catégorie.) Les Cardew sont spéciaux. Et ces deux-là ont subi beaucoup de choses.

Bernie regarde de nouveau la maison. Quant à moi, je me tiens près de lui sans dire un mot, hypnotisée par son discours.

— La plupart des gens n'ont pas d'importance à mes yeux, Lou, mais eux en ont beaucoup, conclut-il en me faisant face.

Ce Bernie sérieux et grave est à l'opposé de l'homme que j'ai rencontré hier soir. Je crois enfin comprendre où il veut en venir. Bernie cherche à protéger ses amis. Mais de quoi ?

— Ils ont été très gentils avec moi, dis-je avec mille précautions.

Bernie me fixe à travers ses paupières mi-closes, puis il hoche la tête.

— On n'est jamais trop prudent, dit-il d'une voix teintée de lassitude. Les vautours rôdent, et la presse… (Il s'interrompt et s'éclaircit la voix.) Quand une nouvelle personne fait son apparition, quelqu'un dont on ne sait rien du tout, tu comprendras qu'on puisse se sentir en danger. (Il sourit de toutes ses dents.) Je n'ai pas l'habitude de ne pas savoir quoi penser des gens, mais je t'avoue que tu es un mystère pour moi.

— Je t'assure que je n'ai rien de mystérieux, je réplique.

— Et tu n'as aucun contact avec la presse ?

Sa voix est douce comme du velours, mais je ne m'y trompe pas. Sa question me prend au dépourvu.

— Bien sûr que non ! Comment peux-tu imaginer une chose pareille ? Au cas où ça t'aurait échappé, ce n'est pas comme si j'habitais une métropole grouillant de ragots, je m'exclame en pointant la ferme du doigt. Et de toute façon, même si c'était le cas, jamais je ne raconterais quoi que ce soit aux journalistes.

Bernie me fait un petit sourire.

— Pourquoi… pourquoi Caitlin n'apparaît-elle *jamais* dans les journaux ? j'ose enfin demander.

Bernie souffle un nuage de fumée avant de répondre.

— À cause de Robert. Robert a choisi de se donner en pâture aux journalistes. Il les laisse dire tout ce qu'ils veulent à son sujet. Mais pas question qu'ils s'approchent de Caitlin.

— Pourquoi ?

Les paroles de Bernie semblent cacher un secret indéchiffrable.

— Caitlin est… un peu *fragile*. Et c'est pourquoi je tenais à te parler, pour être certain que…

Il laisse sa phrase en suspens, mais cette fois il n'y a pas de doute sur ses intentions. Son seul but est de s'assurer que je ne vais pas faire de mal à Caitlin.

— Je… je ne suis pas tout à fait sûre de ce que tu veux dire. Mais, si ça peut te rassurer, sache que je voudrais juste être son amie.

Mes mots sont simples, mais ils ont pour moi beaucoup de sens.

Je crois que Bernie le comprend.

— Très bien, dit-il en jetant son mégot par terre avant de l'écraser du talon.

Il me fait un grand sourire.

— Dans ce cas, je me réjouis de te voir demain. Nous nous réjouissons tous.

Il saisit ma main et la porte à ses lèvres dans un geste de galanterie caricaturale.

J'ai le sentiment d'avoir passé avec succès une sorte de test. Bernie me salue avec son chapeau et continue le long du sentier en direction de la chaussée submersible. Il semble si serein qu'on croirait que cette conversation n'a jamais eu lieu. Je reste là un moment à regarder l'île, avant de repartir chez moi.

Parmi toutes les émotions suscitées par ma discussion avec Bernie, une pensée prend le dessus sur les autres. *Demain.* Cette nouvelle est une caresse sur mon cœur. Ils veulent vraiment me revoir. Tante Irene se trompe à leur sujet, tout comme elle se trompe à mon propos. Je me sens libérée d'un grand poids, qui laisse la place à un immense désir.

Les choses vont changer, je peux le sentir dans l'air qui vibre autour de moi, et je sais que je danse à la frontière d'un territoire nouveau et délicieusement inconnu. L'été est devant moi, et jc mc jure de saisir tout ce qu'il a à m'offrir avec des mains grandes ouvertes et insatiables.

DEUXIÈME PARTIE

« Il y a eu de la musique chez mon voisin tout au long des soirs d'été. Dans ses jardins bleus, des garçons et des filles allaient et venaient comme des papillons de nuit parmi les chuchotis, le champagne et les étoiles. »

F. Scott Fitzgerald, *Gatsby le magnifique*

CHAPITRE 12

AOÛT 1929

Au cours des cinq semaines qui ont suivi la fête, j'ai à peine mis les pieds chez moi. Les premiers temps, j'allais seulement passer une nuit dans la Cardew House à l'occasion, puis j'ai commencé à y rester trois ou quatre jours d'affilée. La chambre bleue a été rebaptisée « la chambre de Lou » par Caitlin et, à mon arrivée, j'y trouve toujours des petits cadeaux luxueux : une écharpe de soie, des chocolats ou un nouveau flacon de parfum. À chacun de mes réveils dans le lit-nuage (qui est aussi confortable que je l'espérais), je m'émerveille de ma chance, même si je sais que ce doux rêve prendra fin un jour. Telle Cendrillon, je suis décidée à profiter de chaque minute du bal.

Les Cardew ont prévu de rentrer à Londres à la fin du mois, ce qui me laisse encore trois semaines de liberté. Le terme peut sans doute sembler étrange, mais c'est bien ce que je ressens : ici, je me sens libérée de la réalité, des décisions à prendre, de toute projection vers l'avenir, et je trouve ça merveilleux. S'il est bien une chose que les Cardew et leurs amis savent faire à la perfection, c'est savourer l'instant présent. Pourquoi penser à demain alors qu'aujourd'hui a tant à nous offrir ?

Ils ne prévoient jamais rien, mais la moindre envie loufoque est en général assouvie sur-le-champ. Nous vivons tels des coqs en pâte et même dans nos plus grands moments d'oisiveté, quand nous ne faisons rien d'autre que nous prélasser, je sens comme un courant électrique passer entre nous. C'est peut-être dû au temps, si chaud que je me sens presque toujours fiévreuse ; toujours est-il qu'une énergie indéniable agite l'île avec plus d'intensité à mesure que passent les semaines. On se croirait assis sur un baril de poudre.

Nous sommes tous excités, mais Caitlin l'est plus que quiconque. Elle ne s'arrête jamais de bouger, de parler, de danser. Elle est aussi encore plus fine qu'avant, et je la vois rarement avaler quoi que ce soit ; elle a cependant toujours un verre à portée de main. J'ai remarqué que Robert lui prépare parfois des fruits qu'il pèle en silence avant de les poser à côté d'elle. Elle les mange alors avec des gestes mécaniques, sans interrompre sa conversation. C'est là l'une des nombreuses petites choses qui me font repenser au mot employé par Bernie pour décrire Caitlin : « fragile ».

Des visiteurs vont et viennent, et Robert s'absente souvent pendant plusieurs jours, pour se rendre à Londres où l'appelle le monde obscur et trouble des « affaires ». Il en revient plus raide, plus sérieux. Je ne l'ai donc pas beaucoup vu, mais nous nous entendons un peu mieux et nos chamailleries ne dégénèrent plus que très rarement. Entre la tendresse qu'il manifeste à sa sœur et son goût pour les romans gothiques, je commence à envisager la possibilité de l'avoir *peut-être* mal jugé. Du moins, je me pose la question jusqu'à ce qu'il se débrouille pour me mettre en rogne.

Caitlin n'a pas quitté l'île une seule fois. Elle semble avoir pris racine ici et elle s'entoure d'une foule de gens.

Ils bourdonnent autour d'elle du soir au matin comme des abeilles autour de leur reine.

Les réjouissances ont été nombreuses. D'autres fêtes, bien sûr, des dîners, et, quand Robert est parmi nous, des virées à Penzance dans la décapotable bleue rutilante. Il y a eu des baignades, des jeux sur la plage et, le soir, de la musique et des cocktails sur la pelouse. Nous avons dansé dans le salon sur les derniers disques à la mode, joué aux cartes en plaisantant, et je me suis souvent affalée dans un coin afin de dévorer les nouveaux livres que Robert a achetés pour étoffer la bibliothèque. En résumé, ma vie ressemble à de longues vacances dédiées au seul dieu plaisir. Que pourrais-je faire d'autre que m'en réjouir ?

L'île elle-même est une alliée de taille : nous y sommes à l'abri, bien protégés de la rude réalité du monde extérieur. Lorsque la marée monte et que l'eau commence à recouvrir le sable de la baie, je me sens soulagée d'être à nouveau prise au piège. Le temps file entre mes doigts comme dans un rêve et je me sens si heureuse que c'en est presque douloureux.

Les moments que je chéris le plus sont ces soirées que Caitlin, Robert, Laurie et moi passons ensemble, après le départ des derniers invités. Nous dînons dehors, autour d'une longue table installée sous un nuage de chèvrefeuille. Des papillons de nuit se saoulent à la lumière de la lune au-dessus de nos têtes, et nous restons à discuter jusqu'à ce que la flamme des bougies vacille puis s'éteigne. Dans l'ivresse de ces nuits encore chaudes, nous rions en détachant du bout des doigts les figues mûres à point que le verger nous tend comme des cadeaux.

Un soir, au début du mois d'août (impossible de savoir quel jour exactement tant ils se fondent les uns dans les autres), alors que je suis de passage chez moi, Alice nous rend visite.

Je viens de temps à autre à la ferme pour donner signe de vie et m'occuper de quelques-unes des corvées que j'ai sciemment négligées. J'en profite pour amadouer Freya, qui a accepté de me remplacer contre la promesse de livres et de tissus pour son costume de Méduse. Je devrais me sentir coupable, mais ce n'est pas le cas. Peut-être parce que, en mon absence, la ferme est toujours aussi bien gérée ; au fond, je suis même un peu vexée de constater que je ne suis pas si indispensable. Pa ne semble pas vraiment se demander où je suis et Mouche me laisse faire sans poser de questions. Au départ, je prenais soin de lui demander la permission, mais elle a fini par me dire qu'elle avait déjà assez de choses à penser, entre Freya et Tom qui cherchent à s'entretuer, les triplés qui sèment la zizanie à toute heure du jour et de la nuit et le bébé qui fait ses dents. Elle dit que je suis une fille raisonnable et qu'à ce titre je peux bien faire ce qui me chante. C'est agréable à entendre, mais je me sens tout sauf raisonnable. Plutôt étourdie et inconsciente. Un poulet sans tête.

À cet instant précis, je suis en train de profiter d'un rare moment de calme : assise seule dans le pré en face de la maison, j'écris dans mon carnet. Un cri retentit ; c'est Alice qui quitte le sentier pour me rejoindre en coupant à travers champ. Ses cheveux se déversent sur ses épaules, elle soulève les pans de sa robe bleu pâle et ses pieds nus sont couverts de la poussière du chemin. On croirait voir une peinture. Alice est l'image même de la beauté champêtre ; il lui manque juste une houlette de bergère et une tripotée d'agneaux qui gambaderaient après elle. Je n'ai presque pas vu ma sœur au cours des dernières semaines, ce qui est étrange, voire perturbant, comme un bouton qu'on doit se retenir de gratter. Je ne saurais pas définir ce qui a changé entre nous, mais il est clair qu'il y a quelque chose, et que c'est important.

— Salut ! je lui lance.

Une crampe d'estomac me surprend. Comment l'arrivée d'Alice peut-elle me rendre si nerveuse ? Je m'efforce d'ignorer cette désagréable sensation.

Alice s'arrête juste devant moi, elle non plus n'a pas l'air très à l'aise. Mais elle m'adresse bientôt son inégalable sourire et se laisse tomber sur l'herbe.

— Qu'est-ce que tu écris ?

— Oh, rien du tout, je réponds en refermant mon carnet. Juste des notes. Des idées d'histoires.

— Magnifique, dit Alice en cueillant un long brin d'herbe. Tu n'as rien écrit depuis des siècles. J'attends toujours la suite des aventures de lady Amelia.

— Oh… figure-toi que j'ai un peu avancé.

— C'est vrai ? Bonne nouvelle. Je pensais que tu l'avais complètement oubliée.

— Eh bien moi, je pensais que *tu* l'avais complètement oubliée, dis-je en toute honnêteté. J'imaginais que tu étais… trop occupée pour t'intéresser encore à ça.

— Trop occupée pour lady Amelia ? Jamais de la vie ! Alors, tu me les fais lire, ces nouveaux chapitres ?

— Je… je ne les ai pas sur moi. (J'hésite un peu, car notre discussion va s'engager sur un sentier périlleux.) Ils sont à la Cardew House.

S'ensuit un long silence pendant lequel je me contente de remuer mes pieds. Je sens le regard d'Alice se poser sur mes orteils dont les ongles sont couverts d'un vernis rubis.

— Je vois, dit-elle.

— Mais la prochaine fois, je te les apporterai, je m'empresse de préciser avec précipitation. Je m'apprêtais justement à y retourner, alors…

Alice m'interrompt d'un geste.

— Oh, non, ne t'en fais pas, dit-elle d'une voix aussi légère que les meringues de Mouche. Je finirai bien par les lire, j'en suis sûre. C'est vrai que la maison me demande beaucoup de travail, ces temps-ci. J'ai enfin commencé à retourner la terre du jardin et Pa a promis de me donner quelques graines. D'ailleurs, je devrais aller lui en parler, conclut-elle en se levant.

Maintenant qu'elle se tient au-dessus de moi, son sourire s'est effacé et une ombre soucieuse creuse son beau visage.

— Bien sûr, lui dis-je d'une voix qui me semble peu naturelle.

Je lui tends une main pour qu'elle m'aide à me relever. Je retiens un instant sa paume dans la mienne.

— J'ai hâte de découvrir le jardin quand tu auras terminé.

— Oui, moi aussi, répond-elle avec un sourire, avant de lâcher ma main.

— Je dois y aller.

— D'accord. Alors amuse-toi bien, lâche-t-elle en époussetant sa robe sans me regarder.

— Merci beaucoup.

Nous sommes si froides, si polies…

— Bonne chance avec les graines ! je lui crie tandis qu'elle se dirige vers la maison. Vu comment tu as massacré les tournesols, je serais époustouflée si tu parvenais à faire pousser quoi que ce soit !

Alice éclate de rire et je me sens tout de suite beaucoup mieux.

— Comment aurais-je pu deviner que ces trucs n'aiment pas qu'on leur donne *trop* d'eau ? lance-t-elle sans se retourner.

Après le départ d'Alice, sur le chemin de la Cardew House, je pense à elle. On dirait que nous avons perdu le rythme de notre relation, et que nous sommes désormais tour à tour un temps trop tôt ou un temps trop tard.

Qu'à cela ne tienne : je n'ai pas de place en ce moment dans ma vie pour les contrariétés. Je suis déterminée à tenir éloignées toutes les pensées désagréables et à me battre contre elles bec et ongles. Les pensées en question concernent principalement mon avenir, mais elles se rapportent aussi à ma relation avec Alice. Il m'est de plus en plus difficile de faire comme si j'ignorais que tout prendra fin au terme de l'été, alors pour l'heure, tel un éphémère, je profite de ma brève vie sous le soleil sans me soucier du lendemain.

À mesure que j'avance sur la chaussée submersible, mes soucis s'évanouissent. Une fois devant la porte d'entrée, je tourne la poignée et entre sans autre forme de procès. Je me rends dans le salon, que je m'attends à trouver désert. Par une si belle journée, ils sont sûrement tous à la plage ; je vais prendre mon livre et les rejoindre. Seuls mes pas résonnent dans le hall que je traverse en fredonnant.

Je me fige sur le seuil. Robert est affalé dans un fauteuil, un livre à la main. Il était parti depuis des jours, et le voir me transporte d'une telle joie que j'en suis troublée. Plus le temps passe et plus j'ai hâte de le voir revenir lorsqu'il s'absente. J'ignore pourquoi. Sans doute parce que Caitlin est beaucoup plus heureuse quand il est à ses côtés.

— Eh ! c'était mon roman ! je m'écrie.

Il se lève en tenant le livre du bout des doigts. Malgré la chaleur, il est tiré à quatre épingles, aussi propre et lustré qu'une pièce d'argenterie. Je pense à ma vieille robe verte étriquée et à mes cheveux enchevêtrés par la brise marine. Nous devons former un bien étrange tableau… Lorsqu'il sort d'une de ses poches un carnet bleu, je ressens un plaisir indéniable, bien que je fasse tout pour n'en rien laisser paraître.

Ce n'est pas le carnet qu'il m'a rendu au début de l'été. En fait, j'ai écrit plusieurs nouveaux chapitres de *Lady Amelia* et je les ai fait lire à Robert. Je n'aime pas m'avouer à quel point son enthousiasme tranquille compte pour moi. Il nous est arrivé de nous asseoir côte à côte certains soirs, j'écrivais pendant qu'il gribouillait dans son propre carnet. Sans doute des notes ennuyeuses comme la pluie en rapport avec les affaires familiales, mais c'était néanmoins une agréable compagnie. Je lui arrache le carnet des mains.

— Alors ?

— Je dois dire que tu m'as bien eu avec la fausse piste de la clé perdue, admet-il en se rasseyant sur son siège, tandis que je me laisse tomber dans un canapé. Mais je n'aime pas beaucoup le nouveau personnage.

— Oh ?

— Oui. Ce méchant lord Marvell est un peu caricatural, si tu veux mon avis.

— Vraiment ? dis-je d'une voix polie, en évitant de croiser son regard.

— Vraiment. Il est antipathique et arrogant. Je me demande où tu as bien pu trouver l'inspiration pour créer un personnage aussi affreux.

— Hmmm.

— À la réflexion, je l'aime plutôt bien. Ce pauvre garçon est sans doute incompris. Il ne désire qu'un peu de calme et d'harmonie…

Je ne tiens plus : j'éclate de rire. Ses yeux verts me semblent rieurs, eux aussi, mais il maîtrise bien mieux que moi l'art de la dissimulation.

— Un portrait des plus flatteurs, merci, Louise.

— Je ne vois pas du tout ce que tu veux dire. Aurais-tu retrouvé certains de tes traits de caractère chez lord Marvell ?

Il ne répond rien et se contente de me lancer un regard sévère.

— Comment c'était, à Londres ? je demande.

Une ombre traverse son visage, puis il se frotte le front d'un air las.

— C'était… épuisant.

Il a parlé doucement, à la manière d'une confession. Ça ne lui ressemble pas de paraître si… vulnérable. J'ai toujours autant de mal à le décrypter. Tout comme sa sœur, il ne s'est jamais vraiment livré à moi. Parfois, j'ai l'impression de le cerner un peu mieux, et que nous nous sommes un peu rapprochés au fil des semaines ; mais, à d'autres moments, on croirait qu'il me connaît à peine, il est distant et fermé.

— Quelque chose ne va pas ? je demande.

J'aimerais m'approcher pour lui prendre la main, mais il n'en est pas question.

Il me regarde de telle façon que je crois un instant qu'il va se confier, m'avouer son chagrin secret. Il se contente de sourire. Pas un vrai sourire, juste un léger plissement du coin des lèvres.

— Trop de nuits blanches, voilà tout. Un tas de fêtes ennuyeuses.

Je hoche la tête en feignant de le croire. Il est clair pour moi, depuis un moment déjà, que les Cardew cachent quelque chose. Une vérité sombre qui fait parfois vibrer les contours de la bulle dorée dans laquelle nous vivons. C'est ce qui fait grésiller Caitlin comme une ampoule sur le point de griller, c'est ce qui provoque cette tension dans les yeux de Robert quand il la regarde. Une part de moi voudrait qu'ils me fassent assez confiance pour me la révéler, mais l'autre part, plus lâche, choisit de l'ignorer et de la ranger avec les nombreux problèmes que je mets de côté. C'est ce qu'ils font aussi : extirper minutieusement tout ce qui ne cadre pas avec le monde que nous avons créé, où seuls le plaisir et l'insouciance ont leur place.

À cet instant, Caitlin et Laurie franchissent la porte-fenêtre, bras dessus, bras dessous, au beau milieu d'une discussion consacrée à l'une de leurs connaissances qui s'est, bien sûr, mise dans une situation scandaleuse.

— Robert !

Caitlin s'arrête net, un grand sourire aux lèvres, puis elle se jette sur son frère. Il la serre dans ses bras tout en lançant un regard à Laurie, laquelle se contente de lui faire un léger signe de tête.

— Lou aussi est revenue, fait remarquer cette dernière. La famille est à nouveau réunie.

— Et maintenant que tu es *enfin* là, si on allait boire un verre ? demande Caitlin qui saisit ma main pour me traîner derrière elle.

Je la suis sous le soleil.

CHAPITRE 13

Je n'ai pas quitté l'île depuis deux jours. C'est l'une des journées les plus chaudes de l'été ; je suis assise sur la plage. Robert a encore disparu ce matin, tandis que Caitlin s'est réfugiée dans la fraîcheur de la maison pour passer de longs coups de téléphone dédiés aux ragots du moment. Les autres n'ont pas cessé d'aller et venir, mais je me sens quant à moi vidée de toute énergie, accablée par la canicule. C'est le genre de chaleur qui s'enroule autour de vous, scintille à l'horizon et semble faire vibrer l'air. Il n'y a pas le moindre souffle de vent, si bien que je dois sans cesse dégager mes cheveux de mon cou moite. Je ne porte qu'une robe d'été légère et pourtant mon corps est chaud et engourdi. Je suis en train d'hésiter entre me jeter à l'eau ou aller me chercher une boisson fraîche (ce qui pourrait m'éviter de mourir déshydratée, mais m'obligerait à me déplacer), lorsque j'entends une voix crier mon prénom.

Je vois Caitlin descendre l'escalier et venir à ma rencontre. Elle porte, bien ajusté sur sa tête blonde, un chapeau de paille que je n'avais encore jamais vu. Le bord est décoré de fleurs en soie bleu pâle assorties à sa robe légère comme une toile d'araignée.

— Nouveau chapeau ? je lui demande.

À présent qu'elle est arrivée à ma hauteur, son ombre qui se répand sur moi me procure un soulagement instantané. Sa silhouette semble auréolée d'or et, à en croire l'expression de son visage, ma question lui fait plaisir.

— J'ai demandé à Robert de me le rapporter de Londres. Tu remarques toujours quand j'ai de nouveaux habits. C'est très agréable.

— Rien de plus facile, dis-je en tressaillant car elle s'est déplacée et la lumière m'aveugle à nouveau. Tu portes *toujours* de nouveaux habits.

— On croirait entendre mon frère. Bientôt, tu vas me reprocher mes *dépenses inconsidérées.*

— Non ! Il dit vraiment ça ?

Je n'ai jamais entendu Robert parler d'argent. En fait, je ne crois pas avoir jamais entendu aucun d'entre eux évoquer le sujet. Il semble ravi de gâter sa sœur. Pas seulement elle, tout bien considéré : les romans d'Agatha Christie ne poussent pas dans les arbres, et il rapporte presque toujours un livre choisi exprès pour moi lorsqu'il revient de la capitale. Les premiers temps, les attentions comme celle-ci me stupéfiaient. Mais au cours des dernières semaines, il m'a fallu me rendre à l'évidence : Bernie avait dit vrai, Robert peut se montrer très prévenant. Pour preuve, sa capacité à prendre en compte les commentaires les plus futiles, à s'enquérir des mises en scène de Freya ou du match de cricket de Tom, à anticiper ce dont ses invités pourraient avoir besoin en son absence afin que Caitlin n'ait pas à s'en soucier.

— C'est un vrai casse-pied, grogne Caitlin en enfonçant ses orteils dans le sable.

Nous restons côte à côte en silence. Caitlin s'allonge et offre son visage au soleil, tandis que je prends mon carnet pour relire mes notes.

— Tu ne veux toujours pas me faire lire tes textes ? demande Caitlin avec une petite moue de sa bouche rose.

— N'y songe même pas.

— Mais tu les donnes à Robert ! Je n'arrive pas à croire que tu lui fasses lire ton livre et pas à moi.

Moi non plus. Confuse, je hausse les épaules, incapable d'expliquer cette situation mystérieuse.

— Il ne m'a pas laissé le choix, dis-je timidement.

Et c'est la vérité… en tout cas, en ce qui concerne le premier chapitre. Pour la suite, je ne sais pas vraiment comment c'est arrivé. Je sais juste que l'écriture est un joli fil argenté qui nous relie, Robert et moi. Quelque chose de spécial, d'intime, qui semble pouvoir être brisé à tout moment.

— Je vois, ronchonne Caitlin. Alors je n'ai plus qu'à voler ton carnet.

— Mais tu ne ferais pas une chose pareille. (Je lui donne un petit coup de coude dans les côtes, car je vois bien qu'elle se sent offensée.) Contrairement à ton ignoble frère, tu as un peu de savoir-vivre.

— J'adore quand vous vous chamaillez, Robert et toi. D'autant plus que je sais qu'au fond vous vous entendez très bien.

— N'importe quoi ! je proteste, en priant pour que le rouge qui me monte aux joues puisse être imputé à la chaleur ambiante. D'abord, il n'est presque jamais là, et quand c'est le cas, on se débrouille toujours pour se disputer.

— Je sais, et je trouve ça formidable.

— Ah bon ? Pourquoi ?

— Robert a besoin de quelqu'un avec qui se chicaner. Quelqu'un qui l'empêche d'être si guindé. Il n'était pas du tout comme ça, tu sais… *avant*…

Le mot « avant » reste suspendu, tandis que Caitlin trace du bout des doigts des cercles dans le sable.

« Avant » signifie « avant la mort de leur père », je le sais. L'ellipse qui suit ce mot n'est jamais développée. Évoquer leur père semble impossible ; lorsque son nom est prononcé, ce qui est rare, l'ambiance se tend instantanément. Je ne sais presque rien de sa mort. Tante Irene (quand elle se résigne à cesser de me critiquer pendant cinq minutes) n'aime rien tant que dénigrer mes nouveaux amis, mais même elle sait seulement qu'il est décédé accidentellement il y a deux ans dans leur maison de campagne du Derbyshire. Je sais en revanche que leur décision de venir dans les Cornouailles est liée à cela d'une manière ou d'une autre, ainsi qu'à la santé de Caitlin.

— Est-ce que tu dois rentrer à la ferme, aujourd'hui ? minaude Caitlin pour changer de sujet.

Elle parle toujours de chez moi en disant « la ferme ». Jamais elle n'emploie le mot « maison ». À l'entendre, on croirait que mes séjours là-bas ne sont que des visites.

— Oui. Je ne suis pas rentrée depuis bientôt trois jours. Je dois m'assurer que Freya n'a pas une nouvelle fois réduit la maison en cendres pendant une séance de spiritisme.

— Elle a vraiment fait ça ? s'amuse Caitlin.

— Presque. Par chance, Pa était dans les parages, il a pu éteindre l'incendie avant que les rideaux prennent feu.

— Je suis folle de ta famille, murmure Caitlin.

— Tu ne les as même pas rencontrés…

Je sens soudain comme un poids sur ma poitrine. La culpabilité, peut-être ? Ou le mal du pays ? Ça m'étonnerait. Chaque fois que je rentre chez moi, rien n'a changé, ce qui est rassurant et frustrant à la fois.

— Pourtant, j'ai l'impression de très bien les connaître. J'adore t'entendre parler d'eux. On dirait des personnages de roman, j'ai du mal à croire qu'ils existent pour de vrai.

Je me lève, époussette ma robe, puis tends une main à Caitlin pour l'aider à se mettre debout. Sa dernière remarque me laisse une drôle d'impression. Il n'y a pas si longtemps, je ressentais exactement la même chose pour Robert et leur joyeuse clique. Maintenant, plus aucun d'entre eux ne rentre tout à fait dans le moule que je leur destinais. J'étais stupide de penser qu'ils pouvaient être épinglés comme de vulgaires insectes. Il serait tout aussi idiot que Freya, Tom ou Alice subissent le même sort.

— C'est marée basse, dis-je en étouffant un bâillement du dos de la main. (Le soleil de la fin d'après-midi a un effet soporifique.) Je dois en profiter, mais je reviens très bientôt.

— Demain ? me supplie Caitlin en ouvrant de grands yeux.

— Oui, je lui promets en riant. Demain.

J'ai les jambes lourdes et brûlées par le soleil, et j'ai hâte de profiter de l'étreinte fraîche de la ferme. Lorsque j'atteins le jardin à l'avant de la maison, une scène me stoppe tout net.

Freya, Tom et les triplés sont en train de disputer un match de cricket passablement chaotique. Ou, du moins, ils s'y emploient. Ce qui me coupe le souffle, c'est la présence d'un sixième joueur : un homme grand, brun, et censé être bien trop délicat pour jouer au cricket avec une bande de gamins turbulents.

— Dieu soit loué, te revoilà, Lou ! crie Tom en me voyant. Les triplés sont supposés *courir* après la balle, mais ils n'arrêtent pas de s'asseoir. Je crois qu'ils cueillent des marguerites. (Sa voix dénote un dégoût évident.) À quoi bon avoir des frères s'ils refusent de grandir ?

— Mais qu'est-ce que tu fais là ? je m'exclame en regardant Robert avec des yeux ronds, sans prêter attention à mon frère.

Je me suis donné tant de mal pour tenir mes deux mondes à distance l'un de l'autre que la vision de Robert ici, au milieu de ma famille, est incompréhensible… comme s'ils ne pouvaient pas cohabiter dans le même espace-temps.

— Eh bien, merci pour l'accueil, répond Robert, qui affiche néanmoins une mine penaude.

— Désolée, dis-je, toujours aussi abasourdie. Je suis juste surprise de te voir. Je te croyais reparti à Londres. Est-ce que tout va bien ?

— Tout va pour le mieux. (Il me fixe en plissant les yeux.) Tu es toute rouge. Est-ce que *tu* vas bien ?

— J'ai chaud ! je m'écrie. (Je ne sais soudain plus quoi faire de mes mains, alors je croise mes bras sur ma poitrine.) Il doit faire un million de degrés aujourd'hui, au cas où ça t'aurait échappé.

Ce qui à l'évidence est le cas : il porte un pantalon léger et une chemise blanche, a l'air propre et à son aise, tandis que moi, je suis écarlate, couverte de taches d'encre, et j'ai les cheveux pleins de frisottis.

— J'ai dû aller sur le continent pour signer quelques papiers, explique Robert. Quand j'ai croisé ton père au village, j'ai pensé que c'était l'occasion de me présenter. Nous avons discuté et il m'a invité à boire le thé.

Je reste figée le temps d'assimiler ces informations. Puis j'entends le grondement familier du moteur de Gerald. Je me retourne au moment où Pa se gare juste derrière moi.

— Ah, Robert ! s'exclame-t-il en bondissant de la voiture. Je vous avais bien dit qu'ils sauraient vous accueillir. On dirait que vous avez trouvé votre place.

— Robert joue super bien, annonce Tom en relevant le panama trois fois trop grand qui couvre sa tête, et que je reconnais enfin : c'est celui de Robert.

— Et il a dit qu'on pouvait venir chez lui pour prendre des livres dans sa bibliothèque, Pa ! s'écrie Freya.

Accrochée au bras de Pa, qu'elle regarde avec des étoiles dans les yeux, ma sœur porte une coiffe resplendissante sur laquelle elle a brodé des dizaines de serpents.

— C'est très aimable de sa part, répond Pa en souriant à Freya, puis à Robert.

— Tout le plaisir est pour moi, dit Robert.

Je réalise soudain qu'avec ses cheveux décoiffés, ses joues à peine rosies par l'effort et ses yeux brillants, il semble bien plus jeune que d'habitude. Sa posture aussi est différente : plus souple et détendue. J'ai du mal à le regarder dans les yeux et je sens que mon visage déjà brûlant est en train de s'enflammer encore davantage. C'est si étrange de le voir ici. Je n'avais jamais imaginé qu'il pourrait faire irruption dans ma vraie vie. Il était trop distant, trop guindé ; pourtant, à cet instant, il paraît… *heureux*. Sa présence devrait m'apparaître comme une intrusion. Il n'en est rien. Avouons-le, je crois que j'avais envie de me garder les Cardew pour moi toute seule. À leurs côtés, j'avais l'opportunité d'être une personne toute neuve, de ne plus être seulement le fruit de ma famille, de mes origines.

— Voulez-vous rester dîner, Robert ? lance Mouche depuis la fenêtre.

Cette fois, je fusille Robert du regard. Il m'adresse un sourire assez piteux, comme s'il me savait surprise de le sentir à ce point à son aise ici. On dirait qu'il n'a pas ménagé sa peine ; en fait, il a l'air d'être dans les meilleurs termes avec chacun des membres de ma famille.

— Oh oui, reste ! s'exclame Tom, comme pour confirmer mon impression. Je pourrais te montrer la petite voiture dont je t'ai parlé !

Tout ça me donne le vertige. Voir Robert Cardew ici, c'est... comment dire... comme voir un tigre dans la ferme.

— J'aurais beaucoup aimé, répond Robert d'une voix qui, à ma grande surprise, semble pleine d'un regret sincère. Mais nous avons invité des amis à dîner et ma sœur s'inquiéterait de savoir où je suis. (Il se tourne en direction de la mer.) C'est marée basse, il faut que je rentre chez moi.

— Et si vous reveniez la semaine prochaine, pour l'anniversaire de Lou ? s'exclame Freya, pleine d'espoir.

Je lui lance aussitôt un regard que j'espère assez éloquent pour qu'elle se taise sur-le-champ.

— Ben quoi ? lâche-t-elle. C'est ton ami, non ?

Robert et moi nous faisons face, et je me sens vaciller un peu. Est-ce que Robert Cardew est mon ami ? Le mot ne sonne pas tout à fait juste ; il est à la fois trop fort et trop faible. Nous nous lançons des piques et nous nous disputons, mais cela cache une compréhension mutuelle, une petite chose précieuse que je ne parviens pas à définir avec précision.

— Cela me ferait très plaisir, répond Robert. Mais il faut vraiment que je parte. Merci de tout cœur pour cette charmante journée, et pour la délicieuse nourriture, madame Trevelyan.

Il cueille le chapeau sur la tête de Tom et le pose sur la sienne.

— Ne partez pas les mains vides ! s'écrie Mouche depuis la fenêtre.

J'ouvre des yeux ronds : elle brandit un pot de confiture de gingembre, ce qui est, de sa part, le signe d'approbation ultime.

Robert va chercher le pot sans manquer de la remercier chaleureusement.

— Tout le monde va se battre pour en avoir demain au petit déjeuner.

— Revenez vite, dit Mouche en lui serrant la main.

Je me sens dépassée par la situation. Robert, ici, au milieu des miens. Je parie que j'ai la bouche grande ouverte, mais je n'en reviens toujours pas d'assister à la collision de mes deux mondes jusqu'alors si distincts.

— Je te raccompagne jusqu'à la chaussée, je m'entends déclarer. Enfin, si tu veux bien ? j'ajoute, gênée, en me grattant le coude.

— Oui, répond Robert. Je veux bien.

Il salue tout le monde, et nous nous engageons sur le sentier qui longe le village.

— J'espère que tu n'étais pas fâchée de me voir ici, déclare-t-il.

— Non, bien sûr que non. C'est juste un peu étrange. De te voir dans mon univers, je veux dire.

— Est-ce qu'il est si différent, cet univers ? demande Robert, avec sur le visage une expression indéchiffrable.

— Par certains aspects, non, mais par d'autres, terriblement. Nombre de nos coutumes pourraient déconcerter l'étranger de passage, j'ajoute pour détendre l'atmosphère.

— Oh, vraiment ? Lesquelles, je te prie ?

— Eh bien, par exemple, dans mon monde, la tradition exige qu'on ne s'adresse aux femmes de la maison qu'en les appelant « Votre Magnificence ».

— Je vois, dit-il en gardant son sérieux bien qu'un sourire naisse à la commissure de ses lèvres. Rien d'autre ? Je ne voudrais pas commettre d'impair devant ta mère.

— Devant « Sa Royale Altesse Magnificale », je le corrige.

— Bien sûr, dit-il en faisant une petite révérence. La plus illustre de nos dirigeants.

Nous marchons côte à côte et nos bras sont si proches que je sens parfois sa manche frôler ma peau.

— Il est aussi d'usage qu'on apporte des présents à la deuxième fille du foyer, j'ajoute en lui lançant un regard sournois. Rien de *trop* extravagant, pour autant. Diamants, perles, voitures, ce genre de choses. Des babioles, en somme.

— Malheureusement, on dirait que j'ai oublié ma voiture incrustée de diamants, dit Robert en faisant mine de chercher dans ses poches. Serai-je tout de même autorisé à revenir ?

— Oh, rien ne s'y oppose. Sache toutefois que tu risques fort d'être donné en pâture aux triplés affamés.

— Quelle horreur ! murmure Robert.

Nous éclatons de rire. Je dois admettre que le rire de Robert est magnifique. Il est chaud et généreux, et d'autant plus savoureux qu'il faut le mériter. J'ai remarqué que personne ne parvient à le faire rire autant que moi, ce qui me procure une satisfaction profonde et durable.

— Alors, dit Robert quelques instants plus tard, c'est bientôt ton anniversaire ? Tu n'en as jamais parlé.

— C'est parce que je ne veux surtout pas qu'on en fasse toute une histoire, je marmonne.

— Mais on n'a qu'une fois dix-huit ans. Tu *devrais* en faire toute une histoire. Quoi qu'il en soit, tu n'auras plus le choix une fois que Caitlin sera au courant.

— Et comment Caitlin l'apprendrait-elle ? je susurre.

— Un petit oiseau pourrait le lui dire, répond Robert avec un air innocent.

— Ou un très gros oiseau…

— Je n'ai pas l'intention de lui en parler si tu ne le veux pas, dit Robert d'une voix douce.

— Parfait.

— Cela dit…

— Quoi ?

— Si Caitlin finit par apprendre *plus tard* que tu ne lui as pas parlé de ton anniversaire, elle sera en colère. (Il me regarde droit dans les yeux.) *Très* en colère. Et, ajoute-t-il en levant un doigt en l'air, si elle vient en plus à découvrir que j'étais au courant, alors elle rendra ma vie… pénible. (Il pousse un profond soupir.) Mais si, malgré tout, tu veux que je me taise, je ne peux que m'y résigner.

— Très bien, je souffle. Tu peux lui en parler, mais je t'en prie, ne la laisse pas en faire des tonnes.

Robert éclate de rire.

— Pardon, mais est-ce que tu as *rencontré* ma sœur ?! Je peux essayer de la raisonner, mais je crois que tu ferais mieux de te tenir prête. Une fois qu'elle s'est mis quelque chose en tête, rien ni personne ne peut l'arrêter.

Je grogne encore un peu, mais j'ai conscience de me montrer ingrate. C'est juste que je ne suis pas sûre qu'une fête en mon honneur soit une bonne idée. J'adore les soirées des Cardew, mais la perspective d'être au centre de l'une d'entre elles a quelque chose d'angoissant. C'est même pour cette raison que j'avais décidé de ne pas évoquer mon anniversaire. Je sais où je me sens le plus à l'aise : quelque part entre un poste d'observation sur une branche d'arbre et le devant de la scène. Lors de ma première apparition officielle dans la Cardew House, j'ai mal vécu d'être perçue comme un gadget jetable. Pourtant, grâce à mon manque d'éclat naturel, mon attrait a eu tôt fait de s'atténuer et la plupart des gens ont cessé de s'intéresser à moi à mesure que je devenais un élément familier du décor. Mais pas les Cardew, ni leurs plus proches amis. J'aurais pu être mise au rebut après une semaine ou deux. C'est ce à quoi je m'attendais, d'autant que j'avais vu certains des invités subir ce triste sort. Cependant, pour des raisons qui m'échappent, j'ai fini par être intégrée à leur groupe. J'ai toujours peine à y croire, mais je suis devenue leur amie. C'est là une sensation grisante et addictive, surtout pour moi qui suis habituée à ce qu'on me présente comme « la sœur d'Alice ».

— On dirait que tu t'es mis tout le clan Trevelyan dans la poche, dis-je pour changer de sujet.

— Je me suis bien amusé. Ils sont tous adorables.

— Oh, oui ! je réponds en levant les yeux au ciel. Quand ils ne me rendent pas folle, ils sont merveilleux.

Ma remarque le fait sourire, mais c'est un sourire timide qui n'éclaire pas tout à fait son visage.

— Je pense que tu as de la chance, me confie-t-il d'une voix teintée de mélancolie. Ça doit être agréable d'avoir une famille nombreuse.

— C'est vrai. Mais toi, tu as Caitlin.

— Oui, lâche-t-il dans un souffle. J'ai Caitlin.

Nous sommes arrivés sur la plage, devant la chaussée qui court droit vers la maison. J'ai beau désormais y passer le plus clair de mon temps, mon cœur s'emballe toujours à sa vue.

— Rappelle-moi : qui vient dîner chez vous ce soir ? je demande.

— Oh, juste des invités de Londres, soupire Robert. Ça va être d'un ennui sans nom. Tu ne veux pas te joindre à nous ?

J'éclate de rire.

— Merci beaucoup ! Qui pourrait refuser une invitation pareille ?

— On s'ennuierait beaucoup moins avec toi.

Il a parlé en toute innocence, mais ses mots restent suspendus entre nous, comme s'ils avaient un sens caché. Et puis, aussi vite qu'elle est apparue, cette sensation s'évanouit.

— Je viens juste de partir. Mais ne t'en fais pas, je reviens dès demain pour vous battre tous aux cartes.

— C'est parce que tu triches, répond Robert du tac au tac.

— Personne n'a besoin de tricher pour te mettre la pâtée, Robert Cardew.

— Au revoir, Lou, prononce-t-il d'une voix ferme, en prenant soin d'ignorer ma pique.

Puis il s'engage sur la chaussée submersible.

— À demain, ajoute-t-il sans se retourner.

— Au revoir, Robert !

Je reste un moment sur la plage à le regarder s'éloigner vers la grande maison, avant de rentrer à mon tour chez moi.

CHAPITRE 14

À mon arrivée le jour suivant, tout se passe exactement comme je l'avais imaginé : Caitlin m'attend de pied ferme devant la porte d'entrée. Une lueur vindicative brille dans ses yeux.

— Lou, petite misérable ! crie-t-elle. Je n'en reviens pas que tu ne m'aies pas dit, à moi, MOI, ton amie la plus chère et la plus dévouée, que c'était ton anniversaire.

— Ce n'est pas important. Je ne voulais pas qu'on en fasse toute une histoire.

— Tu vas avoir dix-huit ans, oui ou non ? lance-t-elle d'un ton sec en tournant les talons.

— Oui..., je soupire, avant de pénétrer dans la maison à sa suite.

— Ah ! Alors, tu avoues !

Caitlin se retourne et se plante devant moi, l'air accusateur, son porte-cigarette pointé en direction de ma poitrine. On croirait voir Hercule Poirot en personne.

— Je n'ai jamais prétendu que mon anniversaire n'était pas la semaine prochaine. Tu ne m'as pas posé la question. C'est juste que je ne... t'en ai pas parlé.

Caitlin m'adresse un long regard perçant.

— Et peut-on savoir pourquoi ?

— Je ne sais pas. Je ne voulais pas que tu t'imagines que j'espérais quelque chose de...

— Louise, m'interrompt Caitlin, et elle détache chaque mot comme si elle s'adressait à une simple d'esprit. Tu es notre amie. C'est ton anniversaire… celui de tes dix-huit ans, qui plus est. *Bien sûr* que nous allons en faire toute une histoire.

Nous entrons dans le salon où Robert, assis dans un fauteuil, est en train de lire un livre en fumant une cigarette.

— Je te l'avais bien dit, lâche-t-il en se levant, comme il le fait toujours quand j'entre dans la pièce où il se trouve.

Caitlin se dirige vers le bar, où elle se sert un grand verre d'une boisson claire. Je doute que ce soit de l'eau, pourtant elle le vide d'un trait.

— Tu ne me laisses pas beaucoup de temps…, dit-elle, le regard fixé sur un point indéfini dans le lointain. Bon, je ferai avec.

Elle braque ses yeux sur moi et un grand sourire se forme sur son visage, un sourire qui achève de me rendre nerveuse.

— Je crois bien avoir une idée *très* spectaculaire, déclare-t-elle.

— Contrairement à toutes les autres fêtes que tu as organisées ? je demande en me tassant un peu.

— Oh ! répond Caitlin avec un geste dédaigneux. Tu veux parler de ces soirées ? Il ne s'agissait que de petites réceptions, tu sais. Ta fête, ce sera l'événement de l'été.

— Caitlin…

— Oui, Caitlin, répète Robert (et sa voix sonne comme un avertissement). Ne va pas trop loin, je t'en prie.

— Oh, arrête un peu ! Tu sais très bien que nous gardons toujours la plus grosse fête pour la fin de l'été. C'est la tradition, et *tout le monde* attend ça avec impatience. Tout doit être parfait, et même plus que parfait.

Je n'aime pas qu'on évoque le fait que l'été est sur le point de s'achever, que tout s'évanouira bientôt. Mon anniversaire s'annonce comme le début de la fin plutôt que comme une célébration.

Robert soupire, mais dès qu'il voit le visage animé de Caitlin, ses traits se radoucissent.

— Mais…, je commence, déterminée à avoir voix au chapitre.

— Oui, oui, ma chérie, dit Caitlin avec douceur, me faisant taire d'un geste. Robert m'a déjà tout expliqué. Tu ne veux pas être au centre de l'attention, et pour ça, j'ai la solution. (À ces mots, elle frémit, comme s'il s'agissait d'un secret maléfique, et ses yeux prennent un éclat rusé.) Et une solution des plus délicieuses, qui plus est.

— Bon, tu vas nous dire de quoi il s'agit ou tu comptes faire durer le suspense encore longtemps ? demande Robert qui écrase sa cigarette dans le cendrier le plus proche.

— Je ne sais pas, minaude Caitlin, amusée. Je trouve qu'aucun de vous deux ne se montre très enthousiaste.

— Mais si, mais si, dis-je, en lançant un regard appuyé à Robert.

— Nous sommes plus qu'enthousiastes, renchérit-il, avec autant d'enthousiasme qu'un caillou.

Caitlin nous observe en silence, puis prend une pose théâtrale, les bras levés et les mains grandes ouvertes.

— Un bal masqué ! s'exclame-t-elle enfin, avant de se mettre à applaudir comme une enfant.

— Un bal masqué ? je répète.

— Oui !

Elle s'assoit à côté de moi sur le canapé et saisit ma main. Ses yeux sont très brillants et je sens son haleine chargée de l'alcool qu'elle vient de boire, une odeur douce et forte à la fois.

— C'est la solution parfaite, poursuit-elle. Ce sera une soirée costumée et tout le monde portera un masque. Tu ne seras pas au centre de l'attention puisque tu seras là incognito. (Elle s'affale dans le canapé, très fière d'elle.) En plus, les gens se comportent *incroyablement mal* quand ils portent des masques, jubile-t-elle. C'est si amusant !

Elle nous regarde avec l'air d'attendre une salve d'applaudissements.

— C'est vrai que tout ça est plutôt excitant, dis-je avec prudence, tout en tournant en boucle l'idée dans ma tête.

— Ah, ça y est ! Lou est excitée... maintenant qu'elle sait que les gens vont mal se comporter, se moque Caitlin. Y aurait-il une personne en particulier avec qui tu aimerais mal te comporter ?

Comme par un fait exprès, la porte s'ouvre et Charlie apparaît. Caitlin s'écroule de rire tandis qu'il reste sur le seuil, ahuri.

— J'ai raté quelque chose ? demande-t-il.

En dépit de mes protestations, Caitlin reste convaincue que je suis follement amoureuse de Charlie. Parfois, j'aimerais lui donner raison. Bien que sa beauté me subjugue toujours autant, mon impression initiale à son sujet ne s'est pas démentie. Il est sympathique, superbe et d'agréable compagnie, mais aussi ennuyeux comme la pluie. Croyez-moi, rien ne peut plus sûrement tuer dans l'œuf une passion naissante que de passer trente minutes à écouter la liste sans fin des qualités nécessaires à un appât à truites.

— Tu n'as rien raté du tout, dis-je à Charlie. C'est juste que Caitlin est contente parce qu'elle prépare une fête.

— Je croyais que Caitlin était *toujours* en train de préparer une fête, dit-il en mettant une main dans sa poche pour y prendre son étui à cigarettes.

— Il s'agit d'une fête très spéciale ! s'écrie Caitlin en me poussant du coude. C'est pour l'anniversaire de Lou !

— Ah oui ? dit Charlie d'une voix douce, avant d'allumer sa cigarette. Eh bien, joyeux anniversaire, alors.

— C'est la semaine prochaine, je réplique.

— Que se passe-t-il la semaine prochaine ? demande Laurie, qui vient de faire son entrée et m'embrasse sur les deux joues (elle me salue toujours comme si nous ne nous étions pas vues depuis des mois).

— L'anniversaire de Lou, annonce Charlie.

— Et nous allons fêter ça ! s'exclame Caitlin.

— C'est juste une petite soirée, je murmure, mais Laurie ne prête pas attention à moi.

— Quel genre de fête ? demande-t-elle, tandis que Robert lui tend un whisky-soda.

Elle enroule ses doigts autour de son poignet et le presse doucement pour le remercier.

— Je pensais à un bal costumé, dit Caitlin. Avec des masques, ajoute-t-elle plus bas, dans un souffle.

Laurie hoche la tête avant de boire une gorgée d'alcool.

— Excellente idée ! Tout peut arriver quand les gens portent des masques. Ils deviennent dingues.

— Qu'est-ce que je disais ?! s'esclaffe Caitlin, ravie.

— Tu penses pouvoir organiser ça en une semaine ? s'inquiète Laurie. Ça demande beaucoup de travail…

— Oh, ne te donne surtout pas trop de mal…, je commence, mais Robert m'interrompt.

— Résigne-toi, me glisse-t-il. Ces deux-là sont lancées, tu ne peux plus rien faire pour les arrêter.

Il me tend un verre rempli d'une eau gazeuse qui pétille furieusement autour des glaçons. Le verre est lourd et gravé avec soin. Je me sens soudain submergée par le désir de prendre la main de Robert dans la mienne, comme l'a fait Laurie. Je peux presque sentir la chaleur de sa peau irradier. À la place, je plonge mon visage écarlate dans mon verre.

— Merci, je murmure, le cœur battant à tout rompre.

Mais qu'est-ce qui me prend ?

— Bien sûr que je peux le faire, dit Caitlin. Et ce sera parfait. Jusqu'au moindre détail. Un événement dans la plus pure tradition Cardew, comme ceux que Mère et Père organisaient ici.

Ses yeux scintillants semblent dévorer la moitié de son si fin visage.

Je vois une ride creuser le front de Robert. Je n'avais encore jamais entendu Caitlin évoquer sa mère, mais il ne s'agissait que d'un instant fugace : déjà Laurie et elle se mettent à parler des couleurs d'ambiance.

— Est-ce que tu penses que Lucky et son groupe seront disponibles ? demande Laurie.

— Oh, oui ! je m'exclame en me détournant de Robert.

Ils ne sont pas revenus jouer ici depuis la première soirée, mais je me souviens à quel point ils étaient formidables. Je crois que je pourrai me faire à cette idée de fête si on m'assure de leur présence.

Le sourire de Caitlin s'affaisse un peu, juste une fraction de seconde. Je lui ai déjà vu cette expression par le passé, quand elle pense que personne ne la regarde. Je suis la seule à m'en rendre compte. Peut-être que je m'invente des histoires.

— Je ne sais pas, dit Caitlin, qui se met à jouer avec son bracelet. Ils sont très demandés, ces temps-ci.

— C'est toi qui les as mis à la mode, relève Laurie.

— On peut dire que tu t'es tiré une balle dans le pied, ajoute Charlie.

Caitlin, toujours occupée à triturer son bracelet, ne répond rien. Je ne parviens pas à croiser son regard. Qu'y verrais-je, si j'y arrivais ?

— Sinon, peut-être qu'on pourrait convaincre Élodie…, commence Charlie avant d'être interrompu par des petits coups frappés à la porte.

Laurie se dresse d'un bond, avec grâce, mais aussi avec une hâte qui ne lui ressemble pas. L'impatience se lit sur son visage.

— Quand on parle du loup ! s'exclame Charlie.

Je me tourne vers Caitlin, en quête d'explications, mais avant qu'elle ait pu dire un mot, Laurie ouvre la porte en grand.

Apparaît alors une femme en tout point remarquable. Le rouge vibrant de sa robe met en valeur sa peau cuivrée à souhait ; ses cheveux sombres et lisses sont enroulés au sommet de son crâne. On ne peut pas tout à fait dire qu'elle soit belle : elle est impressionnante. Elle est frêle, et même petite, mais il se dégage d'elle une assurance qui semble occuper tout l'espace. Elle regarde autour d'elle, un petit sourire aux lèvres.

Laurie lui prend la main.

— Tu n'as pas encore rencontré Lou, dit-elle en la poussant vers moi. Lou, je te présente l'une de mes amies les plus chères, Élodie Marchant. Elle est arrivée cet après-midi, mais elle avait besoin de se reposer. Élodie est venue de Paris pour nous rendre une petite visite.

Élodie se penche vers moi, pose ses mains sur mes épaules et dépose sur mes joues deux petits baisers, comme une bénédiction. Son parfum puissant évoque des roses rouges.

— Lou, dit-elle d'une voix plus grave que ce à quoi je m'attendais. Je suis si heureuse de te rencontrer enfin. Laurie m'a parlé de toi dans ses lettres.

— Je n'aurais jamais imaginé que Laurie pouvait prendre le temps d'écrire des lettres à qui que ce soit ! je m'exclame sans réfléchir.

Élodie se tord de rire. C'est pourtant vrai : Laurie est gentille et généreuse, mais elle a aussi quelque chose du chat ; élégante et indolente, du genre à ajouter un rapide commentaire sur les lettres des autres plutôt qu'à faire l'effort d'en écrire elle-même.

— *Bien sûr*, commente-t-elle en français. Laurie m'avait avertie que tu avais l'esprit vif.

Caitlin et Charlie s'enquièrent des dernières nouvelles et la pièce s'emplit de discussions animées. Dans l'agitation, nous avons tous changé de siège, si bien que Robert est désormais assis à côté de moi.

— Caitlin et moi avons déjà rencontré Élodie plusieurs fois, m'explique-t-il à voix basse. Je pense qu'elle va te plaire. C'est une musicienne exceptionnelle.

— Qu'est-ce que c'est que ces messes basses ? demande Caitlin.

Je sursaute comme si j'avais été prise la main dans le sac.

— Robert me disait juste qu'Élodie est musicienne, je bafouille.

— C'est vrai, approuve l'intéressée en relevant du bout des doigts le pan de sa robe, je suis chanteuse.

— Elle est incroyable ! s'exclame Charlie d'une voix pleine d'admiration.

— On l'appelle l'Alouette, précise Laurie, tant sa voix est agile.

— Il faut que tu chantes à la fête de Lou ! s'écrie Caitlin. Je crois bien que c'est ce que Charlie allait suggérer juste avant ton arrivée !

— Bien sûr, avec joie ! réplique Élodie avec un gracieux hochement de tête. Ça me fera très plaisir.

— C'est pour son anniversaire, la semaine prochaine, explique Laurie. Caitlin va organiser un bal masqué.

Les yeux de la Française s'éclairent aussitôt.

— Parfait, souffle-t-elle. Rien n'est plus excitant qu'une fête costumée, pas vrai ?

— C'est ce que tout le monde dit, je réponds, vaincue, alors que tous les autres éclatent de rire.

— Comment allons-nous faire pour les costumes ? s'inquiète soudain Laurie. (Elle réfléchit un instant.) Vous savez, j'ai une commande en préparation à Londres, une tenue incroyable qui ferait parfaitement l'affaire. Peut-être que je peux demander au chauffeur d'aller la chercher ?

— Moi, je n'ai rien à me mettre, affirme Caitlin. Rien du tout. De toute façon, je ne porte que des haillons, ces derniers temps.

Pour avoir passé des heures dans la chambre de Caitlin à fouiller sa gigantesque penderie de voyage remplie de tenues plus somptueuses les unes que les autres, je m'autorise à penser qu'elle exagère. Laurie, pourtant, semble être d'accord avec elle.

— Voilà ce qui arrive quand on passe trop de temps ici, au milieu de nulle part. (Elle me jette un regard en levant son verre.) Ce qui n'enlève rien aux bénéfices à tirer de l'expérience, bien sûr, ma belle.

Caitlin se tapote la joue, pensive.

— Tu as raison, évidemment, réplique-t-elle enfin. Et les habits ne sont pas le seul problème. Il y a tant de choses à prévoir. À commencer par en parler autour de nous pour s'assurer de rassembler un maximum de monde. C'est un peu tard pour organiser une fête si spectaculaire.

— Ça m'a tout l'air d'être impossible, dis-je. C'est très gentil de ta part, Caitlin, mais vraiment ce n'est pas la peine. Pourquoi ne se contenterait-on pas d'une petite soirée ici, juste entre nous ?

— Impossible ? répète Caitlin en haussant les sourcils. Ce mot ne fait pas partie de mon vocabulaire. Non, ça n'a rien d'impossible. (Elle se penche en avant avec cette lueur dans les yeux que je sais désormais être annonciatrice d'ennuis.) Ça veut juste dire que je vais devoir me rendre un jour ou deux à Londres.

— À Londres ? intervient Robert qui se redresse sur son siège. Tu es sûre que c'est indispensable ? (Il semble anxieux, ses yeux verts épient le visage de sa sœur.) Je ne pense pas que tu devrais…

— Mais si ! claironne Caitlin. Nous pourrons même récupérer ta robe au passage, Laurie.

— Nous ? dis-je en me tournant vers son frère. Robert va t'accompagner ?

— Mais non, idiote ! lance Caitlin en plongeant son regard dans le mien. *Tu* vas m'accompagner.

CHAPITRE 15

Nous partons pour Londres le surlendemain. Avant d'avoir eu le temps de réaliser ce qui m'arrive, je me retrouve avec Caitlin dans sa voiture avec chauffeur, lancée dans mon premier voyage en direction de la grande ville scintillante qui occupe mes pensées depuis tant d'années.

Sans prendre la peine de m'en parler d'abord, Caitlin a écrit un mot à Mouche le soir même de sa grande idée, afin de lui expliquer son projet d'organiser une fête pour mon anniversaire. Si Mouche et Pa n'avaient pas d'objection, précisait-elle, elle m'amènerait à Londres pour tout préparer selon mes goûts. Devant le papier ivoire doré à l'or fin recouvert des gribouillages enthousiastes de Caitlin et de ses nombreux points d'exclamation, Mouche n'a pas pu dire non. (La lettre était si gentille que même tante Irene n'a *presque* rien trouvé à redire.) Aussi, lorsque je suis arrivée à la ferme, tout le monde savait déjà que j'allais partir pour Londres le lendemain.

Assise sur le siège moelleux de la voiture, je regarde le monde défiler à travers la vitre. Caitlin ne cesse de faire la liste des gens qu'elle espère le plus éviter pendant notre séjour, pour la bonne raison qu'*ils sont tous horriblement ennuyeux*. À sa bonne humeur se mêle une certaine nervosité, qui ne fait que croître à chaque kilomètre parcouru.

Je commence à me demander si ce voyage est une bonne idée pour elle, et si elle ne s'expose pas à un danger qu'il m'est impossible de définir.

Tout ce que je sais, c'est que nous nous rendons à Mayfair, mais j'ignore où est cet endroit et à quoi il peut bien ressembler. Je sais aussi que nous allons faire du *shopping*. Caitlin prononce ce mot comme s'il s'agissait d'un vocable sacré, et je frissonne de plaisir à chaque fois. Nous allons nous trouver des habits, et nous allons aussi « nous montrer un peu » en ville. Je ne saisis pas tout à fait ce que cela signifie, ce qui ne diminue en rien mon excitation. Ce voyage me semble irréel. Je commençais à peine à m'habituer au fait d'être acceptée à la Cardew House ; je ne m'attendais pas à ce que la suite s'enchaîne si vite. Ce voyage, que j'aurais mis une éternité à préparer, a été organisé à toute allure par Caitlin, en une volée de coups de téléphone. Alors que quelques jours plus tôt je ne pensais pas du tout aller à Londres autrement que dans mon imagination, comme je le faisais depuis tant d'années, me voici à présent devant une coquette petite maison, dans une rue calme et arborée.

— Merci, Franks, lance Caitlin au chauffeur. Montez les bagages à l'étage, je vous prie.

Caitlin introduit une clé scintillante dans la serrure de la porte d'entrée et j'entre dans la maison derrière elle, un peu intimidée. Le sol est recouvert d'un damier blanc et noir, et un escalier en colimaçon blanc grimpe le long d'un mur. C'est un endroit spacieux et ouvert, avec de hauts plafonds et une table en plein centre, sur laquelle est posé un vase rempli de lis dont l'odeur lourde imprègne les lieux.

Caitlin se déplace de pièce en pièce comme une tornade. Je la suis, émerveillée.

— Bon, tout a l'air en ordre, dit-elle en jetant sa veste sur un canapé vert pâle. Je sais, c'est petit, mais ça n'aurait pas de sens d'ouvrir la grande maison juste pour deux jours. (Son sourire se ternit quelque peu.) De toute façon, je me sens mieux ici, la grande maison est… (Elle laisse sa phrase en suspens et je crois bien qu'elle pâlit un peu.) Elle est trop grande, conclut-elle enfin.

— Je ne dirais pas que c'est *petit*, je réplique en parcourant des yeux les pièces bien proportionnées, les jolis meubles modernes et les murs couverts de croquis encadrés.

Il y a encore d'autres bouquets de fleurs : de grosses roses qui me rappellent le mariage d'Alice. Penser à elle me contrarie aussitôt. Je ne l'ai pas revue depuis notre discussion devant la ferme. Sait-elle seulement que je suis à Londres, sur le point d'arpenter la terre sainte de la mode ? Sans doute, mais ce n'est pas moi qui lui en ai parlé, et c'est bien ce qui cloche.

J'inspecte de plus près la pièce dans laquelle nous nous trouvons et je suis une nouvelle fois frappée par l'élégance discrète de cet endroit. Je décide de chasser toute pensée négative pour profiter pleinement de l'instant présent.

— Je la trouve merveilleuse, cette maison, je souffle.

— Je suis contente qu'elle te plaise ! s'exclame Caitlin en battant des mains. On va s'amuser comme des folles. Il n'y a pas de domestiques ici, en ce moment, nous allons devoir nous débrouiller toutes seules. Bon, nous serons presque toujours dehors, alors ça n'a pas beaucoup d'importance.

— S'il n'y a pas de domestiques, d'où viennent toutes ces fleurs ? je demande.

— Oh ! Quelqu'un vient faire le ménage, bien sûr ! Je n'avais même pas remarqué les fleurs. (Elle leur jette un rapide coup d'œil.) Elles sont très belles.

Caitlin trouve tout à fait normal que sa vie soit prise en charge. Je ne peux pas m'empêcher de trouver parfois son attitude choquante.

Je regarde un des dessins sur le mur. C'est un croquis au fusain plein de vie, exécuté avec talent. Le trait paraît vibrer, faisant écho à ma propre agitation. Je me sens envahie par une impression étrange, comme si ce dessin était une partie de moi-même, qu'on aurait mise sous cadre pour l'exposer à la vue de tous.

— Mais… c'est la maison des Cornouailles ! je m'exclame.

— Ça te plaît ? demande Caitlin en s'approchant.

— Bien sûr. C'est magnifique.

— C'est un dessin de Robert, indique Caitlin qui m'observe avec un sourire en coin, comme si elle escomptait une réaction de ma part.

Celle-ci ne se fait pas attendre.

— De Robert ? je répète, éberluée.

Je contemple le tableau en silence pendant quelques instants.

— Je ne savais pas que Robert dessinait.

— Et pourtant… Il ne le fait presque plus, mais autrefois il passait son temps à peindre et à dessiner. Avant la mort de notre père, ajoute-t-elle avec un sourire triste.

Je saisis sa main et la presse doucement. Elle serre la mienne en retour.

— C'est vraiment dommage que Robert ait arrêté. Il est très doué, pas de doute.

— Hmmm, dit Caitlin, les yeux braqués sur le dessin. Je crois qu'il s'est senti obligé de devenir plus *sérieux*, après… (Son visage pâlit et ses traits se durcissent.) Il faut dire que, du jour au lendemain, Robert s'est retrouvé responsable de tout. Alors il a beaucoup changé. Moi aussi, je crois, conclut-elle d'une voix blanche après une petite pause.

Je me sens mourir de tristesse pour eux deux.

— Bon, se reprend Caitlin. Maintenant que j'ai un moyen de chantage, tu vas devoir faire tout ce que je dis.

— C'est ce que tout le monde fait en permanence, de toute façon… Mais de quel moyen de chantage parles-tu ?

— Refuse de m'obéir et je dirai à Robert à quel point tu le trouves talentueux.

— Je ne crois pas qu'il soit nécessaire de flatter son ego, je marmonne, soulagée néanmoins de voir Caitlin sourire à nouveau.

— Exact. Mais tu es imprévisible. Et comme je nous ai élaboré un programme des plus décadents, j'ai besoin de m'assurer que tu ne vas pas te défiler.

— Est-ce que tu m'as déjà vue me défiler ? je proteste.

— Non, c'est vrai, admet Caitlin. C'est même pour ça que je t'aime. Trêve de bavardages ! Je t'ordonne d'aller te refaire une beauté. Avant d'aller déjeuner, nous avons *beaucoup* de shopping à faire.

— Chef, oui, chef ! je réponds avec un salut militaire.

— Je vais te montrer ta chambre, dit-elle en s'engageant dans l'escalier.

À l'étage, il y a trois chambres. La mienne est jolie, peinte en jaune primevère, avec une grande fenêtre qui donne sur la rue. Elle dispose de sa propre salle de bains, charmante mais pas aussi extravagante que celle de la Cardew House. Cette petite chambre est assez ordinaire pour que je puisse croire qu'elle est à moi, qu'il s'agit là de ma vraie vie, et que j'habite ici, à Londres. J'ai l'impression de voir mon plus grand fantasme devenir réalité. Je soupire. Il ne s'agit peut-être que d'un rêve éveillé, mais la ville, elle, est bien réelle, et je meurs d'impatience d'aller l'explorer. Londres tout entière m'attend, juste derrière la porte d'entrée. Je me sens traversée par un frisson d'excitation et une envie de danser.

Au rez-de-chaussée, je retrouve Caitlin qui m'attend sur un canapé. Elle tapote un coussin du bout des doigts, visiblement impatiente.

— Dieu soit loué ! s'exclame-t-elle. Je n'en pouvais plus d'attendre. On y va ?

— Allons-y, dis-je, submergée par une nouvelle vague d'excitation. Mais où ça ?

Caitlin enfile sa veste, puis agite un doigt sous mes yeux avec un air de conspiratrice.

— Tu verras bien. Contente-toi de me suivre.

Elle se dirige vers la porte d'entrée et je la suis sans protester. L'impassible Franks nous attend dans la voiture, dont il sort sur-le-champ pour nous ouvrir une portière.

— À Carradice's, s'il vous plaît, Franks, lance Caitlin en se glissant avec grâce sur la banquette arrière.

Pendant le court trajet qui nous sépare de notre destination, j'ai le plus grand mal à me retenir de passer ma tête à travers la vitre. À peine avons-nous quitté la rue calme de Caitlin que nous nous trouvons plongés dans un tel tourbillon de bruit et de lumières que j'en ai la tête qui tourne.

Partout des voitures qui klaxonnent et de grands bus à impériale rouges pleins à craquer. Les larges rues sont encadrées d'immeubles si hauts qu'ils semblent transpercer les rares nuages qui parsèment le ciel bleu.

Quelques minutes plus tard, la voiture s'arrête dans une rue bordée de boutiques, devant une grande et élégante devanture blanche. Au-dessus de la vitrine, une enseigne en marbre gris gravée de grandes lettres de style Art déco formant le mot « Carradice's » proclame que nous sommes arrivées à destination. À peine descendue de voiture, je suis comme attirée par une force invisible et irrépressible. Dans la devanture est exposé un mannequin vêtu d'une splendide robe de soie rouge garnie d'un entrelacs de perles dorées et argentées qui imite la forme du lierre.

— Oooh ! je soupire. Regarde ça, Caitlin !

Je pose mes mains sur la vitrine, prise d'une envie folle de la traverser pour toucher le tissu. J'imagine déjà la soie couler comme de l'eau entre mes doigts. En retirant mes mains, je découvre que j'ai couvert la vitre de traces de doigts. Horrifiée, je tente de les effacer, quand Caitlin se tourne vers moi.

— Allons, Lou, qu'est-ce que tu fabriques ? me lance-t-elle, comme si j'étais une sale gosse dont elle aurait la charge. Dépêche-toi donc un peu !

De l'autre côté des portes, tout est plus superbe encore. Le sol est en marbre blanc, tout comme les murs incrustés de motifs dorés et drapés d'une soie blanche incroyablement fine. Des gants, des bijoux et d'autres accessoires précieux sont exposés dans des présentoirs vitrés bordés d'or. Deux des murs sont tapissés de miroirs qui reproduisent à l'infini toutes ces merveilles rutilantes, ainsi que des milliers de Lou aux yeux exorbités. Je découvre alors mon reflet, mon visage aussi pâle que la lune et mes vêtements miteux totalement inconvenants.

— Lady Cardew ! s'exclame une jeune femme qui vient vers nous en faisant claquer ses talons sur le marbre. Quel plaisir de vous revoir ! Vous avez rendez-vous avec Mrs Carradice, je crois ?

— En effet, Celia, répond Caitlin qui retire sa veste et la tend à la femme. Et voici ma chère amie Lou.

Elles se tournent toutes deux vers moi et Celia, en vraie professionnelle, ne fait rien qui puisse laisser penser que je n'ai pas grand-chose à voir avec la clientèle habituelle d'un tel établissement.

— Puis-je prendre votre manteau ? me demande-t-elle.

J'enlève ma fine veste de coton, puis je frotte les pans de ma robe dans l'espoir de la défroisser.

Celia sourit, un sourire suave et neutre, un pur sourire de politesse rouge brillant.

— Mrs Carradice vous attend à l'étage.

— Parfait, répond Caitlin en m'attrapant par le bras. Suis-moi.

Elle m'entraîne jusqu'à une porte qui donne sur un escalier en colimaçon blanc bordé de nouveaux miroirs.

— J'adore pouvoir m'admirer sous tous les angles, je marmonne.

Le fossé qui me sépare de Caitlin n'a jamais été aussi visible, et je n'ai pas besoin de voir mon reflet partout pour savoir que je ne suis pas à ma place ici. Je ne me suis jamais sentie aussi quelconque qu'au milieu de tous ces miroirs. Je n'ai jamais eu à ce point le sentiment d'être une imposture.

Caitlin s'arrête, passe une main dans ses cheveux pour les faire bouffer, puis envoie un baiser en direction de son reflet.

— Je vois très bien ce que tu veux dire, lâche-t-elle.

— Je ne crois pas, non, je murmure.

— Oh, arrête ! gronde-t-elle, et j'ai à nouveau l'impression d'être une petite fille capricieuse. Allons voir ce que Mrs Carradice nous propose aujourd'hui, ajoute-t-elle en grimpant les marches quatre à quatre.

En haut de l'escalier, nous accédons à une porte noire que Caitlin pousse comme si elle était la propriétaire des lieux. Une vieille femme nous attend debout dans une longue pièce. Elle est d'une élégance à couper le souffle. Je ne saurais dire ce qui lui donne cette apparence si distinguée, d'un goût si sûr. Elle porte une robe noire simple et un seul rang de perles. Ses cheveux noirs striés de gris sont rassemblés en chignon et elle est très peu maquillée. Mais il y a quelque chose dans sa posture, dans la coupe de sa robe et dans sa façon de la porter qui captive le regard.

— Mrs Carradice, dit Caitlin en lui saisissant les mains avant de l'embrasser sur les joues. Comme vous le voyez, je suis venue avec Lou, l'une de mes amies les plus chères.

Caitlin me fait signe d'avancer. Je m'exécute timidement tant je me sens rapetisser sous le regard intense de la couturière.

Ses yeux courent sur moi, et je sais qu'elle repère chaque point de couture de la robe usée que j'ai héritée d'Alice.

— Je vois, dit-elle.

Ce qu'elle voit exactement, je n'en ai pas la moindre idée. Je tente de lui adresser un sourire auquel elle ne répond pas.

Après avoir frappé à la porte, Celia entre avec un plateau de flûtes de champagne et une bouteille ouverte. J'accepte un verre, soulagée d'avoir quelque chose pour me donner une contenance, et je bois une gorgée avant de m'enfoncer dans une chaise rose et rebondie.

— Avant toute chose, commence Caitlin, nous avons une urgence. Lou fête ses dix-huit ans dans quelques jours… vendredi, pour être exacte, et je prévois d'organiser une soirée costumée *somptueuse* dans notre maison des Cornouailles.

Mrs Carradice hoche la tête, impassible.

— Je vais donc avoir besoin, *bien entendu*, d'une tenue ravissante pour l'occasion, ajoute Caitlin.

— Bien entendu, répète Mrs Carradice, et cette fois une lueur d'intérêt s'allume dans ses yeux.

— D'autre part, il faut s'occuper de Lou.

Je suis en train de boire une gorgée de champagne, si bien que je m'étrangle lamentablement à cette évocation inattendue de mon prénom.

— Moi ? dis-je dans un hoquet.

— Oui, toi, répond Caitlin d'une voix ferme avant de se tourner à nouveau vers la couturière. Il va nous falloir quelques petites choses : deux robes et une tenue pour ce soir. Il est crucial que nous soyons toutes les deux irrésistibles. *Crucial.*

— Caitlin ! je m'exclame, mortifiée, en tentant d'éviter de croiser le regard de Mrs Carradice. De quoi est-ce que tu parles ? Je… je ne crois pas pouvoir…

— Ne fais pas l'idiote, Lou, tranche Caitlin. C'est mon cadeau d'anniversaire.

— Oh, non ! je m'écrie, avec l'envie de disparaître dans un trou. C'est très gentil, mais je ne peux pas accepter.

Mrs Carradice ne fait pas un geste, ne dit pas une parole, et son visage ne laisse rien paraître.

— Plus un mot ! Tu as dit que tu me laisserais décider de tout, et c'est ce que je veux. Ça me rendrait très heureuse. C'est *ton* anniversaire, après tout, minaude-t-elle.

— Mais, je…

— Si tu refuses, il n'est pas impossible que je dise à Robert que tu le tiens pour un peintre de génie, dit-elle en détournant les yeux d'un air innocent, tout en faisant tourner le champagne dans son verre.

Je ne peux me retenir d'éclater de rire.

— Le mot « génie » n'a jamais franchi mes lèvres !

Caitlin me lance un regard plein d'espoir.

— D'accord, dis-je enfin. Si tu y tiens. *Une* robe. C'est tellement généreux de ta part…

— Ça suffit, m'interrompt Caitlin en balayant mes remerciements d'un revers de la main. Mrs Carradice, nous nous en remettons *entièrement* à vous.

— Très bien, répond cette dernière avant de remplir de nouveau nos coupes de champagne. Nous allons commencer par prendre vos mensurations, puis je vous montrerai quelques-unes de mes idées. Je crois… Oui, je pense avoir exactement ce qu'il vous faut.

Elle se tapote la joue d'un doigt, puis elle sourit. Je manque alors de pousser un petit cri de surprise : son sourire est tout tordu. Cette imperfection a quelque chose de rassurant.

Elle s'absente quelques minutes et, quand elle revient, elle me désigne le fond de la pièce.

— Si vous voulez bien me suivre…

Nous franchissons le rideau rose d'une cabine d'essayage luxueuse.

— Pourriez-vous retirer votre robe ? dit-elle en saisissant un mètre-ruban sur une petite table.

— Bien sûr, dis-je avec précipitation.

Je bataille avec les boutons de ma robe, honteuse à l'idée de montrer mes sous-vêtements élimés. Sans faire le moindre commentaire, Mrs Carradice entreprend de relever mes mensurations avec des gestes tranquilles et assurés.

— Oui… oui…, je vais pouvoir vous faire beaucoup de propositions qui ne nécessiteront presque pas d'ajustements, dit-elle, satisfaite. Vous pouvez vous rhabiller.

La couturière repousse le rideau et nous retournons dans la pièce où Caitlin nous attend. Il semble s'être passé beaucoup de choses en notre absence : elle est cernée par des rouleaux de tissu magnifiques et chatoyants, comme si elle se tenait au milieu d'un arc-en-ciel.

Je m'assois à côté d'elle, et je ne peux m'empêcher d'effleurer les étoffes soyeuses.

— Magnifique, je souffle.

— Lequel te plaît le plus ? demande Caitlin.

— Oh, ils me plaisent tous…

Mes yeux tombent sur un tissu d'organza vert pâle. Il est si délicat, si léger… il me fait penser à la mer qui entoure l'île.

— J'adore celui-ci.

— Écume, dit Mrs Carradice en hochant la tête d'un air approbateur.

— Je vous demande pardon ?

— Écume, répète-t-elle. C'est le nom de cette couleur. L'une de mes préférées.

— Oh…

Mes doigts s'attardent sur le tissu tandis que je répète le mot dans ma tête. *Écume.*

— Bien ! Je vais vous montrer quelques-unes de mes créations, et j'ai aussi des tenues à vous faire essayer, déclare Mrs Carradice.

Elle frappe dans ses mains. Une fille surgit de derrière le rideau rose, dans une robe ravissante, composée d'une jupe à volants en soie noire et en tulle, et d'un haut en brocart noir et or terminé par deux petits manchons vaporeux. La robe descend plusieurs centimètres sous ses chevilles.

— J'ai pensé que ceci pourrait correspondre à ce que vous cherchez pour ce soir, dit Mrs Carradice.

Je suis incapable de détacher mes yeux de la jeune mannequin qui s'approche de nous en tournoyant. La jupe volette autour d'elle et le brocart doré flamboie. Je me pâme. C'est superbe.

— Lou ? demande Caitlin.

— Oh, oui ! Elle t'irait très bien.

— Pas pour moi ! Pour toi.

Je réalise alors que Caitlin et Mrs Carradice me regardent toutes les deux.

— Il n'y aurait quasiment pas de retouches à faire, indique la couturière. Vous avez presque les mêmes mensurations que Lacey, ajoute-t-elle en désignant la mannequin qui vient de s'arrêter devant nous.

J'ai peine à y croire. Dans cette robe, Lacey a l'air d'une femme accomplie. Elle est d'une élégance folle, comme si cette robe avait été confectionnée pour elle. Est-ce que la robe pourrait produire le même effet sur moi ?

— Pour moi ? dis-je enfin.

— Oh, par pitié, gémit Caitlin. Tu vas continuer longtemps ce manège ? Est-ce qu'elle te plaît ?

— Je l'adore. Et... je pourrais aussi la porter pour ma fête d'anniversaire !

— Parfait, dit Caitlin. Alors, c'est réglé.

Lacey retourne dans la cabine d'essayage, aussitôt remplacée par une autre fille superbe dans une robe magnifique.

Le reste de la matinée s'écoule en un clin d'œil ; lorsque nous regagnons la voiture, nous sommes suivies par une armée d'employés chargés d'immenses piles de paquets.

Je ne saurais pas dire ce que nous avons acheté, ni combien de ces achats me sont destinés : je sais juste que mes oripeaux ont fini à la poubelle et que je porte désormais une robe légère rose pâle qui me donne une allure très sophistiquée. Au cours des dernières semaines, j'ai toujours refusé les vêtements que Caitlin proposait de me prêter, et me suis entêtée à porter mes robes décaties plutôt que de la laisser m'habiller comme une poupée. Il a suffi d'une demi-journée à Londres pour faire voler en éclats ces belles convictions. J'ai bien compris qu'il n'était pas envisageable de sillonner la ville avec Caitlin Cardew dans mes tenues habituelles, sans parler de la soirée qui nous attend. Il est aussi plus facile de m'en accommoder ici, dans ce décor luxueux. Et puis, après tout, j'ai bien le droit de profiter un peu de ma chance.

— Je suis épuisée, pas toi ? dit Caitlin. (Elle n'en a pourtant pas du tout l'air : elle parle à toute allure, d'une voix saccadée.) On ferait mieux d'aller manger un morceau, puis de faire une petite sieste avant ce soir.

— Qu'est-ce qu'on va faire, ce soir ?

— Oh, rien de spécial, répond Caitlin d'une voix résignée, teintée de lassitude. Quelques cocktails pour commencer, puis un ou deux clubs.

Elle tapote le siège du bout des doigts, produisant ainsi un *tap*, *tap*, *tap* anxieux.

Je me demande si c'est le simple fait d'être à Londres qui la rend si agitée, et si cette ville joue sur son humeur autant que sur la mienne.

— Bernie et quelques autres de la bande seront sûrement dans les parages, ajoute Caitlin. Ils seront *fous de joie* de te voir.

Je suis soulagée : je commençais à me sentir un peu perdue au milieu de cette foule déferlante d'inconnus. Ce sera agréable de voir quelques visages familiers.

— Nous allons manger en terrasse à Selfridge's, lance Caitlin. Ce sera bondé, bien sûr, mais il y a une très jolie vue sur la ville, surtout par un temps pareil. Je pense que ça va te plaire. Et ce sera l'occasion de leur commander du matériel pour la fête. Ils connaissent bien mes goûts.

Nous traversons le magasin (où je ne m'arrête que six ou sept fois pour regarder de plus près quelques articles extraordinaires), nous montons dans l'un des ascenseurs lambrissés en acajou, puis arrivons sur le toit où je découvre un jardin époustouflant : des parterres de fleurs, des bancs, des bassins remplis d'une eau limpide et de grands vases de pierre qui débordent de fleurs roses et jaunes. L'endroit est surplombé d'une grande pergola recouverte de lierre qui protège des tables aux nappes de lin blanc dressées pour le déjeuner.

La vue est si prodigieuse que j'en ai le souffle coupé. Londres s'étend sous mes yeux comme une carte détaillée qui semble s'étirer à l'infini. Sa taille dépasse l'entendement et le nombre de gens qu'elle doit abriter est inimaginable. Toutes ces personnes vivent dans cette métropole vibrante et trépidante. Je comprends alors, avec la sensation de recevoir un coup de couteau dans le ventre, que je veux devenir l'une d'entre elles. La vie et le bruit qui animent cette ville ont déjà pris possession de moi. *Ici*, murmure une voix dans mon crâne, *c'est ici*. C'est à Londres que je pourrai trouver ce après quoi je cours. C'est ici que se cachent les opportunités qui ne se présenteraient jamais chez moi. Après tout, le monde est bien plus vaste que Penlyn, et je n'en ai eu qu'un minuscule aperçu. Quand je pense que bientôt ce sera l'heure du retour à la réalité, qu'il ne reste que deux semaines avant la fin de l'été… Comment vais-je pouvoir me résigner à rentrer à la maison ?

— Merci de m'avoir amenée ici avec toi, merci beaucoup.

Caitlin tend une main à travers la table et serre la mienne. En la retirant, elle heurte un verre qui s'écrase sur le sol avec fracas. Plusieurs serveurs se ruent aussitôt vers nous.

— Oh, je suis désolée, dit Caitlin avec un mince sourire. Je suis un peu maladroite, aujourd'hui.

— Je vous en prie, Miss. Nous vous en apportons un autre, dit l'un des serveurs tout en nettoyant le sol si vite que, quelques secondes plus tard, on croirait que rien n'est arrivé.

— Est-ce que tout va bien ? je demande doucement. Tu sembles un peu… nerveuse.

— Ah oui ? (Caitlin allume une cigarette et je remarque que sa main tremble légèrement.) Je crois que je suis fatiguée. Et j'ai faim. Je me sentirai mieux après avoir mangé.

On nous apporte justement nos plats ; bien qu'ils soient délicieux, Caitlin se contente de picorer dans son assiette. Je me donne beaucoup de mal pour alimenter la conversation, mais elle reste silencieuse et renfermée. Méconnaissable.

À notre retour à la maison, elle va s'allonger un moment et je décide de l'imiter. Alors que je me pensais trop excitée pour fermer l'œil, je suis très surprise de découvrir que deux heures se sont écoulées lorsque Caitlin me réveille.

— Debout, ma belle ! chantonne-t-elle. Il faut se préparer pour une nuit grandiose !

— Quelle heure est-il ? je gémis.

— Sept heures passées, il ne faut pas traîner.

Elle se déplace à travers la pièce à toute allure, tel un papillon incapable de se poser plus d'une seconde. Au moins, on dirait que la sieste a fait son effet.

Caitlin m'aide à me préparer : comme dans un rêve, je me glisse dans la superbe robe noire et or, les collants de soie fine et les chaussures noires neuves. La robe est parfaitement ajustée. Caitlin attache mes cheveux en laissant une mèche retomber sur mes épaules, et elle me prête son rouge à lèvres. Dans le miroir, je me reconnais à peine.

Mrs Carradice a vu juste : la robe me va aussi bien qu'à Lacey. Dès mes premiers pas, j'ai la sensation de ne pas me déplacer comme d'habitude : je suis devenue une autre, qui en sait davantage et dont le corps est fait pour porter une robe comme celle-ci. Je saisis le tulle délicat de la jupe et me mets à tournoyer. Le tissu tourne lui aussi. Je me sens riche et séduisante et c'est une sensation aussi libératrice que troublante.

Caitlin porte une robe à franges dorée qui souligne chacun de ses mouvements, met en valeur son corps presque maigre et s'embrase dès que la lumière s'y reflète. Un bandeau doré enserre ses cheveux et des bracelets en or cliquettent à ses poignets. Ses yeux soulignés d'un trait de khôl brillent d'un feu sauvage.

Pas de doute, elle déborde d'énergie. Elle s'agite en tous sens, met de la musique, prépare des cocktails et ne s'arrête pas un instant de parler… Tout son corps vibre, comme si elle était dans l'attente de quelque chose. Je n'ai aucune idée de ce dont il s'agit. Je ne sais pas s'il faut m'en inquiéter ou si elle est juste très heureuse d'être là. Je suis moi-même si survoltée que je ne tiens pas en place.

Mon enthousiasme semble nourrir le sien, au point qu'une fois dans la voiture nous sommes incapables de rester tranquilles sur nos sièges. Tandis que nous roulons, ce que je vois me coupe le souffle. La nuit est tombée et les réverbères allumés donnent aux rues (à mes yeux, du moins) l'apparence d'un décor de cinéma.

— Dommage qu'il n'y ait pas de brouillard, je souffle.

— Hein ?

— Mais oui, comme dans les romans : Londres dans la brume, sous la lueur des réverbères, de l'aventure dans l'air…

Caitlin éclate de rire.

— Crois-moi, *il y a* de l'aventure dans l'air…

CHAPITRE 16

— Caitlin a l'air en forme, ce soir ! s'exclame Patricia pendant qu'un serveur nous conduit à notre table au Candlelight Club.

Nous tournons tous les yeux vers mon amie, qui est entourée par une nuée d'hommes en costumes de soirée noirs soyeux. Elle semble flirter avec chacun d'eux, et ils la contemplent avec une avidité évidente, comme s'ils voulaient l'avaler tout rond. Je me sens mal à l'aise, j'ai envie de la protéger. Je ne pense pas que Robert aimerait voir ça.

— Oui…, je réponds. Elle est… pleine d'énergie.

— Mais pour qui fait-elle ça ? murmure Bernie en agitant un doigt dans sa direction. À qui est destiné ce spectacle ?

— Je ne crois pas que ce soit destiné à qui que ce soit, si ?

Bernie, indéchiffrable, se contente de saisir une cigarette.

À cet instant, Caitlin s'extrait de son groupe d'admirateurs et entreprend de nous rejoindre. Sa robe dorée étincelle tandis qu'elle se faufile à travers la foule. Des têtes se tournent sur son passage et je me dis (pour la énième fois) que s'il existe des « stars nées », alors Caitlin Cardew en fait assurément partie. Elle brille avec une telle intensité qu'elle attire les regards comme la lumière attire les insectes. La pièce est enfumée, grouillante de vie, et l'argent semble présent partout. Les clients croulent sous les bijoux et ont l'air de tous se connaître. Certains d'entre eux attrapent Caitlin par le bras, d'autres poussent des cris quand ils l'aperçoivent. Elle dépose des centaines de baisers pourpres sur des joues impatientes, et elle a un petit mot pour chacun sur son passage.

— Ils sont insupportables, murmure-t-elle une fois parvenue à ma hauteur. Tous autant qu'ils sont. Maintenant, je me souviens pourquoi nous avons décidé de fuir Londres.

Elle se glisse dans le fauteuil de velours rouge préparé pour elle et me fait asseoir à ses côtés.

— Alors, Lou, est-ce que tu les as déjà invités ? demande Caitlin.

— Nous inviter ? demande Bernie en posant les yeux sur moi. Nous inviter à quoi, si ce n'est pas indiscret ?

— Je ne pensais pas que c'était à moi de le faire, dis-je en riant. C'est ta fête, Caitlin.

— Une *fête* ? lâche Bernie en soufflant un nuage de fumée.

Ses yeux mi-clos se sont mis à briller. Personne ne voudrait manquer une fête des Cardew. Moi la première.

— Ce n'est pas *ma* fête, c'est celle de Lou. Sa fête d'anniversaire. Vendredi, à la maison des Cornouailles. Ça va être spectaculaire, assure Caitlin. Mon chef-d'œuvre. Un bal masqué.

— Oh, oh, des masques ! fait mine de frissonner Bernie. Quelle merveilleuse invention ! murmure-t-il ensuite à mon intention. Une véritable incitation à faire des bêtises.

— C'est ce qu'on n'arrête pas de me répéter, je marmonne. Tout le monde semble trouver ça très excitant. S'il faut en déduire que vous vous êtes très bien comportés jusqu'à présent, je me demande à quoi cette fête va ressembler !

— Oh, ce sera tout à fait scandaleux, promet Bernie. De quoi t'ouvrir enfin les yeux, ma petite marguerite.

— Mes yeux sont déjà grands ouverts, merci beaucoup, je rétorque en battant des cils, déterminée à ne pas laisser paraître mon irritation.

Les commentaires comme celui-là me donnent l'impression qu'on m'a attribué à jamais le rôle de l'ingénue, et là n'est pas ma vocation. (Voilà une réflexion qui ferait pâlir tante Irene !)

— L'avenir nous le dira, répond Bernie, les yeux plissés, un sourire énigmatique aux lèvres.

— Bon, dit Caitlin pour ramener l'attention sur elle. Si je te le dis à toi, Bernie, c'est pour m'éviter d'avoir à informer tout le monde. Je suis sûre que chacune des personnes concernées sera au courant dans moins d'une heure.

— Voilà qui est charmant, grogne Bernie.

Sur une scène dressée au-dessus d'une foule de danseurs, un orchestre de jazz joue l'un de ces airs trépidants auxquels je ne peux résister.

— Tu es vraiment sublime ce soir, dit Caitlin en me dévisageant d'un œil expert. Vous ne trouvez pas que Lou est vraiment sublime, ce soir ? répète-t-elle en criant à moitié, à l'adresse cette fois du reste de notre petit groupe.

Tous les regards se tournent vers moi, et je me sens toute petite sous cette attention soudaine. Ils expriment leur approbation avec enthousiasme.

— Dans ce cas, s'écrie Caitlin en exagérant chacun de ses mots et de ses gestes, pouvez-vous m'expliquer pourquoi personne ne l'a encore invitée à danser ?

— Peut-être parce que nous venons à peine d'arriver ? je marmonne.

La campagne de Caitlin en ma faveur ne me fait pas particulièrement plaisir. Mais il n'y a plus rien à y faire : trois des hommes qui se pâmaient devant elle se dressent aussitôt pour se disputer l'honneur de danser avec moi en premier. J'essaie de ne pas lever les yeux au ciel.

— Bernie ? dis-je en lui tendant la main.

— J'aime les femmes qui prennent des initiatives, susurre-t-il en enroulant ses doigts autour de mon poignet avant de m'entraîner vers la piste de danse.

— Je ne comprends pas pourquoi elle fait tout ce cinéma, je lui confie alors qu'il pose son bras autour de ma taille.

Bernie est un bon danseur ; de toute façon, je ne pense pas qu'il se risquerait à faire quoi que ce soit en public sans le maîtriser à la perfection. Sa main effleure à peine mon dos tandis qu'il vole à travers la piste d'un pas léger et précis, me guidant sans en avoir l'air.

— Est-ce qu'il y a… un problème ? me demande-t-il à voix basse.

Il a braqué son regard sur Caitlin, et un pli entre ses yeux est apparu. Il est si inhabituel de voir autant d'inquiétude dans les yeux blasés de Bernie que je sens mon cœur s'emballer sous ma jolie robe neuve.

— Je ne sais pas. J'en ai l'impression, mais je ne saurais pas l'expliquer. Elle me fait penser à une corde de violon trop tendue.

Bernie ferme les yeux un instant. Je commence à être inquiète. Est-ce si grave que ça ?

— Elle n'aurait jamais dû venir à Londres, marmonne-t-il. Pas après ce qui s'est passé.

— Comment ça, *après ce qui s'est passé* ?

Bernie me jette un regard énigmatique.

— Je ne crois pas que ce soit à moi de te le dire.

J'ai beau savoir que Caitlin a des secrets, je suis triste de constater qu'elle ne me fait pas assez confiance pour m'en parler. Elle sait pourtant tout de moi…

— Ne te fais pas de bile, ma chérie, me sermonne Bernie. Ça donne des rides. (Je vois bien qu'il fait de son mieux pour dissimuler ses craintes derrière un sourire.) Je suis sûr que tout va bien se passer. Et puis, vous serez rentrées demain… Robert prendra soin d'elle, ne t'en fais pas.

Cette pensée me détend un peu. Comme Bernie, j'ai en Robert une confiance absolue. Enfin, tant qu'il s'agit de Caitlin, bien sûr.

Nous dansons encore quelques minutes, mais je ne parviens à me concentrer ni sur la musique ni sur la danse. Je fais plus d'une fois grimacer ce pauvre Bernie en lui marchant sur les pieds. Lorsque nous la retrouvons, Caitlin est occupée à raconter une anecdote qui tient tous les autres en haleine. Je me sens un peu plus sereine. Et si Bernie se trompait ? Caitlin a juste l'air d'une jeune femme qui profite de sa soirée. Elle m'adresse un grand sourire.

— Comment peux-tu perdre ton temps avec Bernie, belle comme tu es ? me lance-t-elle gaiement en renversant la moitié de son verre.

Je m'assois à côté d'elle.

— Je ne perds pas mon temps, Bernie est un très bon cavalier.

— Cette jeune femme n'a pas tout à fait tort, fanfaronne le principal intéressé en faisant une courbette, avant de commander une nouvelle bouteille de champagne.

— Bon, il faut dire aussi que je ne connais aucun autre homme ici, j'ajoute pour le plaisir.

— Aïe ! s'écrie Bernie en frappant sa poitrine de ses mains avant de s'écrouler sur son siège. Mon pauvre orgueil blessé !

— Tu sais bien ce que je veux dire, je m'esclaffe.

Caitlin est déjà passée à autre chose.

— Mais enfin, crie-t-elle à l'intention du reste de la bande, qu'est-ce qu'une fille doit faire pour se faire offrir un verre, par ici ?

Des cris et des rires lui répondent. Un homme aux cheveux blonds et au visage amical vient m'inviter à danser. Je lance à Caitlin un regard interrogateur.

— Vas-y, vas-y ! s'exclame-t-elle. Je vous rejoins dès qu'on m'aura servi à boire.

— Fonce, petite pâquerette, ajoute Bernie. Montre à Londres de quel bois tu es faite. Amuse-toi !

— Oui, Lou, insiste Caitlin. Danse ! Amuse-toi. Nous sommes là pour ça !

Je ne parviens pas à me décider. Je me tourne de nouveau vers Caitlin, mais celle-ci s'est déjà lancée dans une conversation animée avec Patricia. J'ai fait ce que je pouvais. Si Caitlin veut me parler, elle le fera quand elle estimera le moment opportun. Je ne peux pas la forcer, mais j'ai tout de même du mal à la laisser dans cet état. Une petite voix égoïste me rappelle alors que cette soirée pourrait bien être ma seule et unique chance de danser dans un vrai club de Londres. Ne me suis-je pas juré de profiter de chaque instant que cet été veut bien m'offrir ? L'homme qui m'a invitée me tend son bras. Après une ultime seconde d'hésitation, je pose ma main sur son poignet. Nous rejoignons la piste de danse à l'instant où les musiciens entament un charleston enfiévré.

— J'ai bien peur de ne pas être un danseur hors pair, me confie l'homme aux cheveux blonds avec un sourire gêné. Au fait, je m'appelle Joe.

— Lou, je lui réponds en lui serrant la main.

Je le trouve plutôt charmant, il a un beau sourire. Mais pour ce qui est de la danse, force est de constater qu'il disait vrai. Nous passons cependant un très bon moment. J'essaie de lui apprendre quelques pas et, pour le salut de mes orteils, je m'évertue à corriger certaines de ses très nombreuses maladresses.

Le morceau suivant provoque l'arrivée fracassante de Caitlin sur la piste. À son contact, je sens mon euphorie redoubler. Elle danse, elle chante à tue-tête, et les franges de sa robe dorée s'agitent dans tous les sens. Je cesse de me faire du souci pour elle. À cet instant, elle n'est rien d'autre qu'une fille radieuse et insouciante. Joe essaie de danser avec nous, avant de laisser sa place à un autre homme, puis à un autre, mais personne ne peut tenir notre rythme, personne n'est habité par la musique comme nous le sommes.

Enfin, épuisées, nous retournons à nos sièges. J'ai la tête qui tourne. Tout a pris cette lueur diffuse caractéristique des soirées dont on sait qu'on ne les oubliera jamais.

Le barman nous apporte des verres et des sandwichs au rôti de bœuf sur un plateau d'argent. J'en choisis un sur-le-champ, dans lequel je croque goulûment.

— Je mourais de faim ! je m'écrie, la bouche pleine. Comment l'a-t-il su ?

Caitlin se tord de rire.

— C'est juste pour pouvoir continuer à nous servir des verres. C'est la loi : on peut vendre de l'alcool jusqu'à vingt-trois heures, à condition de servir à manger en même temps. En général, personne ne touche à ces sandwichs.

Catastrophée, je cesse aussitôt de mâcher.

— Oh ! Alors je ne devrais pas en manger ?

— Si tu as faim, bien sûr que si. D'ailleurs, je vais faire pareil.

Nous mangeons nos sandwichs côte à côte.

— Tu sais quoi ? dit-elle. C'est plutôt bon, en fait. Tu vois ? ajoute-t-elle en agitant un doigt sous mon nez. Grâce à toi, j'apprends quelque chose tous les jours.

Caitlin passe un bras autour de mes épaules et m'attire vers elle, son front contre le mien.

— Tu es ma meilleure amie, tu sais. La meilleure. Je t'aime bien plus que tous ceux-là, ajoute-t-elle en désignant la foule.

Je suis éblouie : Caitlin Cardew me considère comme sa meilleure amie. Je me demande à quel point cela compte pour elle ; je me demande si ce sera toujours vrai après l'été. Et, enfin, si elle le pense vraiment, je me demande pourquoi elle ne me confie pas ce qui semble tant lui peser.

— Tu ne m'as toujours pas présenté Alice, s'écrie Caitlin. Je veux la rencontrer !

— Impossible, je lance du tac au tac.

— Et pourquoi pas ?

Je ne sais pas quoi répondre. Ou peut-être que je le sais, mais que je n'ai pas du tout envie de le faire.

— Parce que tu la préféreras à moi, je lâche enfin.

Je suis bien plus sérieuse qu'il n'y paraît.

J'attrape un nouveau sandwich, et c'est alors que Patricia nous rejoint d'un pas chaloupé. Elle a un bras autour de la taille d'un joli garçon à peine plus âgé que moi. Il paraît très content de lui, et Patricia aussi. Je me demande ce qu'en penserait son mari, mais personne d'autre n'a l'air de s'en soucier.

— Mais… elle mange un sandwich ! s'exclame Patricia dans un éclat de rire.

Je lève les yeux au ciel.

— C'est à ce point bizarre ? Tu devrais en goûter un. Ils sont très bons.

À ces mots, Patricia se met à pleurer de rire, au point de devoir s'essuyer les yeux avec un mouchoir, étalant au passage son maquillage.

— Est-ce qu'on s'en va bientôt ? demande-t-elle à Caitlin.

— On va partir ? je m'étonne.

— Oui, soupire Caitlin. Je te l'ai dit : ici, on ne peut pas commander après vingt-trois heures, c'est-à-dire… d'un instant à l'autre. Ils ont subi trop de contrôles. Nous devons trouver un divertissement… *alternatif*.

Je fais mine d'approuver, bien que je me demande ce qu'est un divertissement alternatif. Caitlin a le regard dans le vague et ses yeux brillent d'un éclat indéchiffrable.

— Allons chercher Bernie, finit-elle par dire. On file chez Al's.

— Chez Al's ! glapit Patricia. Oh, ma chérie, mais c'est une excellente idée ! Nous n'y sommes pas allés depuis des siècles.

— Oui, depuis des siècles…, murmure Caitlin.

Elle agrippe la nappe, à s'en faire blanchir les phalanges. Cette décision semble l'avoir secouée, sans que je sache pourquoi. J'ignore ce qu'est Al's, où cela se trouve et à quoi m'attendre quand nous y serons.

Patricia disparaît en traînant son jeune compagnon derrière elle, et Caitlin attrape par le bras un serveur qui passait.

— Deux gin tonic, s'il vous plaît, demande-t-elle. Ne lésinez pas sur le gin.

— Ça ne va pas ? je lui demande une fois le serveur disparu.

— Ce n'est rien. J'ai soif, c'est tout.

Le serveur réapparaît bientôt avec nos cocktails. Je trempe les lèvres dans mon verre rempli d'un alcool si fort qu'il me fait grimacer. Caitlin, elle, porte le sien à sa bouche d'une main tremblante, avant de le vider d'un trait. Patricia nous retrouve à cet instant, accompagnée cette fois de Bernie.

— Alors, il paraît que nous allons chez Al's ? Formidable ! Ça fait beaucoup trop longtemps.

— Oui, répond Caitlin qui se lève, chancelante. Beaucoup trop longtemps. Et il faut que Lou voie ça. (Elle me fait un grand sourire, pourtant on dirait que ses yeux ne me regardent pas tout à fait.) Tu vas adorer.

— Je te suis, de toute façon. Mais qu'est-ce que c'est, Al's ? Un autre night-club ?

Il y a quelque chose qui cloche. Si elle est à ce point perturbée à l'idée d'aller là-bas, pourquoi choisir de nous y amener ?

— Oh, oui ! me répond Bernie. Mais très différent de celui-ci, crois-moi sur parole, mon petit perce-neige.

Quand Bernie m'appelle sa pâquerette, son perce-neige ou son bouton-d'or, ça ne présage rien de bon. Je crois qu'il aimerait beaucoup me choquer, mais je suis déterminée à ne pas me laisser faire.

— Alors, qu'est-ce qu'on attend ? dis-je en me redressant.

Quel que soit cet endroit, peut-être que j'y comprendrai ce qui perturbe tant Caitlin. J'espère juste que ce que nous y trouverons ne fera pas davantage de dégâts.

— Vous avez entendu ? dit Caitlin. On y va !

Elle fait un grand geste en direction de la porte, avant de tituber vers la sortie.

Nous sortons du club en chahutant, dans une nuée d'éclats de rire. Une rangée de photographes attend à l'extérieur. Dès le premier flash, Bernie se place devant Caitlin. Ces hommes doivent connaître le contrat passé avec Robert, celui dont Bernie m'a parlé, car ils détournent leurs appareils photo de Caitlin pour les diriger vers moi.

— Par ici, ma belle ! crie l'un d'eux. Fais-moi un sourire !

Je me fige sous l'éclat des flashs qui crépitent tout autour de moi, et des étoiles se mettent à danser devant mes yeux.

— Ne gaspillez pas vos pellicules, messieurs, ordonne Bernie. Elle n'a aucun intérêt pour vous.

Je suis partagée entre le soulagement de voir les photographes se détourner de moi et l'impression désagréable que me laissent les mots « aucun intérêt ». Encore un rappel du fait que je ne suis pas vraiment à ma place. Bernie arrête un taxi tandis que Patricia fait ses adieux à son nouvel ami, en s'enroulant autour de lui comme un boa constrictor. Caitlin s'appuie contre moi, et, bien qu'il fasse très doux, je sens son corps trembler. Après avoir arraché le jeune homme des griffes de Patricia, nous nous entassons tous les quatre dans la voiture. Assise sur les genoux de Bernie, Caitlin est plus agitée que jamais. Les joues rouges, l'air fiévreux, elle semble incapable de cesser un seul instant de parler et passe tout le trajet à trépigner.

Nous arrivons dans un quartier très différent des précédents. Mes comparses s'extraient de la voiture et je les rejoins, non sans avoir pris le temps d'inspecter les alentours. Cet endroit n'a vraiment rien à voir avec tous ceux où m'a conduite Caitlin jusqu'à présent. La rue est étroite et lugubre. De grands immeubles nous surplombent, projetant sur nous leur ombre menaçante. Je remarque plusieurs fenêtres murées, et il n'y a personne d'autre que nous quatre à la ronde.

— Vous êtes sûrs que c'est ici ? je murmure, redoutant de déranger les ombres de la nuit.

— Oh oui, c'est bien ici, répond Caitlin d'une voix un peu triste. Venez, dit-elle en se dirigeant vers l'un des énormes immeubles.

Une fois devant le bâtiment, j'aperçois un escalier de fer noir qui semble mener à un sous-sol. Mes compagnons de soirée descendent les marches quatre à quatre, puis s'arrêtent devant une porte verte. Je jette des coups d'œil nerveux par-dessus mon épaule. Je ne suis plus sûre de comprendre ce qui se passe. Cette rue sinistre ne s'accorde pas du tout avec Caitlin, Bernie et Patricia, qui ont l'air aussi incongrus que des perroquets, dans leurs beaux atours, leur cape de privilèges drapée autour des épaules. Je réalise que, ce soir, je suis l'une d'entre eux. L'or brodé sur ma robe scintille sous la lumière terne du réverbère, et moi seule sais qu'elle ne m'appartient pas vraiment : je ne fais que jouer un rôle, je ne suis qu'une simple dorure, pas de l'or pur.

Caitlin fait sonner la cloche suspendue à côté de la porte. Celle-ci s'ouvre peu après, révélant une grande femme noire moulée dans une robe de soirée. Ses yeux ambrés pétillent et un demi-sourire se dessine sur son visage.

— Eh bien, eh bien, mais on dirait *lady* Cardew !

Je crois percevoir un peu de sarcasme dans ses paroles.

— Bonjour, Al, répond Caitlin. Ça faisait longtemps.

— C'est bien vrai, acquiesce Al.

Chacune de leurs phrases semble lourde de sous-entendus auxquels je ne comprends rien.

— Prends pitié de nous, Al, s'écrie Bernie en se jetant à ses pieds. Nous ne sommes que de pauvres créatures qui cherchent à se divertir.

— Vraiment ? dit Al en nous dévisageant un à un de ses yeux incroyables, qui finissent par se poser sur moi. Je vais tâcher de vous venir en aide.

Elle ouvre la porte plus grand et nous invite à entrer.

Bernie franchit le seuil, suivi par Patricia. Caitlin et moi restons sur le pas de la porte.

— Al, déclare Caitlin, voici mon amie Lou.

— Al et Lou… on dirait un couple de gentlemen, tu ne trouves pas ? (Elle me fait un sourire qui plisse un peu son nez. Elle me plaît tout de suite beaucoup.) Alors, vous venez ?

Caitlin hoche la tête puis prend une profonde inspiration, comme si elle se préparait à affronter un grand péril. Nous entrons. La pièce dans laquelle nous pénétrons est presque vide. Sombre et humide, elle est seulement garnie de quelques meubles défraîchis. Une théière et des tasses sont posées sur une petite table flanquée de deux chaises. Un vieux rideau rouge élimé pend au coin d'un mur. Je ne vois pas Bernie et Patricia, si bien que je me demande un instant s'ils n'ont pas purement et simplement disparu, et si cette nuit n'est pas aussi irréelle qu'elle y paraît.

— Tu te souviens du chemin ? demande Al à Caitlin.

Caitlin repousse le rideau rouge, faisant apparaître une porte. Elle l'ouvre, et des notes de musique montent vers nous depuis une volée de marches en contrebas.

— En avant, Lou, droit dans le terrier du lapin ! me lance Caitlin, avant de s'engager dans l'escalier.

Je suis d'abord frappée par la vague de chaleur et de bruit qui nous submerge au moment de pénétrer dans cette nouvelle pièce. On croirait entrer dans une salle des machines tant l'air y est épais, humide et dense. La chaleur est étouffante, mais c'est surtout la musique qui me foudroie aussitôt. Elle est à la fois stupéfiante et familière.

Bien que la salle ne soit pas très grande, cinquante personnes au moins se pressent à l'intérieur. La foule est beaucoup plus éclectique que celle du précédent club. Je vois bien quelques personnes visiblement fortunées, mais la plupart des gens ne portent pas de bijoux, ni de robes de chez Mrs Carradice. Tous les milieux semblent rassemblés ici pour écouter la musique qui emplit l'espace. Ils composent une mosaïque à l'image de la vie urbaine, à mille lieues de mon univers à Penlyn. Une brume de fumée flotte dans la lumière tamisée de la pièce éclairée par des bougies plantées dans de vieilles bouteilles de whisky.

Il n'y a presque personne sur les sièges alignés le long des murs, autour de petites tables. Tout le monde danse et s'offre à la musique.

Je découvre avec stupéfaction la scène sur laquelle se tiennent les musiciens.

— Pourquoi tu ne m'as pas dit que… ?

Je m'interromps en voyant Caitlin figée, pâle et tremblante. Son regard est rivé sur les musiciens. Ou, plus précisément, sur l'un d'entre eux.

L'homme qui chante en jouant du piano lève la tête et nos regards se croisent. C'est Lucky. Il me fait un grand sourire, mais son expression change du tout au tout lorsqu'il aperçoit Caitlin. Ils s'observent fixement, et même s'il ne fait pas une seule fausse note, on dirait que les mains de Lucky se sont mises à jouer de manière mécanique. La pièce s'est comme vidée de son air tandis que Caitlin et Lucky ne se quittent pas des yeux. Je comprends tout à coup qui j'ai entendu parler dans l'alcôve du verger, pendant la fête. Enfin, Lucky détourne le regard et continue de jouer comme si de rien n'était.

Caitlin, en revanche, semble sur le point de s'évanouir.

— Viens, je m'empresse de proposer tout en l'entraînant vers un siège, sur lequel je l'aide à s'asseoir avec mille précautions.

Elle s'y effondre, hagarde, et je ne sais que faire. Enfin, elle se tourne vers moi, toujours blafarde mais maîtresse d'elle-même.

— Bon. Je l'ai vu. J'ai fait le plus dur.

— Lucky…, dis-je, sans chercher à faire comme si je ne comprenais pas de qui elle veut parler.

Je suis sous le choc. Je connais assez bien le monde dans lequel évolue Caitlin pour savoir que la condition sociale de Lucky suffit à empêcher toute relation entre eux, mais la couleur de sa peau constitue bien sûr une barrière plus infranchissable encore. Dans cet univers régi par les apparences, où Caitlin doit s'assurer de manière obsessionnelle que chaque détail de sa vie sera approuvé par une cohorte d'inconnus, c'est impensable.

— Son vrai nom, c'est Freddy, dit-elle doucement. Mais tout le monde l'appelle Lucky. C'est un surnom stupide, ajoute-t-elle avec un rire sans joie. Ça n'a aucun sens. Il n'est pas du tout chanceux. Il ne peut jamais parier d'argent : il perd à tous les coups, tout le monde le sait.

Elle semble divaguer, ses mains tripotent les franges de sa robe.

— Quand est-ce que vous vous êtes vus pour la dernière fois ? Pendant la fête à la maison des Cornouailles ?

— Oui, répond Caitlin d'une voix éteinte. Il y a cinq semaines et quatre jours. Je pourrais même te dire le nombre d'heures.

À ces mots, elle fait à nouveau retentir ce petit ricanement sec, creux, qui n'a rien de commun avec l'exubérance de ses éclats de rire habituels. Je comprends maintenant pourquoi elle semblait s'étioler chaque jour un peu plus, ces derniers temps.

— Qu'est-ce qu'il s'est passé ? je demande, mais une ombre recouvre la table avant que Caitlin ait pu me répondre.

— J'ai pensé que tu pourrais avoir besoin de ça, lance Al qui tend à Caitlin un plein verre de whisky.

— Merci, répond-elle avant de boire une grande gorgée d'alcool. Tu ferais bien d'apporter toute la bouteille.

Al semble hésiter, alors Caitlin plonge une main dans son sac et en sort une liasse de billets.

— *S'il te plaît*, ajoute-t-elle en lui tendant l'argent.

Al serre les lèvres, hoche la tête, puis nous quitte pour rejoindre quelqu'un qui vient de l'appeler.

Caitlin ferme les yeux. Elle a repris des couleurs et elle s'agrippe à son verre de whisky comme à une bouée de sauvetage. Quand la musique s'arrête, je la sens se raidir.

Lucky se lève. Le silence se fait aussitôt dans la pièce.

— Nous allons faire dix minutes de pause, dit-il, au grand désarroi de la foule qui manifeste sa désapprobation. Pas d'inquiétude, poursuit-il, les mains levées en signe de reddition. Nous serons vite de retour.

Il sourit, charismatique et sûr de lui. Alors que les musiciens quittent la scène, chacun vient leur donner des tapes dans le dos et leur tendre des verres.

Caitlin se cramponne à mon bras.

— Oooh ! gémit-elle. Est-ce qu'il vient vers nous ? Je ne peux même pas regarder.

Elle pivote vers moi, faisant son possible pour tourner le dos à la scène.

— Il est en train de faire un réglage sur le piano, je chuchote, tentant de l'observer sans paraître suspecte.

— Oh, mon Dieu ! gémit Caitlin, le nez plongé dans son verre. Pourquoi je suis venue ici ? C'est une vraie torture.

— Je crois qu'il vient nous voir.

— Tu es sûre ?

— Oui, il marche dans notre direction.

La tension est insoutenable. Mon propre cœur tambourine si fort que je ne peux même pas imaginer ce que doit ressentir Caitlin.

— Éclate de rire ! m'ordonne-t-elle. Fais comme si je venais de dire quelque chose d'irrésistible !

Je m'exécute, et retentit alors ce qui est sans aucun doute le plus faux de tous les rires fabriqués de l'histoire. J'ai à peine le temps de constater combien ma performance horrifie Caitlin avant que Lucky se dresse devant nous.

— Bonsoir, me lance-t-il avec son sourire charmeur qui creuse une fossette sur sa joue droite.

— Bonsoir, je bredouille.

Il ne parle pas à Caitlin, et elle ne lui parle pas davantage. Je n'avais encore jamais entendu deux personnes s'ignorer si bruyamment.

— Tu t'appelles Louise, c'est bien ça ?

Il a beau s'adresser à moi, j'ai l'impression de m'immiscer dans une conversation intime. Caitlin est figée à côté de moi, les yeux fixés sur un point indéfini à l'autre bout de la pièce.

— Oui, je réponds bêtement. (J'ai la sensation d'être coincée dans un cauchemar et je me débats pour trouver quoi dire.) Comme la chanson, j'ajoute dans une tentative désespérée de paraître détendue.

— Comme la chanson, répète-t-il. C'est vrai. Mais d'ailleurs, ne t'avais-je pas promis de te la chanter ?

Notre discussion lors de la fête me revient en mémoire. Je m'étais dit que nous étions tous deux des étrangers, autorisés seulement à jeter un œil sur ce monde doré. Je ne mesurais pas alors à quel point j'avais raison.

— Qu'est-ce qui t'amène à Londres ? demande-t-il. Je croyais me souvenir que tu ne quitterais cette maison des Cornouailles pour rien au monde.

— Disons qu'il y a parfois des opportunités à ne pas laisser passer, dis-je avec une légèreté que je suis loin de ressentir.

— Tu as sans doute raison, répond-il avec un demi-sourire. Bon... je dois y aller, ajoute-t-il avec un geste en direction de la scène.

— Oui, oui, bien sûr ! je m'empresse de répondre.

Je sens la pression s'accumuler, alourdir l'atmosphère qui nous entoure.

— Ç'a été un plaisir de te revoir, Louise.

Il regarde alors Caitlin, mais celle-ci a les yeux perdus au fond de son verre, l'air plus misérable que jamais.

Lucky se glisse parmi la foule jusqu'à la scène, où il est bientôt rejoint par les autres musiciens. Ils échangent quelques mots, puis Lucky s'installe au piano. Le silence se fait aussitôt. La pièce est saturée par l'attente, par ce frisson qui saisit le public lorsque les musiciens s'éclaircissent la gorge, attrapent leurs instruments, frôlent les clés et les touches du bout des doigts.

— OK, tout le monde, dit Lucky, celle-ci est une chanson spéciale, dédiée à la charmante jeune femme assise juste là-bas.

(Il fait un geste dans notre direction, et Caitlin se redresse brusquement.) À notre nouvelle amie, Louise, conclut-il.

Je reconnais la mélodie dès les premières notes, avant même que Lucky commence à chanter de sa voix profonde et chaude.

« *Every little breeze seems to whisper Louise,*
Birds in the trees seem to twitter Louise
Each little rose tells me it knows
I love you, love you. »

Caitlin laisse échapper un soupir, et peut-être que moi aussi. Il a une voix de velours. J'observe mon amie. Cette chanson a beau évoquer mon prénom, il ne fait aucun doute que c'est à Caitlin qu'elle est destinée. Quelqu'un pose sur la table une bouteille de whisky et deux verres à la propreté douteuse. Caitlin en remplit un, et le liquide couleur miel clapote contre les parois.

Nous sommes rejoints par Bernie et Patricia. Bernie me regarde un instant, puis regarde Caitlin.

— Ils jouent ta chanson, ma chérie ! me dit-il. Pourquoi tu n'en profiterais pas pour aller danser avec Patricia ?

— Je ne sais pas si…

— File, file. Je me charge de tenir compagnie à Caitlin. Histoire de m'assurer qu'elle ne vide pas la bouteille entière.

À ces mots, il se sert un plein verre de whisky.

— Bernie ! s'exclame Caitlin, qui n'avait pas encore remarqué sa présence. Te voilà enfin ! Tu me délaisses, affreux personnage.

— Tu as raison, répond-il en époussetant les manches de son costume impeccable. Mais je suis ici pour me rattraper. Je viens d'inciter Lou à aller danser un peu.

— Mais oui, mais oui ! s'écrie Caitlin en me poussant l'épaule. Va danser !

Je me lève et Patricia m'entraîne aussitôt vers la piste. J'essaie de me laisser porter par la musique, mais alors que je devrais me sentir dans mon élément, cachée au milieu de la foule, je ne parviens pas à en profiter. Quand je ferme les yeux m'apparaît le visage de Lucky lorsqu'il regardait Caitlin.

Le groupe joue encore une trentaine de minutes. Il est plus de deux heures du matin et la foule est de moins en moins dense. Quand Patricia et moi rejoignons Caitlin et Bernie, nous sommes presque seuls dans le club. La bouteille de whisky est quasi vide, comme Patricia le constate avec un soupir.

— Je vais devoir le ramener chez lui, dit-elle en regardant Bernie qui tangue. On ne peut plus rien en faire quand il est dans cet état. Tu sauras te débrouiller avec Caitlin ?

— Oh oui, je devrais m'en sortir…

En vérité, je n'en suis pas si sûre. Je ne sais pas où nous sommes ni où nous allons, et je ne pense pas que Caitlin me sera d'un grand secours : elle est affalée sur la table, la tête sur les bras.

— Al va vous commander un taxi, ne t'en fais pas, dit Patricia en saisissant Bernie par le poignet pour l'aider à se lever. En route, mon chéri, chantonne-t-elle, je te ramène chez toi.

— Chez moi ? répète-t-il. Quelle bonne idée ! Excellent. Excellent.

— C'est ça, soupire Patricia. Je ne peux pas croire que c'est toi que je vais mettre au lit ce soir, vieil ivrogne.

— Est-ce qu'on abandonne la petite Lou ? demande-t-il alors, en me lançant un regard de chien battu. Petite Lou. Mon petit bouton de rose.

Il me serre contre sa poitrine. Je pourrais me saouler rien qu'en reniflant les vapeurs d'alcool qui se dégagent de son haleine.

— Bonne nuit, Bernie, dis-je en lui tapotant le bras. J'espère que tu ne te sentiras pas trop mal demain matin. On se voit à la fête vendredi.

— La fête, répète Bernie. Vendredi. Oh, les masques ! ajoute-t-il avec un sourire malicieux. Les gens se comportent si mal quand ils portent un masque. Même si on n'a pas vraiment besoin de ça, pour être honnête.

Patricia le tire par la manche et ils s'engagent dans l'escalier d'un pas mal assuré.

Je me retourne pour évaluer la situation. Caitlin est toujours affalée sur la table. Et je suis toute seule.

CHAPITRE 17

— Caitlin, je murmure en lui secouant le bras.

Elle lève vers moi des yeux vitreux, puis m'adresse un grand sourire de sa bouche maculée de rouge à lèvres.

— Lou ! Lou !

— Oui, c'est moi. Il est temps de rentrer.

— Rentrer ? Ah non !

Autant chercher à raisonner les triplés.

— Tout le monde est déjà parti. Les musiciens ont arrêté de jouer. C'est l'heure de s'en aller.

— Non, non, non. On va aller ailleurs, bredouille-t-elle. Ailleurs, au…

Incapable de terminer sa phrase, elle laisse retomber sa tête contre la table.

Je repère Al debout sur la scène, en train de discuter avec le contrebassiste. Je lui fais un signe désespéré. Prise de pitié, elle vient à mon secours.

— Oh, oh, dit-elle lorsque ses yeux se posent sur Caitlin. Quand elle m'a demandé la bouteille, je n'imaginais pas qu'elle la boirait toute seule.

— Bernie lui a donné un bon coup de main… Patricia a dit que vous pourriez m'aider à commander un taxi pour rentrer.

— Bien sûr, répond Al qui repousse une mèche de cheveux du front de Caitlin. On va vous aider, ne t'en fais pas.

— Je vous raccompagne, lance une voix.

Je lève les yeux. Lucky se tient debout devant nous.

— Oh, non ! je bafouille, décontenancée. Ne t'embête pas, je ne veux pas créer d'ennuis...

— Des ennuis, on dirait bien que ton amie en a déjà..., répond Lucky.

Sa remarque pourrait passer pour une plaisanterie s'il ne regardait pas Caitlin en serrant autant les lèvres. Sa façon d'insister sur les mots « ton amie » me ferait presque rire. S'imagine-t-il vraiment qu'après cette soirée j'ignore toujours qu'il y a quelque chose entre eux ?

— Elle... elle ne se sent pas très bien, je bredouille, mais le regard que me lance Lucky me fait renoncer à poursuivre.

— Qu'est-ce qui t'a pris de la laisser boire autant ? grogne-t-il à l'intention de Al.

— Je ne suis pas son chaperon.

— Si vous nous trouvez un taxi, nous disparaîtrons sur-le-champ, je lance, déterminée à ramener Caitlin chez elle aussi vite que possible.

— Je t'ai dit que j'allais vous raccompagner, tranche Lucky.

Il se baisse alors vers Caitlin, la prend entre ses bras et la soulève comme si elle ne pesait pas un gramme. Sa tête blonde retombe contre la poitrine de Lucky, puis elle entrouvre les yeux.

— Freddy ? murmure-t-elle.

Elle passe un bras autour de son cou et referme les paupières. Les lèvres de Freddy sont toujours aussi serrées.

— Allons-y, lâche-t-il, avant d'emporter Caitlin dans l'escalier.

Il ne me reste qu'à attraper nos affaires et à me précipiter derrière eux.

— Merci, je souffle à Al au passage.

— Reviens nous voir, me répond-elle, les yeux braqués sur le dos de Lucky.

Une fois dehors, Lucky se dirige vers une voiture toute cabossée, dont la capote est relevée. Elle est si abîmée qu'elle pourrait faire passer Gerald pour une Rolls-Royce. Lucky dépose Caitlin sur le siège passager, puis il m'adresse un petit sourire.

— Elle n'en a pas l'air, mais je t'assure qu'elle roule. Tu veux bien t'asseoir à l'arrière ?

— Bien sûr, je lui réponds en montant à bord. Merci pour tout.

Il se contente de s'installer au volant sans ajouter un mot. Comme annoncé, la voiture démarre tout de suite en ronronnant. Lucky semble savoir où il va, ce qui ne manque pas de me rassurer, moi qui n'en ai pas la moindre idée.

Je me laisse aller contre le dossier de mon siège, l'air frais de la nuit danse dans mes cheveux. Après la chaleur et le bruit qui régnaient dans le club, c'est un vrai réconfort. Les rues sont sombres et désertes, et la lueur trouble des lampadaires floute le décor. J'étouffe un bâillement. Ç'a été une longue soirée. Et elle n'a pas encore touché à sa fin.

Enfin, à mon grand soulagement, je reconnais une rue, et bientôt nous nous garons devant la maison de Caitlin. Je plonge une main dans son sac, d'où je sors la clé. Je monte l'escalier, bataille avec la serrure et ouvre la porte pour laisser Lucky porter Caitlin à l'intérieur. Il l'amène tout de suite à l'étage pendant que je reste un moment immobile, sans trop savoir quoi faire. Fort heureusement, il redescend très vite.

— Elle est dans les vapes, dit-il. Elle va dormir jusqu'à demain matin, et elle ne sera pas au meilleur de sa forme à son réveil.

À l'entendre, je jurerais qu'il a déjà vécu ça. Nous nous faisons face dans le couloir, mal à l'aise.

— Est-ce que tu veux boire un verre ? je propose, pile au moment où il lance « Je ferais mieux d'y aller ».

Nous rions nerveusement.

— S'il te plaît, reste un peu. Juste un petit verre.

Son visage reflète une tristesse insoutenable. Je suis certaine qu'il a besoin de parler avec quelqu'un. Je sais que *moi*, j'en ai besoin.

— Bon, c'est d'accord.

Il me suit jusqu'au salon. Je prends deux verres sur le bar.

— Je ne suis pas sûre qu'il y ait beaucoup de choix, dis-je, m'excusant d'avance. Et je ne sais pas où sont rangées les bouteilles.

Je finis par verser un doigt d'un liquide clair dans les verres, puis je lui en tends un.

— Merci, dit-il.

Nous nous asseyons face à face. Aucun de nous ne touche à sa boisson.

— Alors…, je me lance enfin, Caitlin m'a dit que vous ne vous étiez pas vus depuis longtemps.

Je vois la mâchoire de Lucky se contracter.

— C'est vrai, répond-il, les yeux perdus dans la contemplation de son verre. Est-ce qu'elle… t'a tout raconté ?

— Pas vraiment…

Je trempe les lèvres dans l'alcool… et le regrette aussitôt : ma gorge semble prendre feu.

— Je crois qu'elle est très préoccupée, je poursuis d'une voix rauque. Depuis que nous sommes arrivées à Londres, elle est plus agitée que jamais.

— Ça, je n'en suis pas le seul responsable, grimace Lucky.

— Ah oui ?

Ses yeux sombres posent sur moi un regard indéchiffrable.

— Londres n'est pas un endroit bénéfique pour elle. Elle y a beaucoup de… mauvais souvenirs.

— Oh… Je pensais que c'était à cause…

— À cause de moi ? m'interrompt Lucky avant de secouer la tête en silence. Elle a bien d'autres problèmes. D'ailleurs, j'ai d'abord pensé que je pourrais l'aider à les affronter. (Il laisse échapper un petit rire amer.) J'ai bien peur de n'avoir fait qu'empirer les choses.

Je reste songeuse. Si Lucky n'est pas la cause de la tristesse de Caitlin, alors je n'y comprends plus rien.

— Mais tout de même, j'ose avancer, c'est elle qui a décidé d'aller chez Al pour te voir.

— Va savoir pourquoi, dit Lucky qui prend sa tête entre ses mains. Nous avons rompu il y a six semaines. Il le fallait ; nous ne pouvions vivre notre histoire qu'en secret, ça n'allait nulle part. Nous… nous nous aimions, je crois, mais ça n'allait nulle part, répète-t-il tristement.

Je suis au bord des larmes, je ne sais pas du tout quoi dire.

— Je lui ai proposé de partir, lance-t-il soudain, une lueur de défi dans le regard. Je lui ai demandé de tout quitter et de partir avec moi, cette nuit-là, juste avant de te rencontrer. Si nous avions pu laisser derrière nous cet endroit, ces gens… (Il frotte sa mâchoire.) Ils ont beau se croire très modernes, ils demeurent les esclaves de la tradition et de leurs préjugés. Ils ont un monde à préserver, et les gens comme nous n'y ont pas leur place. Je n'ai rien à faire avec une fille comme Caitlin, du moins pas à leurs yeux. (Il se laisse tomber dans le canapé, désormais incapable de contenir son indignation.) Pourquoi abandonnerait-elle tout ça pour moi ? Personne ne renonce à cette vie-là de son plein gré. (Il dépose le verre à ses pieds.) Même si ça doit vous tuer, conclut-il à voix basse.

Je tremble de tout mon corps. Les mots de Lucky dansent dans ma tête. « Les gens comme nous ». Il a raison, moi non plus je n'ai rien à faire là. On m'a juste offert une entrée gratuite pour l'été. Et même si tout est bien sûr beaucoup plus simple pour moi que pour lui – ma couleur de peau est un privilège auquel je n'avais jamais prêté attention jusqu'alors –, nous sommes tous deux des intrus dans l'univers des Cardew.

— Je me fais du souci pour elle, dis-je d'une petite voix.

— Et tu as bien raison, se contente-t-il de répondre.

Un silence épais remplit la pièce. J'essaie de repenser à tout ce qu'il a dit, de visualiser tout ce à quoi j'ai assisté ce soir pour tenter d'y voir clair. Mais quelque chose cloche. Lucky et Caitlin ne sont pas les héros d'un de mes romans. Ils sont vivants, pleins de contradictions… ils sont réels.

— Elle est en train de se consumer, reprend Lucky. Ça a commencé à la mort de son père. Bientôt, il ne restera rien d'elle. Rien que des os et de la cendre.

Il soupire et se frotte le visage des deux mains. Enfin, il se lève.

— Ç'a été un plaisir de te voir ce soir, Louise, dit-il en me tendant une main. Prends soin de toi… et de ton amie.

Ces mots à nouveau, qui semblent former un rempart autour de son cœur et le protéger de la fille qu'il aime tant.

Nous nous serrons la main comme pour conclure un pacte, ce qui est peut-être bien le cas. Il presse un instant mes doigts entre les siens et me jette un regard qui me brise le cœur.

— Peut-être que nous aurons l'occasion de nous revoir, ajoute-t-il avec un sourire radieux, dissimulant ses émotions profondes dans quelque lieu secret.

Puis il quitte la pièce en sifflotant. Lorsqu'il ouvre la porte d'entrée, je l'entends chantonner une dernière fois : « *Every little breeze seems to whisper Louise…* »

Je reste assise quelques minutes, à me remémorer notre conversation. Enfin, je me traîne jusqu'à mon lit pour n'en émerger qu'autour de midi. Dans le salon, je retrouve une Caitlin incroyablement pâle, recroquevillée sur le canapé dans un peignoir de soie couvert de broderies délicates.

— On a passé une sacrée soirée, pas vrai ? dit-elle avec un faible sourire.

— Tu l'as dit, je réponds en prenant place dans un fauteuil. Comment te sens-tu ?

— Ça devrait aller, grimace-t-elle.

— Et à propos de…

— Freddy ? m'interrompt-elle dans un soupir.

Je secoue tristement la tête et elle fait à nouveau l'un de ces demi-sourires qui n'illuminent pas son visage.

— C'est fini, lâche-t-elle en jouant avec la ceinture de son peignoir. C'est idiot de dire ça, puisque c'était déjà fini avant, ajoute-t-elle avec un rire sans joie. Mais il fallait quand même que j'y aille, que je le voie. J'avais imaginé que ça pourrait rendre les choses plus faciles, qu'il me suffirait de le voir pour m'assurer que je n'étais plus…

— Amoureuse ? je finis avec douceur.

Elle hoche la tête, les larmes aux yeux, et nous nous taisons quelques instants.

— C'était une idée stupide. D'aller là-bas, de le revoir. Rien n'a changé. Rien ne *peut* changer entre nous. J'aimerais qu'il en aille autrement, mais ce n'est pas comme ça que marche le monde dans lequel nous vivons. Dans les Cornouailles, c'est plus facile de faire comme si j'étais quelqu'un d'autre. Mais une fois revenue ici, je n'ai pas pu résister.

— Il m'a dit qu'il t'avait demandé de partir avec lui, j'ose lui confier.

— Ah oui ? murmure-t-elle. Oui, je crois bien qu'il a fait ça. Mais comment aurais-je pu ? (Elle braque sur moi des yeux gonflés de tristesse.) Comment pourrais-je quitter le seul monde que je connaisse et cesser d'être Caitlin Cardew ? Comment pourrais-je abandonner Robert ? Imagine le scandale. (Elle pousse un profond soupir, puis se redresse un peu, ses yeux brûlant soudain d'un feu intense.) J'ai fini par comprendre que ça n'est pas possible. Je ne peux pas continuer à vivre dans le passé. Je dois reprendre ma vie en main, rencontrer quelqu'un, peut-être me marier, m'installer.

— Te marier ?! je m'exclame, sous le choc. Mais de quoi est-ce que tu parles ? Te marier avec qui ?

— Oh, je n'en sais rien. Quelqu'un de convenable. Peut-être un homme qui m'emmènera loin d'ici, pour que je puisse prendre un nouveau départ.

— Tu ne peux pas faire ça ! Comment pourrais-tu faire une chose pareille en sachant ce que tu ressens pour Lucky ? Comment pourrais-tu juste… ? je répète, horrifiée.

Caitlin s'approche de moi et me saisit la main.

— Tu ne dois en parler à personne, dit-elle. Tu dois garder le secret. Robert n'est au courant de rien. Il ne supporterait pas un tel scandale, et moi non plus, pas après tout ce qu'il a fait pour moi. Je t'en prie, promets-moi que tu ne diras rien.

— Bien sûr que je te le promets ! je m'exclame, impressionnée par l'intensité de son regard.

Caitlin se rassoit et reste silencieuse un instant, les yeux clos.

— Il m'a laissé un mot, tu sais, lance-t-elle soudain. Freddy. La nuit dernière. Je l'ai trouvé ce matin.

— Qu'est-ce qu'il disait ?

— Il disait au revoir.

Elle ouvre les yeux et pose sur moi un regard apaisé.

— Maintenant, ajoute-t-elle, pour l'amour de Dieu, rentrons à la maison.

CHAPITRE 18

Voilà quatre jours que je suis rentrée chez moi. Aujourd'hui, j'ai dix-huit ans. J'ai été réveillée par le soleil qui s'est faufilé à travers la fenêtre au-dessus de mon lit. Caressée par mes draps de coton blanc, j'observe un drôle de nuage glisser sur ce petit carré de ciel bleu. *Dix-huit ans.* Cela semble si étrange. Et je me sens tellement plus vieille que la semaine passée. Depuis notre retour de Londres, j'ai à peine croisé Caitlin, mais lorsque c'est arrivé, je n'ai cessé de poser sur elle un regard soucieux, à l'affût du moindre signe de tristesse. Elle a remis son masque en place et ne laisse rien paraître, se montrant même plus vive et joyeuse. Robert s'est absenté à nouveau, et je n'ai donc pas eu l'occasion de lui parler… et puis de toute façon je ne saurais pas vraiment quoi lui dire. Les autres n'ont pas l'air d'avoir remarqué quoi que ce soit d'anormal. Caitlin est très occupée par les préparatifs de la fête, et lorsque je lui ai proposé de faire une pause, elle m'a bien fait comprendre que s'affairer était ce dont elle avait besoin pour le moment. Je ne parviens pas à savoir si la rencontre avec Lucky a amélioré les choses, ou les a au contraire empirées. Elle est fidèle à elle-même, mais je ne sais pas quelle conclusion en tirer. Je réalise que j'ai beau me sentir proche de Caitlin, il me reste beaucoup à apprendre sur son compte.

La fête de ce soir est comme un phare vers lequel convergent toutes nos pensées. Je n'arrive pas à croire que c'est réellement sur le point d'arriver. Une fête, en mon honneur, dans la Cardew House. Une fête pour célébrer la fin de l'été. Tout comme Caitlin, je fais mon possible pour ne penser qu'à ça et mettre de côté tout ce qui adviendra ensuite.

Je bouillonne à l'idée de la journée qui m'attend : un déjeuner d'anniversaire en famille avant la grande fête de ce soir. Je ne suis pas allée là-bas depuis deux jours. Caitlin me l'a strictement défendu, afin que je ne puisse pas voir les préparatifs et gâcher la surprise. Je m'étire et remue les orteils pour tester mon nouveau corps de dix-huit ans.

— Joyeux anniversaire…

La chanson s'élève, accompagnée d'éclats de rire et de bruits de pas précipités. Je me redresse et remonte mes genoux contre ma poitrine au moment où la porte s'ouvre à la volée. Les triplés se ruent dans la pièce en chantant à tue-tête, puis se jettent sur mon lit avant de s'enfouir sous les couvertures telle une portée de chiots déchaînés. Tom les suit, le front plissé, concentré sur le gâteau couvert de bougies allumées qu'il porte sur un plateau (il ne chante pas, car, comme il le soulignera plus tard, il doit déjà se démener pour que le gâteau ne mette pas le feu à la maison. Et puis, selon lui, ce n'est quand même pas sa faute si je suis aussi vieille et qu'il faille prévoir assez de bougies pour provoquer un incendie). Vient ensuite Freya, l'air encore plus jeune et fragile que d'habitude, toujours en pyjama, les bras chargés de paquets recouverts de papier brun et de rubans rouges. Enfin, Pa fait son entrée, un énorme cadeau entre les mains, suivi de Mouche, qui porte le bébé. La voix de Pa est grave et mélodieuse, celle de Mouche ténue et aiguë, mais j'adore les entendre chanter à l'unisson.

La pièce est petite, bien trop pour neuf personnes, pourtant nous parvenons à nous y serrer tant bien que mal. Lorsque la chanson s'achève, j'applaudis à tout rompre avant de souffler mes bougies. Tom pose le gâteau sur la commode, puis se laisse tomber sur une chaise en poussant un soupir de soulagement.

— Merci beaucoup, quelle famille de musiciens ! je m'exclame.

Freya me jette les cadeaux dessus et va s'asseoir sur le lit d'Alice où sont déjà installés Pa et Mouche.

J'ouvre les paquets : des bonbons de la part des triplés et d'Anthea, un recueil de poésie de la part de Freya, des rubans et une belle bille verte de la part de Tom.

Le cadeau de Pa et Mouche est énorme et il pèse une tonne. Je retire délicatement l'emballage de papier brun, avec une lenteur qui fait grogner d'impatience Tom et Freya. Enfin, je découvre une mallette noire et rigide. Lorsque j'ouvre le loquet doré apparaît une magnifique machine à écrire étincelante. Une feuille de papier y est déjà insérée, sur laquelle sont inscrits ces mots dans une encre d'un noir profond :

POUR LA PROCHAINE AVENTURE

— Oh ! je souffle.

Dans ma poitrine, mon cœur bat à tout rompre. Je me tourne vers Pa, dont les yeux scintillent.

— Du matériel de qualité pour une écrivaine de qualité, dit-il.

Ces quelques mots sont un cadeau de plus, que je prends le temps de savourer. Je relis le message inscrit sur la feuille. Je ressens soudain de la tristesse, un frisson d'anxiété. *La prochaine aventure.* A priori, mon aventure actuelle touche à sa fin. J'ai bien du mal à imaginer comment le retour à ma vie normale pourrait m'apporter autre chose que de la déception. Au moins, je pourrai écrire, et c'est peut-être ce que représente cette machine à écrire : l'écriture comme une évasion, une aventure en soi. Je n'ai plus qu'à espérer que ce soit suffisant.

Je me lève pour les serrer contre mon cœur.

— Merci ! Merci ! J'adore tous mes cadeaux !

Je ne résiste pas à l'envie de tapoter les touches de la machine, en songeant à tous les mots qu'elle m'aidera à capturer.

— Bon, il faut que je retourne préparer le déjeuner, dit Mouche. Et toi, tu ferais bien de t'habiller. Tes invités ne devraient plus tarder.

Tout le monde sort de la chambre. J'enfile en fredonnant l'une des tenues que Caitlin m'a achetées à Londres, chez Mrs Carradice. C'est une robe légère, couleur crème, avec des violettes brodées autour de l'encolure et sur le revers. Dedans, je me sens jolie.

Après m'être pomponnée un moment, j'admire à nouveau mes cadeaux, puis je dépose la machine à écrire sur ma coiffeuse. Elle semble tout à coup énorme et (je dois l'admettre) un peu intimidante. Je décide de l'appeler Gladys, ce qui me la rend sur-le-champ beaucoup plus amicale.

— À plus tard, Gladys, je lance avant de m'engager dans l'escalier.

Un véritable vacarme retentit dans la cuisine où Mouche est en train de préparer un festin composé de tous mes plats favoris, comme elle me l'a promis. Quoi de mieux pour un anniversaire ?

Après avoir frappé à la porte, Alice et Jack font leur entrée. Je me précipite pour les accueillir, mais en cours de route je sens mon enthousiasme vaciller. Je n'ai pas vu Alice depuis si longtemps, et il s'est passé tant de choses dans l'intervalle... Je remarque de la surprise dans son regard au moment où elle m'aperçoit dans ma nouvelle robe.

— Joyeux anniversaire, ma petite belle-sœur ! dit Jack, qui ne se rend compte de rien et m'écrase contre sa poitrine.

— Ne la froisse pas, Jack ! s'écrie Alice avec une joie qui me semble sonner un peu faux. Regardez-moi cette robe ! Tu es devenue trop chic pour nous, Lou.

Elle fait alors un petit geste de la main, et je ne peux que remarquer qu'elle cherche à cacher la manche de sa propre robe. C'est un simple réflexe de sa part, puisque je sais très bien que la robe est rapiécée à cet endroit. C'est moi qui l'ai déchirée quand je la lui ai empruntée l'année dernière.

— On me l'a offerte, lui dis-je, gênée. Tu pourras la porter quand tu veux, j'ajoute aussitôt, ce qui me semble étrange sans que je puisse me l'expliquer, alors qu'Alice et moi nous sommes toujours tout prêté.

Alice fait un effort pour me venir en aide.

— C'est pour ça que tu es ma sœur préférée, lance-t-elle avec un sourire franc qui lui redonne son apparence habituelle.

— Je vous *entends*, vous savez, dit Freya, qui est assise sur l'une des chaises de la cuisine.

— Comment aurais-je pu le deviner ? Tu n'as pas pris la peine de lever le nez de ton livre pour nous dire bonjour, dit Alice avec un petit sourire.

— Les enfants, les enfants, intervient Mouche. Si vous avez l'intention de vous chamailler, allez donc le faire dans le salon.

— D'abord, déclare Alice, une couronne d'anniversaire pour la star du jour.

Elle se rue dehors et revient quelques instants plus tard avec une couronne de pâquerettes. Elle la dépose sur ma tête, et je crois bien que ses doigts tremblent un peu. Elle se tient si près de moi que je peux sentir son odeur familière. Je veux la prendre dans mes bras et rire avec elle et lui raconter tout ce qui m'est arrivé pendant ces dernières semaines, mais nous sommes, pour d'obscures raisons, si raides et polies l'une envers l'autre que rien de tout ça n'est possible.

Freya nous observe, la tête penchée sur le côté comme un petit oiseau. Elle a les yeux plissés et l'air pensif.

— Très joli, lance Mouche qui, par chance, ne semble pas remarquer notre malaise. Maintenant, filez, ne restez pas dans mes pattes !

Tante Cath et oncle Albie arrivent alors, suivis de près par tante Irene. Nous gagnons le salon, et je sens mon cœur s'épanouir à la vue des banderoles et des frises qui recouvrent les murs.

Tante Irene m'offre un paquet de mouchoirs (je crois bien l'entendre marmonner que ça ne va pas tarder à m'être utile). Puis elle s'installe dans un coin avec majesté et ordonne à Tom d'aller lui préparer une tasse de thé bien fort. Tante Cath et oncle Albie se montrent bien plus gais : ils me donnent un nouveau disque de Duke Ellington que j'insiste pour écouter sur-le-champ. Les cris d'indignation de tante Irene ne font qu'ajouter à mon plaisir pendant que nous dansons autour des meubles du salon.

Tandis que Jack et Alice apprennent un pas à tante Cath et qu'oncle Albie me fait tournoyer, je remarque deux nouveaux invités qui nous observent depuis la porte du salon.

Robert et Caitlin.

— Qu'est-ce que vous faites là ? je m'exclame.

Tout le monde cesse de danser et se retourne.

— Je les ai invités, bien sûr, dit Mouche en poussant les Cardew à l'intérieur.

— Surprise ! chantonne Caitlin avant de me serrer dans ses bras. Une *bonne* surprise, j'espère ! ajoute-t-elle après s'être reculée pour m'observer.

— Bien sûr que oui !

J'ai beau l'affirmer, je n'en suis pas si certaine. Je sens le regard d'Alice peser sur nous, et l'étrange malaise qui nous unit semble s'épaissir encore davantage.

— C'est juste que je n'imaginais pas vous voir avant ce soir, je bredouille.

— Nous ne pouvons pas rester longtemps, dit Caitlin en agitant un doigt sous mon nez. J'ai encore beaucoup à faire. Mais je ne pouvais pas laisser passer cette occasion de rencontrer ta famille.

— Et je ne pouvais pas résister au plaisir de savourer de nouveau la cuisine de ta mère, lance Robert avant de m'embrasser sur la joue (l'odeur chaude et épicée de son eau de Cologne envahit tous mes sens). Joyeux anniversaire, me dit-il en souriant.

— Merci.

Me voilà intimidée, tout à coup. La pièce semble trop petite pour lui. Il prend trop de place, il se tient trop près de moi. J'ai l'impression que tout mon corps est en train de prendre feu. *Il ne fait pas un peu chaud ?* Fébrile, je m'écarte de lui. Ça doit être parce qu'on ne s'est pas vus depuis longtemps. Il est redevenu l'homme des magazines, ce n'est plus l'insupportable je-sais-tout qui m'asticote sans cesse et essaie de me démasquer quand je triche aux cartes.

— Je te trouve..., commence-t-il avant de s'interrompre, comme s'il cherchait ses mots.

Nous nous regardons droit dans les yeux. *Superbe*, hurle une petite voix dans ma tête. *Il va te dire qu'il te trouve superbe !* Est-ce que c'est ce que j'ai envie de l'entendre dire ? Je me sens désorientée, dépassée. Quand il me regarde de cette manière, j'ai l'impression qu'il me voit, qu'il me voit *vraiment*, pas comme si je me confondais avec le décor, pas comme si je n'étais que l'ombre de quelqu'un d'autre.

— ... vieille, conclut-il enfin.

Il n'aurait jamais pu trouver mieux, car j'éclate de rire, et la pièce semble soudain se remplir d'air. Quelle que soit la nature véritable de ces sentiments vagues et bourdonnants, ils se sont un peu estompés.

— J'essaie de te rattraper, je parviens à dire, tandis que mon rythme cardiaque revient à la normale.

— C'est peut-être grâce à ta vie de débauchée. On m'a dit que Londres était toujours aussi infréquentable.

Je me demande ce qu'il sait exactement. Je ne meurs pas d'envie de penser à notre virée dans la capitale. Je jette un regard à Caitlin, qui est en train de se présenter à tout le monde. Elle est jolie, charmante, gracieuse. Je scrute son visage pour y déceler la trace d'une angoisse cachée, mais je ne trouve rien.

— À propos de Londres, dis-je à Robert, pourquoi m'avoir caché tes talents artistiques ?

— C'était il y a longtemps, répond-il après s'être raclé la gorge.

— Eh bien... tu ne te débrouillais pas si mal.

— Connaissant tes propres capacités, j'apprécie le compliment.

À ces mots, il désigne un tableau accroché au mur. C'est une peinture assez embrouillée et plutôt bancale censée figurer un oiseau noir. Je ferme les yeux et maudis en silence Mouche et la fierté qu'elle ressent devant le moindre de nos essais artistiques, pourtant bien peu convaincants en général. On peut faire confiance à Robert pour repérer ce genre de choses. J'envisage un instant de prétendre n'avoir jamais vu cette horreur jusqu'à aujourd'hui, mais mes efforts seraient vains : mon prénom est noté dans un coin, d'une écriture ronde et enfantine.

— Voilà, *tout à fait*, je choisis de déclarer en me dressant de toute ma hauteur. Mon avis devrait faire autorité. (Je fais mine d'étudier le tableau avec attention.) Bien sûr, je m'inscris plutôt dans la lignée des préimpressionnistes.

— Il m'avait semblé déceler cette influence, en effet, approuve-t-il d'un ton solennel.

Pendant que nous discutions, Caitlin a lancé une véritable offensive de charme. Je remarque qu'Alice se tient en retrait et l'observe avec circonspection.

Je décide de m'occuper moi-même des présentations.

— Lou n'arrête pas de me parler de toi, lance Caitlin.

Sa voix est plus mélodieuse que jamais ; ses voyelles parfaites fendent l'air comme des dagues. Tout semble si défraîchi à côté d'elle que je me demande comment Alice va réagir. Même si elles ont beaucoup de points communs, les voir côte à côte fait surtout ressortir leurs dissemblances. Elles sont toutes les deux très importantes pour moi, mais elles me connaissent chacune d'une manière différente… J'ai du mal à supporter de les voir ensemble ; j'en perds toute confiance en moi.

Alice place une longue mèche de ses cheveux blonds derrière son oreille, un geste qui, je le sais, trahit sa nervosité. Bien que je sois la seule à le déceler. Elle se tient bien droite, grande et somptueuse dans sa robe élimée.

— Ah, vraiment ? En bien, j'espère.

— Bien sûr, je m'empresse d'affirmer, et je réalise aussitôt que je me suis trop précipitée, qu'il aurait mieux valu faire une blague.

Mes mots restent suspendus dans l'air. Caitlin nous regarde l'une et l'autre à tour de rôle, et un pli se creuse entre ses yeux. Alice fixe un point sur le mur, à ma droite.

— Eh bien, je suis contente de te rencontrer, dit Alice d'une traite, comme si ses mots étaient cousus ensemble. Mais je ferais bien d'aller donner un coup de main à Mouche à la cuisine.

— Je t'accompagne, je lance, mais Alice lève une main.

— Ne dis pas de bêtises, Lou. C'est ton anniversaire, tu restes avec tes invités.

Je fais un geste vers elle, mais Alice disparaît.

— Est-ce que tout va bien ? demande Caitlin, d'un ton anxieux. J'espère que nous n'avons pas… J'espère que nous avons bien fait de venir ?

— Bien sûr que oui. Des histoires de sœurs, c'est tout. Le vrai défi, c'est maintenant, j'ajoute à voix basse en conduisant Caitlin vers tante Irene.

Un sourire espiègle illumine le visage de Caitlin alors qu'elle tire un siège pour s'installer à côté de la femme renfrognée, prête à livrer bataille.

Robert semble avoir été réquisitionné par Tom, qui tournicote à travers la pièce en hurlant que la voiture bleue est garée juste devant la maison et que *quelqu'un* lui a promis un tour.

Lorsque Robert revient plus tard avec un Tom échevelé et fou de joie, le déjeuner est prêt. Et quel déjeuner ! Pour accompagner ce festin de tartes et de légumes du jardin, il y a du pain tout chaud, du jambon, du fromage et des tranches de rôti froid, puis pour le dessert trois gâteaux différents et des fraises à la crème.

Il fait à nouveau une chaleur torride, si bien que nous mangeons dans le jardin sur une grande table que Pa a fabriquée avec des planches de bois posées sur des tréteaux. Une paire de draps dépareillés font office de nappe, sur laquelle Freya a disposé quelques bouquets de fleurs dans des bouteilles de lait vides. Nous sommes installés sur l'herbe haute, le regard tourné vers la mer, au milieu des abeilles qui volettent de fleur en fleur avec un bourdonnement paresseux. Pa sort son antique gramophone, et bientôt s'élève le bruit familier de l'aiguille qui craque contre nos vieux disques.

Dans un premier temps, les conversations sont plutôt laborieuses, et je me demande comment les Cardew vont parvenir à trouver leur place. Ils me font l'effet de pièces de puzzle tombées dans la mauvaise boîte. Pourtant, petit à petit, l'atmosphère se détend, et Robert et Caitlin semblent passer un bon moment. Même tante Irene a du mal à dissimuler son plaisir, mais je suis toujours inquiète au sujet d'Alice. Alors que tout le monde bavarde et s'amuse, elle ne dit presque pas un mot. Elle picore dans son assiette, et ne touche même pas aux gâteaux. C'est ce qui achève de me convaincre que quelque chose ne va vraiment pas. Enfin, Caitlin se lève.

— Je vous prie de m'excuser, dit-elle. Je suis vraiment désolée de partir si tôt, mais nous devons nous occuper des préparatifs pour la fête.

Robert se lève à son tour.

— Merci de tout cœur pour cette invitation. Et pour les délicieux petits plats.

— Lou, nous t'attendons pour sept heures ! me crie Caitlin alors qu'ils rejoignent leur voiture. Et surtout, viens les mains vides… nous nous occupons *de tout*.

— Quels sympathiques jeunes gens, déclare tante Cath tandis que la voiture s'éloigne. Pas de grands airs. Tu as de la chance de t'être fait de si charmants amis, Lou.

— Mmmfff, souffle tante Irene. Tout ça va finir avec des larmes, je vous le dis. Mais je dois reconnaître que les journaux semblent avoir plus qu'exagéré leur comportement, concède-t-elle à contrecœur. J'ai passé un bon moment à discuter avec *lady Cardew*, et elle n'a eu que des paroles gentilles pour mon pauvre Art.

Elle sort son mouchoir et nous baissons tous la tête pour nous recueillir comme il se doit.

— Bon, lance Mouche, qui brise le silence en ignorant le regard furieux de tante Irene. Vous avez terminé ? On peut débarrasser ?

Alors que tout le monde commence à s'agiter, Alice me rejoint et me prend le bras.

— Viens voir par là, dit-elle. Il faut que je te parle.

Je la suis en silence. Nous traversons le jardin jusqu'au sentier côtier.

— Voilà, dit-elle une fois que nous sommes assez loin pour que les autres ne puissent pas nous entendre. Installe-toi là, ajoute-t-elle en me faisant asseoir à côté d'elle sur une banquette d'herbe grasse.

— Pourquoi tous ces mystères ?

— J'ai des choses à te dire.

— Je suis très contente, je lâche d'un trait. J'espère que ça ne t'a pas embêtée que Caitlin et Robert soient là. Je ne les avais pas invités, mais on est amis et…

— Mmmmh.

Le son que produit Alice n'est pas définissable et je ne sais pas comment l'interpréter.

— Est-ce que tout… va bien ? je demande. Je suis désolée de ne pas être venue te voir plus souvent ces derniers temps, je…

Alice me fait taire d'un geste de la main.

— Ce n'est pas de ça que je veux te parler, dit-elle d'une voix prudente, incertaine.

— Alors de quoi ? je m'écrie. Ce suspense est insoutenable !

— Je voulais que tu sois la première à le savoir. Ça me semblait logique que ce soit toi. Je ne sais pas comment… (Elle s'arrête et prend une grande inspiration.) Jack et moi… nous allons avoir un bébé.

Sa voix semble aussi fragile que du papier de soie. Je sens la terre s'ouvrir sous mes pieds.

— Fé… félicitations ! je bredouille, hébétée.

— Tu as l'air si étonnée ! dit Alice en souriant. J'étais persuadée que tu avais déjà deviné. Tu remarques toujours tout. J'ai sans cesse la nausée, alors je n'ai pas pu manger de gâteau, et je crois même que ça commence à se voir.

— Je n'avais rien remarqué, dis-je sans savoir quoi ajouter, quoi penser. Je suis juste… Je n'arrive pas à y croire.

Alice fronce les sourcils.

— Bon, inutile de le dire comme ça, lâche-t-elle d'une voix tranchante. Ce n'est quand même pas *si* surprenant. Je suis mariée, tu sais, ce sont des choses qui arrivent.

— Bien sûr que oui ! je m'écrie en lui saisissant la main. C'est juste que ça arrive si vite.

— Pas si vite que ça, lance Alice, qui retire sa main d'un geste vif. Ça fait presque deux mois que nous sommes mariés.

— Tu as raison, tu as raison.

Tout ce que je dis sonne faux. Cette nouvelle change tout. Plus rien ne sera comme avant désormais, du moins pour Alice. Elle va vivre quelque chose de nouveau et de merveilleux, quelque chose qui va l'éloigner de moi encore davantage.

— Je pensais juste que tu prendrais un peu plus de temps, j'ajoute sans conviction.

— Plus de temps ? répète Alice d'un ton qui ne présage rien de bon, et je ferme les yeux. Plus de temps pour quoi, au juste ?

— Pour rien, pour rien. Je ne voulais rien insinuer, c'est juste que je suis surprise. Mais bien sûr je suis contente ; je suis très contente pour toi.

— Plus de temps pour profiter de la vie et être libre comme toi ?

— Non. Évidemment que…

— J'ai une vie, Lou, m'interrompt Alice en se levant, furieuse. Peut-être qu'elle ne ressemble pas beaucoup à celle de tes nouveaux amis si chic, mais c'est la mienne et je l'aime. J'ai un mari et nous allons avoir un bébé. Et toi, qu'est-ce que tu as ?

— Tu es injuste, Alice. Je n'ai jamais rien dit de tel, je n'avais pas l'intention de te fâcher. Je voulais juste dire : plus de temps pour prendre tes marques dans ta vie de femme mariée, plus de temps avant que tout change à nouveau.

Alice ne m'écoute plus du tout.

— Tu fais comme si ces gens étaient formidables. Comme si c'était moi qui gâchais ma vie. Pendant ce temps, tu fais la fête sur la plage, tu bois des cocktails et tu oublies tout le reste, tempête-t-elle. Ça fait des semaines que ça dure. Je te vois à peine, tu passes ton temps avec *eux*, comme si tu étais des leurs, mais c'est faux, Lou, même si tu essaies d'y croire très fort.

— Je le sais ! je réplique, au bord des larmes, tandis que je sens la colère grandir en moi.

— Ah oui ?

Elle me regarde d'un air suspicieux, avec un semblant de pitié, et c'est ce qui finit par m'achever. Je sens une larme couler sur ma joue.

— Pourtant on ne dirait pas, ajoute-t-elle. Mais que va-t-il se passer quand ils partiront dans une quinzaine de jours ? Tu t'imagines qu'ils vont t'emporter avec eux ?

— Bien sûr que non, je parviens à répondre. Et tu devrais faire attention, on croirait entendre tante Irene, je lâche en me redressant.

— Eh bien, peut-être que tante Irene a raison, pour cette fois ! hurle Alice.

— Non mais, est-ce que tu t'entends ?! Tu prends la défense de tante Irene, maintenant ? À quel moment est-ce que tu t'es transformée en une vieille femme aigrie ?

— Au moment où j'ai épousé l'amour de ma vie, j'imagine, et à t'écouter, c'est la pire décision que j'aie jamais prise ! aboie Alice avant de partir à grands pas vers la maison. Je n'arrive pas à y croire. Merci beaucoup.

— De rien ! je hurle d'une voix de petite fille vexée.

Je me rassieds, sonnée, bouleversée et furieuse. Je m'accorde quelques minutes pour lister toutes les répliques spirituelles et blessantes que j'aurais pu lancer à Alice.

Mais doucement, petit à petit, je réalise que ce n'est pas contre elle que je suis en colère, mais contre moi-même. Oui, j'étais surprise, mais j'aurais dû être heureuse pour elle : c'est ce qu'elle a choisi. Au lieu de ça, j'ai senti le sol se dérober sous mes pieds, comme si un nouveau fragment de mon univers m'échappait et qu'Alice m'abandonnait. Et puis, il y a autre chose. Les Cardew m'abandonnent, eux aussi. Je sais que ma fugue estivale touche à sa fin, et je me sens complètement perdue. J'ai été affreuse avec Alice. J'ai été égoïste.

Je me relève et me précipite vers la maison en criant son prénom.

— Elle est repartie avec Jack il y a dix minutes, me lance Mouche depuis la cuisine. Ils devaient aller voir la mère de Jack, tu te souviens ? ajoute-t-elle alors que je m'élance pour les rattraper.

— Oh, j'avais oublié, je souffle.

— Vous vous êtes disputées, pas vrai ? me demande Mouche, qui est occupée à ranger la vaisselle dans les placards.

— Comment as-tu deviné ?

Mouche éclate de rire.

— Ça fait dix-huit ans que je te connais, tu sais ! Ne t'en fais pas, tu pourras tout arranger demain.

— Je ne sais pas. C'était horrible. La pire dispute de toutes.

— Tout ira bien. Inutile de te faire du souci ce soir. Ne laisse pas cette histoire te gâcher la fête.

— Je ne suis plus d'humeur à faire la fête, je soupire.

— Après tout le mal que se sont donné tes amis ? Eh bien, c'est du joli.

— Tu as raison, je réplique, essayant de me ressaisir.

— Bien sûr que j'ai raison, dit Mouche avant de me tendre une assiette. Pour l'heure, tu as encore des invités ici. Va donc leur proposer ces biscuits.

— Mouche ! je m'exclame en riant. Personne n'a plus faim après tout ce qu'on a avalé.

— Oh, je suis sûre qu'ils trouveront de la place pour en manger un ou deux. Allez, file. J'entends Irene se plaindre encore de la musique. Dépêche-toi d'aller mettre un de tes Jelly Roll.

— Bonne idée.

S'il y a bien une chose qui pourrait me redonner le sourire, c'est de choquer tante Irene.

CHAPITRE 19

Quand je me décide enfin à ne plus penser à ma dispute avec Alice, il est déjà sept heures du soir. Je tente de me rassurer en me disant que Mouche a raison, que nous allons nous réconcilier. Demain, j'irai la voir pour m'excuser. D'ici là, je ne veux me préoccuper que de la folle soirée qui m'attend. Après tout, combien de fois a-t-on l'occasion de vivre des moments pareils ? Malgré tous mes efforts, je ne parviens cependant pas à me débarrasser de cet affreux sentiment, mêlant colère et angoisse, que m'a laissé notre dispute. J'ai un goût amer dans la bouche.

À mon arrivée à la Cardew House, ma robe noire pliée avec soin par-dessus mon bras, je trouve Caitlin qui m'attendait devant la porte.

— Ah, te voilà ! s'écrie-t-elle. Il faut que tu mettes ça, ajoute-t-elle en me tendant un foulard de soie.

— Un foulard ? Pour quoi faire ?

— C'est un bandeau, idiote ! répond-elle en riant. Tu vas le mettre sur tes yeux pour que je puisse t'amener à l'étage sans que tu voies les préparatifs secrets de la fête.

— Tu plaisantes ? je demande, mais il semble bien que non : elle me place le bandeau devant les yeux. Et maintenant ? j'ajoute après qu'elle a noué le bandeau autour de ma tête et s'est assurée que je n'y vois vraiment rien.

— Maintenant, je t'amène à ta chambre.

Comme on pouvait s'y attendre, c'est plus facile à dire qu'à faire. Le trajet est ponctué de nombreux chocs, de mes jurons et des rires étouffés de Caitlin, mais lorsque celle-ci m'enlève enfin le bandeau, je constate que nous sommes bien arrivées à destination.

— Tadaaa ! claironne Caitlin, les bras en l'air.

— Bravo, et sans le moindre accroc…, je marmonne en frottant mon genou, sur lequel je crois voir apparaître un bleu. Avec tout ça, j'imagine qu'on a manqué la fête ?

— Ne sois pas si grognon. Je me suis déjà excusée pour le mur. J'ai confondu ma droite et ma gauche, voilà tout.

Je lève les yeux au ciel, mais elle sait bien que je ne fais que la taquiner. Depuis que je suis entrée dans la maison, je sens que les paroles blessantes échangées avec Alice s'effacent peu à peu, comme un mauvais rêve. La magie de ce lieu agit déjà sur moi, et je suis parcourue par un frisson d'excitation à la pensée de tout ce que me réserve cette soirée.

— De toute façon, dit Caitlin, les yeux brillants, comment pourrais-tu être en colère au moment d'ouvrir tous ces cadeaux ?

Elle fait alors un petit pas de côté, révélant sur le lit une pile de paquets emballés avec soin.

— Caitlin ! C'est trop !

— Ils ne sont pas tous de moi. Nous t'en avons tous fait un.

Il y a des bas en soie de la part de Patricia et un chapeau cloche de la part de Bernie. Laurie m'a offert une bouteille de parfum qui dégage une odeur printanière de jacinthe, et j'aperçois même un paquet carré et plat sur lequel Charlie a écrit son prénom. Il n'a pas un aspect très engageant, mais, après avoir déchiré le papier cadeau, je découvre un disque :

un enregistrement de « Louise », chanté par Maurice Chevalier. Mon regard croise un instant celui de Caitlin. Je crois y déceler une lueur de tristesse, mais celle-ci se dissipe aussitôt.

— Ooooh, *Louise*, siffle-t-elle. Tu connais les paroles… « *Each little rose tells me it knows I love you, love youuuuuu !* » se met-elle à chanter à pleins poumons, les mains pressées contre son cœur, avant de faire mine de s'évanouir dans une glissade théâtrale.

— Je suis sûre qu'il ne faut y voir aucun sous-entendu, dis-je en tapotant le disque du bout des doigts. C'est juste que la chanson porte mon prénom.

— Je ne sais pas, répond Caitlin, toujours allongée par terre. Je pense que c'est pour ce soir.

Je fronce les sourcils.

— Qu'est-ce que tu veux dire ?

Elle pivote pour se mettre à genoux avant de lever les yeux vers moi.

— Je veux dire que c'est cette nuit que ça va se passer. Que vous allez vous déclarer votre amour éternel.

— Je ne comprends pas pourquoi tu persistes à croire qu'il y a quelque chose entre Charlie et moi, je fulmine.

C'est fou comme Caitlin s'est accrochée à cette idée avec une détermination sans faille. J'aime bien Charlie, mais je ne suis pas du tout amoureuse de lui. Je me souviens de l'époque où Alice est tombée amoureuse de Jack, comment elle s'illuminait en sa présence, comment il la faisait rire, comment il la regardait. Il n'y a rien de tel entre Charlie et moi.

— Eh bien, pour commencer, tu as dit qu'il était le plus bel homme que tu aies jamais vu, glousse Caitlin. Pourquoi ne pas te laisser aller ? T'amuser un peu ? Ce n'est pas forcément à lui de mener la danse. Puisqu'il tarde à passer à l'action, tu ferais mieux de foncer droit sur lui et de l'embrasser. Emballé, c'est pesé.

Les yeux grands ouverts de Caitlin brillent avec une intensité inquiétante.

— Je ne ferais jamais une chose pareille ! je m'écrie.

— Hmmm. Moi, je pense que ce serait très efficace. Et puis, c'est une nuit dont tu devrais chercher à te souvenir pour toujours. Une nuit *faite* pour les baisers.

— Et ça, qu'est-ce que c'est ? je demande, pour changer de sujet.

Il reste un cadeau : une grosse boîte blanche fermée par un ruban argenté.

— Oooh !

Caitlin se lève d'un bond, avec des gestes moins gracieux qu'à l'ordinaire. Elle semble comprimée, comme si ses membres étaient sous pression.

— Celui-là, je *meurs* d'impatience de te voir l'ouvrir.

Je regarde la carte glissée derrière le ruban.

— C'est un cadeau de toi… et de Robert.

Le message sur la carte est tout simple. Les mots *Joyeux anniversaire*, accompagnés d'un « C » et d'un « R » tout en bas. Je passe mon doigt sur les mots écrits à la main. C'est l'écriture de Robert, une écriture élégante et précise, à son image.

Je soulève le couvercle de la boîte et retire avec précaution les nombreuses feuilles de papier de soie qui tapissent l'intérieur. Je sursaute en apercevant le tissu vert pâle. Non, pas vert pâle du tout, me dis-je en frôlant le tissu du bout des doigts… *écume*.

Je sors la robe de la boîte avec délicatesse. Je n'ai jamais rien vu d'aussi beau. Elle est taillée dans la soie organza dont je suis tombée amoureuse chez Mrs Carradice. C'est une robe du soir sans manches, à taille basse, avec un ourlet légèrement relevé sur le devant. La jupe se déploie en une superbe succession de vagues ondulantes. Des broderies complexes en fil d'or et des petites perles vertes et dorées serpentent le long des hanches et sur les flancs, pareilles à des écailles scintillantes. La robe semble légère et fragile, et les points de couture sont minuscules et maîtrisés à la perfection. À l'une des épaules est attachée une traîne amovible taillée dans la même soie légère que la robe, et couverte du même motif de perles duveteux. Tout en elle est si éthéré qu'on croirait une tenue de conte de fées. Elle a l'air de venir d'un autre monde. Je tiens la robe entre mes mains, le souffle coupé.

— Alors ? dit Caitlin, qui danse devant moi. Qu'est-ce que tu en penses ?

— Ce que j'en pense ? je répète comme une automate. (Je regarde de nouveau la robe, et mes yeux s'arrêtent sur chaque petit détail.) J'ai l'impression de rêver, je souffle.

— Je savais qu'elle te plairait ! s'exclame-t-elle en applaudissant. Dire que tu t'imaginais que j'allais te laisser aller à ta propre fête sans une robe neuve !

— Oh, mais, Caitlin, j'adore mon autre robe ! Je ne l'ai portée qu'une seule fois.

Je ne peux toujours pas quitter ma nouvelle robe des yeux.

— Pfff. Tu fêtes tes dix-huit ans, bien sûr que tu dois porter quelque chose de neuf et de vraiment incroyable.

C'est si simple pour elle, qui ne peut pas concevoir de porter deux fois la même tenue. Encore un exemple de tout ce qui nous sépare, mais cette fois, je n'ai pas le droit de m'en attrister. Je serre la robe contre moi, bien décidée à me montrer reconnaissante.

— Mrs Carradice a signé un chef-d'œuvre, dit Caitlin. Je dois t'avouer que j'étais presque jalouse. Et puis, c'est rare que Robert s'implique autant ! Il a comploté avec elle pour l'imaginer, et elle a dû y travailler nuit et jour. Tu sais, c'est lui qui a eu l'idée de s'inspirer de ton amour pour l'eau. Il a dit que ça te plairait, une robe qui fait penser à la mer, et pour une fois, j'étais d'accord avec lui.

— La mer…, je répète, toujours sous le choc.

— Oui, approuve Caitlin. Et, bien sûr, dès qu'il en a parlé, Mrs Carradice a su exactement quoi faire. Elle va t'aller à merveille. Je crois qu'il y a aussi un masque dans la boîte.

Je dépose la robe sur le lit avec mille précautions, puis je plonge une main dans la boîte. Il y a bien un masque à l'intérieur : en soie dorée et recouvert de dentelle, dorée également. Sa perfection me laisse sans voix. Entre mes doigts, la soie est pareille à de l'eau. Mrs Carradice est parvenue à capturer la magie que recèle pour moi la mer. Une vraie robe de sirène. Je suis bouleversée que ce soit une idée de Robert et qu'il sache si bien ce qui peut me plaire. Ma poitrine me brûle tant j'ai la sensation de m'approcher dangereusement d'une chose que j'ai jusqu'ici tout fait pour éviter.

À cet instant, la porte de la chambre s'ouvre avec fracas, et Laurie apparaît. Elle est en robe de chambre, une bouteille de champagne dans une main et quatre coupes dans l'autre. Élodie s'élance derrière elle pour venir m'embrasser avec chaleur, en me souhaitant un joyeux anniversaire. En un éclair, mon trouble a disparu et je me laisse entraîner par mes amies dans leur monde joyeux et exubérant.

— Ma petite reine de la fête, nous sommes ici pour nous occuper de tes cheveux, dit Laurie de sa voix suave et traînante. C'est parti.

Élodie m'attrape la main et me tire jusqu'à la coiffeuse, où elle me force à m'asseoir.

— Ce soir, tu vas être magnifique, Lou. La plus belle de toutes.

— Pas si vous êtes dans la même pièce, je rétorque en toute sincérité.

— Bah ! s'exclame Élodie en se grattant le nez. C'est ta nuit, Louise. Tous tes désirs sont à portée de main. Fais-toi à cette idée et tu seras… radieuse.

Ses mots agissent sur moi à la manière d'un sortilège. Ils me transpercent, se mêlent à mon sang, et tout mon corps s'enflamme.

— Tu as confiance en moi ? demande Laurie, que je vois brandir une paire de ciseaux dans le miroir en face de moi.

— J'imagine que ce n'est pas vraiment une question…, dis-je en regardant les ciseaux avec inquiétude. Qu'est-ce que tu comptes faire ?

— Quelque chose… *d'audacieux*.

Dans le miroir, ses yeux me fixent pour me mettre au défi.

— D'accord.

Caitlin fait les cent pas à travers la pièce, comme un futur père dans une maternité.

— Tu es sûre de toi, Laurie ? demande-t-elle.

— Sûre et certaine.

Elle saisit alors une longue boucle et, *couic*, la coupe à hauteur d'épaule.

— Plus question de faire machine arrière, à présent, dit-elle.

Une demi-heure plus tard, le reste de mes cheveux a subi le même sort, en une chute silencieuse vers le sol.

— C'est magnifique, souffle Caitlin.

Je vois leur reflet à toutes les trois derrière moi, et elles semblent convaincues.

— Très chic, approuve Élodie.

— Bien plus moderne, lance Laurie.

Je tourne ma tête dans tous les sens en silence pour m'habituer à cette légèreté nouvelle, aux pointes de mes cheveux qui chatouillent ma nuque. Laurie les a coupés jusqu'à deux centimètres au-dessus de mes épaules sur le devant, un peu plus court à l'arrière. Elle est parvenue à dompter mes boucles, qui semblent lisses et brillantes. Mon cou paraît plus allongé, mes yeux plus grands, mes pommettes plus hautes. J'ai toujours l'air d'être moi-même (c'est une coupe de cheveux, après tout, pas un tour de magie), mais dans une version améliorée. Dans le miroir, je vois un sourire s'épanouir sur mon visage.

— Je crois que ça lui plaît ! dit Caitlin en enveloppant mes épaules de ses bras.

— Je connais des femmes qui dépensent beaucoup de temps et d'argent pour essayer de faire onduler leurs cheveux comme ça, ajoute Laurie. Tu as de la chance.

Elle attrape sa coupe de champagne et la lève. Caitlin, Élodie et moi brandissons le nôtre, et nous trinquons toutes ensemble.

— OK, dit Caitlin, dont la voix brûle d'excitation. L'Étape numéro un est accomplie. Maintenant, tu vas t'habiller ; ensuite, je m'occupe de ton visage.

— Je vais aller me préparer, moi aussi, déclare Laurie, avant de bâiller et de s'étirer langoureusement. Ici, j'ai fait mon devoir.

— Merci, dis-je en serrant sa main dans la mienne.

Elle se penche pour m'embrasser sur la joue.

— Joyeux anniversaire, ma belle, dit-elle avant de sortir de la chambre en ondulant.

— Souviens-toi, Lou… Ce soir, tu dois être audacieuse ! lance Élodie au moment de quitter la pièce à son tour. La nuit t'appartient !

J'ai l'estomac noué. Je suis submergée par l'impatience. J'ai l'impression que quelque chose d'extraordinaire va se passer ce soir, et le fait que cette nuit puisse être l'une de mes dernières ici ne fait qu'ajouter à la tension qui m'anime.

— Tu ferais mieux d'aller te préparer, toi aussi, dis-je à Caitlin.

— Oh, je n'en ai pas pour longtemps, réplique-t-elle en agitant les mains dans tous les sens.

Je lui jette un regard appuyé, le regard de quelqu'un qui sait d'expérience combien de temps il lui faut pour se préparer.

— D'accord, d'accord, dit-elle dans un éclat de rire. Mais je reviens dans une minute, tu verras… Ce soir, il n'y a que toi qui comptes.

— Je me sens déjà plus que gâtée.

— Bien, répond Caitlin en levant le menton avec un air satisfait. Alors, c'est que tout se passe selon mes plans. À tout de suite.

Et elle quitte la pièce, me laissant seule. J'observe une nouvelle fois mon reflet dans le miroir. Je saisis une mèche de cheveux, la lâche et elle retombe pile à la même place, comme par magie. Qu'en pensera Alice ? J'ai hâte qu'elle voie ça. Mais, plus violente qu'un coup de pied dans le ventre, notre dispute me revient en mémoire et les larmes me montent aux yeux. Je contemple les lieux. Alice a raison sur un point : tout ça va bientôt disparaître.

Je me lève et me dirige vers le lit sur lequel repose ma belle robe, dont la soie verte semble couler sur les draps. Sans me presser, je me déshabille, puis j'enfile les sous-vêtements rose pâle au sujet desquels Mrs Carradice a insisté. Enfin, je fais passer la robe par-dessus ma tête. Elle me va parfaitement, bien sûr. La soie chuchote contre ma peau et elle est si légère que c'en est indécent ; j'ai l'impression d'être toute nue. J'attache la traîne à mon épaule gauche, et elle retombe aussitôt en cascade contre mon dos, presque jusqu'au sol.

Après avoir pris une grande inspiration, je me place face au miroir. Cette robe serait parfaite pour une sirène. Elle est parfaite pour moi. Elle ondule et scintille à chaque mouvement et sa couleur est incroyable ; elle met en valeur la petite touche de rouge dans mes cheveux et mon teint doré. Contrairement à ce que j'ai ressenti à Londres, cette fois je n'ai pas l'impression d'être déguisée. Cela peut paraître absurde de la part de quelqu'un qui se prépare pour un bal masqué, mais je sens que je n'ai pas besoin de faire semblant. Je suis moi-même. Je remarque alors que le paquet ne contient pas de chaussures pour aller avec la robe, mais cette fois je sais que mes pieds nus feront l'affaire.

C'est alors que Caitlin surgit dans la pièce comme un derviche tourneur, pour une fois fidèle à sa promesse de se préparer très vite. Elle porte une incroyable robe courte, bleu marine, couverte de grosses étoiles en argent brodées, avec des franges argentées qui frémissent sans cesse au bout du volant. Elle a aussi des étoiles argentées dans les cheveux et des bracelets en argent aux poignets.

— Oh, mon Dieu ! s'écrie-t-elle avant d'applaudir en faisant carillonner ses bracelets. Tu es époustouflante !

— Toi aussi, je lui réponds tandis qu'elle m'observe sous toutes les coutures.

À vrai dire, elle me semble un peu pâle, fatiguée. Elle est aussi devenue bien trop fine ; ses joues sont creuses et ses omoplates pointent sous les bretelles bleues de sa robe. Lucky aurait-il raison ? Serait-elle en train de se consumer ? Pourtant, ses yeux n'expriment rien d'autre que son enchantement face à nos belles robes. Je voudrais l'aider, mais j'ignore comment m'y prendre.

— Tu es sûre que ça va ? je lui demande en posant une main sur son bras.

Caitlin ne répond pas, mais je découvre des ombres violettes sous ses yeux.

— Nous ne sommes pas obligées d'y aller, tu sais, j'ajoute à voix basse. C'est un bal masqué. Personne ne remarquerait rien. On peut rester ici et discuter.

— Tu serais prête à rater ta propre fête ?

— Bien sûr, je réponds d'un air décidé, même si je ressens en vérité une pointe de déception.

— Tu es adorable, dit Caitlin. Mais j'ai vraiment besoin de me changer les idées. Je ne veux pas être triste. Je veux être heureuse, je veux danser et oublier mes problèmes. Nous allons passer une soirée merveilleuse… Tu veux bien, Lou ?

— Si tu es sûre que c'est ce que tu veux…, dis-je d'un ton hésitant.

— J'en suis sûre. Je te le promets.

— D'accord.

Je ne peux m'empêcher de me sentir soulagée. Je sais que c'est égoïste, mais si Caitlin veut danser et s'amuser plutôt que de trop se ronger les sangs au sujet de l'avenir, alors qui suis-je pour la juger ? C'est une réaction que je comprends très bien.

— Si Charlie Miller ne t'embrasse pas ce soir, alors c'est un vrai crétin. Et Robert serait très content aussi, je pense.

Cette dernière remarque me donne un haut-le-cœur.

— Allez, assieds-toi, ordonne-t-elle. Je vais vite nous maquiller.

Elle recouvre mes joues d'une poudre scintillante, me passe un trait d'eye-liner charbonneux et du rouge à lèvres écarlate comme une pomme mûre, puis s'occupe de son propre visage.

— Oh zut ! dit-elle. J'ai oublié mon rouge à lèvres dans ma chambre. Il est plus sombre que celui-ci. Est-ce que tu voudrais bien aller me le chercher ? C'est un tube doré posé sur ma coiffeuse.

— Bien sûr.

Et je quitte la chambre tandis qu'elle se passe du mascara sur les cils. Une fois sur le palier, j'entends les musiciens qui s'échauffent et les bavardages des invités qui arrivent peu à peu. L'excitation me gagne. Alors que je trotte dans le couloir en direction de la chambre de Caitlin, quelqu'un surgit d'une des portes sur la droite, et je percute un torse large enserré dans une chemise blanche.

— Aïe, s'écrie une voix.

Je fais un rapide pas de côté. C'est Robert.

Nous nous observons en silence pendant un court instant. Son expression est indéchiffrable.

— Alors, qu'est-ce que tu en dis ? je demande nerveusement, d'une voix un peu trop aiguë.

Je fais un tour sur moi-même pour lui donner un aperçu complet de ma tenue.

— Je trouve que tu as l'air… (Sa phrase reste en suspens, et j'attends la plaisanterie qui va suivre.)… magnifique, dit-il enfin. Tu es magnifique.

Sa voix est dénuée de tout sarcasme. Tandis qu'il me contemple, je crois lire dans ses yeux quelque chose qui me noue l'estomac. Il semble sous le choc, et je pense comprendre pourquoi. J'ai l'impression d'être en feu, comme si des flammes sortaient de mon corps. C'est insoutenable.

— Merci, je bafouille.

Incapable de supporter plus longtemps son regard, je fixe mes pieds nus. Quand je relève la tête, ce que j'avais cru voir dans ses yeux a disparu.

— Et merci aussi pour la robe, dis-je avec un sourire, soudain plus détendue. Je l'adore. Je n'ai jamais rien eu d'aussi beau.

— Très bien. Je suis content. C'était une idée de Caitlin, bien sûr, ajoute-t-il.

— Bien sûr.

— Mais au fait, j'ai quelque chose d'autre pour toi, dit-il en plongeant une main dans sa poche.

— Je n'ai besoin de rien, je proteste, mais il me tend une enveloppe vide.

Je la retourne, les sourcils froncés. Sur le recto, il y a une adresse. Je reconnais son écriture élégante. Décontenancée, je lève les yeux vers lui.

— Il est temps de lancer lady Amelia dans le grand monde, m'annonce-t-il avec une nervosité évidente. Je connais l'éditeur de ce magazine. Je suis certain que ça va lui plaire. Autant qu'à moi.

J'ai l'impression d'avoir oublié comment respirer. L'enveloppe tremble un peu dans ma main.

— C'est ton anniversaire, Lou. (Robert se racle la gorge, et il semble attendre ma réponse avec anxiété.) C'est le moment d'être courageuse. Le moment de faire quelque chose de nouveau.

— Merci, je parviens tant bien que mal à répondre.

Je réalise que je suis en train de retenir mes larmes. C'est un merveilleux cadeau. Pas seulement pour l'opportunité qu'il pourrait m'apporter, mais pour ce qu'il représente : Robert croit en moi. Car je peux le voir comme si c'était écrit sur son visage. Il pense vraiment que ce que j'écris a de la valeur, il croit que je peux réussir, et ça me donne beaucoup de courage.

Je lève les yeux vers lui et réalise que nous nous tenons toujours très près l'un de l'autre.

Il lève une main et la passe doucement dans mes cheveux. Je me fige.

— Tu t'es coupé les cheveux, murmure-t-il.

— Oui. (Ma voix n'est plus qu'un soupir.) Enfin, non. (Je secoue la tête comme au sortir d'un rêve.) C'est Laurie qui les a coupés. Est-ce que ça te plaît ?

— Oui, répond-il en souriant, puis il laisse retomber sa main et recule d'un pas.

Je pousse un long soupir. Et c'est alors que je remarque la tache rouge sur sa chemise.

— Oh, non ! je m'exclame en la désignant du doigt. Ça a dû arriver quand nous nous sommes rentrés dedans. Je crois bien que ta chemise est fichue.

Il jette un coup d'œil à la tache.

— Ça ne fait rien, dit-il, bien plus calme que moi. J'en ai d'autres. Je peux me changer.

— Ah, très bien alors. Je ne voudrais pas que tu te retrouves à devoir expliquer à Laurie comment ce rouge à lèvres a atterri sur ta chemise, j'ajoute avec un rire nerveux. Ce serait gênant. Bon, il faut que j'y aille ; ta sœur m'a envoyée lui chercher quelque chose et elle va finir par se demander où je suis passée.

— Bien sûr, dit-il. De toute façon, je dois aller me changer.

Mais nous ne faisons pas un geste, et restons cloués sur place.

— Lou…, commence-t-il.

Je sens mes nerfs partir en lambeaux. Quoi qu'il s'apprête à dire, je ne suis pas en état de l'entendre. Je ressens trop de choses que je ne devrais pas ressentir.

— Encore désolée ! je l'interromps en me précipitant vers la chambre de Caitlin. On se voit plus tard, pendant la fête.

CHAPITRE 20

La chambre de Caitlin semble avoir été dévastée par un ouragan. Au moment d'atteindre la coiffeuse, je réalise que mes genoux tremblent tant que j'ai besoin de m'asseoir. La table est recouverte d'objets que je contemple un instant en clignant des yeux, avant de repérer enfin le rouge à lèvres décrit par Caitlin. Je remarque aussi un amas de flacons de verre (dont certains sont vides) sur lesquels est écrit « Veronal ». Je saisis l'un d'entre eux. J'ai déjà vu des flacons comme ceux-là. Mouche en avait acheté à tante Irene après la mort d'oncle Art, pour l'aider à dormir. On dirait que Caitlin en a bu une sacrée quantité. Je prends soin de reposer le flacon exactement là où je l'ai pris. Lorsque je retrouve Caitlin, elle est déjà prête.

— Pourquoi as-tu mis tout ce temps ? demande-t-elle. Tu ne le trouvais pas ?

— Si. Enfin, non. Mais j'ai fini par y arriver. Le voici.

Je lui tends le rouge à lèvres. Sans trop savoir pourquoi, je ne lui parle pas de ma rencontre avec Robert. Je ne la questionne pas non plus au sujet du Veronal. Puisque tante Irene en prenait, c'est que ça ne doit pas être bien dangereux, après tout. Je cherche à capter le regard de mon amie, mais elle est concentrée sur son reflet dans le miroir.

— Bon, dit-elle après en avoir terminé avec ses lèvres. Ne manque que la touche finale.

Elle attrape mon masque doré, se place derrière moi et le pose sur mon visage avant de nouer les rubans à l'arrière de ma tête. La sensation est étrange, mais pas désagréable. En me regardant dans le miroir, je comprends pourquoi on n'a pas cessé de me dire que porter un masque donne envie de faire des bêtises. Je frissonne à la vue de cette fille qui me fait face, avec son grand sourire rouge et sa belle robe. Déconcertant, mais libérateur… Comme une carte blanche pour se livrer au genre d'audace prônée par Élodie.

J'aide Caitlin à mettre son masque, identique au mien, à l'exception de sa lanière argentée. On frappe à la porte. Je l'ouvre, et Charlie apparaît.

— Bonsoir, mesdemoiselles, dit-il avant de regarder ma robe. Tu es sublime.

Le compliment ne me laisse pas indifférente. Je peux voir dans ses yeux qu'il est sincère.

— Toi aussi, je réponds.

Je le pense vraiment. Il porte une redingote brodée noire par-dessus une chemise blanche, un pantalon noir et des chaussures noires avec des boucles dorées. Son crâne est recouvert d'une perruque poudrée. Le résultat est théâtral et très, très séduisant.

— On croirait un courtisan venu tout droit du passé, dit Caitlin d'un air approbateur.

— Euh… merci, répond-il en grattant sa perruque. Cela dit, je suis bien content de ne pas devoir porter ce truc en permanence.

— Mais où est ton masque ? je demande.

— Oui, ajoute Caitlin. Le règlement, c'est le règlement.

— Pas d'inquiétude, dit Charlie en souriant. Ma sœur s'en est chargée. C'est Robert qui l'a. Je crois qu'il est parti se changer, mais je vais aller le récupérer dans une minute.

Caitlin, Laurie m'a envoyé te prévenir que tout le monde est prêt.

— D'accord, merci, dit Caitlin.

Charlie nous quitte pour aller retrouver Robert.

— Et *toi*, reine de la fête, est-ce que tu es prête ? me demande Caitlin.

— Oui, je lui réponds après avoir avalé une grande bouffée d'air. Allons-y !

En descendant l'escalier, nous pénétrons dans un autre monde. Les marches sont recouvertes d'un tapis doré et encadrées par des centaines de petites bougies blanches dans des vases en verre. Le hall d'entrée est paré de lumières scintillantes et on a accroché au plafond de grandes pièces de tissu noir et or qui donnent l'impression de se trouver sous un immense chapiteau. Partout, des gens masqués dans des costumes extravagants se retournent sur notre passage pour nous saluer.

— Oh, mon Dieu ! je gémis en agrippant Caitlin par le bras. Ne me laisse pas trébucher devant tous ces gens.

— Tssss, soupire-t-elle. Cesse de t'inquiéter et profite du moment. Tu es l'invitée d'honneur.

Sur un côté, une table croule sous une montagne de paquets recouverts d'emballages luxueux.

— Qu'est-ce que c'est que ça ? je demande.

— Tes cadeaux, répond Caitlin d'un ton détaché.

— Mes cadeaux ? Mais de quoi est-ce que tu parles ?

— Quand on les invite à une fête d'anniversaire, les gens apportent un cadeau, en général. Mais ne t'inquiète pas, la plupart du temps, ce sont des choses qu'on leur a offertes à leur propre anniversaire. Elles passent de main en main, c'est une ronde infinie. Pour mon dernier anniversaire, j'ai eu trois cadeaux que j'avais moi-même offerts. Dont une épingle à cravate avec des initiales gravées dessus !

Je pense aux cadeaux que m'offrent ma famille et mes amis, au soin que chacun met à trouver une idée personnalisée. Cette pile de « cadeaux » apportés par des inconnus fait seulement partie du spectacle, elle n'est qu'une illusion. Rien de tout ça n'est réel.

Des serveurs masqués, vêtus d'un domino à cravate noire, font circuler des chariots dorés où s'alignent des flûtes à champagne remplies d'une boisson vert pâle. Caitlin en saisit deux et m'en tend une.

— Qu'est-ce que c'est ? je demande.

— Je ne sais plus vraiment, répond Caitlin, mais ça s'appelle un « Lou ».

— Hein ?

— Le barman l'a imaginé spécialement pour toi. Je crois qu'il a mis de la chartreuse, du gin et tout un tas d'autres choses. C'est délicieux.

Je bois une gorgée.

— Et létal ! je m'écrie.

— Comme devrait l'être tout cocktail qui se respecte, répond Caitlin avec un sourire. Allez, viens, viens !

Elle m'attrape la main et me fait traverser le salon, qui est métamorphosé. Il n'y a plus un seul des meubles habituels. On se croirait dans une vraie boîte de nuit parsemée de petites tables couvertes de nappes dorées, et de chaises aux coussins de velours vert foncé. Il y a encore d'autres bougies, et le murmure lointain d'un piano achève de donner une atmosphère langoureuse à la pièce tamisée, comme une invitation à la paresse. C'est un lieu propice aux conversations intimes et aux danses langoureuses, le genre d'endroit où il se passe des choses scandaleuses dans des recoins enfumés.

Nous parvenons à l'autre bout de la pièce et franchissons les portes-fenêtres qui donnent sur la pelouse. Le ciel est constellé d'énormes lanternes blanches et de lumières scintillantes.

— Oh, Caitlin, je souffle. Comme c'est beau ! Mais comment as-tu fait ? C'est de la magie !

— Astucieux, n'est-ce pas ? Les lanternes sont attachées à des câbles très fins, explique-t-elle en désignant le ciel. Dans le noir, on ne peut pas les voir.

Il y a un gigantesque kiosque à musique blanc et or, dans lequel dix-sept musiciens masqués sont en train d'accorder leurs instruments. Je réalise, avec une pointe de déception, qu'il ne s'agit pas du groupe de Lucky. Je ne m'attendais pas vraiment à sa présence, mais quand on vit un rêve éveillé, on a tendance à imaginer des dénouements heureux. J'ignore si Caitlin se dit la même chose, mais son regard aussi semble s'attarder sur les musiciens.

Devant le kiosque s'étend une piste de danse à damiers noirs et dorés, prête à accueillir la foule qui grandit de minute en minute. Un bar s'étire sur le bord de la pelouse, en surplomb de la mer, et huit barmen sont déjà en train de préparer des cocktails pour la horde d'invités qui s'amasse devant eux. Nous nous arrêtons là quelques minutes pour saluer des connaissances. Je suis étonnée par le nombre de gens que j'ai rencontrés au cours des fêtes qui ont parsemé l'été. J'ai à peine fini de boire mon cocktail vert qu'on m'en tend déjà un autre. Je n'arrête pas un seul instant de regarder autour de moi, sans parvenir à croire que tout ça est bien en mon honneur. Une fête pareille, en mon honneur.

— J'ai encore une chose à te montrer, dit Caitlin.

Elle m'entraîne en direction du verger. Des centaines de bougies sont alignées sur le mur d'enceinte et, à l'intérieur, de grandes tables ont été disposées sur toute la longueur des allées arborées. Elles sont décorées en leur centre par une alternance de motifs de fruits et de fleurs, et de lourds chandeliers en or. On croirait une fête dans une forêt de conte de fées.

— C'est pour un festin de minuit, m'explique Caitlin. Les gens vont avoir besoin de manger pour éponger tout cet alcool. Alors, qu'est-ce que tu en penses ? me demande-t-elle d'une voix nerveuse et pleine d'espoir. Avec ton masque, c'est difficile de le deviner…

— Ce que j'en pense ? Je pense que c'est la chose la plus magique, folle, extravagante et merveilleuse que j'aie jamais vue, dis-je en secouant la tête. Tu ferais bien de me pincer, parce que j'ai l'impression de rêver.

Caitlin se fait un plaisir de me pincer un bon coup, et il ne fait alors plus aucun doute que je suis tout ce qu'il y a de plus réveillée.

— Joyeux anniversaire, dit-elle en levant son verre. À ta santé !

— À la tienne !

Et nous buvons le cocktail à la fois doux et épicé.

— Je suis si contente d'avoir pu organiser une dernière vraie fête avant notre départ, dit Caitlin avant de m'entraîner vers la foule. Surtout pour une aussi bonne raison.

Quoiqu'il fasse encore très bon, je frissonne à ces mots. *Bien sûr qu'ils s'en vont*, je me sermonne. L'été touche à sa fin et je sais très bien qu'ils vont partir. Je l'ai toujours su. J'entends la voix d'Alice résonner dans ma tête et je me répète en boucle : *Tu n'es pas comme eux, Lou, peu importe à quel point tu as envie d'y croire.* Je chasse cette pensée de mon esprit en vidant mon verre d'un trait, et je me sens aussitôt plus légère.

— Tout doux, ma belle, dit Caitlin. Ce truc monte vite à la tête.

— Et alors ? je réponds en savourant l'insouciance qui monte en moi. C'est la fête, non ? *Ma* fête.

Les yeux de Caitlin s'illuminent derrière son masque.

— Ah, vu comme ça ! dit-elle avant de vider son verre à son tour.

J'éclate de rire. Si tout est sur le point de s'arrêter, alors ce soir je veux vivre mon rêve à corps perdu. Je veux me sentir jeune, séduisante et indomptable. J'aime ce monde où toutes les aspérités semblent avoir été rabotées et où je n'ai à penser qu'à mon plaisir. Hilares, nous regagnons la pelouse. Le groupe a entonné un morceau irrésistible. Au-dessus de nos têtes, les lanternes se balancent au rythme de la brise venue de la mer qui s'étend devant nous, sombre et insondable. On se croirait à bord d'un bateau, me dis-je, l'un de ces bateaux illuminés qui glissent sur les flots noirs, en route pour Dieu sait où.

— Les fiiiiiillleeees ! lance une voix familière.

C'est Bernie, qui s'avance vers nous, les bras grands ouverts.

— Joyeux anniversaire, ma chérie. Je t'ai cherchée partout, dit-il avant de m'embrasser. Quelle cohue ! ajoute-t-il à l'intention de Caitlin. On peut déjà dire que c'est la fête de l'année. Vraiment, il y a de quoi être écœuré : personne d'autre ne pouvait organiser une soirée pareille en moins d'une semaine.

Il recule d'un pas pour nous laisser admirer son costume. Je ne suis pas sûre que j'aurais été capable de le reconnaître au milieu de la foule. Il est déguisé en matador, avec un manteau noir couvert de broderies dorées et une cape rouge. Sur son visage, un masque écarlate lui donne un air canaille.

— En matière de style, tu ne te défends pas trop mal non plus, dit Caitlin.

— Trop aimable, se rengorge Bernie. Mais comment pourrais-je vous concurrencer, mes beautés ? Surtout toi, la reine de la nuit. (Il saisit ma main, la lève et me fait tournoyer, tandis que ma jupe de soie ondoie autour de moi.) Quelle métamorphose ! On dirait une superbe nymphe.

— Une sirène, plutôt, je rétorque, ravie.

Bernie regarde par-dessus mon épaule, puis émet un long sifflement. Laurie se dirige vers nous, et tout le monde se retourne sur son passage. Elle est déguisée en Shéhérazade : elle porte des pantalons bleus en soie souple et un haut bleu et argent qui révèle son ventre lisse et doré. Elle a des bracelets et des foulards autour des poignets et un serre-tête serti de pierres précieuses sur ses cheveux noirs coupés court. Son masque bleu ne suffit pas du tout à la rendre anonyme : personne d'autre ne pourrait porter un tel costume, personne n'ondule avec cette sensualité, sans parler de son bracelet de cheville couvert de clochettes qui tintent à mesure qu'elle s'approche de nous.

Elle est suivie du plus beau garçon que j'aie jamais vu, et il me faut un moment avant de reconnaître son sourire espiègle. Le garçon est en fait Élodie, qui porte un chapeau haut de forme, une queue-de-pie et un gilet blanc immaculé cintré sur sa taille. Ses cheveux bruns sont enroulés sur sa nuque et son chapeau est posé de travers. Un masque noir souligne ses yeux expressifs et elle a une fine moustache dessinée au fusain au-dessus de ses lèvres.

— Bernie, dit Laurie tout en nous couvrant à tour de rôle de baisers appuyés, tu te souviens d'Élodie ?

— Bien sûr. (Bernie observe Élodie depuis le sommet de son chapeau jusqu'à la pointe de ses orteils sans rien cacher de son admiration.) Vous êtes toutes les deux ravissantes.

— Élodie va chanter, dit Laurie avec un geste en direction de la scène. Danse avec moi, s'il te plaît.

— Avec joie, ronronne Bernie en lui tendant le bras.

Tandis qu'ils s'éloignent, je constate que Laurie ne prête aucune attention aux dizaines de regards qui suivent chacun de ses gestes.

— Lou, dit Caitlin, il faut que je conduise Élodie sur scène, puis que je m'occupe du repas. Tout ira bien ? Je n'en ai pas pour longtemps.

— Vas-y, vas-y. Je vais aller me chercher un autre verre. Tout ira bien.

Je me fraie un chemin à travers la foule jusqu'au bar.

— Champagne, s'il vous plaît, dis-je au barman.

— Pour moi aussi, lance une voix inconnue.

C'est un homme que je n'ai jamais vu. Il porte une sorte de toge.

— J'aime bien ton costume, dit-il en me regardant avec un intérêt un peu trop prononcé.

— Merci. Le vôtre est bien aussi.

— Mon ami et moi sommes tous les deux venus en toge, dit-il en haussant les épaules. Nous avons dû trouver une solution rapide pour pouvoir partir de Londres à temps. C'est la cambrousse ici, pas vrai ?

— Oh, oui ! dis-je en attrapant le verre que me tend le barman.

— Tu la connais, cette fille dont c'est l'anniversaire ? demande-t-il, avant de s'approcher de moi. Lois ?

— Non.

— Oh, tu rates quelque chose. Elle est géniale. Je suis très ami avec les Cardew, au fait.

— Ah oui ?

— Oui, confirme-t-il en me déshabillant du regard. Je passe ma vie ici. Si tu veux, je te les présente plus tard.

— Ce serait très aimable, dis-je avant de m'écarter de lui. Désolée, mon ami arrive… Ravie de vous avoir rencontré.

Et je me fonds vite dans la foule en avalant une bonne gorgée de champagne rosé. Élodie est sur la scène à présent. On dirait que son costume lui a donné encore plus d'assurance, bien qu'elle semble toute petite au milieu de l'orchestre. Elle se tient derrière le micro, sur le pied duquel elle fait danser ses doigts. Elle se met à chanter, et le public s'enflamme aussitôt. Je reste immobile, en transe, à écouter sa voix magnifique. Je n'arrive pas à croire qu'un tel son puisse être émis par une si petite personne. Je me retrouve sur la piste de danse sans même m'en rendre compte. Je me fraie un chemin jusqu'au pied de la scène, et lorsque Élodie me remarque, elle me fait un clin d'œil à travers son masque tandis que la musique se déverse d'elle et s'élève dans les airs comme de la poussière d'étoiles. Je danse sans savoir avec qui, sans savoir combien de temps. Chacun des visages qui virevoltent autour de moi arbore le même sourire. Enfin, je ressens le besoin de faire une pause.

Je traverse la pelouse ; l'herbe douce et fraîche caresse mes pieds nus. Tout tourbillonne autour de moi, si bien que je finis par percuter quelqu'un.

— Vraiment désolée, je bredouille.

Je poursuis ma route sans trop savoir où je vais. J'ai la tête qui tourne. Il faut que je trouve un endroit où m'asseoir. Un endroit tranquille, un endroit calme... ça y est, je sais où aller.

— Salut, vieux frère, je lance à mon fidèle chêne quelques minutes plus tard.

Je pose la main sur l'écorce rugueuse. Il semble bien lointain, ce soir où Robert m'a surprise cachée dans ces branches. Ici, tout est sombre et silencieux, alors j'en profite pour m'adosser un moment contre l'arbre, les yeux fermés. Des images de ma rencontre avec Robert reviennent me hanter. Cette lueur dans son regard quand il a levé les yeux vers moi, son rire, ma première gorgée de champagne. Je me souviens de ce que j'ai ressenti pour lui à cet instant, je pense à ce que je ressens aujourd'hui, et me voilà assommée par l'obscur désir qui s'empare de moi. Je suis gagnée par la panique : je m'approche d'une vérité que j'ai essayé d'ignorer de toutes mes forces. Des sentiments contradictoires se débattent en moi.

— Lou ? lance une voix étouffée.

Je me retourne et distingue dans la pénombre une perruque poudrée et une redingote noire. Je pousse un soupir de soulagement : c'est Charlie. Il est venu prendre de mes nouvelles, et sa présence toute simple est un vrai réconfort. Il porte son masque noir désormais, et, tandis qu'il marche vers moi, je repense aux conseils de Caitlin. Peut-être qu'il est temps de prendre les choses en main. C'est ma fête, j'ai dix-huit ans, la nuit est splendide et une musique romantique murmure au loin. N'est-ce pas le moment rêvé pour embrasser un beau garçon ? *Ce* beau garçon.

Je me penche vers lui, encouragée par le champagne qui court dans mes veines. Il ouvre la bouche, mais avant qu'il ait pu dire un mot, je tends une main vers lui, attire son visage contre le mien et pose mes lèvres sur les siennes.

Il ne fait d'abord pas un geste. Je peux sentir son pouls s'accélérer. Comme dans un rêve, j'enroule mon autre main autour de son cou et il commence à m'embrasser à son tour, doucement d'abord, puis avec fièvre. Nous titubons jusqu'à ce que mon dos soit pressé contre l'arbre, et que Charlie soit pressé contre moi. Je l'attire plus près, plus près encore, je me love contre lui, j'en veux toujours plus. Mes doigts s'agrippent à sa veste noire et je sens son cœur qui tambourine dans sa poitrine, à l'unisson avec le mien. Il pose une main sur mon visage, puis caresse ma gorge avec une telle tendresse que je crois sentir des flammes blanches de désir pénétrer tout mon corps. Il dépose une succession de petits baisers le long de ma mâchoire. Je respire à peine. Sa bouche est contre la mienne, ses mains sur mes hanches m'attirent contre lui, et j'en veux plus, *encore plus*. Je le veux tout entier.

Je n'ai jamais été embrassée ainsi, c'est tout ce dont je rêvais… mais voilà que je m'imagine en train d'embrasser quelqu'un d'autre.

Dès l'instant où cette pensée envahit mon esprit, je m'écarte de Charlie, le souffle court : je suis en train d'imaginer que j'embrasse Robert.

Je pose mes mains sur son torse.

— Charlie, je ne peux pas…, je murmure d'une voix rauque, et je le sens se raidir avant de faire un pas en arrière. Je suis désolée.

Aussitôt, je me dégage et pars rejoindre la fête, aussi vite que me le permettent mes jambes flageolantes. Je fonce droit sur Laurie.

— Laurie, je m'écrie en me couvrant la bouche d'une main.

— Qu'est-ce que tu as fabriqué ?

Elle sourit à la vue de mon air dépenaillé, de mes cheveux ébouriffés.

— Ri… rien…

— Ah, vraiment ? (Elle lève un sourcil.) On dirait pourtant que quelqu'un a enlevé tout ton rouge à lèvres avec sa bouche. (Elle sourit, de son sourire félin.) Allez, viens, ma belle, on va arranger ça. Tout le monde est en train d'aller dans le verger pour le festin de minuit de Caitlin. Il faut que tu sois à ton avantage.

Hébétée, je la laisse me traîner jusqu'à la salle de bains, où elle remet mon maquillage en état pendant que je m'efforce d'oublier mon envie folle d'embrasser son fiancé. Laurie papote, et moi j'essaie juste de ne pas m'effondrer. C'est comme si un barrage avait cédé à l'intérieur de moi. En rêvant que j'embrassais Robert, j'ai ouvert une boîte que je tenais jusqu'alors fermée au point d'oublier son existence. Suis-je amoureuse de Robert ? Est-ce que c'est la raison de cette souffrance qui me donne l'impression d'être coupée en deux ? Mes yeux s'emplissent de larmes. Tout l'été, nous nous sommes disputés, nous avons ri, nous nous sommes moqués l'un de l'autre, et j'ai adoré ça. La simple idée de ne plus jamais le voir me cause une vraie douleur physique.

— Est-ce que tu passes un bon moment ? me demande Laurie, qui prend du maquillage dans un poudrier doré pour le déposer sur mes joues.

Je hoche la tête, mais mes mouvements sont saccadés.

— Ça y est, c'est la fin de l'été, soupire Laurie. Dis-moi, petite Lou, as-tu trouvé ton nouveau rêve ?

— Que… Quoi ? je demande, étonnée.

— Ta passion, ta prochaine aventure ?

Elle me parle avec une affection qui me fend le cœur. Avec mes sentiments pour Robert, je trahis notre amitié. J'ai envie de vomir.

— Non, non, je lance. Pas de passion.

J'essaie d'avoir un ton assuré. Je ne dois rien montrer. Je dois dissimuler ces sentiments quelque part, très loin, dans une boîte fermée à double tour.

— Ah ? réplique Laurie en lançant un regard lourd de sous-entendus sur mon rouge à lèvres effacé.

Avant que j'aie pu trouver quelque chose à répondre, elle entreprend de passer son propre rouge à lèvres pourpre sur mes lèvres.

— Et te voilà comme neuve, dit Laurie, qui se tient derrière moi devant le miroir.

Elle se penche soudain vers moi et, à ma grande surprise, m'embrasse sur la bouche.

— Avec celui-ci, tu peux y aller, il ne bave pas, dit-elle enfin. Maintenant, allons-y.

Elle passe son bras sous le mien, puis nous sortons de la maison et prenons la direction du verger. Mes pensées voltigent dans tous les sens. Voilà Caitlin. Elle attend devant l'entrée du verger et semble m'avoir cherchée partout.

— Lou ! s'écrie-t-elle. Dieu merci, te voilà. Où avais-tu disparu ? Maintenant, ferme les yeux.

Je sais bien qu'il serait inutile de protester, alors j'obéis, comme dans un rêve. Laurie et Caitlin m'encadrent pour me faire traverser le verger. Tout est très calme hormis quelques rires et des murmures qui me rendent nerveuse.

— Maintenant, dit Caitlin, ouvre les yeux !

J'obéis, et des centaines de voix entonnent « Joyeux anniversaire », accompagnées par les trompettes et les cornets de plusieurs musiciens de l'orchestre. Je me tiens à l'extrémité de l'une des longues tables, et devant moi se dresse un énorme gâteau à quatre étages couvert de bougies. Je repère Charlie un peu plus loin, et alors que j'ose à peine lui jeter un regard, je constate qu'il chante et qu'il sourit. Peut-être que je ne l'ai pas mis si mal à l'aise, après tout. Je ne peux m'empêcher de parcourir la foule des yeux, à la recherche de Robert, mais je ne le vois nulle part.

Enfin, les chants tonitruants laissent la place à des cris de joie qui font trembler tout le verger.

— Joyeux anniversaire, Lou, dit Caitlin en me massant les épaules. Allez, fais un vœu.

Je souffle les bougies.

CHAPITRE 21

J'ai l'impression d'être devenue une automate. Je mange mon gâteau d'anniversaire, je parle, je ris et je danse. Et pendant tout ce temps, sans que je puisse rien faire pour les en empêcher, mes yeux s'obstinent à chercher Robert jusque dans le moindre recoin.

Maintenant que j'ai regardé mes sentiments en face, comment pourrais-je les remiser dans leur cachette ? Et si je m'autorisais à désirer quelque chose d'autre, quelqu'un d'autre ? Et si je forçais mon cœur à entendre raison ? Je viens d'embrasser Charlie, après tout… et quel baiser ç'a été ! Un de ces moments qui vous laissent les jambes tremblantes, prête à défaillir, comme dans les grands romans d'amour. C'était un baiser plein de promesses et de désir, et aussi d'autre chose, quelque chose de plus profond. C'était parfait. Alors *pourquoi* me suis-je mise à penser à Robert ? J'essaie de décrypter mes sentiments, mais ils sont si mouvants et confus que je ne sais plus par où commencer.

Un bon point de départ pourrait être le fait que Robert s'apprête à en épouser une autre. Et que la future mariée en question est l'une de mes amies. Bref, un menu détail. Alors comment puis-je même envisager de l'embrasser ? Pourquoi la simple pensée d'être à ses côtés, de passer du temps avec lui, me remplit-elle d'une joie si grande et si éblouissante que je ne parviens pas à la regarder en face ?

J'ai perdu toute notion du temps. Assise sur l'un des fauteuils noirs moelleux du salon, j'écoute la ballade mélancolique jouée par le pianiste tout en sirotant un cocktail. Quelle heure est-il ? Deux heures du matin ? Trois heures, peut-être ? Je n'en ai pas la moindre idée. Il faut que je fasse en sorte de garder mon esprit occupé, juste assez pour ne plus penser au pétrin dans lequel je me suis mise. Pour que Robert et Caitlin, et Alice, et tout le reste de ma vie confuse et chaotique ne forment plus qu'un léger murmure, et non cet effroyable rugissement.

J'ai perdu la trace de Caitlin et des autres depuis un bon moment, je ne sais pas depuis quand. J'ai conscience qu'ils sont par là, quelque part, et que je ferais mieux d'aller les chercher, mais je me sens comme engourdie, et je laisse les notes de musique se déverser sur moi. Je savoure le vide dans ma tête, pourtant perturbé par un grésillement semblable à celui qu'on peut entendre à la radio, ou par le son que font les bulles de champagne lorsqu'elles éclatent. Il y a une autre fille assise à ma table, mais j'ignore qui elle peut bien être. Elle a décidé de m'appeler Cynthia, et j'ai décidé que le plus simple serait encore de la laisser faire. Elle est en train de parler.

— Le truc…, marmonne-t-elle en essayant d'attraper mon regard. Le truc, Cynthia…, répète-t-elle. Le truc, c'est que *je le lui avais dit*, tu vois ?

Je hoche la tête. J'ai découvert qu'il était plus simple de toujours acquiescer plutôt que de relancer la discussion.

— Je savais que tu comprendrais, bredouille-t-elle en sortant un paquet de cigarettes. Tu en veux une ? me propose-t-elle.

— Pourquoi pas ?

Je saisis une cigarette et me penche vers la fille afin qu'elle me l'allume. Sans doute qu'elle oscille un peu, à moins que ce soit moi, ou toutes les deux, mais en tout cas l'opération prend un certain temps. J'aspire une bouffée qui me fait toussoter. J'ai déjà fumé avant, mais ça ne m'a jamais trop plu. La tête me tourne, alors je m'adosse à mon siège en attendant que le décor veuille bien cesser de gigoter.

Ma nouvelle amie s'est remise à marmonner de sombres paroles, le nez plongé dans son verre.

— Je le lui avais dit, siffle-t-elle encore une fois.

C'est alors que je repère Caitlin. Elle arrive en courant depuis le jardin, échevelée, une chaussure à la main. L'autre chaussure semble avoir disparu. Elle rit, et je reconnais ce rire, ce rire trop joyeux, ce rire qui vole aussi haut qu'un cerf-volant.

Charlie court après elle en titubant. Sa perruque poudrée de travers laisse apparaître ses cheveux blonds ébouriffés. Il porte un masque blanc. Je fronce les sourcils. Non. Quelque chose ne va pas. Son masque est noir, n'est-ce pas ? Je secoue la tête et fouille dans mes souvenirs. Lui aussi est en train de rire, et il attrape le bras de Caitlin alors qu'elle s'écarte de lui en dansant. Après les avoir observés se dirigeant vers la maison, je décide d'aller les voir. Peut-être qu'on pourrait danser encore un peu. Danser, voilà qui serait agréable.

Je me lance à leur poursuite à travers les groupes de fêtards.

— Attendez-moi ! je crie, mais ma voix se perd dans le brouhaha.

Ils suivent le couloir qui mène à la bibliothèque. Caitlin a fait installer de voluptueuses causeuses dans les alcôves du couloir, à la place des bustes et des autres œuvres d'art qui s'y trouvent d'habitude. La plupart d'entre elles sont occupées par des couples enamourés. Je parcours le couloir au pas de course à la suite de Caitlin et Charlie. Je peux les entendre rire. Lorsque je les aperçois devant la porte de la bibliothèque, je me fige aussitôt et cesse de les appeler.

Caitlin est appuyée contre la porte et Charlie a posé son bras sur le mur au-dessus de sa tête. Il se penche vers elle ; leurs visages se frôlent. J'en ai le souffle coupé. Caitlin se redresse et lui caresse la joue du bout des doigts, puis l'espace qui les séparait encore se réduit jusqu'à ce qu'ils finissent par s'embrasser.

Je suis incapable de détourner le regard de ce baiser qui se prolonge. Lorsqu'ils se séparent enfin, Charlie murmure quelque chose à l'oreille de Caitlin, qui se met à pouffer. Puis, en lui lançant un regard entendu, elle passe une main derrière elle et ouvre la porte. De son autre main, elle attrape la veste de Charlie et l'attire vers elle. Il l'embrasse de nouveau pendant qu'ils s'engouffrent dans la bibliothèque. La porte se referme. Ma tête bourdonne et mon cœur martèle ma poitrine.

Qu'est-ce que ça signifie ? Caitlin et Charlie. Depuis combien de temps ? Est-ce qu'elle sait qu'il m'a embrassée il y a deux heures à peine ? Serait-ce l'un de ces mystères qu'elle refuse de partager avec moi ? Un secret de plus ? Et Lucky ? Tout l'amour qu'ils ressentent l'un pour l'autre ? Mon ventre se noue au souvenir du visage de Lucky lorsqu'il est sorti de la maison de Londres. Je suis indignée pour lui. Je n'ai aucun droit sur Charlie et je n'ai jamais ressenti rien de plus que de l'amitié pour lui… alors que Caitlin et Lucky… c'est réel. J'ai pu voir de mes yeux la profondeur de leurs sentiments, même quand ils étaient tous deux au plus bas. Comment Caitlin pourrait-elle faire comme si de rien n'était ?

— Lou ? dit une voix dans mon dos.

Je me retourne et découvre Laurie, blottie dans l'une des causeuses. Et elle n'est pas seule. Élodie est assise à côté d'elle, le bras étendu sur le dossier de la banquette, derrière la tête de Laurie. Son chapeau a roulé sur les coussins et elle a détaché ses longs cheveux noirs. Sa moustache peinte est étalée autour de sa bouche, tout comme le rouge à lèvres de Laurie. De toute évidence, je les ai interrompues en pleine action. Mon cœur cesse de battre un instant.

Laurie ne semble pas du tout préoccupée par mon apparition et, à en juger par son sourire compatissant, elle a aussi vu Charlie et Caitlin s'engouffrer dans la bibliothèque.

— Si j'étais toi, je ne m'en ferais pas trop, dit-elle en haussant les épaules. Ils ne s'en souviendront même pas demain matin. En général, tout ça ne veut rien dire du tout.

Je reste figée un instant, à tourner ses paroles dans ma tête. Je pense à Caitlin et Lucky, et je pense à Robert.

— Pour moi, ça veut dire quelque chose, je murmure.

Je ne pense pas vouloir vivre la même vie que ma sœur, mais je sais que son amour pour Jack est réel. Il est sincère et total, et pour elle rien d'autre ne compte. Et c'est ce que je veux. Pas cette comédie, pas cette obstination à faire comme si rien n'avait d'importance. C'est cruel. C'est une façon de rendre les gens interchangeables. Les gens comme moi.

— Ne sois pas bête, mon cœur, nous avons tous nos petites aventures, poursuit Laurie.

— Allons..., ajoute Élodie d'une voix câline. Ne laisse pas cette histoire te gâcher la fête.

On dirait qu'elles s'adressent à une petite fille qui n'a pas eu le cadeau qu'elle espérait.

Je me traîne au-dehors et m'arrête devant la maison, où j'écoute les bruits de la fête qui saturent l'espace. Je ressens soudain le besoin d'être un peu seule, alors je me glisse sur les marches de pierre branlantes qui mènent à la plage. La lune brille toujours au-dessus de l'eau, mais le ciel commence déjà à s'éclaircir. Ici, dans la crique, tout est calme et silencieux. Rien d'autre que le murmure de la mer qui vient s'échouer sur le rivage ; des doigts d'écume blanche qui grattent le sable avant d'être repoussés, encore et toujours, vers les flots sombres. Je me contente d'observer le spectacle, afin de dissiper le bruit dans ma tête.

Je défais mon masque puis le dépose à côté de moi. Je dégage la splendide robe verte de mes épaules, la laisse glisser à mes pieds sur le sable et l'enjambe avant de me diriger vers la mer dans ma petite culotte rose. Tout doucement, j'entre dans l'eau en laissant mes doigts courir sur la surface. Grâce à l'alcool, je ne ressens même pas le froid. Au contraire, les vagues qui clapotent contre ma peau fiévreuse semblent pareilles à des rubans de soie. Je nage vers le large, puis me retourne sur le dos en étendant mes bras et mes jambes de tout leur long, comme Alice et moi le faisions quand nous étions petites. « On est des étoiles de mer », disait Alice quand nous flottions ainsi côte à côte, et ses doigts s'enroulaient autour des miens pour nous lier l'une à l'autre, suspendues entre la mer et le ciel.

Je fixe le ciel, qui scintille en cet instant qui sépare la nuit du matin, et je me sens petite et légère. Mes cheveux flottent et forment un halo autour de ma tête. Je n'écoute que le son de ma propre respiration.

J'ignore combien de temps je reste étendue ainsi. Sans doute pas plus d'une minute ou deux, mais j'ai l'impression que plusieurs heures se sont écoulées. Enfin, je regagne le rivage. C'est alors que j'aperçois une silhouette sur la plage. Assis sur un rocher, Robert m'observe. Il porte une chemise blanche au col ouvert et un pantalon noir, et son visage est indéchiffrable. Je ne sais pas à quel point mes sentiments sont visibles, mais j'ai bien peur qu'on ne voie qu'eux. L'apparition de Robert est tout à la fois un choc et une joie, et mon cœur se consume dans ma poitrine.

Alors que je sors de l'eau en titubant, l'air frais me fait grelotter et je réalise soudain que je suis en sous-vêtements. Robert se lève, détourne le regard et me tend sa veste d'une main. Je m'y glisse, reconnaissante, puis me blottis dans le tissu sombre en plongeant mes mains dans les longues manches.

— Qu'est-ce que tu fais là ? je demande enfin.

Le voir à cet instant, après tout ce qu'il s'est passé ce soir, fait naître en moi un tourbillon de sentiments très déroutant. Je suis si tiraillée, si troublée. Qu'est-ce que je ressens vraiment pour Robert ? Que suis-je pour lui ?

— Je t'ai vue descendre, dit-il. Je voulais m'assurer que tu ne te noierais pas.

Ses mots me font sourire, ainsi que son attitude désinvolte. Tout est comme d'habitude, et ça me rassure. Je me blottis encore davantage dans sa veste, puis je grimpe sur le rocher qu'il occupait un peu plus tôt. Il s'assoit à côté de moi.

— Lou. J'ai quelque chose à te dire.

Il s'interrompt, hésitant.

— Oh, vraiment ? dis-je, nerveuse, en traçant des cercles dans le sable du bout de mes orteils. Moi, j'ai des tas de choses à te dire.

— Ah oui ?

— Oui. J'ai passé une soirée riche en émotions. (Remplir l'espace qui nous sépare de bavardages sans intérêt me semble être le seul moyen de survivre à sa trop proche présence.) J'ai rencontré une fille qui était persuadée que je m'appelais Cynthia.

— Ridicule. Comment pourrait-on te prendre pour une Cynthia ?

— J'ai aussi beaucoup entendu parler d'une certaine Lois. Il paraît que c'est sa fête d'anniversaire, j'ajoute sans parvenir à croiser son regard. Ce serait une héritière de la région qui passerait six mois par an dans le domaine de ses parents, dans le sud de la France. Elle posséderait un yacht et la moitié d'un cheval de course… mais quelle partie du cheval exactement, ça n'était pas très clair.

En fait, Lois serait tout à fait à sa place ici, me dis-je. *Elle n'a vraiment rien à voir avec moi.*

— Elle a l'air insupportable, dit Robert. Typique du genre de fille déprimante qu'on rencontre dans ce genre de soirée.

— Ah bon ? dis-je, un peu soulagée.

— Hmmm. Je commençais à désespérer de rencontrer à nouveau quelqu'un d'intéressant. Jusqu'à ce que je vienne dans la région.

— Jusqu'à ce que tu… viennes dans la région ? je bafouille.

— Oui, dit-il avant de s'étendre en prenant appui sur ses coudes. Jusqu'à ce que je rencontre ta tante Irene. Quelle femme fascinante !

Je souris timidement. La chaleur de sa voix lorsqu'il me taquine me transperce de plaisir et de douleur, si bien que je pourrais éclater en mille morceaux.

— Lou, qu'est-ce qui ne va pas ? me demande-t-il alors, et sa voix est tendre, délicate, comme si je l'entendais pour la première fois.

— Ce n'est rien. Je suis juste… Je suis un peu perdue… et j'ai vu quelque chose qui m'a surprise, j'ajoute d'une voix vacillante. Caitlin et Charlie étaient…

Je ne trouve pas le courage de finir ma phrase, alors qu'après tout, ce n'est qu'une toute petite partie de l'histoire. Mais que puis-je lui confier de plus ?

— Ah…

— Tu n'as pas l'air étonné, je murmure.

Il garde le silence un instant avant de répondre.

— Je le suis. Mais Charlie s'était déjà montré intéressé, par le passé… et Caitlin a la manie de prendre… des décisions à l'emporte-pièce. (Il pose sur moi ses yeux verts pensifs.) Je suis désolé si ça t'a fait de la peine, ajoute-t-il avant d'inspirer profondément. Il y a quelque chose que je voudrais te dire, annonce-t-il alors pour la seconde fois.

— Ah oui. Tu l'as déjà dit et je t'ai interrompu. Pardon, qu'est-ce que c'était ?

Je tends la main et touche son bras pour m'excuser. Alors, à cet instant précis, tout change entre nous. C'est comme si l'air qui nous entoure avait changé de nature. Nous sommes si près l'un de l'autre que je peux sentir la chaleur qui se dégage de son corps. Je me rends tout à coup très bien compte que ma jambe frôle la sienne. J'entends les battements de mon cœur cogner dans mes oreilles. Lorsque je me tourne vers lui, il est si proche que je peux voir les éclats noisette qui parsèment le vert de ses yeux. J'observe mes doigts se lever vers son visage comme s'ils étaient ceux d'une autre. Est-ce vraiment la mienne, cette main qui repousse doucement les mèches sombres de Robert ? Il lève une main à son tour et s'empare de la mienne, qu'il maintient tout contre sa joue. Nous restons ainsi un moment, et ce moment est une exquise torture. Je crois que je pourrais l'embrasser. Je crois que c'est ce qu'il veut, lui aussi. Mais qu'est-ce que ça ferait de moi ? Embrasser le fiancé d'une autre, fouler aux pieds son engagement pour satisfaire mon propre plaisir. Je ne vaudrais pas mieux qu'eux tous.

Je m'écarte.

— Il faut que je retourne à l'intérieur, dis-je d'une voix rauque.

Le charme est rompu.

— Bien sûr, dit-il, du même ton poli et distant qu'il utilise avec tous les autres. On se voit plus tard.

Jusqu'à cet instant, je n'avais pas réalisé qu'il avait une voix spéciale pour moi, mais c'est bien le cas : une voix chaude et taquine qui est comme un secret entre nous.

Je ramasse ma robc, qui par chance n'a pas trop souffert de l'aventure. Je songe un instant à ce qu'Alice aurait dit si elle m'avait vue abandonner une création haute couture en tas sur le sable, puis je décide de ne jamais lui en parler, même si nous nous réconcilions un jour. Robert et moi marchons vers la maison en silence. Une lueur orange illumine à présent les contours du ciel, telle la mèche d'un pétard sur le point d'exploser. La fête touche à sa fin. Ne restent que quelques-uns des buveurs les plus invétérés, avachis dans un coin ou ricanant ensemble sur les canapés. Une fois au pied de l'escalier, je me tourne vers Robert.

— Eh bien... bonne nuit, dis-je, le regard braqué sur le sol.

— Bonne nuit. Et joyeux anniversaire.

Ses paroles glaciales résonnent dans mes oreilles.

Je grimpe les marches tant bien que mal, et file droit vers ma chambre. Une fois en sécurité à l'intérieur, je suspends avec précaution ma belle robe verte après avoir effleuré les perles scintillantes et le fil doré. Je me rends compte alors que je porte toujours la veste de Robert. Je caresse l'une des manches en admirant la douceur du tissu. L'avant de la veste est couvert d'élégants brandebourgs noirs. Je fronce les sourcils, puis je regarde de plus près. J'ai déjà vu cette veste quelque part.

Je sens quelque chose s'abattre sur moi, une prise de conscience qui, pas à pas, est en train de faire son chemin à travers mon esprit en miettes. Cette veste est identique à celle de Charlie… Je me souviens (je m'en souviens même *très bien*) d'avoir touché ces broderies quand nous nous sommes embrassés. Mais pourquoi Robert aurait-il porté la veste de Charlie ? La réponse, bien sûr, c'est qu'il ne l'a pas fait. J'ai vu Charlie avec une veste, avant de descendre à la plage, et il est très clair que ce n'est pas à cet instant-là que Robert aurait pu la lui emprunter. C'est donc le costume de Robert, conclut enfin mon cerveau. Robert et Charlie portaient le même costume.

Je me fige et un frisson me parcourt de part en part. D'une main tremblante, je fouille les poches de la veste jusqu'à ce que mes doigts rencontrent un objet doux comme de la soie. Je sens mon pouls battre à tout rompre au fond de ma gorge, tel un oiseau en cage agitant ses ailes. Doucement, doucement, je retire l'objet en soie de la poche, puis le brandis devant moi. Je n'ai aucun doute sur ce dont il s'agit, mais, malgré tout, le voir ici, devant mes yeux, me coupe le souffle.

C'est un masque de carnaval noir.

CHAPITRE 22

Après une nuit agitée peuplée de masques, de baisers et de visages aux yeux verts tourbillonnants, je me réveille plus perdue que jamais. Cette soirée était si étrange que je ne parviens plus à distinguer le rêve de la réalité. J'ai l'estomac noué et une migraine abominable. Robert… J'ai embrassé Robert la nuit dernière. Et je repense à ce baiser encore et encore. Je sais que ça n'aurait jamais dû arriver, mais c'est un souvenir si brûlant et si merveilleux que je ne peux m'empêcher de le faire revivre. Je pose ma main sur mes lèvres, pour ressentir à nouveau la sensation de sa bouche sur la mienne. Je m'apprête à reproduire ce baiser un million de fois. À glisser mes doigts dans ses cheveux sombres, à l'attirer tout contre moi.

Je devrais être choquée d'avoir partagé un tel baiser avec Robert, mais en vérité cela me semble très naturel, et j'en suis plus effrayée encore. Tout ça ne change rien. Robert n'est pas pour moi. Robert va se marier. Robert va épouser Laurie.

Mais qu'en est-il de Laurie et Élodie ? Que faisaient-elles quand je les ai interrompues ? Laurie serait-elle amoureuse de quelqu'un d'autre ? Et puis, Robert m'a peut-être embrassée, mais il n'y est pas pour grand-chose : je me suis littéralement jetée sur lui. Il n'a pas eu le temps de protester que mes lèvres se pressaient déjà sur les siennes. Je grogne, submergée par la culpabilité. *Mais tout de même*, murmure une petite voix dans ma tête, une petite voix maléfique que rien ne fera taire, *il ne t'a pas repoussée. Rien ne l'obligeait à t'embrasser à son tour. Mais il l'a fait.*

Je gémis, serre les poings puis me mets à frapper les draps blancs sans grande efficacité. Il ne me reste plus qu'à me lever pour affronter les conséquences de mes actes.

Je m'extirpe du lit et me traîne vers la salle de bains, où je m'asperge la figure d'eau froide. Le visage pâle et défait que je découvre dans le miroir me terrifie. Je parviens à m'habiller puis à tituber jusqu'à la salle à manger. Je pousse la porte et tombe sur Robert, assis seul à la table. Il se lève et nous restons debout à nous fixer en silence. Il me lance un regard prudent, presque méfiant. Je tends la main vers lui, et le masque noir se déplie entre mes doigts. Dans ses yeux, je vois qu'il a compris. Qu'il *sait*. Il fait un pas en arrière, s'apprête à dire quelque chose… lorsque Laurie apparaît derrière moi dans un kimono décoré de motifs floraux.

— Café ! lâche-t-elle en s'affalant sur une chaise. Besoin de café. Tout de suite.

Je lance un regard désespéré à Robert tout en plongeant le masque dans ma poche, mais il est déjà en train de servir du café à Laurie. La cafetière est vide.

Robert appelle Perkins, qui ne se montre pas.

— Je m'en occupe, dit Robert, profitant du désespoir affiché par Laurie pour disparaître de la pièce.

— J'ai bien peur de t'avoir choquée, la nuit dernière…, déclare Laurie.

— Oh… Non, non, pas du tout, je réponds, gênée. Enfin, peut-être un petit peu. Alors, Élodie et toi vous êtes… ?

— Amantes, conclut Laurie, aussi platement que si elle commentait la météo.

— Ah, d'accord, dis-je en me laissant tomber sur un siège.

Laurie éclate de rire et saisit ma main, qu'elle presse avec douceur.

— Pauvre Lou… J'avais oublié qu'on pouvait encore être choqué *par quoi que ce soit*, de nos jours.

— Et… et qu'en est-il de Robert ? je demande en tâchant de ne pas laisser transparaître la moindre émotion. Tu n'es pas amoureuse de lui ?

— Amoureuse de Robert ? Pas plus qu'il n'est amoureux de moi, répond-elle tranquillement, comme s'il ne s'agissait que d'un détail sans importance. De toute façon, il s'en fiche. Même s'il préférerait sans doute que je sois plus discrète que la nuit dernière. C'est ce maudit cocktail vert ! Un vrai poison : il m'a fait oublier toute prudence !

— Robert sait donc que tu… euh… ?

— Que je passe du bon temps avec d'autres que lui ? pouffe Laurie. Bien sûr qu'il le sait. Nous sommes honnêtes l'un envers l'autre. J'ai le plus grand respect pour lui, et Dieu sait que beaucoup de mariages ont été célébrés sur de moins bonnes bases.

Je me tiens coite un moment, tout occupée à assimiler ces informations. Je savais que Laurie n'avait pas une vision conventionnelle du mariage, mais j'étais loin d'imaginer qu'elle n'était pas amoureuse de Robert.

— Est-ce que Robert a aussi une… ? je me lance, mais la honte m'empêche de finir ma phrase.

Laurie me lance un regard incisif.

— Cette question-là, c'est à lui que tu vas devoir la poser.

J'ai la nausée. Peut-être que c'est l'explication. Peut-être que c'est pour ça que Robert m'a laissée l'embrasser. Parce qu'il en a eu envie, parce que ça ne signifie rien du tout. Qui accorde encore la moindre importance à un baiser échangé entre amis ?

— Je ne comprends pas, dis-je, la voix étranglée par les larmes. Pourquoi vous donner la peine de vous marier ?

— Si je peux me permettre, Lou, c'est une question bien naïve.

— Ah oui ?

— Écoute-moi bien, ma belle.

Elle a parlé d'une voix douce ; elle tient toujours ma main dans la sienne, et on croirait qu'elle s'apprête à expliquer quelque chose de désagréable à une enfant qui n'a pas envie de l'entendre. En fait, c'est peut-être très exactement ce qui est sur le point d'arriver.

— Dans le monde où Robert et moi vivons, les mariages sont des contrats. D'un côté, une riche héritière américaine dont les parents aimeraient beaucoup voir leur fille s'offrir un titre de noblesse, dit-elle en se désignant du doigt. Et de l'autre côté, un noble anglais désargenté, condamné à faire perdurer son nom de famille. Tout le monde en sort gagnant, dit-elle en haussant les épaules. C'est la plus banale des histoires.

— Robert t'épouse… pour ton argent ?

Je suis horrifiée. Je m'attendais à tout, sauf à ça. C'est si froid, si calculateur. Je ne parviens pas à imaginer Robert prendre une décision pareille. À moins que… Non. Le Robert que j'ai rencontré au début de l'été, pourquoi pas ? Mais pas celui que je connais si bien.

— J'espère que ce n'est pas la seule raison ! répond Laurie dans un éclat de rire. Mais si tu veux la vérité toute nue, alors la réponse est oui.

Elle lâche ma main et se redresse sur son siège avant de poursuivre.

— Ni lui ni moi n'avons envie d'un mariage étouffant. C'est une belle personne et il fera un bon mari, en tous points conforme aux attentes de mon père et de ses associés, mais il est libre de s'amuser comme il veut et avec qui il veut. Et c'est pareil pour moi, conclut-elle avant de s'étirer, le sourire aux lèvres.

Je médite ces paroles, les yeux braqués sur ma tasse de thé vide. Je crois bien qu'une part de moi-même a espéré un instant que Robert et Laurie n'allaient pas se marier, puisqu'ils ne s'aiment pas. Mais voilà : Laurie m'a bien expliqué qu'ils étaient tous les deux libres comme l'air. Ce qui s'est passé entre Robert et moi ne signifie rien pour lui. Je ne suis qu'une de ces filles qu'il embrasse pendant les fêtes. J'aurai tôt fait de perdre le charme de la nouveauté, et alors, comme Lucky, je serai mise de côté, puis oubliée. Et le mariage aura lieu quoi qu'il arrive, parce que c'est dans l'ordre des choses. Un mariage n'est qu'un contrat, et je suis bien naïve d'imaginer qu'il pourrait y avoir autre chose derrière. De penser que l'amour pourrait y avoir sa place. Je me sens perdue, assise devant cette table. Comment ai-je pu me laisser aveugler à ce point ?

Robert réapparaît, une cafetière d'argent à la main. Il verse une tasse à Laurie qui se lève et l'embrasse sur la joue pour le remercier. Je fixe la nappe. Je suis incapable de regarder Robert dans les yeux : je n'ai aucune idée de ce que j'y trouverais.

Nous restons tous trois assis dans un silence seulement troublé par le tic-tac morose d'une horloge. Je me sers du thé, puis me réchauffe les mains contre la tasse. Il fait un temps splendide, mais je suis parcourue de frissons. Je me sens oppressée par cet épais silence et j'ignore quoi dire pour le briser. Il faut que je m'en aille. Je vais m'en aller.

Finalement, on ne m'en laisse pas l'opportunité. Car c'est à cet instant que Charlie surgit, en tirant Caitlin derrière lui. Son beau visage rayonne ; il sourit jusqu'aux oreilles. On ne peut pas en dire autant de Caitlin, qui est toute pâle et pincée. Elle fait son possible pour éviter mon regard (en d'autres circonstances, je serais très amusée par le nombre de personnes dans cette pièce qui cherchent à éviter le regard des autres). Charlie, excité comme un petit chiot, ne remarque pas le moindre signe de tension.

— Nous avons une grande nouvelle à vous annoncer ! déclare-t-il. Caitlin et moi… J'ai fini par la convaincre… Nous allons nous marier !

Je manque de faire tomber ma tasse, qui heurte avec fracas la soucoupe. Je sens les regards de Robert et de Laurie fondre sur moi à l'unisson. Caitlin a toujours les yeux braqués sur le parquet. *Mariés*. Encore ce mot qui a si peu de sens ici. Alors maintenant, Caitlin va épouser Charlie ? Charlie plutôt que n'importe qui d'autre ?

— Mais c'est merveilleux, mes chéris ! s'exclame Laurie avant de se lever pour serrer son frère et Caitlin dans ses bras. Vous nous prenez par surprise, mais quelle joie !

Robert se lève à son tour, puis serre la main de Charlie.

— Félicitations, dit-il simplement.

Nos regards se croisent, et je ressens dans ma chair ce qui le préoccupe. Avec un sourire aussi éclatant que possible, je me lève enfin.

— Oui, félicitations, Charlie, je lance bien trop fort, comme si j'avais perdu tout contrôle de ma voix.

Je refuse d'être complice de cette mascarade. Je vais me contenter de jouer le rôle qu'on attend de moi.

— Je suis vraiment très heureuse pour vous, je poursuis. Je crois que je vais vous laisser fêter ça en famille. Il faut que je file.

— Je t'accompagne, dit Robert.

Mais je l'arrête d'un geste.

— Non, non ! je proteste, m'évertuant à camoufler les soubresauts de ma voix. Toi, tu restes ici pour célébrer ce beau moment.

— Elle a raison, Robert, dit Laurie qui lui pose une main sur le bras. Lou peut rentrer toute seule. Elle connaît le chemin.

Je lui lance un regard reconnaissant, car je ne pense pas être capable de passer une minute de plus avec Robert, ni avec n'importe lequel d'entre eux, d'ailleurs. J'en ai les larmes aux yeux.

— Bien sûr que oui. Alors à bientôt, tout le monde. Et merci encore pour la fête.

Je quitte la pièce avec le plus de dignité possible. Je sors de la maison et descends vers la mer. J'inspire de grandes bouffées d'air frais.

Un bruit de pas me fait me retourner, et je découvre Caitlin qui me rejoint en courant. Elle me lance un regard triste.

— Je suis désolée, dit-elle à voix basse.

— Tu es désolée ?

— Oui. Vraiment désolée.

— Mais pourquoi ?

— Parce que… parce que je ne t'en ai pas parlé, et parce que je sais qu'il te plaît, et maintenant je…

— Bon sang, Caitlin ! je m'exclame. Tu ne comprends donc pas ? Ça n'a rien à voir avec lui. C'est de toi qu'il s'agit. Est-ce que *tu* aimes Charlie ?

Elle se fige, le visage blême.

— Je l'aime bien.

— Est-ce que tu l'aimes ?

— Tu sais bien que non, souffle-t-elle.

— Alors qu'est-ce que tu fabriques ?! je hurle. Pourquoi tu fais ça ? Je n'y comprends *rien*. Je ne comprends rien à ce qui se passe ici. Tu seras malheureuse, et ça le rendra malheureux à son tour.

— Je suis désolée, murmure-t-elle à nouveau. Je sais que tu as raison, mais j'étais si triste… et Charlie a dit que si nous nous mariions il m'emmènerait ailleurs, en Amérique, et j'ai tellement envie de tout laisser derrière moi et j'ai… j'ai dit oui.

Elle a brandi ses mains devant elle comme pour demander grâce. Je sens toute ma colère retomber face à son visage défait, à sa frêle silhouette qui se met à trembler tandis qu'elle éclate en sanglots. Je fais un pas vers elle et la serre contre moi.

— Je comprends. Mais, Caitlin, qu'est-ce que tu désires au fond de toi ? Es-tu sûre que ça en vaut la peine ? Mentir à tout le monde, à Charlie, à Robert ? Veux-tu vraiment fonder ton mariage sur un mensonge ? Tu ne devrais pas faire ça, Caitlin. C'est Lucky que tu aimes.

— Tu ne sais pas de quoi tu parles, lance Caitlin, qui s'est raidie.

— Je vous ai vus ensemble. Je sais comment il te regarde. Il t'aime.

— Ça suffit. Tu ne dois pas parler de ça.

— Et pourquoi ? Il faut bien que quelqu'un s'en charge. Tu ne veux pas en parler, Caitlin, ni à moi ni à quelqu'un d'autre. Personne ne se parle, ici. Il n'y a que des secrets…

Elle se met à faire les cent pas, les mains sur les hanches.

— Je t'interdis de mêler Freddy à cette histoire, lance-t-elle en vacillant, comme si le simple fait de prononcer son prénom suffisait à la terrasser. Tu es censée être mon amie. Cette histoire ne regarde que moi.

— Oui, je suis ton amie, je réponds malgré le choc de la voir se déchaîner ainsi. Et c'est pour ça que tu peux m'en parler, que tu *devrais* m'en parler. Fais-moi confiance.

— Je ne peux pas en parler avec toi. Je ne peux en parler avec personne. Tu ne comprends toujours pas ? Je suis lady Caitlin Cardew. Je suis tenue d'être la perfection incarnée. Je dois avoir l'air parfaite et être brillante et joyeuse et organiser des fêtes parfaites. C'est ça, mon travail. Et je dois le faire parfaitement car sinon rien de tout cela n'a *aucun sens*. Mon père est mort, il ne reste que Robert et moi. Nous devons faire en sorte que les choses continuent comme il l'aurait voulu. Je ne peux pas m'enfuir pour vivre je ne sais quelle aventure invraisemblable. Je ne peux pas provoquer un tel scandale. (Elle se dresse de toute sa hauteur, mais sa voix est éraillée tant elle peine à retenir ses larmes. La voir ainsi me brise le cœur.) Je ne peux pas déshonorer sa mémoire, conclut-elle.

— Caitlin…, dis-je en tendant une main vers elle, mais elle secoue la tête.

— Tu t'imagines que c'est simple, Lou. Tu nous observes, tu prends des notes dans tes carnets et tu nous juges, mais nous faisons seulement du mieux que nous pouvons.

— C'est vraiment ce que tu penses ? je m'écrie, profondément meurtrie. Je t'aime, Caitlin. Je m'inquiète pour toi. Je veux juste que tu sois heureuse.

— Je te l'ai déjà dit : on peut trouver des gens malheureux n'importe où. Est-ce que tu comprends, maintenant ?

Sans attendre ma réponse, elle croise ses bras sur sa poitrine et repars en direction de la maison.

Je la regarde s'éloigner, le cœur brisé. Je me sens minuscule, fragile, comme si le moindre souffle pouvait m'emporter au loin et m'éparpiller dans les airs telles des graines de pissenlit. Enfin, je m'engage sur la chaussée submersible. Il est temps de retrouver ma vraie vie.

Cette fois, je ne me retourne pas.

CHAPITRE 23

Mes jambes me conduisent d'elles-mêmes chez Alice, dans un état second. Elle ouvre la porte, visiblement prête à engager le deuxième round de notre combat, mais à peine m'a-t-elle aperçue qu'elle envoie Jack se promener et met la bouilloire sur le feu. Je lui tombe dans les bras et elle me serre fort pendant que je laisse échapper d'affreux sanglots saccadés. Elle me cajole en écartant mes cheveux de mon visage rougi. Je lui raconte tout, dans les moindres détails, même ce moment où j'ai abandonné la robe sur la plage pour aller nager (ce qui, comme attendu, la fait sursauter). Elle m'écoute calmement, sans m'interrompre, sans me juger. Je lui parle de Robert, de ce que je ressens pour lui, du baiser, des regards qu'il pose parfois sur moi. Je lui dis que je ne comprends pas ses choix, que j'ai peur qu'il ne soit pas celui que je croyais. Que j'ai le sentiment que la Cardew House fonctionne selon des lois secrètes qui m'échappent totalement.

Je lui explique comment cet été m'a emportée dans un univers nouveau et excitant. Je lui parle de mon impression d'être à la dérive, de ne pas savoir quoi faire de ma vie. Je lui confie toutes mes pensées mesquines et jalouses et combien j'ai souffert quand elle est partie. Je lui dis que j'ai conscience d'être égoïste, un monstre, mais que je ne crois pas du tout que sa vie soit sans intérêt… pas du tout.

Que c'est ma vie à moi qui semble étriquée et inutile, et que je ne sais pas comment y remédier.

Lorsque je me tais enfin, Alice s'assoit et entreprend de boire son thé en silence.

— Bon, dit-elle enfin, tu aurais mieux fait de me raconter tout ça plus tôt. Je sais bien que tu traverses un moment difficile, mais je crois qu'il y a beaucoup de bonnes choses à tirer de ce que tu as vécu.

— Ah bon ? Et quoi donc ? dis-je en reniflant.

— Tu as entrevu quelque chose de différent, Lou, répond-elle en se penchant pour me saisir la main. Une autre voie. Tu as rencontré des gens, tu as mis un pied dans leur univers. Tu ne t'es pas contentée d'observer, tu ne t'es pas contentée de les suivre. Tu en *faisais partie*.

— Peut-être..., dis-je avant de m'asseoir dans l'un des fauteuils élimés, les bras croisés sur mon ventre.

— Tu es allée à Londres et tu y as fait la connaissance de tous ces gens. Tu as vécu leur vie. Tu l'as dit toi-même : le monde est bien plus grand que Penlyn. Pourquoi t'obstines-tu à rester ici, à te tirer par le bas pour y trouver ta place alors que tu pourrais aller n'importe où ?

— Tu veux dire, partir ?

Éberluée, je laisse les mots d'Alice pénétrer mon esprit. C'est comme un baume apaisant. Trouverais-je le courage de faire une chose pareille ? De prendre le large ? De quitter tous les gens et toutes les choses que je connais ?

— Il y a des tonnes de gens qui partent vivre à Londres.

— Pas des gens de Penlyn. Surtout pas des filles seules.

— Non, dit-elle, et sa fossette si familière fait son apparition. Mais il faut une première fois à tout.

— Mais... Et Mouche et Pa ? Et toi ?

— Lou, cesse de te faire du souci. Toi et moi, nous n'avons pas les mêmes envies. Et ce n'est pas un problème. Ce que nous voulons n'est ni bien ni mal, c'est juste… différent. Il n'y a pas une seule façon de vivre. Je ne suis pas le moule dans lequel tu dois te fondre. Tu dois vivre ta propre vie, et je ne comprends pas du tout pourquoi tu t'imagines que ce n'est pas ce que je souhaite pour toi.

Je me rue sur elle, me jette sur sa chaise et l'écrase contre moi de toutes mes forces.

— Je suis tellement désolée, je murmure. Je suis tellement, tellement désolée. Je suis une imbécile.

— Bien dit. Et sinon, tu pourrais arrêter d'écraser le bébé ?

Je bondis en arrière en poussant un cri, et Alice éclate de rire.

— Hé, il n'y a pas de quoi rire ! dis-je, indignée. C'est mon neveu ou ma nièce, là-dedans !

— Ta nièce, sans l'ombre d'un doute.

— Je n'en suis pas si sûre. Cette bosse ne m'a pas l'air très féminine.

— *Il y a* une bosse, pas vrai ? dit-elle en se tapotant le ventre. Jack dit que ça ne se remarque pas encore, mais moi je trouve que ça se voit.

— Je confirme, ça se voit, dis-je avant de me rasseoir.

Alice me fixe avec le plus grand sérieux, puis se racle la gorge.

— Bon, maintenant que nous sommes à nouveau amies, est-ce qu'on peut parler d'une chose très importante ? demande-t-elle d'un ton solennel, en se penchant en avant, les mains jointes.

Je hoche la tête, anxieuse.

— J'adore ta coiffure, dit-elle. Est-ce que tu crois que ça m'irait aussi bien ?

Cette visite chez Alice m'a fait beaucoup de bien. Je me sens toujours triste et tourmentée, mais je suis désormais animée par une motivation toute neuve.

Je fais tout mon possible pour ne pas penser à Robert. Un défi d'autant plus difficile à relever qu'à mon arrivée chez moi je le trouve devant la porte.

Mon cœur bondit. Il est assis sur les marches du perron, les coudes sur les genoux, sa tête sombre et bouclée appuyée contre ses mains. Il lève les yeux, m'aperçoit et se lève d'un bond. Il est échevelé, bien moins soigné que d'habitude.

— Bonjour, dit-il. J'étais inquiet pour toi.

— J'étais chez Alice. Qu'est-ce que tu fais là ?

— On dirait que tu me poses toujours cette question, dit-il avec un vague sourire, avant de se masser la mâchoire.

Clouée sur place, je ne trouve rien à répondre. J'ai dû affronter tant d'émotions que je me sens vide, essorée.

— Je me suis dit que nous devrions parler, déclare-t-il. De la nuit dernière.

— D'accord, je murmure.

Il est venu s'excuser, ça me semble soudain très clair. Il est venu s'excuser de ce baiser qui voulait tant dire pour moi, et pour mettre les choses au clair entre nous. Je ne vais pas pouvoir supporter ça. Je ne supporterai pas d'écouter ses explications délicates, de le laisser m'abandonner avec les mêmes arguments pragmatiques que Laurie. Je ne vais pas lui laisser cette chance.

— Je suis désolée pour ça, dis-je avec autant de détachement que possible.

— Tu es désolée ? demande-t-il, et on croirait une question piège.

— Oui. Tout est ma faute. J'ignorais que c'était toi. Parce que, bien sûr, si j'avais su, jamais je n'aurais…

Je fais un geste vague de la main pour conclure ma phrase.

— Je vois, dit-il d'une voix froide. Je vois.

— Laurie… m'a expliqué un certain nombre de choses, ce matin.

Un silence.

— Lou, dit Robert avec douceur. J'aimerais que tu me regardes.

Lever les yeux vers lui me demande d'énormes efforts. J'ai l'impression que mon cœur s'est déplacé dans mes yeux, et qu'en les regardant Robert pourra explorer tout mon être et découvrir le moindre de mes sentiments à son égard.

— Viens t'asseoir, dit-il en désignant la marche sur laquelle il était assis l'instant d'avant. Parle-moi.

Nous nous asseyons côte à côte. Je tripote nerveusement le bas de ma robe.

— Qu'est-ce que t'a dit Laurie ?

— Elle m'a un peu expliqué. Votre arrangement. À propos de votre, euh, liberté. (Je me sens rougir à ces mots.) Et à propos de l'argent.

Je suis incapable de le regarder. Un long silence s'installe. La chaleur qui se dégage de son corps m'étouffe. Je dois lutter pour ne pas m'appuyer contre lui.

— Il faut que je te dise quelque chose, reprend Robert après avoir poussé un profond soupir. Je te dois des explications. Pour que tu puisses comprendre comment ça (il agite une main pour désigner tout ce qui nous entoure) a pu arriver.

Il prend sa tête entre ses mains et tire sur ses cheveux. Impossible de m'en empêcher : je tends une main et la pose sur son bras. À son tour, il pose la main sur la mienne et serre mes doigts.

— Je crois que tout a commencé à la mort de mon père, dit Robert, la gorge nouée, et je vois bien qu'il doit se battre pour laisser sortir ces mots. J'ignore ce que tu sais déjà…

— Pas grand-chose, je réponds doucement. Un accident dans la maison du Derbyshire.

— Hmmm. Notre père était un homme bien. Mais à son retour de la guerre, il était… différent.

Je hoche la tête pour l'encourager. Je suis bien placée pour savoir de quoi il parle.

— Il était triste, affreusement triste. Et en colère. (Son débit s'accélère.) On a essayé de l'aider, mais il n'y avait rien à faire. Nous ne suffisions pas ; nous n'étions pas ce dont il avait besoin. Il m'a fallu du temps pour le comprendre, mais, par bien des aspects, il était toujours sur le front. Et puis il a fini par… se perdre.

Il marque une courte pause pendant laquelle je retiens mon souffle, comme si nous étions sous la menace imminente d'un terrible danger. Robert cherche ses mots, qui finissent par sortir enfin.

— Ce n'était pas dans le Derbyshire, et ce n'était pas un accident. Il s'est suicidé.

— Oh, Robert !

J'ai toujours sa main dans la mienne, et je la pose contre ma joue. Il affiche une sorte de sourire grimaçant.

— Tout va bien, dit-il. Enfin, non, tout ne va pas bien, évidemment. Pour être honnête, c'est même tout le contraire. Après sa mort, je ne savais pas quoi faire. Il s'est avéré qu'il s'était lancé dans une série de manœuvres financières désastreuses, si bien que ses affaires étaient dans un état catastrophique. Du jour au lendemain, j'étais supposé devenir lord Cardew et trouver le moyen de gérer notre patrimoine en pleine décrépitude tout en cachant les détails macabres de sa mort aux misérables journalistes qui nous tournaient autour comme des vautours. Nous nous sommes débattus un moment… Il m'a fallu près d'un an pour mesurer toute l'étendue des dégâts. Pendant ce temps-là (il ferme les yeux), Caitlin était en train de se briser en mille morceaux. C'était pire pour elle, bien pire que ça ne l'était pour moi. (Il se tourne et me regarde droit dans les yeux.) C'est elle qui l'a trouvé. Dans notre maison de Londres.

— Oh, mon Dieu ! je m'écrie en me saisissant la tête à deux mains.

— J'ignore ce qui s'est passé entre vous ce matin, mais il fallait que tu saches ce qu'elle a traversé. Sans doute que ça devrait être à elle de te raconter tout ça, mais je pense qu'elle ne sait pas comment s'y prendre.

Incapable de prononcer une parole, je me contente de hocher la tête.

— Après ça, Caitlin est tombée malade, très malade. Elle ne dormait plus, mangeait à peine, elle était dévorée par l'angoisse et totalement imprévisible.

Il semble si vulnérable à cet instant que j'en ai le cœur brisé. Ne réalise-t-il pas que Caitlin est toujours celle qu'il vient de décrire ?

— Je devine ce que tu penses. Mais elle allait plus mal, bien plus mal qu'aujourd'hui. J'ai été forcé de la faire… Elle a dû être hospitalisée pendant un moment. (J'entends à sa voix qu'il a la gorge nouée par l'émotion, et je sens mon cœur hoqueter tandis que cette pièce manquante trouve sa place dans le puzzle. Je ne peux même pas imaginer à quel point ils ont dû souffrir tous les deux.) Puis elle a semblé aller mieux, alors nous sommes venus dans les Cornouailles pour fuir Londres et tous nos mauvais souvenirs. Nous avions déjà fermé la grande maison à double tour. Ni elle ni moi n'y avions remis les pieds depuis le… l'accident ; c'est pour ça que vous n'avez pas logé là-bas quand tu es allée à Londres avec Caitlin. Je pensais que dans les Cornouailles nous pourrions faire une pause. (Il sourit tristement.) C'était l'endroit que notre mère préférait, tu sais, et nous n'y avions pas passé beaucoup de temps : la maison était hantée par les souvenirs. Je crois que ça a d'abord aidé Caitlin, mais depuis quelque temps elle semble sombrer à nouveau, et il n'y a rien que je puisse y faire…, conclut-il, et sur son visage s'affiche l'impuissance la plus totale.

Je pense à mon amie, à toute la souffrance qu'elle porte en elle, à sa fragilité. Elle dépense toute son énergie à faire croire qu'elle est en pleine forme à des gens qui n'en ont rien à faire, seulement pour préserver les apparences… Elle est en train de brûler vive, juste comme le disait Lucky. Elle se consume à petit feu. J'ai envie de laisser couler mes larmes.

— Quand j'ai rencontré Laurie, reprend Robert à voix basse, un arrangement pragmatique semblait une bonne solution. Laurie a porté une partie de mes soucis, grâce à elle je me suis senti moins seul. Avant toute chose, je voulais protéger Caitlin : du scandale, de tout autre tracas supplémentaire, de la perte de tout ce qui compte pour elle. Et j'ai la plus grande affection pour Laurie. Elle et moi sommes de vrais amis, et c'est grâce à elle que le spectacle a pu continuer. Caitlin ne sait rien de notre situation financière, et Laurie m'a aidé à ce qu'il en soit ainsi. Jamais je ne pourrai la remercier assez pour la gentillesse qu'elle nous a manifestée.

Il s'interrompt, et le silence s'abat sur nous. Voilà. La vérité complète. Sauf que non : Robert ne sait rien de Lucky, Caitlin ne sait rien de l'argent, et Robert ne sait pas que Caitlin ne veut pas de la vie qu'il fait tout pour lui offrir, lui causant ainsi encore plus de souffrance. Quel désastre !

— Je crois que tu devrais tout dire à ta sœur, je lâche enfin.

Je lis la surprise dans les yeux de Robert. Je lève une main pour l'empêcher d'ouvrir la bouche.

— Je sais pourquoi tu ne l'as pas fait, et bien sûr la décision t'appartient, mais je crois que tu devrais le faire. Je pense que vous avez tous les deux des choses à vous confier. Pour son bien, mais aussi pour le tien.

Je m'interromps, car en dire davantage me contraindrait à évoquer des secrets qu'il ne m'appartient pas de révéler. Et je m'interromps aussi parce que j'ai compris maintenant qu'il s'agit d'adieux, et je comprends pourquoi. Moi aussi, j'aime Laurie, et Robert ne fera jamais quoi que ce soit qui pourrait la blesser. J'en suis tout à la fois heureuse et dévastée. Je crois que sa confession laisse entendre qu'il tient à moi, mais il m'apparaît aussi clairement que ça n'a plus d'importance. Je me lève, et il m'imite.

— Je t'ai apporté ceci, dit-il en ramassant une boîte blanche posée sur le sol à côté de lui, et que je n'avais pas remarquée. Je voulais te le donner avant notre départ.

— Votre départ ? dis-je dans un souffle.

— Oui. Maintenant que le mariage est sur le point d'être officialisé, nous rentrons à Londres pour tout organiser. Charlie et Caitlin semblent vouloir se marier dès que possible.

J'avais beau savoir que mon histoire aurait une fin et qu'ils partiraient, la réalité me coupe le souffle.

— Je vois, dis-je, avant de saisir la boîte et de la caler sous mon bras.

— Au revoir, Lou, dit-il doucement.

— Au revoir.

Il se penche et m'embrasse sur la joue. C'est à peine un frôlement de ses lèvres contre ma peau, une goutte de pluie dans le désert. Je ne le regarde pas s'éloigner. Je reste là, immobile, mes doigts tremblants pressés contre ma bouche.

Après m'être rassise sur une marche, j'ouvre la boîte. Cette fois, mes larmes jaillissent. Dans la boîte repose ma robe verte, enveloppée avec soin dans du papier de soie.

ÉPILOGUE

« La vie repart à neuf quand il se met à faire frais en automne. »

F. Scott Fitzgerald, *Gatsby le magnifique*

SEPTEMBRE 1929

Un mois s'est écoulé. Je suis dans ma chambre avec Alice, qui m'aide à faire mes valises. Il s'avère que le cousin d'oncle Albie connaît quelqu'un qui connaît quelqu'un qui cherche à recruter une secrétaire à Londres, et qu'un ami de l'épouse du neveu de Mrs Bastion a une chambre à louer dans une pension pour jeunes femmes. Plus important, le magazine auquel Robert m'a conseillé d'écrire a pris mon histoire, et m'a même commandé un feuilleton mensuel pour ses lecteurs. Je gagnerai à peine de quoi payer mes rubans de machine à écrire, mais je serai officiellement une écrivaine, mes textes seront imprimés. Cette pensée m'électrise. J'ai envoyé mon manuscrit le jour même du départ des Cardew, dans l'enveloppe que m'avait donnée Robert. C'était le dernier cadeau d'un été qui a tout changé.

Sitôt répandue la nouvelle de mon départ pour Londres (« à la façon de ces jeunes femmes libres et indépendantes d'aujourd'hui »), tout le monde s'est fait un avis sur la question. Par chance, la plupart des gens prennent tant de plaisir à être en désaccord avec tante Irene qu'ils sont nombreux à être venus à mon secours quand elle s'est acharnée sur moi et ma réputation perdue à jamais. Je suis devenue une sorte de projet collectif pour le village, si bien que des visiteurs surgissent à toute heure du jour et de la soirée pour m'apporter des objets étranges et merveilleux qui pourraient, selon eux, m'être très utiles. Mrs Penrith vient juste de déposer quatre gros sacs de farine, car elle a entendu dire qu'à Londres le pain coûte scandaleusement cher.

— Tu ne parviendras jamais à faire rentrer tout ça dans Gerald, dit Alice en examinant la montagne d'objets qui donne à ma chambre des airs de vide-grenier.

— Je sais, je soupire. Cela dit, je pourrais en laisser une partie ici… Mais Freya serait furieuse, elle est si heureuse à l'idée de récupérer notre ancienne chambre. Elle n'est pas du tout émue de me voir partir.

— C'est bien la seule, dit Alice qui me serre contre elle.

— Imagine comme on va s'amuser quand tu viendras me voir, je réplique en appuyant ma tête contre son épaule. Je te ferai visiter.

— Contente-toi de savoir où se trouvent les meilleures boutiques, ça suffira, dit Alice avant de s'emparer d'un seau qu'elle jette sur la pile des « à jeter ». Pourquoi as-tu autant de seaux ? ajoute-t-elle.

— Aucune idée. On n'arrête pas de m'en apporter. J'ose à peine imaginer à quoi ils sont censés servir.

On frappe à la porte, puis la tête de Pa apparaît dans l'encadrure.

— Tout va bien, les filles ?

Il m'est arrivé une tonne de choses étonnantes ces derniers temps, mais je dois dire que la réaction de mes parents à mes envies de départ a été la plus incroyable de toutes. Je m'attendais à des larmes, à de la douleur, à de la colère. J'ai reçu du soutien.

— Bien sûr que tu vas y aller, a déclaré Mouche.

— Mais… mais…, ai-je bafouillé, vous ne voulez pas que je reste ici et que je me marie, comme Alice ?

Pa et Mouche ont échangé un regard.

— Pourquoi voudrions-nous que tu fasses la même chose qu'Alice ? a demandé Mouche, perplexe. Vous êtes aussi différentes que le jour et la nuit, et vous l'avez toujours été.

— Pourquoi crois-tu que nous t'avons offert une machine à écrire ? a ajouté Pa. Il est plus que temps pour toi de partir et d'embraser le monde, ma fille !

J'ai pleuré, bien sûr. Il faut croire que la famille Cardew n'a pas le monopole des malentendus.

Pa brandit un petit paquet.

— Tu as reçu ceci, Lou.

Je reconnais immédiatement l'écriture chaotique qui s'étale sur l'enveloppe. Alice surprend l'expression sur mon visage et s'empresse de chasser Pa de la pièce.

— OK, Pa, allons au rez-de-chaussée jeter un coup d'œil au tas d'objets.

Une fois seule, je m'assois sur le lit et fixe le paquet pendant de longues minutes en imaginant ce qu'il pourrait contenir. Puis, après avoir pris une grande inspiration, je me décide à l'ouvrir. À l'intérieur se trouve une lettre.

Chère, très chère Lou,

Je t'écris cette lettre depuis le plus infâme tripot de Paris, et rien ne pourrait me rendre plus heureuse. Freddy est assis en face de moi, et il me charge de te transmettre toute son affection, même si je lui ai bien dit que *mon* affection pour toi est bien plus grande que la sienne.

Mon amie adorée, tu ne pourras jamais imaginer à quel point je suis triste que nous nous soyons quittées ainsi, ce matin-là dans les Cornouailles. Tu avais parfaitement raison, sur tous les sujets, mais j'étais trop effrayée pour pouvoir l'entendre. J'espère que tu me pardonneras un jour. J'ai annulé mon mariage avec Charlie presque sur-le-champ, et je pense que le pauvre garçon a fini par comprendre qu'il l'avait échappé belle !

Peu de temps après notre retour à Londres, Robert et moi avons eu notre première conversation vraiment franche depuis la mort de notre père. Il m'a confié t'avoir révélé tous les détails macabres de notre histoire, et je suis très soulagée qu'il en soit ainsi. Ne pas t'en avoir parlé était une erreur de plus, mais il faut croire que c'est ma spécialité. Je suis bien entourée désormais, et je fais beaucoup d'efforts pour exprimer mes sentiments. Robert et moi nous cachions bien trop de choses tout en croyant faire de notre mieux, et c'est uniquement grâce à toi que nous sommes repartis sur la bonne voie. De cela, et de bien d'autres choses encore, je te serai éternellement reconnaissante.

Bien sûr, j'aurais dû faire davantage confiance à mon frère. Je suis en couple avec Freddy, désormais, avec la bénédiction de Robert. Je pense que j'aurais rejoint Freddy de toute façon (du moins, j'espère que j'en aurais eu le courage), mais je dois admettre que le soutien de Robert m'a soulagée d'un énorme poids. C'est Élodie qui nous a encouragés à choisir Paris, et elle a eu bien raison. Ça ne te surprendra pas vraiment : Freddy et son groupe ont conquis la ville en un éclair. La vie est beaucoup plus simple pour nous ici, et pour la première fois depuis très, très longtemps, je me sens… *libre.*

Robert et Laurie ont rompu leurs fiançailles. C'était il y a deux semaines, et je crois qu'ils ont réussi à garder le secret pour le moment. Robert s'est donné tant de mal pour ne jamais t'évoquer que je suis persuadée qu'il n'a pas cessé un seul instant de penser à toi. Appelle ça de l'intuition féminine si tu veux, mais je *dois* te confier ceci : vous deux êtes faits l'un pour l'autre.

Nous sommes sur le point de vendre la maison des Cornouailles. C'est l'une des rares choses que je vais regretter, et tu y es pour beaucoup. Merci d'avoir été là pendant cet été ; ton amitié a été une bouée de sauvetage qui m'a sauvée de la noyade. Je me réjouirai toute ma vie que tu sois montée sur notre arbre.

Si tu décides de me répondre, j'en serai très heureuse, mais je comprendrais très bien que tu ne le fasses pas. J'adorerais avoir de tes nouvelles et savoir comment tu vas. Tu me manques horriblement.

Ton amie pour la vie,
Caitlin

P.-S. : Je sais à quel point tu aimes les dessins de Robert. Il a laissé traîner ce carnet et je n'ai pas résisté à la tentation de le voler. Je crois qu'il est juste qu'il te revienne aujourd'hui.

Je ne me suis jamais sentie aussi soulagée. Je suis si heureuse pour Caitlin, si heureuse qu'elle fasse enfin ce qu'elle a toujours désiré. Je lui suis reconnaissante de m'avoir écrit, de me montrer que notre amitié a autant d'importance pour elle que pour moi, et je savoure l'affection sincère qui transparaît entre chaque mot. Bien sûr que je vais lui répondre. Je vais le faire très bientôt, je lui raconterai mon départ pour Londres et la nouvelle vie qui s'offre à moi. Je sais qu'elle va adorer ça.

Les nouvelles de Robert sont plus dures à avaler. Deux semaines. Son mariage a été annulé il y a deux semaines.

Quoi qu'en dise Caitlin, mes derniers espoirs qu'il partage mes sentiments viennent de se briser en mille morceaux. Jusqu'alors, j'étais libre de m'imaginer que ses fiançailles avec Laurie étaient le seul obstacle qui se dressait entre nous, mais voilà qu'elles sont rompues et qu'il ne m'a donné aucun signe de vie. J'avais tort. J'ai l'impression de faire une chute vertigineuse. Le sang bat dans mes tempes et je suis prise de vertige.

La lettre est accompagnée d'un petit carnet noir. Je l'ouvre, et me fige.

Il contient des dizaines de dessins tracés d'une main habile, débordants de vie. Ce sont des scènes tirées de *La Vengeance de lady Amelia*. Certains des croquis sont datés ; le tout premier a été dessiné juste après ma rencontre avec Robert. Au fil des semaines, les dessins sont toujours plus détaillés, plus précis. L'héroïne, je m'en rends bientôt compte, me ressemble comme deux gouttes d'eau. À la vue de lord Marvell, je ne peux retenir un éclat de rire. C'est un Robert plus hautain que nature. Il s'est dessiné à moitié plongé dans la pénombre, mais je le reconnais sans hésiter. J'étudie chaque dessin dans les moindres détails et je fais pénétrer chacun d'eux dans ma mémoire en suivant du bout des doigts les lignes noires et vibrantes. Ces pages ont demandé tant de temps, tant d'efforts, elles recèlent tant de vie et d'humour… C'est la plus belle chose que j'aie jamais vue, et mon cœur s'embrase en pensant à celui qui en est l'auteur.

Je reste longtemps assise, à contempler les dessins. Alice est sans doute rentrée chez elle, à présent. J'irai la voir demain matin pour tout lui raconter. Elle doit être avec Jack, et je n'ai pas envie de les déranger. Je me lève puis, à contrecœur, je reprends mes préparatifs jusqu'à ce que ma chambre soit à peu près en ordre. J'ai besoin de m'affairer pour m'empêcher de trop penser à la lettre de Caitlin. Je ne viens à bout de ma tâche qu'à la tombée du jour, et j'ai mal partout à force de faire des va-et-vient dans l'escalier en portant des objets à bout de bras. Je m'agenouille sur mon lit en soupirant, j'ouvre la fenêtre et y passe ma tête pour sentir l'air frais. Les températures ont chuté au cours des deux dernières semaines. L'été touche vraiment à sa fin.

Je décide d'aller faire un tour pour m'aérer l'esprit. J'enfile une vieille paire de chaussures en toile et un gilet miteux, l'une des affreuses créations de Mouche que je ne compte pas emporter à Londres. La brise marine est plus que fraîche, et je m'emmitoufle un peu plus dans mon gilet. J'avance comme au hasard, mais je sais en fait très bien où je vais. La mer s'est retirée ; je m'engage sur la chaussée pavée qui mène à la Cardew House à nouveau endormie.

Je file droit vers le verger. Les premières pommes sont bien mûres, et je choisis la plus rouge, la plus séduisante de toutes. Puis je rejoins la pelouse à l'arrière, et enfin le chêne. Je pose mes mains contre l'écorce et je ferme les yeux pour revivre ce baiser, mais aussi la première fois que j'ai rencontré Robert. Comment il m'a regardée, comment il m'a défiée de rester et de boire une coupe de champagne. Comment cet instant a tout changé.

Un grondement sourd retentit, et avant même que je comprenne ce qui se passe, les cieux s'ouvrent et déversent des trombes d'eau. Je me précipite vers la maison et, d'instinct, je file droit vers la fenêtre cassée. Je découvre, contre toute attente, que c'est la seule chose qui n'a pas été réparée. Je me glisse à l'intérieur, où je m'ébroue comme un petit chien. Je me débarrasse de mon gilet détrempé et me lance dans la préparation d'un feu. Les meubles sont recouverts de vieux draps ; tout est redevenu semblable au temps où la maison était à moi seule.

Mais pas tout à fait. Désormais, je vois Laurie franchir la porte en ondulant, je vois Caitlin emmitouflée sur un canapé, je vois Robert devant le bar, en train de m'accuser de tricher aux cartes. Je pense à la fille que j'étais autrefois et à celle que je suis aujourd'hui. Ma vie a changé du tout au tout cet été. J'ai pris en main ma destinée, et peut-être n'ai-je plus tout à fait ma place dans cette demeure des ombres. Je me bats avec les allumettes entre deux frissons. Enfin, je peux faire sécher mes cheveux devant le feu de cheminée tandis que la chaleur se répand dans mon corps frigorifié.

Je m'apprête à croquer dans ma pomme lorsqu'un bruit retentit. Je me fige. Des pas résonnent à travers la maison ; leur écho ricoche jusqu'à moi.

Je me jette sur mon gilet, prête à m'enfuir, mais cette fois, je suis trop lente. J'ai à peine esquissé un geste que la porte s'ouvre en grand. Là, debout face à moi, apparaît Robert. Il porte un pardessus ruisselant d'eau. Je le contemple, hypnotisée, tandis que des gouttes de pluie glissent de ses cheveux et s'écrasent sur le parquet.

Je laisse tomber ma pomme, qui percute le sol avec un bruit sourd avant de rouler lentement jusqu'à sa chaussure droite, contre laquelle elle s'arrête enfin. Il se penche, la ramasse et l'observe avec un grand intérêt.

— Que… qu'est-ce que tu fais là ? je bredouille.

C'est comme si je l'avais fait apparaître par magie. Je n'arrive pas à en croire mes yeux. Ça doit être un rêve, un esprit que la maison s'amuse à m'envoyer.

Il sourit, d'un sourire qui me transperce de part en part, et des éclats lumineux se mettent à danser devant mes yeux.

Je manque de perdre l'équilibre et ne parviens à me rattraper qu'à la dernière seconde. Il est là. Il est vraiment là.

— Qu'est-ce que *je* fais là ? demande-t-il d'un ton détaché, en retirant son pardessus d'un geste sûr, avant de l'accrocher à l'un des « objets couverts de draps ».

Il s'approche du feu, de moi. Mon cœur bat à tout rompre.

— Cette maison m'appartient, dit-il. La question, ce serait plutôt : qu'est-ce que *tu* fais là ?

Je ne dis rien, je ne peux rien dire. J'ai oublié comment faire. Dans ses yeux brille une chose trop belle pour être vraie ; je me refuse encore d'y croire. Il me tend la pomme.

— Cette fois, petite voleuse, tu ne t'en tireras pas comme ça. Je t'ai prise la main dans le sac.

Je le regarde, et enfin je commence à y croire. Je sens un sourire s'épanouir sur mon visage, un énorme, un irrépressible sourire qui me donne l'impression de m'illuminer comme un arbre de Noël. En faisant tout pour garder un air sérieux, je tends le bras et m'empare de la pomme.

— Tu ne vas tout de même pas reprocher à une jeune fille de s'abriter de l'orage, dis-je doucement.

Il lève un sourcil ; ses yeux étincellent.

— J'imagine que non.

— Bien sûr que non. Ce serait beaucoup trop cruel.

— Hmmm. Et je ne le suis en aucun cas.

— Peut-être pas. Et pour ce qui est de la nourriture ? Est-ce que tu la lui refuserais ? Pour l'aider à tenir le coup ?

— Non, ça non plus, répond-il en riant.

— Alors je ne faisais vraiment rien de mal quand j'ai…

Je ne peux pas ajouter un mot : il m'a attirée contre lui et m'embrasse comme s'il n'allait jamais pouvoir s'arrêter. Non pas que je souhaite l'y encourager. Je me fonds en lui. Son odeur, la sensation de ses lèvres contre ma peau. Je n'ai pu penser à rien d'autre au cours des quatre dernières semaines, et voilà, c'est en train d'arriver. Embrasser Robert Cardew est aussi bon que dans mes souvenirs… Encore meilleur, en fait, car il n'y a cette fois aucun malentendu, aucun secret qui se dresse entre nous. Quand nous nous séparons enfin, je plonge mon regard dans le sien, et j'y vois tant de choses que je sens mon cœur s'enflammer.

— Robert, qu'est-ce que *tu* fais ici ?

— Je passe un délicieux moment, murmure-t-il tout en couvrant mon cou de baisers qui manquent de me faire perdre connaissance.

— Robert ! je m'écrie.

Il sourit, m'embrasse sur le nez, mais je n'ai pas l'intention de me laisser distraire. J'ai besoin de comprendre pourquoi il est venu pour pouvoir y croire tout à fait.

— D'accord. Assieds-toi, je vais tout te raconter.

Il s'assoit devant la cheminée, m'attire à ses côtés et enroule son bras autour de ma taille.

— Allez, dis-moi.

J'ai la tête qui tourne, et bien que je sois plus que ravie de la situation, je n'ai vraiment aucune idée de ce qui a pu nous amener là.

— Je suis venu pour te voir. J'ai essayé de garder mes distances, mais c'était au-dessus de mes forces. J'ai foncé vers les Cornouailles sous le déluge, et j'ai vu de la fumée qui sortait de cette cheminée alors que je filais droit vers la ferme. Il n'était pas bien difficile de deviner qui s'était introduit à l'intérieur.

— Pourquoi cherchais-tu à garder tes distances ? je demande en fronçant les sourcils.

Robert passe un doigt sur mon front pour le dérider.

— Eh bien, pour commencer, j'avais cru comprendre que tu étais amoureuse de Charlie.

— Quoi ?! je m'exclame en m'écartant de lui pour mieux le regarder.

— On dirait que je me suis trompé.

— Bien sûr que tu t'es trompé. Mais où avais-tu la tête ?

— Je te rappelle que tu t'es jetée à mon cou en m'appelant par son prénom, marmonne Robert.

— Ce n'est pas tout à fait comme ça que ça s'est passé…, je réponds, rougissant de la tête aux pieds.

— Et quand j'ai essayé d'en parler avec toi, tu m'as dit que tu ignorais que c'était moi. Une réflexion qui, au passage, m'a mis plus bas que terre.

— Vraiment ? je demande, éberluée.

— Oui. Et tu m'as aussi dit que si tu avais su que c'était moi, jamais tu ne m'aurais embrassé, ajoute Robert, qui n'a pas l'air d'aimer beaucoup repenser à cette discussion.

— Ah… Je crois que je vois comment ça a *pu* sembler désagréable.

— Tu es bien bonne de le reconnaître.

— Mais, pour ma défense, je pensais alors que tu étais sur le point de t'excuser de m'avoir embrassée et de me dire que c'était une erreur, alors j'ai simplement préféré prendre les devants.

— Je vois. Très délicat de ta part.

— Je le croyais, à l'époque, je lance, un peu vexée.

— Hmmm. Et il y a aussi le fait que Caitlin n'arrêtait pas de parler de Charlie et toi, et puis tu semblais tellement en colère quand ils ont annoncé leurs fiançailles… Alors, tu vois, il y a encore dix minutes, j'ignorais que tu pensais à moi nuit et jour.

— Je ne pense pas à toi *nuit et jour* ! je m'exclame pour défendre ma dignité.

— Moi, je pense à toi *nuit et jour*.

— Ah oui ? C'est vrai ?

— Oui. Et depuis plus longtemps que toi, j'en suis sûr. J'avais prévu de venir à la ferme et de me jeter à tes pieds en priant pour que tout se passe bien.

— Alors, tu croyais que j'étais amoureuse de Charlie… Est-ce que c'est pour ça que tu ne m'as pas prévenue quand Laurie et toi avez annulé votre mariage ?

— Pour ça, et pour une autre raison. Au fait, cette fois tu n'as pas nié que tu pensais à moi nuit et jour, ajoute-t-il.

— Non, je réponds avec un sourire. Je n'ai pas nié. Je suis désolée pour Laurie, je reprends après une pause. Enfin, je ne suis pas *tout à fait* désolée, pour être honnête. Mais j'espère que ce n'était pas trop difficile. Pour elle comme pour toi.

— Je t'ai dit qu'elle était adorable. J'ai une dette envers elle que je ne pourrai jamais lui rembourser. Surtout qu'elle savait que j'étais tombé amoureux d'une autre.

Alors il m'embrasse encore, et encore, et cette fois nous sommes allongés par terre, ce qui ouvre la voie à toutes sortes de possibilités nouvelles que nous sommes bien disposés à explorer ensemble. Sous les baisers de Robert, je me sens belle et désirable et brûlante d'amour pour cet homme superbe, drôle et exaspérant.

— Oh, Robert ! dis-je soudain en m'écartant de lui. Je déménage à Londres.

— Vraiment ? murmure-t-il.

— Oui, dans deux jours. J'ai trouvé un travail et un logement, c'est merveilleux !

— Je suis content, dit-il, en s'appuyant sur un bras.

— Ah oui ?

— Bien sûr. D'autant que je ne sais pas si tu es au courant, mais *je* vis moi-même à Londres.

Je suis du bout d'un doigt le creux à la base de sa gorge en retenant un sourire.

— Vrrraiiment ? dis-je d'une voix traînante, un sourcil levé, pour ce que j'espère être une parfaite imitation de Robert.

Il éclate de rire puis attrape ma main et l'approche de sa bouche avant de l'embrasser avec une telle tendresse que tout mon corps se met à vibrer.

— Vraiment, souffle-t-il.

— Oh ! je m'exclame, frappée par une pensée soudaine. Pour quelle autre raison tu ne m'as pas prévenue tout de suite quand vous avez rompu vos fiançailles ?

Robert s'allonge, les sourcils froncés. Cette fois, c'est à mon tour de gommer ces plis soucieux.

— Ah, répond-il. Ça...

— Oui, dis-je en lui tapotant la poitrine. Ça. Allez, dis-moi la vérité.

— L'autre raison, c'est qu'une foule de choses est en train de changer dans ma vie. J'ai fait de mon mieux, mais nous sommes très loin d'avoir assez d'argent pour continuer à vivre comme nous le faisions. Nous allons vendre cette maison, bien sûr, mais ce n'est qu'un début. J'ai bien peur de ne plus être le... hum... le trophée que j'étais autrefois.

Je le dévisage un instant, puis j'éclate de rire. Rien de tout ça ne semble réel. Mon fou rire me laisse haletante, au point que je dois me tenir les côtes pour reprendre mes esprits.

— Est-ce que tu viens vraiment de te décrire comme un *trophée* ? dis-je en pouffant.

— Oui, enfin, je…, commence Robert, un peu vexé.

J'éclate de rire à nouveau, et cette fois il se joint à moi.

— Tu es une vraie peste, lance-t-il tout en se redressant, et il se met à me chatouiller pour me faire rire encore plus fort, jusqu'à ce que je m'effondre sur sa poitrine.

Je reste étendue là un instant, aux anges. Tout a changé à une vitesse invraisemblable. Rien n'est comme je le croyais.

— Je vais quand même avoir du mal à renoncer à ma voiture incrustée de diamants, je soupire.

Je sens son sourire s'épanouir contre mes cheveux.

— Oui, j'imagine que ce n'est pas facile.

— Je vais pourtant devoir faire avec, dis-je en déplaçant mon visage au-dessus du sien. Quand nous serons à Londres, peut-être que je t'offrirai un bon dîner.

Je fais courir mon doigt sur sa joue en m'émerveillant de son visage parfait, un visage aimant que je suis libre de toucher et d'embrasser autant que je le veux.

— Ce serait le paradis, dit Robert, les yeux pleins de chaleur et d'éclats de rire. Par chance, c'est justement là-bas que je me rends. Je vais pouvoir te déposer.

— Mais pas *tout de suite*, je lui lance avec un sourire railleur.

Il m'attire tout contre lui.

— Non, murmure-t-il en posant sa bouche sur la mienne. Pas tout de suite.

Ouvrage composé par
PCA – 44400 REZÉ